「茶客」文库系列

峰岭之外

——徐康宁经济随笔集

FENGLING ZHIWAI

XUKANGNING JINGJI SUIBIJI

徐康宁　著

山东人民出版社

图书在版编目(CIP)数据

峰岭之外:徐康宁经济随笔集 / 徐康宁著.—济南:山东人民出版社,2012.9
ISBN 978-7-209-06213-8

Ⅰ.①峰… Ⅱ.①徐… Ⅲ.①随笔—作品集—中国—当代 Ⅳ.①I267.1

中国版本图书馆CIP数据核字(2012)第065381号

责任编辑:董新兴
封面设计:罗　森

峰岭之外
徐康宁　著

山东出版集团
山东人民出版社出版发行
社　址:济南市经九路胜利大街39号　邮　编:250001
网　址:http://www.sd-book.com.cn
发行部:(0531)82098027　82098028
新华书店经销
山东省东营市新华印刷厂印装

规　格　16开(169mm×239mm)
印　张　20
字　数　380千字
版　次　2012年9月第1版
印　次　2012年9月第1次
ISBN 978-7-209-06213-8
定　价　38.00元

如有质量问题,请与印刷厂调换。(0546)6441693

自 序

写文章是学者的本分和天职，只有通过写文章才能证明一个学者在思考、在从事学术性的活动。

我写的第一篇发表出来的文章是在大学本科毕业后不久，一篇纯学术性文章，分析恩格尔系数在中国的适用性问题。文章发表在《南京大学学报》上，发表之前收到该学报主编一篇热情洋溢的来信，对我是一个鼓励，那时我才二十多岁。

继第一篇文章发表后，我就开始经常性地写文章，至今已快三十年了。原先只写学术性文章，并翻译过几篇文章和两部书。从 20 世纪 90 年代初开始，由于喜欢看报，加上愿意对现实问题评说几句，就在写学术文章之余，开始写一些评论经济热点的文章，这些文章当时主要发表在《经济日报》、《光明日报》、《新华日报》、《南京日报》上。当时还写过一些社会评论，以随笔杂文的形式发表在《新民晚报》、《羊城晚报》等报纸的副刊上。有那么几年，还给香港的两家财经杂志写过稿，除了受杂志印刷精美吸引外，比内地高得多的稿酬标准也是一个原因（本集子收的《润笔与经济学家的酬劳》一文记载了这段过程）。

人的生活习惯一旦形成很难改变。除了上课、做研究以及参加一些学术活动外（当然还有不少时间用在行政性会议上），看报、读书、写文章还是我生活中的主要内容，现在依旧如此。除了大块头的学术性论文外，我还是很有兴趣地写一些可以尽情表达自己思想的议论式散文，这些文章可以是学术问题的一种换景观察，也可以是社会经济热点的随感记录。文章可长可短，长的可写五六千字，短的则千字足矣。只要是思想的碎片，未必深邃，但能够拼图起来也是学者的一种工作。就像我曾鼓励我的一个学生坚持写文章时所讲的，坚持写下去，记录自己的观察，拼图个人思想的碎片。

近些年写的随笔式文章，除了一些应约而写外，还有不少是随想随写的文章。这些文章并不是为在报刊上发表而写的，主要是写给我的学生和周围的人看的，是我的随感记录，它们登在我的个人博客上，尽管我的博客上也会登一些已经在报刊上发表的文章。我写博客时间不长，只有一年多一点的时间。就像我在第一篇博客文章中所讲，前几年社会上时兴开博客时我并没有赶潮流，后来决定开博客，除了想利用这个网络平台与我的学生及同行交流外，还有一个有点偶然的原因，就是去年 1 月我要去英国出差，时间长达半个月，不像我以前去英国来去匆匆，于是，便想利用这段时间把我在英国的所见所想及时地记录下来（英国是我比较喜欢的地方之一）。实际上，我的首篇博文就是在上海浦东机场写的，英国期间一共写了 9 篇，这几篇博文也收进了这本集子中。这也是开博客的好处之一。平时写一篇博文费时不多（一小时或更少），积少成多，时间长了就可以汇集成册了。

这本随笔集收录的主要是我最近几年写的一些轻松文章，比较枯燥的学术文章一篇未选。时间截止到 2011 年，几年前写的文章没有收录（留待以后有时间再整理）。其中多数是发表过的，主要发表在《经济学家茶座》、《董事会》、《环球时报》、《南京日报》等我经常发表的杂志、报纸。发表过的文章都作了说明，其中少数在汇集出版时做了个别文字的改动，多数未加修改，没注明发表原处的均来自于本人的博客。

写文章除了记载思想、涵养学识外，更多的还是给别人看的，进而交流融合、影响社会。这本集子按照文章的大体内容，分为“学术余墨”、“冷眼看洋”、“中国时评”、“城市细语”、“西行漫记”、“围炉轻谈”六个栏目。从每个栏目的标题也可以知晓其中的文章大概要讲什么。当然，这只是一个大致的分类，不可能很严格。希望读者能够喜欢这些文章。

古人云：“横看成岭侧成峰。”自然界变化万千，换个角度看就有不同形态。真实世界更为复杂丰富，看世界不仅常常要换个角度，更要多个角度，侧看成峰，横看为岭，还要去观峰岭之外。想了想，用了这个做书名。

是为自序。

作　者

2012 年 2 月

CONTENTS 目录

■ 中国时评

■ 城市细语

■ 西行漫记

■ 围炉轻谈

学术余墨

XUESHU YUMO

有那么一些话题属于学术范围之内，但可以用另外一种方式来叙述。论点、论据、论证是学术探讨的三要素，但统统写成学术八股文章的式样，未免太单调了，经济社会本来要比学术文章丰富得多。其实，学术上要表达某种观点，还是要说一个故事。既然说故事，不妨就更像说故事一般。故称之为学术余墨。

地理、习俗与经济发展

国庆长假在家，一来好好休息，对平时的紧张节奏做一个深度的调节；二来看看买来已经闲置多时的几本书，对买书时的冲动也算有一份交代。闲淡之余，自然也有遐想思索，正好《茶座》店主来信约稿，便将思索的内容，加上平时的一些想法，整理成一篇小文，供读者一阅。

坚决“脱亚入欧”的国家

有这么一个国家，心中一直想评说几句，特别是去年有机会访问这个国家后，评说的愿望更加强烈（我曾经在《茶座》的一篇写意大利的观感文章中提起过）。

这个国家地处亚洲，但对亚洲的兴趣不大，从来不参加亚洲的比赛，却热心于欧洲的赛场；这个国家属于穆斯林世界，尘世间却充满欧式文明的元素；这个国家的传统文化根深蒂固，历史悠久，却在保留自己的文化的基础上彰显西洋风情。不知道读者是否已经猜到，这个国家就是土耳其。

虽然国土横跨亚欧两个大陆，但按照地理学的划分，土耳其属于亚洲国家。土耳其只有 3%的领土处在属于欧洲的巴尔干半岛上，绝大部分人口生活在亚洲的领土上，首都安卡拉也位于亚洲。土耳其不仅自然地理属于亚洲概念，而且民族和文化也源于亚洲。土耳其人属于突厥人的一支，与我国维吾尔族人同种同源，文化传承与东方世界有很多渊源。喝茶也是土耳其人的一大习惯，而且，土耳其语中的“茶”的发音是 chai，十分接近于中国“茶”的发音。据土耳其人的介绍，这个 chai 的单词，就来自于中国。

可就是这么一个原本属于亚洲的国家，却在各个方面向欧洲靠拢，而且也把自己作为欧洲国家看待。如果说亚洲有几个“脱亚入欧”的国家的话，土耳其则是“脱亚入欧”最为积极的国家。最能表明土耳其“脱亚入欧”态度的就是对加入欧盟长期不懈的努力。虽然多年努力未果，而且到目前为止还是没有得到欧盟肯定的答复，但土耳其还是要为此而继续奋斗下去。

土耳其为什么要“脱亚入欧”？明明在地理上属于亚洲的国家，为什么要成为欧洲的成员？这完全出于土耳其的国家利益考虑。土耳其虽然在地理上属于亚洲，但却是亚洲范围内中最接近欧洲的国家，实际上是处在亚洲和欧洲的连接处。从土耳其到德国的柏林，与葡萄牙到柏林，在距离上没有多大差别。由于这样一个特殊的地理区位，土耳其自然把对外经济联系的重点放在欧洲，出口的市场是以欧洲为主，因为商品出口到德国和法国，其运输成本要比出口到日本和韩国低得多。由于在经济上与欧洲关系密切，自然会促进各方面与欧洲对接，所以土耳其一直想改变自已的“洲籍”，成为一个欧洲的国家。当人们说到“脱亚入欧”这句话时，总有一种贬义包含在内，似乎是为了洋人而忘了祖宗，就像我们中国人说“崇洋媚外”一样。但土耳其一点都不介意这种说法，就是要变成欧洲国家。属于哪个洲的国家，地理界定是一回事，身份选择又是一回事。如果人们习惯上把欧洲的边界往东边移一点点，把小亚细亚半岛视为欧洲部分（当然地理学家不会同意），那土耳其就是一个标准的欧洲国家了。

作为一个穆斯林国家，土耳其并不是从一开始就要“脱亚入欧”的。事实上，土耳其的民族文化以及宗教渊源更加接近于东方。土耳其有数不清的清真寺，却甚少见到基督教堂。东罗马帝国留下一个著名的圣索菲亚大教堂，后来也被土耳其人改建成了清真寺。上个世纪20年代以前，土耳其是一个典型的政教合一、封闭不化的国家。也和其他的亚洲落后大国一样，土耳其曾经有过几乎被西方列强瓜分的危险。土耳其国父凯末尔在上个世纪20年代领导了一次重大改革，对土耳其进行了全面改造，目的是要建立一个世俗的现代化国家。在地理上这么接近欧洲，实际上，土耳其的国土上曾居住过大量的希腊人，著名的《荷马史诗》中描写的特洛伊，其所在地就在今天的土耳其境内，这个国家的改革和现代化进程的模板自然是非欧洲不二了。

有人说，在现代社会，尤其是资讯发达到互联网出现以后，地理和距离已经变得不够重要了，好像世界真的变得“平”起来了。实际上，地理、区位和距离依然十分重要，国际经济学中有很多关于讨论距离对贸易的重要性的文献（distance does matter!）。同样是曾经想“脱亚入欧”的国家，日本到今天为止仍然是一个标准的亚洲国家，亚洲的价值观、社会习性在日本根深蒂固，亚洲对日本的重要性远远在欧洲之上。每年有大量的日本人在欧洲旅行，日本也会流行欧式文化，但绝不会参加欧洲的比赛，更不会要求加入欧盟。无论历史还是现实，就像土耳其与欧洲交往一样，距离或地理因素使日本与亚洲的交往更加密切。

登上海边的一座小山峰，在山顶的一个公园向海而坐，俯瞰横跨博斯普鲁斯海峡的那座著名大桥，望着桥上来来往往的滚滚车流，以及海上不时而过的欧洲邮轮，啜几口手中的很像意大利风格的土耳其咖啡，一切是那么轻松、惬意！我在这里已经静静地坐了半小时。

这就是伊斯坦布尔。远处有尖塔高耸入云的巨大清真寺，诵唱古兰经的祷告声偶尔随风飘来。近处有一个很西式的咖啡厅，里面卖着咖啡、红茶和糕点，几个青年男女在轻声说笑。男子身板硬朗，眼睛炯炯有神，透出西亚男子特有的结实有形。女子金发淡妆，装扮入时，完全没有常见的把身体裹得严严实实的穆斯林妇女模样。

土耳其，一个经济比较富裕的发展中国家，一个世俗化的伊斯兰国家，一个要加入欧洲大家庭的亚洲国家，一切拜她的特殊的地理位置所赐。

习俗是从哪里来的？

近二三十年，制度经济学十分流行，这方面的研究在国内也比较活跃。由于中国是一个正处于制度转型的国家，加上旧体制根深蒂固，关注制度演变和热衷于讨论制度的学者和文章也特别多。有一个流行的观点是：在中国，制度创新比技术创新更为重要。虽然从学理层面上看，这句话是一句“大话”，没有多少专业含量，有说了等于没说之嫌疑，但也的确是一句实话。然而，我们不能老是停留在这样一种大而化之的判断上，不妨在评价制度的同时，也去探讨制度是怎样来的。

在经济学的语境中，制度有正式制度和非正式制度之分。前者主要是约束性强的规制条文、法定规则和政策制度，如对所有制、竞争制度、个人身份的规定等；后者是一些不成文的、约束性不强的社会习俗，如价值取向、行为模式、合作范式等。非正式制度的约束性虽然不如正式制度，但包括范围甚广，深深地扎根于民间，其影响和作用并不小于正式制度。

有很多文章研究浙江的民营经济，得出的结论之一是那里的民营经济发展有丰厚的非正式制度之土壤。浙江人敢闯，不愿意死守一座房子、几分农田；浙江人特别抱团，容易互相帮扶，彼此借钱都不用写借条的（有几分夸张）；浙江人不奉读书为上品（这一点与江苏人有很大不同），儿子刚刚长大，不是送去读书，而是托人拜师学做生意，哪怕是做沿街串乡的卖货郎。这些普及于“草根”的价值取向、行为模式、合作方式等社会习俗，是支撑浙江民营经济迅速繁荣壮大的制度性条件的基础。但问题是，为什么是浙江，而不是江苏或其他的地方，产生了这样一种特别的非正式制度的环境？如果继续从制度本身去寻找的话，无异于是说A等于A，是一种同义反复。有人说，浙江人喜欢并善于做生意，是因为浙江一带自古就有发达的商业文明，商业文化传承久远，而江苏传承的是农耕文明。那另一个问题随之出现（其实是同一个问题）：为什么是江苏，而不是浙江，传承了多年的农耕文明？

我们想绕过去的一个事实是无法绕过的，就是特定的地理环境对社会习俗形成的影响。中国历史上绝大部分的时期占上风的是农耕文明。农耕文明与外在的自然环境有着密切的联系，农耕社会的人们对土地、气候、水流等自然环境有很强的依赖关系。一方面是受制于土地的多少、气候的好坏、水流的急缓，另一方面是几乎固定不变的预期，这是农耕文明的最大特征。“种瓜得瓜，种豆得豆”，多洒一把汗，多收几粒稻，农民的儿子很小就从父亲的劳作和家中的饭香中悟出了这一个道理。儿子长大了，接过父亲手中的锄把，在父亲留下的土地上继续劳作，是再自然不过的事情。天上掉谷子的事情绝对不会发生，一年下来颗粒无收的概率也是极小。这种对结果有近乎精确的预期，造就了超稳定的社会心理和百年不变的社会习俗。商业和冒险的冲动，在一代又一代的农耕乡民的心中是不曾有过的。最大的冒险行动，便是到相邻的村中偷一只肥鸡来，或把自己家女人织的土布，用买来的颜料染上鲜艳的颜色，拿到集镇上去卖。如果卖不掉，就得自己穿上让村里的人笑话。

越是土地肥沃、风调雨顺、水养滋润的地方，人们的预期就更加稳定，想其他“糊涂心事”的人就越少。所以，凡是被称作“鱼米之乡”的地方，农耕文明都很发达，经济和社会都处于一种超稳定的结构。太湖地区就是这样一个典型的地方。和浙江相比，江苏可谓水养滋润、土地肥沃，一直占优势的也是农耕文明。而在那些既是“鱼米之乡”又属“山清水秀”的地方，预期不仅稳定，而且收益大于成本，节余不在话下，加上青山秀水启发文思，滋润聪慧，有利于孩童读书学诗。所以在江苏、皖南即广义的江南一带，读书做官一直是一种社会风尚和行为标准。家里田地稍多一点的人家，舍得让家中的儿子不种田（浪费现成的劳动力），而让他专心读书（符合长期的预期）。也正因为此，江南在历史上不知道出了多少个善于吟诗诵赋、下笔生花的读书人和官人。

浙江就不同了。除了湖州、杭州一带在地形上与江南大体一致，也属“鱼米之乡”外，多数地方山重水尽、良田无几，且交通不便，以温州为甚。这样的地理环境，那里怎么可能会产生和江南一样的稳定预期？农耕文明也就没有存在的基础，取而代之的必然是商业文明，预期虽不稳定，但机会成本也小，只要敢冒风险（机会成本小也是敢冒风险的一个重要前提），说不定结果比江南人还要好。事实和历史都证明了这一点。

也许有的读者会提出一个问题：中国有很多地方自然环境比温州还要恶劣，更加缺乏稳定的预期，为什么那些地方没有出现温州那样的商业文明？答案还是和特定的地理环境有关系。温州及浙江的东南部虽然没有大江大河之便利，但却靠海，人们很早就从海上接受了信息传播，了解了外部世界。更是借助于海上，知道了冒险与财富的关系（当然包括对海盗和倭寇的了解），也掌握了冒险的门道。敢于冒险致富逐渐成为一种基因的继承，一直延伸到今天。

地理环境比我们想象的重要

我们每天都在关注世界的变化，而世界的急速变化首先反映在人类内在的各种关系上：公司的兼并与倒闭、新发明的问世、强国弱国位置的颠倒，等等。由于世界变化很快，以至于我们都把眼光投向变化中的事物本身，很少注意变化中的事物所处的地点与环境，因为后者对前者的影响是需要长期累积的。

印第安人是最早达到北美洲的族群，但却不是这片土地的统治者，他们被欧洲殖民者打败了。是印第安人不够聪明、剽悍，还是印第安人不善于组织，没有掌握先进的制度？后一个答案肯定比第一个答案正确，但也不是完全正确。在印第安人时代的北美洲，没有可以驯养的大型动物，也没有足够多的野生植物种类可以改造成农作物。如果没有外来的因素，从现在算起还要等到 3500 年以后，北美洲才能自然地驯化出苹果。也就是说，今天的人们别想吃到产自北美洲的苹果。(《枪炮、病菌和钢铁》这本著作，对生态环境与人类社会进程的关系有许多详尽的论述。) 所以，印第安人被欧洲人打败是一个必然的结果，他们一开始就选错了一个地方。在原来的北美土地上，印第安人不可能建立起一个发达的国家，虽然他们拥有一片广袤而富饶的土地。

世界上的富国穷国，从长期看，实际上很难摆脱地理环境的深刻影响。新加坡在 20 世纪 60 年代的时候，还是一个很穷的国家，过了 30 年，已经变成一个相当富裕的国家。这和新加坡政府和国民的努力固然不可分割，但也和特殊的地理位置、周围环境大有关系。扼马六甲海峡，拥天然良港，处亚洲大陆最南端，这样的地理区位有利于集聚生产要素，建立区域市场中心。此外，新加坡处在几个大国之间，不断斡旋，锻炼了这个国家国民的意志和决心。即便没有李光耀以及新加坡政府的加倍努力，这个国家迟早也会迎来富强的一天。

本文也许会被误解为“地理环境决定论”的观点，尽管本人一直认为需要重新研究和评价“地理环境决定论”。对于地理的因素在学术的研究中给予足够的重视，并不否定人的积极作用。同样用新加坡的例子来阐明：固然没有李光耀，没有新加坡政府的加倍努力，新加坡也会总有一天走向繁荣富强，但可能是 200 年以后，而在此之前，新加坡也有可能不存在了。

现在的问题是，我们对人的能力相信得过多，而对地理环境这样一种自然的力量考虑得不多。

（发表于《经济学家茶座》2010 年第 5 辑）

瑞典的森林及其他

经常看到报章上有“挪威的森林”这一说法，那是日本作家村上春树的一部知名作品，国内外好评如潮，尤其受年轻人的欢迎。我没仔细看过，想必作家和作品一定有过人之处。但是，我不解作家为什么用“挪威的森林”题作书名，斯坎的纳维亚半岛三国（恕我没有把丹麦算在内）都是森林的国度，比较而言，瑞典或芬兰的森林比挪威的森林更有名，更富有想象力。于是，我用了一个轻松且经小心选择的标题，和读者一道把目光投向那个既遥远又熟悉的国家。

绿色的财富

波音767已渐渐临近斯德哥尔摩。透过飞机的舷窗，已经能够清楚地看到北欧的大地（很幸运在登机时要到一张靠窗的登机牌）。首先映入眼帘的是连成一片的绿海，没有房屋，没有工厂，没有庄稼，全是森林。虽然凭借地理学的知识已经有了某种预见性存于脑海，但仍然被眼前的景象所震撼。随着机身的不断下倾，那笔直高耸的瑞典赤松列列可数，只有那些高大成材树木才有的好看的树皮花纹依稀可见。

无论是历史还是现代，瑞典都是一个以森林而著称的国家。森林曾经帮助这个国家顺利地进入工业化（此处暂时按下不表），也是这个现代化国家的最大骄傲。

森林是瑞典最宝贵的自然资源。据查询瑞典官方网站的资料，瑞典的森林覆盖率高达53%，就是说，这个国家一半以上的国土为成片的森林所覆盖。如果说对这个数字所代表的含义不甚清楚的话，对照一下中国的森林覆盖率（18%），就明白这个数字意味着什么了。瑞典的森林总蓄积量为27亿立方米，人均拥有量高达270立方米以上，每人拥有的森林有3公顷。瑞典的森林财富足以让每个中国人羡慕不已，因为中国人均森林面积只有0.12公顷，人均拥有的森林蓄积量不到10立方米。中国林业科学研究院林业可持续发展研究中心提供的资料显示，中国人均森林面积和蓄积量只排在世界的第134位和122位。

瑞典现在已经是高度发达的工业国，但森林及林木加工产业在其国民经济中依然占有重要的地位，在世界上也有很强的竞争力。瑞典的森林工业依旧是该国的主导出口产业，森林产品（包括木材、纸浆、纸张、木制家具等）的出口目前仍然占到出口总值的15%以上，仅次于占第一位的机械产业。

广袤的森林给瑞典人带来了无数的财富，也使这个国家在许多方面更加贴近大自然，因为森林最适宜作为大自然的象征。在斯德哥尔摩机场入境时，从飞机的舷梯下来，经过的是原木地板连接的通道，踏上的是厚质地板铺就的海关大厅，一点都不像常见的完全由工业材料堆砌的国际机场的样子。说是大厅，其实只能算是一个大房间，不同于那些嘈杂拥挤的大国国都的海关，一个小而精致的国家立刻展现在眼前。面对严肃而又和蔼的海关关员，不知怎的，似乎有一种置身于充满自然时尚的休憩场所的感觉。

第二天访问瑞典皇家理工学院，几次进出于该校环境与发展系的大楼，手抚那扇有100多年历史、足足高达3米多的全木制厚重大门（东方女性不用尽力气绝对拉不动，有同行者的实践为证），使我这位对自然原木几乎有点痴爱和拜物教情结的人，暗暗发出一份惊叹，大有“养眼”和“亲物”的快乐感，“幸福经济”的概念立刻浮现。

免受“资源的诅咒”

作为重要的自然资源，森林是瑞典进入富裕国家的重要条件与基础。

瑞典历史上是一个崇尚贸易的国家。由于天气寒冷，可耕地较少，瑞典的农业一直不发达，主要靠木材采伐和渔业维持国家的生计。200多年前，著名的“哥德堡”号来中国广州通商贸易时，并不是直接驶来中国，而是在西班牙中转。“哥德堡”号先是满载木材和铁块，运到西班牙的加的斯（一个港口城市），在市场上把木材和铁块卖掉，再装上中国人需要的银元（当时西班牙有的是银元）和中国人需要的毛呢，运到中国与中国的商人交换茶叶、瓷器和丝绸。不过，200多年前的瑞中通商并没有使瑞典走上发达的道路，所谓“哥德堡”号船上的中国货物，所卖钱财相当于瑞典一个国家三年的国内生产总值，只能当故事听听，经济学的直觉告诉我们不能当真。虽然历史学家们很认真地说，这是真的，因为某个史书上有记载。但还是不能信。因为历史学家总是从史书上找答案，而不从逻辑上去判断，历史学家的错误常常就出在这里，因而经济学家有理由嘲笑历史学家思考不严谨。史书有可能本身就是错的，甚至是有人故意作伪或随意涂鸦。可以说，没有考古作证的史书记载都有怀疑的理由。所以，像热卖的《品三国》之类的书，应该告诉孩子和青年只能当故事消遣，千万不要认真。

瑞典的森林财富真正帮助其走上工业化的道路是 19 世纪中叶以后的事情。当从西欧源起的工业化逐渐席卷整个欧洲大陆时，到处铺设铁路需要大量的铁矿和木材，工业文明对森林发起了前所未有的热情呼唤，瑞典的“绿色的金子”及时地发挥了作用，既提供了欧洲工业化的资源条件，又使本国一步进入工业时代。瑞典的森林资源在欧洲虽然不是最丰富的，因为在她之前还有俄罗斯和芬兰，但森林资源对工业化的作用在瑞典可以说是最明显的。瑞典曾经是欧洲第一大森林产品出口国，历史上因森林积累的财富也可谓最多。

写到这里，自然要提到一个经济学的命题——“资源的诅咒”，即自然资源丰裕的国家，长期的经济发展却很糟糕，丰富的天然资源对这些国家不是福祉，而是一种诅咒（相信读者可以很容易地找到大量例证）。最近两年，我就这一命题写了几篇文章，总的结论是“资源的诅咒”确实存在，不仅在Sachs十几年前所作的研究时存在，而且在自然资源价值被重新发现的今天仍然存在；不仅存在于国别的检验过程，而且经实证检验至少在中国的地区之间也存在。文章发表后，以及在我就这一话题所作的学术报告后，时常有人来信（电邮）和在会后向我提出疑问：世界上也有自然资源很丰富但发展结果很好的国家，如加拿大、澳大利亚，“资源的诅咒”是否真的成立？其实，世界上还有其他类似的国家，如本篇文章所写的瑞典。经济学所要证明的往往是大样本检验基础上的结果，不可能似乎也无必要得出“一一对应”的结论，因为经济问题不同于自然问题。医生通过研究病案，通过切片分析，只要找出了病理，就可以得出“一一对应”的结果，因为人的生理结构是完全相同的（其实也有变异，但数量极少）。经济研究的对象不可能完全相同，也无法解剖，只能借助统计的手段，看多数的结果。这时，小样本的差异和大样本的结论常常是并存的，经济学所要探究的是一种趋势，只要是大样本的研究支持这种趋势，结论就是成立的。

瑞典没有陷入“资源的诅咒”是小概率，属于大样本中的小样本，有其自身独特的原因。一般情况下，自然资源丰裕的国家，制度的演进较慢，落后的制度往往与丰富的资源并存，而瑞典却有着较好的制度安排。早在 1903 年，瑞典就制定了历史上第一部森林法，以法律的形式保障林业在国民经济中的作用(郭广荣，2004)。瑞典的森林绝大部分都是私有林，清晰的产权是该国免于“资源的诅咒”的重要原因。而在那些长期饱受“资源诅咒”之苦的国家里，出现基本的成文法都是很晚的事情。

为什么瑞典没有像大多数的资源型国家那样丰富的自然资源导致落后的制度？这可能和瑞典的非内源性制度有关。不像非洲，更不像中国，瑞典原本没有复杂的制度架构，也就没有多少制度上的继承。一个原来是“北方海盗”的国家，自18世纪起，尤其是欧洲工业化进程以来，逐渐建立的制度框架，基本上是从欧洲大陆沿袭过来的。可以给我们一点提示的是，以“哥德堡”号为代表的瑞典商船驶向大西洋和印度洋时（在此之前，瑞典的商船或海盗船只是在波罗的海范围内行进），船上的船长和大班基本上都是来自于荷兰和英国的“已经制度化的商人”。“哥德堡”号的船东是瑞典东印度公司，如果没有一位世家子弟（尼古拉斯·萨洛林）16岁就去荷兰学做生意，学成后回国，瑞典就不会继葡萄牙、英国、荷兰和法国之后，成立自己的东印度公司，而当时的欧洲还有几个远比瑞典强大的国家并没有成立这样的公司。从这一思路去理解“资源的诅咒”中的大概率和小概率事件就容易多了。美国、加拿大、澳大利亚这几个免于“诅咒”的资源丰富的国家，最初的制度架构都不是内源性的，而是从欧洲来的。而在亚洲、非洲和南美洲，那些难免忍受“资源诅咒”之痛的资源丰裕国，形成的制度架构几乎都是内源性制度。酋长占有资源，官员与商人勾结，肆意开采矿山，排挤知识资本，丧失发展制造业的机会，均是在内源性制度的基础上发生的。

为什么瑞典和其他类似的国家，内源性的制度没有出现？这可能和历史有关，也可能和地理环境有关。我们过去批判的“环境决定论”，今天通过仔细的研究，也许觉得该理论未必全然没有道理。否则我们没法解释，为什么在1500年以前，世界上强大的国家几乎都是内陆国，而现在强盛的国家基本上都是临近海洋的。瑞典和德国地理接近，所以瑞典接受的制度和德国的制度是最像的。

在瑞典皇家理工学院管理学院的院长做东的午餐上，我向院长问起了这样一个问题：为什么瑞典有这么多的工业发明。这里顺便介绍一下：瑞典是一个小国，但在工业发明方面似乎不输于任何一个工业大国。除了诺贝尔的炸药外，温度计、荧光屏还有活动扳手，这些在工业发展史上具有里程碑意义上的发明，均出自于瑞典人之手。留着大胡子的院长，喝了口红酒，润了润嗓子笑言：瑞典是寒冷的国家，冬日长，人们不能出门，历史上的工匠或有工匠素养的人，成天蹲在家里，便不断琢磨和试验着新东西，于是一样接着一样的新发明出现了。院长是笑谈这段历史，但我在心里却若有所思，没有全当笑谈。为什么世界上气候温暖的地区，很少有产生新发明的国家？是不是气候温暖的地方，天然资源的获取极为便利，人们也就不必劳神去琢磨发明的事情了，同样也就没有机会和条件去建立保护发明的相应制度了？我写下这一段话，只能是猜想，需要有坚实的研究作为佐证，若有精力和条件，可以就这一问题作专门的研究。不过，我相信地理变量在经济增长中的作用，许多增长中的差异可以通过地理因素来解释。

“第三条道路”的结果

写瑞典，不能不提及“第三条道路”。瑞典长期由社会民主党执政（该党到去年才丢掉执政党的位置），走的是一条既不左又不右的所谓中间道路。当下，国内似乎有舆论对瑞典和其他北欧国家的“第三条道路”很看好，甚至有意见认为中国长远的社会主义道路应该向“第三条道路”靠拢。

本篇小文无意去评价“第三条道路”，这似乎需要一篇很长的学术论文才能基本说清的。不过，对于国内的舆论对瑞典模式理解上一些误解，却是有必要澄清的。

首先要澄清的是，瑞典并不是一个社会主义国家，社会民主党并不代表社会主义。按照瑞典官方的说法，瑞典只是应用了社会主义的一些元素（socialist elements）去治理国家，而且，主要是用在分配领域。如果说有和“经典的”社会主义最像的地方，也是瑞典人的最骄傲之处，就是她的高福利国家治理理念。“从摇篮到坟墓”（from the cradle to the grave），让公民享受到来自国家的无微不至的关怀，这是瑞典不同于其他经典资本主义国家的主要所在。瑞典的经济制度和政治制度的基础仍然是资本主义式的。在瑞典的官方宣传手册上，写着这样一句话：彻底的民主政治和坚实的市场经济是国家的基本制度。官方正式材料上还有这样的话：是美国的政治宣传（propaganda）把瑞典给误解了。

瑞典的社会民主党为了避免战后两大阵营体制上的不完美，走了一条中间道路。折衷（compromise）、理解（understanding）与和谐（concord）是瑞典多年的追求。不过，依我的观察，瑞典的折衷、理解与和谐主要体现在社会阶层之间的关系，仍然是以分配为基础。政府做的最大努力，一是通过税收调节，缩小贫富差距，保障全民福利；二是调解劳资关系，让资本家对利润的追逐行为有所约束。所以，瑞典的工会势力很强大，公司之间的兼并常常因工会的反对而流产。

瑞典走的是中间道路，产权的私有和归属的清晰却和经典的资本主义国家没有两样。瑞典的森林基本上是私有的，这在一定程度上保证了森林资源的可持续，加上一个比较负责任的政府，所以，100 年来，瑞典的森林不是减少了，而是增加了，而且是大面积的增加。

瑞典是和谐的，其基础是充分尊重人的选择和基本权利。按照瑞典官方的说法，瑞典追求的不仅是“人人生而平等”的境界，而且要让公民意识到的和未意识到的权利得到充分的发挥。瑞典有一条十分独特的法律：公民的自由进入权利（common right of access）。公民可以进入任何法律未加限制的地方，如公共领域和场所（包括政府机关）。甚至私人的园地，只要主人没有加以禁止，进入是不违法的。而且有点“离谱”的是，他人在私人果园里摘吃瓜果，只要“吃相”文明，不破坏环境，不算违法（但不能进入主人家中）。这般看来，瑞典的“吃大锅饭”之风确实是比较普遍的。不过，“大锅饭”吃多了，效率降低是自然的事。最近 20 年，瑞典的经济发展乏善可陈，黄金时期已经是很多年以前的事情了。许多大公司为提高投资回报率，将资本投向了国外。

由于签证日期出了点小问题，不免要到移民局办延期手续。在当地人员的介绍和陪同下，赶在早晨移民局大门刚开就去领号排队，等着移民局官员上班办公。接待我们的官员十分和蔼可亲，办事稳稳当当。手续是办好了，但整个上午都搭在了移民局里。访问团一行 5 个人，办签证用时 3 小时，平均每人半小时以上。官员一上午的工作绩效就是处理了 5 个中国人的签证。国内借鉴瑞典模式，似乎应该重在以人为本，千万不要重拾“大锅饭”的遗风。

（发表于《经济学家茶座》2007 年第 4 辑）

资源丰富国家未必强盛

当国际石油价格跃上每桶100美元大关后，所有的政治家、时事分析家、经济学家和金融家都不得不注意到这一事实：石油、铜、铁矿石这些简单的天然资源，在对国际政治经济的影响方面，似乎已经超过信息技术的高科技产品；增加或减少1桶石油的生产引起的“蝴蝶效应”，让其他任何一种产品难以比拟。

从某种意义上讲，现在全世界都受到资源品生产和供给的深刻影响，资源已经在悄悄地改变国际政治经济的格局。为了显示国际影响力，凭借迅速形成的石油财富，委内瑞拉可以用钱去资助美国的穷人。俄罗斯的能源外交正在成为欧洲事务的重大话题，以至于一些欧盟国家的领导人呼吁要成立“能源北约”，以防止因俄罗斯中断向欧洲供应天然气而造成巨大损失。

然而，从经济发展的规律看，自然资源固然十分重要，但并不是决定一个国家富裕与贫穷、强盛与积弱的根本因素。“资源的诅咒”这一经济学的命题并没有因自然资源价格的上涨而发生改变。“资源的诅咒”是关于国富国穷原因研究的一个经济学概念，其含义是指：一般情况下，拥有丰富自然资源的国家，从长期看，经济发展反而慢于自然资源并不丰富甚至贫瘠的国家。前者如亚洲和非洲的许多国家，后者如日本、韩国和瑞士等国。

印度尼西亚是亚洲为数不多的资源丰富的国家，也曾经因经济快速发展而进入亚洲“新四小龙”行列。但从更长时间看，印度尼西亚丰富的自然资源并未给这个国家带来真正的繁荣和富裕。印尼著名华商李文正先生在他的一部著作中写道，我们的国家很富有，但人民却很贫穷，天然资源没有给我们带来福祉。在雅加达有一个博物馆，专门集中了世界各国政要和印尼商人赠送给印尼前总统苏哈托的贵重礼物，其中商人送给总统的礼物，件件价值连城。参观这个博物馆，得到的一个重要启示是，在资源中“寻租”是最容易的。商人给政治家以金钱和贵重礼品，政治家把矿山的开采权交给商人，商人雇用劳工采矿，政治家和商人各有所得，劳工依然赤贫。虽然自然资源价格上涨了很多，缺乏制度进步的资源国家，经济发展依然十分糟糕。可以说，“资源诅咒”并未因当前的“资源经济”时代而失效。

从表面上看，拥有丰富自然资源的国家就是坐拥了财富，手中有了支配资源乃至参与国际对话的“话语权”。实际上，处理国际经济事务的“话语权”，包括对国际资源品价格的定价权，依然主要掌握在发达国家和跨国公司的手中，资源丰裕国还是基本处在被动接受的地位，真正的“话语权”仍然有限。国际原油价格从冲破100美元大关到跃上130美元台阶以上，并不是石油生产国的主动作为，而是国际金融市场和投机力量的“杰作”。其实，在经历了资源品价格涨涨落落的历史后，资源供给国也懂得一个基本道理：资源价格过高或上涨过快，对资源生产国并不利，因为这会造成长期需求的减少，资源的总收益会下降。当前资源品价格上涨既有供求关系的因素，更有市场投机的因素，后者的影响要大于前者。前不久，在原油价格突破了每桶130美元，并连续创下历史新高之后，美国商品期货交易委员会宣布了就市场中的操纵行为进行调查的决定。消息一出，“空方”力量大受打击，原油价格每桶下跌4美元。

资源品价格的上涨以及自然资源稀缺性的更加突出并未在根本上改变国际经济秩序，决定国际经济秩序的关键力量并未发生变化。由于当今的国际经济秩序基本上是由富国所制定并加以维护的，世界上具有普遍性的国富国穷之命题并没有因自然资源的一时金贵而发生改变，所以，即便坐拥丰富的自然资源，穷国也无力撼动现有的经济秩序。

在资源经济地位突然上升的今天，很容易产生“资源拜物教”。实际上，现在已有很多国家在一定程度上落入了“资源拜物教”，以为拥有了丰富的自然资源就是决定了战略上的胜局。这种状况会带来一个负面的影响，即世界各方力量对资源的争夺活动会加剧，导致集团间或地区性的冲突接连不断，甚至引发战争。世界上有评论说，世界性的大战将会因北极或南极洲的资源而爆发。虽然这有些夸张，但近年来一些国家围绕北极的资源主权所引发的矛盾，甚至友邦反目，确实令人担心。自然资源固然重要，即使自然资源已经非常紧张，最后决定国家命运的，依然是人的自身这一最根本的力量，而不是拥有自然资源的多少。即便在“资源经济”时代，“知识经济”还是会战胜以资源为基础的经济。

（发表于《环球时报》2008年6月3日）

斯密的背影尚未远去

一

每到征订来年报纸杂志的时候，给我送信件报纸的邮差就会和我联络，因为他知道我每年会订不少的报纸杂志，经他的手自然算作他的工作业绩（也许有奖金）。我订的报纸杂志十多种，加上一些报社杂志社赠送的，楼下的邮箱经常是塞得满满的。有时几种杂志和分量很厚的报纸一起来，从信箱的狭窄投递口全部放入也不是一件容易的事，也难为了邮差。

说实话，邮箱里的报纸和杂志并非每份都仔细地看，一般只是看一个大概，包括专业杂志。不过，有一份杂志我却看得很仔细，而且都是在第一时间里看完。这份杂志叫《华夏地理》，是人文地理类的月刊，我已经订阅了好几年。《华夏地理》是美国《国家地理》杂志在中国的合作刊物，每期都有几篇经《国家地理》授权刊登的文章，而且与《国家地理》英文版同步刊登。这份在中国出版的杂志用的英文刊名与美国《国家地理》完全相同，每期的封面都采用《国家地理》那招牌式的黄色边框，十分醒目。

美国《国家地理》创刊至今已经有 100 多年了，文章的深度和质量保证了这份杂志可以和一所世界著名大学的历史一样悠久。《华夏地理》除了直接刊登《国家地理》的文章外，还有该杂志自己采编的文章，后者在数量上更多一些。说实话，这家杂志自己采编的文章，在水准上与《国家地理》提供的文章还是有很大的差距，我在看《华夏地理》自己采编的文章时，还是有些耐着性子。不过，2009 年第 11 期的《华夏地理》，有一篇该刊物自己采编的文章《认识苏格兰：现代世界的发明者》，却十分耐看，我一连读了两遍。

苏格兰曾经是欧洲十分贫瘠的一块地方，但又是知识、思想、文化的富有之乡，正是对后者的富有，使这个自然环境远不如英格兰和欧洲的贫瘠之地，在工业革命的年代顿时繁荣了起来。苏格兰出过无数有名的人，如发明蒸汽机的瓦特、哲学家大卫·休谟以及后来到美国发明了电话的贝尔。但对于经济学人而言，苏格兰诞生了亚当·斯密，这才是最重要的。亚当·斯密的大部分时间都是在苏格兰度过的，包括在那里写下了《国富论》。如果说过去250年来苏格兰对世界的最大影响是什么，答案很可能是出了亚当·斯密和《国富论》，因为今天的世界之所以是这样，离不开苏格兰的这位学者和他的著作。

亚当·斯密构造了一个思想的世界，影响了一个现实的世界。前者是他一生努力的目标，后者则是他不曾想到的结果。在斯密的时代，远洋贸易已经成熟，市场疆域大大拓展，技术变革不断出新，生产方式和商业模式正酝酿革命式的变化。在大变革时代，集团之间的利益冲突往往也最为激烈。君主王室有其利，地主乡绅有其利，工厂厂主有其利，城市市民和农民也有其利。研究经济的学者不能不关注政治与哲学，对经济生活的分析更是离不开对政治社会的判断。所以，在斯密时代，并没有纯粹的经济学，只有政治经济学，经济学的原理实际上是政治经济学的原理。

二

亚当·斯密离开我们整整220年了（今年7月17日是他的冥诞220周年），今天的人们似乎看到的只是他的背影。不像当今世界大红大紫的经济学名家，聚光灯下的演讲照被许多经济学粉丝在自己的博客中珍藏，斯密长得什么模样今天也没几个人说得清（我在一本斯密的传记中看过他的画像，好像是一个胖子）。不过，如果说斯密的思想今天已经过时了，恐怕连今天当红的经济学家也不会答应，他们也不敢忘掉这位经济学的祖师爷。

应该承认，国际上有成就的经济学家对斯密及其思想的熟悉程度，远远超过同时代中国的经济学家。一些经济学大家会经常在他们的论文中娴熟地引用斯密的语录或《国富论》中的论述，名家之作的字里行间，不经意地就流露出对200年前伟人的尊敬。其实，直到现在，主流的经济学思想仍然建立在分工、自由市场竞争等斯密的理论框架上。

200多年前的斯密及其同仁，研究的是经济生活中的原则问题，以及相应的大是大非。前者如价值和财富是如何创造的，分工与效率之间的关系；后者如市场是否应该自由发展，国家应该怎样征税等等。今天的经济学家较少关注这些看起来过于宏观的大问题，早已聚焦于一些非常具体且技术性很强的细节问题，好像不这样做，所研究的东西就缺乏含金量，甚至连发表都有些困难。

有人说，是经济学研究的进化造成了这一切。就像人的生理解剖原理早在一百年前就解决了，现在要研究的是构成人的生理的分子结构。其实，与其说经济学的进化使然，不如说经济学家的进化造成了这一结果。斯密的时代，经济学家不是一个正式的职业，斯密的理想也不是要做一个经济学家，而是要做一个令人尊敬且有高俸禄的税务官（他直到快死时才谋到这个职位）。那个时代经济学家最大的功能是对社会做出价值判断，并且告知大众。斯密先写《道德情操论》，后写《国富论》，不是一种职业的逻辑，但符合那个时代的逻辑。今天的经济学家已经是一个高度职业化的群体，既然是职业性的安排，自然就有职业内的游戏规则，否则这个职业就要被职业外的群体所冲击或排挤。赋予职业工作以更多的技术标准就是职业化的一种体现，这既是一种职业门槛，也是职业内部竞争的一种安排。经济学因此也就越来越技术化了，也越来越细枝末节化了。

今天的人们不再研究斯密时代的内容了，但绝不表明斯密研究的问题今天全部解决了，实际上还有许多问题悬而未决。

美国总统奥巴马当政以来做的最大的两件事情，一件事是和金融危机作斗争，另一件事是推进国内医疗体制改革。这两件事情都属于经济学研究的范围，但都不是细枝末节的研究问题，而是事关“大是大非”的美国政治经济学关键问题。无论你能够列出多复杂的联立方程，也无论你研究的技术手段是多么高深，也无法回答在金融危机面前，美国政府是否有必要出手救助私人企业，是否应该暂时不管自由市场经济的准则而对华尔街的金融家严格限薪这样的问题。这是社会价值的判断，而与经济学家的职业化技术训练无关。同样，医疗体制的改革，经济学家首先要回答的是，美国是否应该向欧洲靠拢，把医疗福利看做是公民与生俱来的权利，就像杰弗逊在美国宪法中所言人生而平等，还是把医疗福利看作和工资、房子一样，是个人努力竞争的结果。在没有回答这个问题之前，任何研究涉及医疗福利的经济学的细节性研究，都显得无意义。

三

中国改革开放30多年，就像经济生活一样，中国的经济学研究出现了翻天覆地的变革。

30年或20年前，中国的经济学家都在讲大道理，有的时候还热衷于在概念上做足文章，讨论是应该说“有计划的商品经济”，还是说“计划经济与商品经济相结合”。中国知识分子的聪明才智全用在文字功夫上了（至今我们还能看出因官方表述不同而引来的政策差异，这是中国的政治游戏规则之特别所致，历史渊源深厚），学经济学的青年学子觉得无聊。但不容怀疑，那时的经济学论战帮助解决了许多大是大非的问题。

现在遗风虽在，但时过境迁，情况已大有不同。今天经济学家的专业研究，触及笔者所言“大是大非”的研究话题已经很少很少，那些非常细小且非常耗费精力（因为技术性很强）的旁枝末节研究太多太多。可悲的是，绝大部分的研究结果基本无用。更加可悲的是，这些技术性的研究，要么基本没用，要么只有技术，却看不到思想。

应一些经济学刊物的约请，我时常审阅一些投稿。这些论文已经经过编辑部的筛选了，已被认可为有价值的选题。其中不乏创新、有显性技术性成果的文章，但坦率地讲，有显性思想性成果的文章却不易看到。

由于经济学的研究在很大程度上已被功利化了，写经济学文章的人（很多是博士生或具有明确功利目标的学界人士），不是出于一种兴趣或对理想价值观的追求，而是刻意要把文章写出来。作者在写的过程中花了大量的时间和精力，对于文章的结果及其意义，并不是很关心的。我们常常看到这样的经济学论文：作者用了极其复杂的过程却证明了一个显而易见的道理，或者研究了一个早已在国外已经解决的问题。一份在国内很有影响的经济学期刊的编辑部主任曾对我说过，编辑部几乎每天都能收到关于FDI技术外溢的投稿，编辑部人员早已过了“审美疲劳”的阶段，见到这类稿子，已经可以用“痛苦”两字来形容了。

现在的经济学刊物已很少刊登关于中国经济改革和社会变革等重大问题的文章了，即使有这样选题的文章，观点鲜明、思想性强的力作也属少见。是中国已经超越了讨论“大是大非”问题的历史阶段，经济学的研究自然转向集中研究一些以技术见长的细节问题，还是中国的经济学家的思想已经退化，似乎无力回答一些重大问题？或还是因为其他原因？

每天打开报纸，进入互联网络浏览，看到的都是一些理应引起经济学家关注的重大问题，其中不乏“大是大非”问题。例如，中国的房地产已经成为一个全民性的问题，房地产市场已演化成不同利益集团反复较量的场所，其背后实际上是一个重大的国民收入和国民财富分配的问题。我们该怎样分配与房地产有关的集团利益和阶层利益？这样的问题要远比房地产业到底能拉动多少个产业增长的问题重要得多。中央政府已经无数次要调控房地产市场，但最后的利益还是向房地产商和地方政府倾斜。笔者曾经应约写过一篇关于房地产的文章，想了好几个题目，最后用了“为什么总是开发商笑到最后”这样的题目。同样是房地产，央企纷纷在各地当“地王”成了2009年的热点新闻。国资委曾经披露一个数据，央企的利润达到破纪录的2400亿元。如果央企的利润来自于房地产市场，无疑是一种社会财富的再分配，这样的央企，我们还要它干什么？央企当地王是典型的不务正业。

由央企的问题联想到改革。央企之所以热衷于并能够当“地王”，还是改革不彻底出了问题。央企具有特殊的垄断性资源，在房地产市场上赚钱无异于用牛刀宰小鸡，破坏了财富分配的公平性。同样，中国的银行由于有许可制的保护，以及存款利息与贷款利息的巨差，其利润也来自于一种不公平。所以，所有中国的银行都赚钱，而且赚很多的钱，所有国有控股银行的行长（绝大部分是政府委派的）都拿高薪，也是得益于一种改革不彻底甚至异化的制度框架。

类似的“大是大非”问题很多，限于篇幅，我只能列出这些具有典型性的并与财富分配密切相关的问题。改革开放之初，改革自然要调整社会利益，包括调整一些特权集团的利益，如恢复高考，取消大学录取推荐制度（其实就是取消门荫制度）；放开市场，用货币制度替代权利制度（实际上取消用特权获取商品的制度），等等。当初分配不公，是因为短缺经济以及特权集团所造成的。今天分配制度的改革任务远未完成，仍有严重的分配不公，但原因不是短缺经济，而是关系到其他的价值判断问题，如权力与金钱结合的新的权贵阶层是否已经出现，以及是否需要对之限制的问题，等等。今天，为了解决房地产市场的难题，抑制投资性买房成了政府的政策选项（海南三亚刚刚出台每人只能买5

套房子的规定)，但是否符合我们的市场经济大准则？其实，我们仍然处在政治经济学的时代，经济生活中还有不少原则问题、是非观问题以及重大观念问题有待经济学家去研究、去解决。

为写文章而写文章，是今天经济学研究的一大误区。不仅我们难以看到像以前那样曾引起广泛共鸣并推动社会进程的重大改革与发展的闪光思想，而且使新的一代经济学家在逐步丧失探究社会价值的思想。青年经济学人受到的更多的是技术方面的训练，却缺乏思想的熏陶（这和当今具有话语权的经济学家渐渐在贵族化有关)。现在的青年经济学者中，不乏会出现一些学问家，但未必是思想家。

和 20 年前相比，今天中国经济学的研究无疑增强了许多学术性，但学术性不一定代表思想性。在价值观仍处在大破大立的时代，思想性远比学术性更为重要。经济学的研究应该有所回归，至少给一块空间让新的经济思想萌生、传播和影响大众，尽管今天我们也需要学术性的研究。

亚当·斯密已是故人，我们看到的只是他的背影，但这座背影并未远去。如果用心去听，我们似乎还能听到他的声音。近距离地看到斯密的背影，是因为我们还生活在政治经济学的时代。

（发表于《经济学家茶座》2010 年第 1 辑）

有没有坏的市场经济?

邓小平曾经说过，不管黑猫白猫，抓到老鼠就是好猫。他还曾经说过，市场经济不分资本主义和社会主义，资本主义可以搞市场经济，社会主义也可以搞市场经济（大意如此）。

伟人的话无疑是正确的。中国改革开放三十年，所走的道路也基本是按照伟人所确定的方针。

不过，如果发挥一点学究气的话，如果对市场经济作进一步引申的话，是否会有其他的答案？例如，有没有好的市场经济与坏的市场经济之分？或者说，存不存在着坏的市场经济？

市场经济的基石是充分发挥市场对资源的配置作用，而这种资源配置的作用是通过价格来引导的，即价格机制是市场经济的基础。人们之所以选择市场经济，是因为价格通过自身的信号调节，经过市场机制的作用，可以把资源配置到应该配置的地方，最终促进效率的提高，增进社会的福利。但是，如果现实中价格机制的调节起不到这样的效果，并没有促进效率的提高，增进社会的福利，那还是不是好的市场经济？

经历过市场化社会转型的中国人，不要说经济学家，即便是普通老百姓，也可以看出身边价格机制逆向引导的例子比比皆是，而且已经不可以用“个别”、“局部”来敷衍了。

明明是国内生产的家具，打上一个意大利的牌子，再把它运到靠近海港的出口保税区，再“进口”到国内来，价格就可以贵上十倍以上。如果不经媒体曝光，这样的事例是可以写进财富英雄案例的（“达·芬奇”家具）。市场经济应该把更多的要素（包括资金）流向优质或优等的生产领域，但“达·芬奇”家具的事例表明，现实中并非如此，更多的要素流向了劣质、劣等的生产领域。除此之外，还有“问题奶粉”、“瘦肉精”、“倒塌楼房”等等。

如果还有人说不能以个别案例以偏概全的话，那再看一看现实中具有普遍性的市场定价规则或定价游戏。

稍有购物经验的人都知道，现实中大概有两类市场占统治地位。一类是价格事先不确定的市场，即消费者事先并不知道最后成交的价格是多少，当然更不知道商家的成本和利润是多少，一切取决于买卖双方的砍价能力（现在连有的医院做手术都可以砍价，医院为了多做手术，可以给部分病人让利）；还有一类市场明码实价，价格标得一清二楚，没有丝毫弹性。

先来看第一类市场。

有的消费者进入这种市场是一种愉悦，会立刻兴奋起来，因为可以大展砍价功夫，但更多的消费者是一种痛苦，尤其是不会骗人的消费者。一件商品，明明合适的价格是100元，卖主却要标价500元，然后等着买主来砍价，双方随即进入一场斗智斗勇的过程，其间还免不了相互欺骗、讥讽的环节。虽然有少数的消费者乘兴而归，但多数还是以卖主胜利而告终。

这是一种典型的坏的市场经济。坏在三处。第一，让双方都学会欺骗。不仅卖主在欺骗买主，精明的买主也在欺骗卖主，佯装在其他地方可以买到更便宜的东西（当然是卖主欺骗在先）。第二，双方都要承受心理压力，为商品买卖付出金钱以外的成本。自然买主承受的压力更大，担心买到假货。第三，由于买主有心理压力，降低了购买欲望，抑制了消费；卖方欲擒故纵，错过销售时机，降低了销售的速度。总之，市场的效率被人为地降低了。此处还没考虑商品假冒伪劣问题的因素。

再来看第二类市场。

这类市场往往为高档或表面上高档的市场，消费者一般不用担心假货，也不用去承受砍价的心理压力，但常常货真价却不实。许多地方明码标价，但标的却是高价。我曾经在香港的会展中心喝过咖啡，一杯40港币；还在意大利罗马繁华街头喝过可以续杯的咖啡，标价2欧元；也在上海为等英国签证而在旁边的上海商城（一个综合商业楼宇）喝过咖啡，价格标得很清楚：一杯90元人民币，不能续杯。据说上海金茂大厦里还有标价200元一杯的咖啡。不用说，这也是典型的坏的市场经济。

市场经济本来是自由竞争的经济，在自由竞争的市场条件下，人们的信息搜寻成本会大大降低，从而生产、销售、消费的效率得以提高。但现在的情况是，市场是自由的，竞争也是比较充分的，但人们的信息搜寻成本不仅没有降低，反而提高了很多。任何一个人，到市场上去买房，请人来给房子装修，或者到医院去看病，如果事先不下足工夫，一定会吃大亏的。

再说一种坏的市场经济的情况。

在好的市场经济中，消费者凭借“货币选票”，去给商品和企业“投票”，未得票的自然被淘汰，市场上留下的应该是好的企业和好的商品。理论上如此，实际上也大致如此（虽然实际与理论有点距离）。所以，市场经济发达的国家，消费者可以选择来自世界各地美好的商品。例如，美国消费者可以凭货币去选择英国的西服、意大利的皮包、泰国的大米、菲律宾的水果，还有美国的苹果手机。中国也是市场经济，消费者手中持有的也是货币选票，但选择范围大大缩小（此处暂且不论），即便拥有选择权，付出的货币选票也比美国消费者多得多（此处也暂且不论）。重要的是，消费者用货币选票换来的不是优质商品，因为市场上根本就没有优质商品。

我用雨伞的例子来说明这一点。因为我曾经在一次海峡两岸学术论坛上用这个例子来说明我的观点，来自内地的、台湾的许多学者听完我的发言后都认同我的观点。

每个人在中国内地都有雨天打伞的经验。可能每个人都有这样的体会，或经提醒有这样的体会：在市场上能买到的雨伞几乎都是劣质货，实在不经打，用几次就坏了，质量太差。而且，还没有消费者抱怨这一点，因为这样的雨伞实在太便宜了，十几块钱一把，用坏了再买一把新的。于是乎，市场上全是这种简便的劣质雨伞，想买一把好的雨伞都不知道该到何处。于是乎，中国的厂家始终在生产这种劣质雨伞，消费者始终在使用这种劣质雨伞，既降低了福利水准，又浪费了资源。这是不是坏的市场经济？（可以把雨伞的例子延伸到其他市场，仍具有相当普遍性。）

中国的厂家并非真的不会生产好的雨伞。我曾经在英国花 15 英镑买过一把雨伞，并带回国内，同行人见我不买奢侈品而是买雨伞十分不解。但在国内雨天使用时，周围人见到都加赞赏，称从未见到质量这么好的雨伞。其实，这把雨伞还真的是 Made in China（中国制造），只不过不是国内品牌，而是由英国的企业在中国代工生产的，使用的是英国的专利和技术标准。偶尔见到国内市场上质量较高的雨伞（由于有在英国买伞的经历，所以有时对伞的市场比较留意），几乎都是出口转内销的。

雨伞的例子证明，我们的市场经济不仅没有培育出合格的生产者，而且没有培养出合格的消费者，因为大家都有图便宜而始终使用低质商品的习惯。这样的情况是不是坏的市场经济？

难 行

我们的市场经济，以GDP的规模与增速来衡量，无疑是高效的，但用净福利来衡量，如扣除因忍受低质商品和低质服务以及非金钱成本上升而引致的福利损失，就要大大打一个折扣。

本文还仅仅是从生产和消费领域讨论市场经济净福利的损失，尚未涉及分配领域和其他社会经济问题。如果联系分配不公、权贵市场主义、决策失灵、政绩工程、市场短期化行为等诸多社会之弊，坏的市场经济一面就更加突出。

为什么会有坏的市场经济？为什么我们也是尊重市场，尊重价格机制，但结果和人家的市场经济有很大不同？

作为一篇短文，本文只想说明，市场经济有好坏之分，现实中有大量坏的市场经济的一面，不打算再花更长的篇幅去讨论为什么会有坏的市场经济存在，也希望有更多的学者来讨论这个问题。笔者只是在脑海中粗粗“滤”过这个问题。可能有几个思考点，此处简单写下，作为文章的结束语：可能有历史的因素，市场经济来得有点匆忙急促，缺少积淀；可能有制度设计的因素，因为我们一直是在“摸着石头过河”；可能有文化缺失的因素，搞市场经济的国家多半都有人本主义的文化背景，而我们没有；还有可能我们的市场经济主体本来就与众不同，是属于民族劣根性的东西。

（发表于《经济学家茶座》2011年第3辑）

500年前的那场血腥与机缘

——一个新的经济史观

世界上有一些产品，用今天的眼光看不足为奇，甚至是一些很小的产品，但在人类经济史上产生过重要的作用，甚至改写了历史。

稻谷在今天异常丰富的物质世界里，只是一种价值量很低的物品，今天没有哪个国家可以凭借生产稻谷进入富裕国家的行列。但在历史上，稻谷却在亚洲的经济社会发展过程中有过极其重要的地位，也是为什么亚洲人口总量大于其他洲人口总和的一个重要原因。因为生产稻谷，可以在较小的土地上产出较多的粮食，从而维持相对较快的人口增长。中国的南方广泛种植水稻后，人口逐渐超过了北方，成为全国经济发展的中心。

在欧洲人没有种植马铃薯之前，欧洲人口增长缓慢，经济发展水平远落后于亚洲。西班牙人从南美洲把马铃薯带到欧洲后，欧洲人的主食发生了变化，维持劳动力的成本变低了，因为种植马铃薯要比种植小麦容易得多，产量也大得多。当英国人从西班牙人那里引入马铃薯以后，英国战胜西班牙成为新霸主就变得命中注定了。正如著名历史学家布罗代尔所言，英国人从西班牙人那里学会种植马铃薯，其意义要大于英国海军战胜西班牙的无敌舰队。

本文所要讲的并要引申讨论的是另一种产品：羊毛。

羊毛自古就有，在古罗马时代，人们就知道养羊取毛是一种很好的行业。当时的意大利可以说是毛纺工业的发源地，并在世界上最先达到了毛纺业的辉煌。但是，意大利的羊毛和毛纺业并未改变历史，虽然两千年前富足的羊毛和繁盛的毛纺业已给这个国家深深地烙上了时尚之风的印记，直到今天，意大利还是世界时装界首屈一指的国家。古罗马灭亡后，意大利的羊毛也变得稀少了，毛纺业一落千丈，重新兴起则是一千多年以后的事情。到中世纪，西班牙成了欧洲的羊毛大国，著名的美利奴羊毛就发源于西班牙（该品种羊毛在今天也是最好的，有专门的商标）。然而，西班牙的羊毛也未改变历史，也没使这个国家真正强盛起来。继西班牙之后，欧洲还有几个国家曾经盛产过羊毛，但都不值得历史学家去重新思考史书的写法。

当羊毛重新选择了一个国家，引起了贸易结构和贸易方向的重大变化，促进了该国基础产业、社会阶层乃至商业制度的演变，从而最终改变了历史。这个国家就是英国。

14～15 世纪的时候，世界上羊群比较多的地方，不是今天草原丰盛的中亚、中国的新疆和内蒙地区，更不是澳大利亚和新西兰（澳大利亚和新西兰成为羊毛大国还不到 200 年的时间），而是在西欧，包括英国。当时的英国是养羊大国，可能令今天到英国观光的人难以想象，因为今天在英国几乎看不到成群的羊只。中世纪英国的气候和地理条件确实适合养羊，有许多天然的牧场，养羊的成本较低，养羊业很快在欧洲首屈一指。

英国之所以成为养羊大国，源于新航线的开辟以及与此相关的羊毛贸易的繁荣。葡萄牙人和西班牙人发现了新航线后，不仅改变了贸易的流向，使国际贸易的路线由沿地中海贸易转向沿大西洋贸易，使贸易从地中海时代转为大西洋和印度洋时代，而且也改变了贸易产品的结构，毛纺织品开始加入国际贸易产品类别中。在葡萄牙人与非洲部落酋长以及西班牙人与美洲土人交换的商品中，除了小刀、玻璃球、镜子等满足非洲人和美洲人好奇心的奇异物品外，还有毛纺织品这样一种比较实用的产品。不过，毛纺织品成为跨洋贸易的主要商品则是 16 世纪以后的事情。

14～15 世纪羊毛贸易的繁荣主要还是发生在欧洲内部。当时养羊业较发达的国家有西班牙、意大利、英国和德国等国，但这几个国家并不是毛纺织业发达的国家。当时毛纺织业最发达的国家是一个小国，而且这个国家今天已不存在。这个国家叫佛兰德，有译作佛兰德斯（Flanders）的，当时是西欧低地国家之一，位于今天的比利时和法国靠近比利时的一带。佛兰德是当时欧洲羊毛加工和毛纺手工业的中心，也是羊毛原料的集散地。佛兰德本国并不产羊毛，羊毛原料主要来源于西班牙和英国，后两国是当时出产品质最好的羊毛的国家。

五六百年前的英国，经济地位实在不高，没有什么工业可言，只能作为原料输出国，向佛兰德供应羊毛。谁也没能料到这个国家后来能成为工业强国。但历史就在这时候开始改变了。

由于羊毛贸易逐渐繁荣，养羊成为有利可图的行业，养羊的收入超过农业种植的一倍，英国的土地状况和气候条件又适合养羊业的发展，原先的牧场就不够用了，牧场开始挤占耕田，羊开始替代小麦。土地结构的这种自然演变太慢，满足不了养羊主和羊毛出口商对大规模养羊业的渴求，于是，在英国爆发了那场让历史学家感慨不已的血腥事件——圈地运动。

英国大规模的圈地运动始于15世纪末和16世纪初，16世纪头30年是圈地运动的高潮，迄今正好是500年的时间。大量的农田被用暴力的方式或半暴力的方式圈了起来，耕地变成了牧场，农民在瞬间失去土地，成为牧场的帮工，或无所事事，到处闲逛，就像马克思所讲的那样，等待工场主来把他们“牵”到他们不想去而又不得不去的工场。

仔细读过《资本论》的读者，或者今天是40岁以上且20年前在大学里念过政治经济学这门课的往届学生，对托马斯·莫尔这个名字不会陌生，因为“羊吃人”的说法就来自于这位《乌托邦》的作者。关于英国的圈地运动，托马斯·莫尔爵士曾经愤怒地写道：“绵羊本来是那么驯服……现在变得很贪婪、很凶狠，甚至要把人吃掉。”马克思在《资本论》中专门提到莫尔以及莫尔的论述。

英国的圈地运动无疑是血腥的，但国内许多政治经济学教科书写到这一段时往往又有脸谱化的痕迹，就像革命年代的文艺作品塑造坏人形象一样，说到坏全是坏的。其实，圈地运动客观上也有积极意义，这方面后面再说。圈地并不是一开始就把农民的土地加以圈占，把农民从耕地里赶出去。圈地运动先是在公地上进行的，而公地由于经济学上所讲的外部性，即使没有圈地运动也会消亡，这就是“公地的悲剧”原理。中世纪英国实行的是以“敞田制”（openfields）为代表的封建土地制度，即领主的私有土地和农民的份地交织在一起，形成阡陌纵横的条田。为了防止各家条田庄稼搞混，一般会在田边栽上篱笆。根据惯例（这种惯例实际上是制度经济学中所讲的非正式制度），每年庄稼收割完，各家要把自家条田上的篱笆撤除，敞开供大家共同使用。在敞田之外，还有树林、水泽、草地、荒地等，这些为公地（commonlands），供全体居民使用，谁都可以在公地上放牧、打柴。大领主和大牧场主首先是对公地进行圈围，变公有土地为私有牧场。由于公地与农民的生活息息相关，农民的家养动物食草和生活柴草主要来自公地，失去公地也就失去了部分生计，一部分农民开始从依附土地变成依附资本。到了后来，出现了领主把整个敞田全部圈围的情况。

圈地运动的确是一部“用血与火的文字载入人类编年史的”（马克思语）。然而，用历史的眼光去看，却可以发现，这场血腥运动无意间却造就了一个国家，一定意义上创造了只属于这个国家的一段重大机缘。

圈地运动使小农生产方式即刻消亡，取而代之的是大农场作业方式，提高了土地的利用率（今天的教科书开始承认这一点），提高了英国养羊业的规模效应。很快，英国便不再满足于为佛兰德提供羊毛原料，改为自己生产毛织品，发展本国的毛纺产业。也是很快，英国的毛纺业便显现出自己独特的竞争优势，因为英国毛纺业所用的原料全部来自本国，不仅本国的羊毛品质高，而且羊毛生产的规模经济效应在欧洲最为明显，毛纺产品的成本也最低。英国毛纺业发达起来还有一个重要因素，那就是英国具备早期工业化的有利的自然地理条件。早期的毛纺工场需要利用水流漂洗羊毛、脱脂并作为加工的动力，都是沿河边而建。英国有比较发达的水系，有利于大量的毛纺工场开建。到 16 世纪中叶的时候，英国不再是羊毛出口的国家，而是一个毛织品出口的国家，培育了当时作为欧洲最主要产业的毛纺业的国际竞争力。据可查的资料显示，1354 年，英国输出羊毛 5.2 万包，呢绒只有 5000 匹；到 1547 年，羊毛输出就只剩下 5000 包，呢绒则增加到 12.2 万匹。堆成山的优质羊毛以及在码头等待装船出口的大批毛织品，给英国创造了巨大的财富，为英国日后成为强盛的工业国积累了第一个条件——资本条件。布罗代尔的名著《15 至 18 世纪的物质文明、经济和资本主义》第一卷中有一幅插图，那是一幅作为文物已被博物馆收藏的铜刻画像：一位富有的商人（该商人死于 1501 年）以胜利者的姿态挺拔直立，一脚踩在一头绵羊上，另一脚踩在一包印有属于商人自己的商标的羊毛上。这幅画的标题就叫“盛产羊毛的英国”。

英国的羊毛财富，是否与英国的工业革命以及作为大国的崛起有着某种内在的联系呢？是不是暗含着一个重大机缘？

多少年来，关于工业革命为什么出现在英国，为什么英国成为世界上第一个资本主义强国，有多种理论上的解释。首先是技术革命说。飞梭、珍妮纺纱机、蒸汽机都首先在英国发明，因而技术革命推动了工业革命。但是，对这种理论一直有不少质疑。世界上其他地方也有过类似的技术和发明，为什么没有出现工业革命？最典型的是中国的宋朝，技术发明堪称当时世界一流，却连资本主义的萌芽也未培育出来。于是，制度创新说逐渐深入人心。诺贝尔经济学奖得主诺斯在解释西方世界为什么兴起时用制度变迁来解析，另辟蹊径，开创了新的理论学派，一时崇拜者众。但是，如果我们用心追问下去，发现这种学说似乎也难以全部解释清楚，虽然这种学说是极其有震撼力的。世界上制度变迁剧烈的国家并非英国一国，为什么那些制度变迁更早甚至更为成熟的国家没有出现工业革命，没有首先成为资本主义工业大国？荷兰的制度变迁早于英国，信用制度和金融市场比英国发达，但只是铸造了荷兰一时的辉煌，使荷兰成为暂时的海上大国和贸易强国。意大利的制度演变也很有气势，银行的出现比荷兰还早，早在14世纪初，佛罗伦萨和热那亚就有了相当标准的银行，市场发育非常成熟，但这些制度的形成并未创造出一个强盛的国家。

英国不同于荷兰，不同于意大利。英国在由落后的农业经济社会向先进的工业经济社会转型的过程中（这个转型过程相当漫长），不仅有大量的技术发明，不仅有及时的制度演进，而且还有资本主义生产赖以存在的规模经济生产范式以及维持规模经济生产范式的自然条件和生产组织条件。具体而言，这个规模经济生产范式就是先在毛纺业然后在棉纺业的大规模生产，这种自然条件就是大批量羊毛获得的便利性，生产组织条件则是大牧场和大批工人的出现，使得羊群的规模放养和工场作业都成为可能。英国的圈地运动不仅提高了土地的产出率，而且培育了适宜规模经济的生产组织条件（政治经济学教科书尚未承认这一点），奠定了以规模经济为中心的生产范式。

熟悉英国工业史的读者也许会质疑：英国工业革命前夕的技术发明主要是发生在棉纺业，不是在毛纺业，最终导致英国国力强盛的也主要是棉纺织业和钢铁业，而不是毛纺业。是的，由于行会的限制以及垄断，英国的毛纺业到后来相对停滞了，工业革命必须选择那些更有新鲜活力的产业。但是不要忘了，在英国棉纺业产生的技术发明，有许多原先已在毛纺业产生过雏形或萌芽，可以说毛纺业是棉纺业技术进步的摇篮。飞梭（1733年出现）的发明者约翰·凯原先就是毛纺业的一个技工，他在发明飞梭之前已经在毛纺业有过重要的发明。纺纱机是英国工业革命的重要发明，最初在毛纺业和棉纺业都同时使用过。最终英国的棉纺业超过了毛纺业，成为更具有国际竞争力的产业，但在棉纺业繁荣之初，由毛纺业奠定的规模经济生产范式已经在英国铸就大局，改变了当时的土地制度、劳动关系和生产方式，棉纺业接过来是很容易的事情。

工业革命不可能诞生在那些缺失规模经济生产范式的国家，即便这些国家有较多的技术发明和成熟的制度条件。荷兰的成熟制度条件早于英国，荷兰在造船技术方面也曾经领先于世界，连俄罗斯雄心勃勃的彼得大帝都隐姓埋名跑到那里去学造船技术。但荷兰国内始终没有形成规模经济生产范式的基础，没有能够把全社会都带入到资本主义生产体系中。荷兰具有市场眼光的是商人、银行家（姑且这样称呼）和造船主，不需要雇佣更多的劳动力，这就命中注定荷兰只能是在海上贸易方面显示强盛。仅靠贸易的强盛是不能成为长久的强国的，历史上有不少靠贸易强盛的国家，但都不持久。在古代希腊和古罗马时期，地中海地区有不少海上贸易发展得很好的小国，如腓尼基、迦太基等，最后都未真正强盛起来，甚至在历史的刀光剑影中灭掉了。

意大利曾经有过相当成熟的纺织技术，毛纺加工业也比较发达，但仍然没能产生规模经济生产范式。因为中世纪的意大利并不是一个统一的国家，佛罗伦萨、威尼斯这些纺织业发达的地方都是一个一个小的城邦国家，经济规模太小了。人口数量在国家的历史命运中起到相当大的作用，虽然并非人口越多国家越强盛，但人口太少肯定是一个不利条件。古希腊的雅典堪称古代思想文化、城市规划和民主法制的典范，最终却败于制度要落后得多的斯巴达，人口稀少形成不了规模经济效应不能不说是一个重要原因。

世界上另一个大国有可能成为最早的欧洲强国，却没有成功。这就是法国。在向资本主义过渡的社会转型初期，法国在各方面都要优于英国，人口也数倍于英国。1500 年，英国只有 400 万人口，而法国的人口多达 1500 万（见麦迪森的《世界经济千年史》）。但是，这个国家也缺失规模经济生产范式。法国在奢侈品生产方面十分强大，工匠业极其发达，却没有英国那样的成规模的毛纺织业和棉纺织业，因此，法国当时即便有工业资本，也没有施展的场所。法国的土地比英国多得多，法国农民也养羊，但为什么没有出现有规模的养羊业？是因为法国的小农经济极其强大，农户的土地和作业始终得到严格的保护。法国的羊是分散在各家农户自养的，土地的利用效率较低，养羊的成本高于英国，没有规模经济效应，羊毛的品质也缺乏改进。法国的农户在田园牧歌中度过了几个世纪，避免了那一场血腥的土地兼并。欢愉没有被血火所带走，但是不是也因此而失去一次改变国家历史的机缘？历史就是这样具有讥讽性。在历史面前，帝王、大臣、商人还有学者都有可能是被讥讽的对象。

中国古代科技十分发达，为什么没有出现像英国那样的工业革命，使国家强盛起来？这就是“李约瑟之谜”。笔者在认可许多理论观点的同时，认为中国始终没能形成工业革命和资本主义生产体系必备的规模经济生产范式也是一个重要原因。

技术发明、制度演进、规模经济生产范式都是资本主义初期经济社会转型成功必须具备的条件，不能首先产生规模经济生产范式的国家，只能等待这种生产范式的传播或侵入，成为跟随式转型的国家。历史上能否产生规模经济生产范式，一定意义上也和所在国家的物产以及如何利用这种物产进行生产有关。如果500年前的英国没有繁荣的养羊业和大量的羊毛，似乎难以形成规模经济生产范式，这个国家后来是否能首先爆发工业革命也很难说。一个不起眼的产品，当各种条件具备时，确实能改变历史和世界。工业革命时期的英国，其实还有一种产品起到改变历史的作用，那就是煤的广泛应用。煤在历史上的作用，要大于今天的石油。关于这个话题，可以用另外一篇文章来叙述。

我们的教科书习惯于大篇幅地对生产关系进行抽象表述，把历史的演进过程浓缩成一些十分干巴的教条（这恐怕也是中国学生不爱读历史的一个重要原因）。其实，历史实在是太丰富了，一些自然的、地理的因素也可能让世界发生改变，虽然这些因素不是改变历史的唯一因素。

（发表于《经济学家茶座》2007年第1辑）

两个人与一个国家

在已经过去的2006年里，有许多有名的人士去世，其中有两个人，经济学界不可忘却。一位是南美国家的前领导人，另一位是著名经济学家。这两人职业不同，经历不同，人生结局也迥异，但有两点是相同的：第一是一生功过有诸多不同的评判；第二是这些功与过多少与一个国家有关，这个国家就是智利。

这个国家曾有一段难忘的故事

智利对于今天的大多数中国青年经济学家而言，可谓比较陌生，但在上世纪70年代初，智利同古巴一样，是当时中国舆论非常关注的一个南美国家，因为那里曾经发生了一段让世界社会主义阵营悲喜交加而又富有传奇色彩的政治故事。

1970年，智利大选，左派胜出，以社会党和共产党为主组成的人民团结阵线领导人阿连德当选为总统，社会主义阵营一片欢呼。阿连德执政后公开宣称，要把智利建成一个社会主义国家，同时称追求的社会主义是民主的、多元化的和自由的模式，放弃暴力革命。阿连德政权在产权国有化、土地改革、限制资本力量和追求外交独立方面采取了一系列的措施，基本上是标准的社会主义做法。当时的智利在外交上有两件事值得特别一提：一是新政权很快就和中华人民共和国建交，支持中国重返联合国；二是和美洲唯一的社会主义国家古巴恢复外交关系。

1973年，智利爆发军事政变，军队推翻了阿连德政权，军人政权上台。身为文人总统，阿连德的勇敢和献身精神令人敬佩。面对政变军队的进攻，他不愿到其他国家寻求避难，用从卫兵那里拿过来的手枪抵抗军队的坦克，结果血洒总统府，以身殉职。当时的中国新闻媒体对这位南美的总统是褒奖有加的，也让无数中国青年深刻领会了领袖语录“要革命就会有牺牲”和“枪杆子里面出政权”的无比正确性。

政变领导人皮诺切特是当时的智利陆军总司令，政变后即刻掌管国家大权，

智利前军政府领导人奥古斯托·皮诺切特

不久出任智利总统，军人统治正常化，一直延续到 1990 年。皮诺切特因执政期间杀害众多民主人士，并使数万人被迫离开祖国，在后来失去政权后便成为民主力量清算的对象，一度在国外被捕送监。如果不是已经风烛残年和重病缠身，这位军人总统一定会在监狱中走完人生的最后历程。2006 年皮诺切特去世，引起了智利国内两股政治力量的交锋。一方面有大量的人走上街头，要求继续清算独裁者，反对给死去的罪人以任何光环；另一方面，又有许多怀念皮诺切特时代的人聚集示威，悼念他们心目中的国家英雄，并要求政府给前总统以国葬礼遇。

皮诺切特引起争议的功过是他在政治上的独裁专权和在经济上实行市场经济政策而创造了南美奇迹。

智利的军人当局在政治上高度集权，迫害民主力量，但在经济上却走了一条和阿连德文人政府完全不一样的道路，实行的是自由的市场经济模式。国有企业私有化了，价格管制取消了，经济逐渐对外开放，国际资本前来投资受到欢迎。在市场经济的作用下，智利的经济不仅迅速好转（阿连德执政期间经济情况较糟），而且成为当时南美地区的一颗“经济新星”。这个国家的通货膨胀率从 700%下降到不到 10%，1976 年到 1980 年的经济增长率平均达到 8%。1990 年皮诺切特还政于民主政权，自由市场的经济发展模式却延续了下来，智利的经济发展优势显得更为突出。上世纪 90 年代的头 5 年，智利人均 GDP 年均增长 5.4%，超过了当时东亚 4.1%的水平，而当时整个拉丁美洲平均只有 1.4%的年经济增长率。

另一位引起争议并和这个国家有关的是美国芝加哥学派代表人物米尔顿·弗里德曼。

在二战后凯恩斯主义风行长达数十年的时期，弗里德曼的出现真可谓是一个异数。政府干预的学说已经深深影响了本来属于亚当·斯密思想的世界，在资本主义的体系内，尤其是在美国，经济发展的黄金时代似乎让人们早已忘了是200年前那位主张自由经济的思想家催生了资本主义。弗里德曼的学说被人们看做是不合潮流的保守主义，不仅不时髦，而且有点跟时代过不去。如同麦卡锡时代左派思想遭遇近乎恐怖的环境一样，弗里德曼的思想在相当长一段时间内也遭到几乎是不讲道理的冷遇和排斥。1960年代初，美国有很多大学的经济系不接受弗里德曼的学说，那个很有名的杜克大学的图书馆竟然不收弗里德曼的著作。学校的一位学生到图书馆要借阅弗氏的《资本主义与自由》，在查阅系统中查不到作者的名字，后被告知：杜克大学有一个筛选系统，由图书馆和相关院系负责对图书资料的筛选，结果，该筛选系统认为弗里德曼的著作不值得进入图书馆！

米尔顿·弗里德曼

弗里德曼和智利扯上关系并引发后来一段不小的笔墨官司，还是因为他的思想学说。弗里德曼教过一批来自智利的学生，这批学生是因为当时芝加哥大学和智利天主教大学之间的一项合作项目来到芝加哥的。这批学生在芝加哥大学学成（其中不少获得博士学位）回到智利后，开始并没有显山露水，但他们一直想用在芝加哥所学的一套理论来解决智利的经济问题。时机终于来了。皮诺切特上台后，想在经济上有所作为，让人们觉得他的政府比阿连德政府要好，在经历了一年多的苦无良计后，想到了从美国回来的“芝加哥男孩”（相信熟悉西方经济思想史的人士对 Chicago Boys 这个特有名词不会陌生）。于是，他把几个年轻的芝大经济学博士招进了政府，并委以重任，其中包括财政部长、经济部长的职位。“芝加哥男孩”有了制定经济政策的权力后，立刻用“休克疗法”的药方治理通货膨胀，恢复经济增长。他们用的是在芝加哥学到的真经：放开价格，开放市场，恢复私人竞争的本来面目。"芝加哥男孩"成功了，这批人当了政府高官，成了世界上有名的经济学家，而且是经过实践检验的，不是纯理论的。但是，弗里德曼却背上了不小的黑锅。智利的民主人士和同情智利民主运动的国际人士，称弗里德曼是皮诺切特的顾问，指责他为虎作伥，让军人统治得以延续，是智利民主的罪人。一时间，弗里德曼所到之处，都会引来示威抗议者。就连1976年弗里德曼在瑞典领诺贝尔奖时，会场上都有人高呼抗议口号，弗氏夫妇不得不从后门上台领奖，再从后门退场。

在特定环境中评价历史人物

如今，皮诺切特和弗里德曼都作古了，但人们对他们的褒贬争论并不会随之停止。一个政治人物、一个思想家所做的、所说的，对后人的影响往往大于对他们那个时代的影响。

皮诺切特是历史性的人物，是"一代枭雄"式的，有点像曹操。"一代枭雄"往往功罪同举，历史上有很多这样的人物，例如韩国的朴正熙。朴正熙也是靠军事政变上台，也实行独裁统治，但对韩国的经济起飞功不可没。今天的韩国人对朴正熙也是毁誉参半，但不少人认为他是韩国的大英雄。中国历史上的秦始皇也算是有功的独裁者。"焚书坑儒"是秦始皇的大罪，但他统一度量衡又加快了中国的历史进程。对于政治人物，不能简单地从他是否民主来给他下历史结论，关键是看时代背景和历史环境。如果在今天的全球化时代，哪个民主国家再出一位皮诺切特式的人物，一定是倒行逆施，联合国都要制裁的。

再来谈弗里德曼。因为他已故去，也算历史人物。

诺贝尔奖对于弗里德曼无疑是迟到的。在第一次诺贝尔经济学奖快要颁发时（1969年），人们就预测有两个人最有获奖希望：萨缪尔森和弗里德曼（两人的排序也如此）。结果，两人都未得到。有一个可以理解的原因：第一次诺贝尔经济学奖授予欧洲人似乎比较容易被接受些。第二年，萨缪尔森得到了，也可以理解，弗里德曼还向获奖者发表了热情洋溢的祝贺词。但接下来第三年、第四年一直到第七年，弗里德曼都与诺奖无缘，以至于有的人开始认为他可能病得很重了（诺贝尔奖不奖给已故者）。有理由推测某个委员会要推迟给弗里德曼这项大奖，也有理由推测这可能和他的不大合时令的学说有关。弗里德曼最后还是得到了这个奖，尽管从经济学异常繁荣、各种流派层出不穷的年代讲，他的获奖也不算太晚。

世界上有成就的经济学家实在太多，弗里德曼的思想学说也未必完美无缺。但思想应该是无禁锢的，一旦人们用一种思想去压制另一种思想，甚至用不同的形式去迫害表达、传播另一种思想的人，人类的福利和收益增进就会受损。欧洲在文艺复兴之前，人们只能用神学和国王的意志去统领一切，所有新思想都被视作异端邪说，导致了中世纪的漫漫长夜，恐怖而无知。经济现象实在太复杂，经济学家在复杂的经济世界面前做出不同的解释是一个合理的结果。从某种意义上讲，正是那种十个经济学家就有十一种观点的思想碰撞，才有可能使人们少犯一些经济决策的错误。经济学不是实验科学，不可能总结出一个适用于任何时候与任何场景的所谓纯经济学的真理。听不同经济学家的观点，仍然会犯错误，但错误会小一些；倘若只听尤其是只能听一个经济学家的观点，可能会犯不可饶恕的错误。某个经济学家的观点可能适用于某个环境和场合，换了一个环境和场合，这个经济学家的观点就有可能成了谬误。弗里德曼上世纪80年代曾经来到中国，也给中国的经济改革出过“药方”，其中有许多被证明是“良药”，如放开价格管制、减少国有企业的数量，但也有未必适合中国的“方子”。他在20多年前建议中国立刻放开外汇管制，使人民币成为自由兑换的货币。他不是中国人，不可能知道中国人在巨大动荡后会遇到什么样的痛苦和困难，他的价值观和脑海中的理想图景也不会让他去想我们必须去想的一些问题。如果我们当初照他的“方子”抓药，今天的市场可能会成熟一些，但历经的磨难伤痛可能是需要几代人才能抚平的。尽管如此，我们仍然不妨去听他的关于“自由选择”的“曲调”。而且，从长远看，即便他不给这个“方子”，我们自己也要抓这付“药”——人民币走向自由兑换是迟早的事。

思想学说对转型经济影响最大

弗里德曼不是皮诺切特的顾问。据他自己所言，他只去过智利一次，和皮诺切特只有40分钟的谋面时间，他自己引以为荣的是曾经当过尼克松和里根的顾问。弗里德曼对智利的影响，以及通过“芝加哥男孩”对智利的影响，主要还是他的学说思想。我们可以推测，依照弗里德曼的价值观，他不会欣赏皮诺切特这样的独裁人物，但他又去了智利，不仅和“芝加哥男孩”在一起研究智利的经济改革方案，而且见了皮诺切特，当面介绍自己的解决方案。这可能和经济学家固有的希望自己的治国良计得以实施的愿望有关，也可能和弗氏理论在国内不被看做正统，急于想在国外得到价值证明有关。当然，这些都是推测。不管正统经济学家及其影响的舆论如何看待弗里德曼，他的思想学说的实践在智利算是成功的。直到今天为止，智利仍然是拉丁美洲经济转型最为成功的国家之一，也是南美洲经济表现最好的国家，尽管国内一些学者不承认这一事实。

我们对智利经济的研究实在不够，笔者查阅了在中国期刊网刊载的有关智利经济的学术论文，只有寥寥不到20篇，不到关于阿根廷经济研究的十分之一。而且，我们对智利经济转型以及弗里德曼经济学对智利的影响，常常是以一个概念先入为主，即新自由主义在南美的泛滥，把新自由主义和弗里德曼都脸谱化了。笔者查到一篇评论弗里德曼学说对智利影响的文章，基本上是攻击式的。顺便一提：这篇文章为一稿两投，中国期刊网有证。弗里德曼晚年得意于智利经济的稳定和增长，尤其是这个国家与外部世界的紧密联系。作为一个小国，智利是世界上和他国签订自由贸易协议（FTA）最多的国家，其中包括和中国签订自由贸易协议。这种现象及其反映的经济模式的变迁，真值得研究国际经济学的博士写一篇学位论文。作为对照，目前南美一些国家出现了一种急速向左转的运动，在搞不是计划经济体制的计划经济，把外国公司收归国有，大行劫富济贫之事，凡是美国反对的，就大力支持干。痛快是痛快了，但不知道是否能长期痛快。(拉丁美洲历史上就曾经有过将外国资本收归国有的纪录。)

弗里德曼是一个小个子，按美国人的身高标准，他的个子实在是太小了，以至于他在接受瑞典国王颁发诺贝尔奖章时，国王不得不弯下腰来和他握手，好像国王在向他鞠躬敬礼。小个子有大智慧，在思想界他就是巨人。弗里德曼的经济学说对现实经济的影响，似乎并不比正统经济学小。那位学生在杜克大学找不到的弗氏著作，20多年后已在世界主要国家的书店里常年有售，销量已大到难以估计。根据弗里德曼自己的估计，他的《自由选择》一书的销量已超过100万册。从历史上看，思想学说往往对处在转型期的国家及其经济模式有更大的影响，弗里德曼又对指导一些国家经济改革抱有浓厚兴趣，实际上，对世界上的转型国家，他的思想学说已经超过了正统经济学的影响。

全球化的时代就是一个多元的世界，让人有更多的选择应该是当今世界的最大精彩之处。今天的中国之所以能为全球所瞩目，很大程度上是因为人们的行为有了选择性，各种聪明才智得到了发挥和应用，这也是市场经济的根本效用。对待行为选择的价值标准，有的时候遵循中庸之道可能是比较好的办法(中国古代先贤总结出中庸和无为而治确实是一种大智慧)。智利政府对待皮诺切特的葬礼，既没有按照皮氏追随者的要求给予国葬，也没有按反对者的意志去办，而是给予了一个军官应有的礼葬。评价弗里德曼，既无必要像张五常那样特意拔高他，但也该承认他是一个思想领域的智者，对经济学的繁荣有巨大的贡献。

（发表于《经济学家茶座》2007年第2辑）

谁在全球化中受益？

全球化是当今世界最为主要的潮流之一，并影响到绝大部分国家。对于全球化，为之唱赞歌者众，反对者也不少——从中得益就会唱赞歌，否则就会反对。那么，谁是全球化的最大受益者？仔细想来，主要有三类国家。本文分别以三个国家作为代表加以叙述。

一、中国经济奇迹有赖于全球化

虽然民众已有预期，但随着日本政府于 2011 年 2 月 14 日公布 2010 年主要经济数据，承认日本经济（以 GDP 衡量）已被中国超过，一时间国内外媒体高调报道中国正式成为世界第二经济大国，并引发中国何时超越美国的新猜想。英国一家博彩公司甚至推出一个新的产品，以六赔四的赔率，赌中国会在十年内经济超越美国，让对中国经济长期看好的“彩民”可以试试运气。

中国能在 2010 年取代日本成为世界第二经济大国，这是任何一个预言者在 30 年前不曾想到的。甚至这一天似乎来得有点太快了，中国人还没有做好准备如何使用这么多的财富。

许多专家在讨论中国经济奇迹时，都喜欢用思想解放和制度创新来解释这一历史性的现象，认为改革是中国经济奇迹的主要动力和根本原因。我认为，说改革是主要动力无疑是对的，但把根本原因只是归结于改革，不够全面。

从历史上看，社会主义国家搞改革的不仅限于中国，中国也不是最早改革的社会主义国家，南斯拉夫、匈牙利、波兰这些国家搞改革比中国早得多，改革的力度也不算小。尤其是南斯拉夫，早在 20 世纪 50 年代初就大力发展市场经济，私有化的成分很高。30 年前，在中国人的眼中，南斯拉夫几乎和资本主义国家没什么区别。然而，这些国家都没有出现真正的经济奇迹，南斯拉夫连国家都没有了，已经分解为七个很小的国家。虽然东欧国家变故有其独特原因，但时代机缘不能不说是 50 年来巨大变迁的一个关键原因。

50 多年前，东欧的一些国家搞改革时，没有遇上全球化的机遇，东西方阵营正处在“冷战”状态，不可能在国际化的背景下实现资源的有效配置。波兰当时算是东欧强国之一，但实际上经济脆弱。记得波兰原来有一款轿车——波罗乃兹（中国在20世纪80年代初还进口过一批），但不是参与国际分工的产物，和中国原来的上海牌轿车一样，是低质汽车的代名词。从某种意义上说，东欧国家50年多前的改革是对的，但搞早了，在那个时代背景下不可能一个国家靠自我改革就能走向发达社会。

中国的改革却遇到完全不同的环境——经济全球化浪潮迭起，尤其是最近20年是全球化的高峰，中国的改革开放历时32年，最近20年的变化是最为明显的，这种重合绝不是一种巧合。当然，中国的审时度势、主动把握机遇也是重要原因，但这是另外一个问题，暂且不表。没有全球化，中国也会改革开放，也会发展，但国际上不会有这么多的资本、技术和人才来到中国，中国更不会有这么多的产品走向世界。更重要的是，全球化让我们看到更为广阔的世界，心胸也会随之开阔起来。从这个意义上讲，中国是幸运的，中国是全球化的受益者。

在全球化中受益的不仅是中国一国，只要具备比较优势同时又采取开放政策的发展中国家，过去20年来都在全球化中受益，如印度、越南、马来西亚等。当然，中国的比较优势最为明显，又是大国，所以，应该说中国受益最大。

二、美国也是最大受益者

如果说中国是在全球化中受益最大的发展中国家，那美国就是在全球化中受益最大的发达国家。如果要找出世界上两个在全球化中受益最大的国家，那第一是美国，第二才是中国。

首先从经济现象看，美国是世界上物质消费水平最高的国家。之所以如此，和全球化有紧密的关系。根据我的国际经验以及可以查询到的国际物价指数，美国是世界上相对物价最低的国家，甚至在许多领域是绝对物价最低的国家。中国生产的服装、鞋袜、箱包，出口到美国去卖，卖的价格只会比中国国内低，而不会高于中国价格。所以，美国男人买用作内衣的圆领衫，不是一件一件地买，而是一打一打地买。同样，非洲出口到美国的水果，南美洲出口到美国的咖啡、可可，卖得都极为便宜。日本、韩国生产的高级家用电器，在美国买也是最便宜的。

美国人身上穿的服装，吃的水果，喝的咖啡，用的家用电器，大部分不是自己生产的，那美国人用什么去换这些产品呢？人们所能看到的，美国人是用飞机、计算机、精密仪器这类产品以及星巴克、好莱坞这类服务去和世界交换。且不说一架飞机不知要换来多少件服装和多少吨水果（中国的商务部长曾经有七亿件中国衬衫换一架波音飞机的说法），美国的服务更是要换来数量更多的他国产品。一个美国咨询公司在中国做的业务，其水平未见得比中国的本土公司高多少，但收费有可能是中国本土公司的十倍甚至几十倍。本人曾经应邀评审过一家美国咨询公司的咨询报告，该公司以美国那位曾经提出“钻石模型”的哈佛大牌教授为招牌和卖点，因为该大牌教授是公司的创建人之一。应该说，咨询报告的水平尚可，但国内好的咨询公司也能达到同一水平，而收费标准却相差甚远。如果没有全球化，美国的咨询公司哪里有机会到中国来赚钱？

更重要的还在于人们看不到的。与其说美国在用自己的服务和世界各国交换产品，不如说美国是在用印刷出来的美元和世界各国交换产品，反正全世界都需要美元，反正美元不必和实物挂钩。对美国更为有利的是，美国用美元去和他国交换，却不用担心他国持有太多的美元，因为在其他国家用不掉的美元又会回流到美国。就像中国的外汇储备中，其中一大部分又以持有美国债券和股票的方式回流到美国，包括购买在金融危机中出大问题的“两房”公司债券。

全球化让世界的工厂越来越集中在中国，却把金融市场尤其是高端的金融市场留在了美国，让美国人可以专心致志地去玩虚拟经济的游戏。游戏玩出精彩了，是美国的利益；游戏玩出问题了（次贷危机），全世界跟着买单。表面上看，全球化让美国实体经济地位有所下降，使中国这样的国家经济发展更快，但实际上全球化让美国人日子过得更轻松。说得尖刻一些，中国从全球化中受益很多，但流尽了汗，天也染得不那么蓝了；美国同样从全球化中受益很多，却没有流多少汗，而且让自己的天更蓝了。

美国在全球化中是损失了一些制造业，这也是一些利益集团经常抱怨的，但美国却因此可以集中资源发展更为高端、更具优势的产业。苹果系列产品风靡世界就是一例证。美国在普通手机、普通计算机的制造上输掉了，却在新一代手机（iPhone）、新式电脑（iPad）上赢得了赛局。至于全球化让更多的优秀人才流向美国，全球化让美国的价值观走得更远，这就不再多言了。

像中国那样在全球化中受益的国家很多，可以说有几打，而像美国那样在全球化中受益的却只有美国。

三、英国是半个受益者

世界上还有一类国家，没有因全球化而实现经济快速发展，反而因全球化失去不少市场，也不像美国集中资源发展高新技术产业，但却能凭借传统精粹在全球化时代保持一定优势，也能从中受益。英国就是这样一个受益者。2011年初，我在英国访问交流半月，参访多所大学和城市，很有这方面的感受。

由于历史的荣耀，英国的大学教育一直对全世界的青年有很强的吸引力，每所著名与不著名的大学都有大量的外国学生，这些外国学生每年为英国带来了巨额的学费。在伦敦经济学院，外国学生的比例占到四成以上，而且，外国学生的学费要比英国学生高出三倍。我在牛津大学和剑桥大学也见到大量的国际留学生，甚至一些专业主要靠外国学生在维持。

英国不仅有好的大学，而且还有最纯正的英语。英语也使得英国在全球化时代具有独特优势。我在英格兰中部偏北的约克小城，见到几位约克大学的系主任和教授，其中一位是英语教育系主任（不是英语文学系），专门培训其他国家的人学英语。

过去200年中，经济发展最好的是说英语的英国（以整个200年为周期）；过去100年，经济发展最好的是说英语的美国；过去50年，经济发展最好的还是说英语的或以说英语为主的国家与地区，如澳大利亚、新加坡、马来西亚、爱尔兰等。日本和韩国是个例外，但这两个国家对英语的痴迷和崇拜，几乎超出说英语的国家。过去30年，经济发展最好的是中国，中国人不说英语，但英语在中国的地位似乎比汉语高。

如果法语在外交场合还可以和英语有一比的话，但在商业领域却根本无法和英语较量。从经济角度讲，英语确实有竞争力。工业革命起家的英国，工业已是明日黄花，但日子过得还比较滋润，不能不说某种程度上托福了英语。当然，经济发展好的国家往往英语使用最多，但并不表明说英语的国家经济发展就一定好。尼日利亚是说英语的国家，但经济始终不好。

凭借优质的大学，凭借 FT 和 BBC，还有英语，英国在几乎失去工业优势的今天，依然还能保持着发达国家的水准，还是和全球化有关。伦敦的金融市场依然是世界上最发达的，因为全世界的企业都会到那里融资；泰晤士河两岸的创意产业在国际上是最有竞争力的，因为借助了英语；英国的百货零售市场是世界上最繁荣的市场之一，因为有世界上的有钱人蜂拥前来购物，其中越来越多的是中国的有钱人。

不过，英国最近出台一项政策，不再允许外国学生大学毕业后留在英国工作。这样，外国青年精英为英国服务的大门被堵上了。长期来看，英国的人力资本质量会因此而下降。在全球化的今天，英国竟然要关上外国人才的进入之门，再考虑到这个国家在全球化中失去的，所以，英国只是全球化的半个受益者。

（发表于《经济学家茶座》2011 年 8 月 3 日，此处有删节。）

排 队

全球化的代价

一份25元的报纸

南京大行宫地区属市中心范围，这里商业气氛浓厚，一幢幢高档商务写字楼不断拔地而起，很像国外大城市的CBD（商务中心区）。前两年，南京最大的一个外文书店迁移此处，就在路口位置最好的一幢新商务楼的楼下落户。

新外文书店店面很大，有楼上楼下两层，店内环境、布置和装修可算上乘，在店内浏览、选书颇有在国外书店的感觉。新书店开业后，我常去光顾。一是为方便，那里离我家约20分钟路程，正好是散步的最佳距离；二是为那里的环境和新书。书店经常有外文原版新书新刊，既有经济学的教材和流行的商业畅销书（曾在这家书店买过弗里德曼的《世界是平的》），还有新出版的报纸杂志，常见的有《华尔街日报》（亚洲版）、《国际先驱论坛报》、《经济学家》、《时代杂志》等，但不知为什么，在书店从没见过更大牌的《纽约时报》。

《华尔街日报》是我比较喜欢读的一份报纸（实际上是一份报纸式杂志），内容有深度，评论文章分量颇重。有机会出国开会或访问时，时常在乘飞机之前买一份（当然是在国外机场），机上的时间便可打发。遇到国外航空公司的机舱报刊中有这份报纸，更是心中窃喜。到大行宫这家书店，不一定每次都买书，但《华尔街日报》多半是要买的。换在前几年，根本不敢想能在国内，尤其是在并不算国际大都市的南京，买到新近出版的《华尔街日报》。

报纸是买了，也算获得了难得的效用，但付出代价不菲：一份报纸人民币25元。《国际先驱论坛报》稍便宜些，一份20元。

由于心里有“消费者剩余”这一概念，虽然掏25元买一份报纸觉得贵了些，但还是愿意买。我不知道书店一天能卖出几份价值25元的报纸，但我有理由相信应该卖不出多少。一是我买报纸时总发现有很多过期的，说明是以前卖剩下的；二是经常看到外国人在报台前翻阅的多，买的少，可能因为和他们在国内买此报相比，价格高了许多。有一次我看到一位蓝眼睛绅士翻阅了很久，几乎把摆放的几期报纸都翻阅了（近乎是在阅读了），最后还是没买。

每天能在南京的书店里买到《华尔街日报》(在北京、上海就更方便了)无疑是全球化的结果，我们还能从国际信用卡、NBA，SAT(美国高考)在中国的流行中看到这种全球化的影子。全球化不仅改变人们的生产，改变人们的消费，也在改变着人们的审美观和阅读习惯。

外文的原版书虽然印刷精美，书店的摆设也算赏心悦目，但毕竟不像卖《品三国》之类畅销书有那么大的市场效应，书店里也不卖中小学生教辅材料，顾客以爱好外语读物的大学生和外国人为主，付款台前有点冷清。在欣赏书店环境和丰富读物之余，不禁有点为这家外文书店的市场前景担心。

全球化也不是免费的午餐

世界上关于全球化的讨论很多很多，光是学术文献，其数量恐怕没有哪一个专攻此方向的博士能够读全读完。经济学家研究全球化，常常会关注全球化带来的福利影响，甚至包括精确地计算出全球化产生的福利效应。赞成全球化的经济学家，眼中有的是经济增长、贸易贡献、福利增进等字眼；反对全球化的经济学家，看到的却是主权丧失、经济依附、贫富差距等令人不安的现象。

支持全球化的经济学家有充足的理由为人类有史以来最为壮观的经济浪潮而欢呼。亚当·斯密曾经说过，经济增长和财富的源泉主要出自人们劳动生产率的提高，而劳动生产率提高的基础是生产分工。《国富论》开篇的第一句就是这样写的：劳动生产力上最大的增进以及运用劳动时所表现的更大的熟练、技巧和判断力，似乎都是分工的结果。(商务印书馆1997年版，第5页)同样是经济学的经典原理：生产分工有程度高低之差异，决定生产分工程度的高低是市场范围的大小。全球化无疑是把市场的范围扩大到了极致。今天，全世界的消费者从来没有像现在这样每天使用着大量来自全球的价廉物美的商品，尽情享受着世界最先进的技术、最优化的生产要素配置而带来的效率以及多样的文化带来的福利增进。

2002年，我曾经在美国普渡大学待过三个月，去过几次大的超市，算是深刻感受到美国消费者因全球化而获得的非凡福利。买一打(12件)来自中国的T恤衫(美国人买汗衫、袜子都是按打来买的)，只要49.9美元，只相当于美国普通工人半天的工资。我算了一下，这个价格即使在中国也是便宜的。如果没有全球化，美国人恐怕还得一件一件地买汗衫。中国人、印度人、孟加拉国人也因全球化而提高了福利。中国是全世界T恤衫生产规模最大的国家，并因此而获得可谓极致的规模经济效应。其实，中国的棉花产量是根本不够支撑这种规模经济的。中国向美国出口的T恤衫，有很多是用美国的棉花生产的，用的是美国南方出产的棉花。两年前在美国流行一本书，书名叫《一件T恤衫在全球经济的旅行》(The Travels of A T-shirt in the Global Economy)，用深度报道和基本分析的方法，记录了棉花从原料到生产再到销售的全球运动过程，其主角是美国和中国。从美国进口棉花，在中国生产宽大的T恤衫，然后再出口到美国，其间还有沃尔玛采购系统的作用，创造了最佳的规模经济、就业人数、低廉价格还有效率无可挑剔的供应链，这就是全球化。

然而，为全球化唱赞歌的经济学家很少会说，天下没有免费的午餐。反对全球化的经济学家，尤其是反对全球化的激进组织，却往往抓住"富者愈富，穷者愈穷"这句话不放，不承认全球化的福利效应。其实，全球化确实带来福利的改进，参与全球化的国家，或多或少地从中得利，否则我们没有办法解释中国和印度近年来经济的高速增长。印度曾经拒绝过全球化，结果就是与中国的发展水平拉大了距离。"印度虎"这一称号的出现，则是在这个国家接受了全球化之后的事情。

但是，"天下没有免费的午餐"确实是一句至理名言。全球化在创造人类福利的同时，其背后又有人付出了巨大的代价。谁付出代价？各自付出的代价是多大？可能是见仁见智的问题，仅这方面的学术文献就可以找出一箩筐。但有一个人类共同承受的代价不可不见：全球性气候变化，而且是朝着不利于人类福利的方向变化。

全球化扩大了市场范围，使各种生产的规模经济达到极限，人类也就比任何时候都加快了对环境进行破坏的步伐。全球气温的不断上升开始成为越来越多的严肃媒体的头条新闻。看看下述变化就知道人们为此付出了多大的代价：海平面还在继续上升，许多岛屿已经被淹没，像马尔代夫这样的海上岛国过不了多久就会不复存在。甚至有人（如美国前副总统、诺贝尔和平奖新得主戈尔）预言，如果不采取措施，就在21世纪，纽约、东京、上海也会沉于海下。很多物种忍受不了气温渐高的煎熬而死去。由于生物多样性遭到破坏，出现了许多令医生非常棘手的新疾病。

全球化的肇事者无疑是发达国家，是这些国家把世界变成了一个“平坦的”舞台，自己唱着主角，并兼当指挥。然而，要维持舞台上的豪华演出，就要有人买票，别人不买票，或买票的钱不够，主角和指挥也要自掏腰包。美国在享受因中国大规模工业化而带来的廉价商品的好处，也在感受着源于中国工业化的更多燃料的燃烧而带来的细微气温变化。相对于美国人的耐热能力，欧洲人似乎更无法忍受一年赛似一年的高温，各国的领导人在一起总是在谈气候变暖问题。本人 2007 年 4 月到欧洲公干，本想欧洲大陆纬度较高，4 月顶多算初春，温中带寒，没想到了后发现那里气温高得像小暑，带去的风衣、毛衣之类完全派不上用场。现在发达国家已经感到气候变化带来的深刻而长远的影响，全球都在为此而买单。所以，气候变化成了发达国家提交重要国际峰会的最主要议题。今年的八国集团会议的主题是气候变暖，APEC 会议的主要话题是气候变化问题，联合国将在今年 12 月就气候变化问题发布正式报告。

也许没有全球化气候也会变暖（这也是另一派学者的意见），但全球化无疑加快了气候变暖的速度，使后者成为难以用 GDP 或增长率进行估量的代价。

中国有特别的代价

中国肯定首先是全球化的受益者。将近 30 年的经济高成长，源于巨大的工业化进程、城市化进程和经济国际化进程，而工业化和城市化的进程也离不开全球化的背景。可以说。中国的经济进入全球化体系后，增长有了一个更大的动力。中国今天拥有如此广阔的市场，手中掌握如此巨大的资本，还有不断上升的外汇储备，都和全球化紧密相关。在发展中国家中，如果说中国是全球化的最大受益者应该不为过，因为中国参与全球化的人口最多，尽管中国也是全球化的最大贡献者。

中国在获得全球化利益的同时，也在付出相应的代价。

一份《华尔街日报》在美国售价不到 2 美元，在韩国售 1800 韩元，约 2 美元。在中国香港是 15 港币，在中国内地则是 25 元人民币。这是一种代价。但这种现象可以理解，因为市场的狭小性决定了高价，况且产品没有替代性。中国也有气候变暖问题，环境的恶化更为严重。而且，中国为全球化还付出一些特殊的代价。

中国的西部地区看到东部地区有大量的外资企业，大规模的外商直接投资（FDI）加快了东部地区的工业化进程，财富创造效应明显，于是，西部各省也纷纷改善基础设施，大力招商引资，加上中央对西部地区发展有特殊政策，向外资开出的条件更为优惠。但是，几年下来，制造业的FDI到西部去的还是不多，东西部地区的发展差距不是缩小了，而是进一步扩大了。西部省份的领导不理解FDI为什么不到他们那里去，以为还是基础设施不好，于是继续大兴土木建项目。学者们往往认为是西部地区的制度质量不高，阻碍了外资的进入。其实，除了上面提到的原因外，还有令西部领导怎么也想不到的一个重要原因：和全球化有关。

跨国公司在东部地区设置的工厂，往往只生产一种产品内的一个部件或一个环节，生产出来以后再和跨国公司在世界其他地方生产的产品零部件进行整合。跨国公司在世界范围内组织了一个巨大的全球生产网络（Global Production Network），国际的生产分工变成了产品内分工，国际贸易变成了产品内贸易。跨国公司之所以热衷于在长江三角洲和珠江三角洲建立制造基地，很大原因在于，把来自于泰国、马来西亚或菲律宾的零部件集中到广东的东莞或者江苏的昆山，在那里组装加工，然后再利用深圳、上海港口的便利性，把产品销售到美国或欧洲，这样更加符合跨国公司全球生产网络的布局效率。西部地区虽然条件更优惠，但不在跨国公司的全球生产网络中，FDI还是不去。按照自然的发展，中国中西部地区的发展差距本不该这么大，参与到全球化后，地区发展的差距似乎更加难以缩小。

深度地卷入到全球化之后，让世界看到了中国手中有很多筹码，对手“叫牌”的规则也和以前不一样了。中国在赢得更多说话机会的同时，也在出更多的牌。中国在世界上本不想多说话的。邓小平说过，要韬光养晦，我们不出头。这句话一直牢牢记在中国外交官的脑海里，几乎成为一句箴言。但是，自从美国副国务卿佐利克说过那句有名的“利益攸关者”的话之后，中国人想不出头也不容易了。中国已经被推到了全球化舞台的前台，经常被人评论是否是一位“负责任的利益攸关者”（佐利克的原话），也要开始就国内的经济问题而不停地与国外磋商。我们曾经坚定地说过，人民币汇率要保持基本稳定，但现在不仅升值了，而且升值快慢也要受外界因素的影响了。当中国没有加入全球化时，中国在世界事务上有很少的“话语权”，但也可以“藏拙”，现在“话语权”虽多了些，却无法“藏拙”了。现在中国想藏在哪个国家后面不出头已不可能，有的时候是人家的对手，有的时候是“靶子”。法国新总统萨科奇访问中国，没有像他的前任希拉克那样表现出对中国文化的极大热情，但却满意而归，因为他带走了一个法国有史以来在海外签下的最大的商业单子，价值300亿美元，其中仅飞机的合同就价值170亿美元。

尽管有人反对，全球化还在继续，中国参与全球化的程度还会进一步加深。全球化是前进的浪潮，但普通民众还需要时间去适应它，有的时候还未必能承受。写本篇文章的时候读到一则报道，值得在此一提：国内航空业响应全球化，推出廉价航空公司和廉价机票。由于是廉价机票，故机上不提供免费饮料，这在发达国家很正常，结果却引致机上旅客的愤怒。中国的旅客把乘飞机享受免费饮料当做天经地义的事了，加上其他因素，最终导致“霸机”事件发生，惊动了民航总局。《华尔街日报》一直坚持独立高调，不流俗，但它的母公司最终还是被媒体大亨默多克收购了。全球化确实要人付代价。

最近又去那家外文书店，突然发现书店门面小了一半，另外一半租给了一家婚纱影楼。那里的生意比书店好了许多。

（发表于《经济学家茶座》2007年第6期）

奇迹：哪些发生了，哪些还没有？

11 月 3 日是一个普通的日子，没有什么特别的意义。但对于我而言，这个日子却经常留在记忆之中。因为 20 年前的这一天，我平生第一次跨出国门，而且是到了一个非常遥远的国度——加拿大。

我第一次坐波音 747 的大飞机，第一次吃黄油、奶酪这样的西方食品。很快，乘坐大飞机跨洋旅行的兴奋感渐渐消失了，长时间夹坐在中间舱位的不舒适感越来越强（那一次的座位很不好，也不懂得要一个好的位子。现在回想起来是航空公司故意安排的，因为我们一行 6 人没有一个是靠过道或窗户的位子。那时，航空公司欺负才出国的中国人，就像现在的航空公司欺负中国的出境旅游团一样。）更难受的是吃西餐。不用说那味道怪怪的奶酪完全吃不下，甚至连黄油也接受不了，只有干啃面包。只有年龄最大的相先生（一位将近 60 岁的副教授）不仅把自己的食品一扫而光，而且笑纳了我们提供的黄油奶酪。这位新中国成立前的大学生对西方生活方式是有体验的，尽管对他那是 30 多年前的事了，重新拾起是那样自如。反倒是我们这一辈，讲西方经济社会侃侃而谈，一片奶酪就足以证明身体基因中根本没有这个成分。

后来到了美国才知道，加拿大并不算最发达的国家，路上跑的汽车就比美国要差一些。但刚踏上西方国家的土地，还是被其物质文明震惊了，什么叫现代化立马有了深刻印象，超过文字上的长篇大论（1980 年代正是中国大讲四个现代化的时候）。我曾经在加拿大最大城市多伦多独自一人徒步半小时，站在市郊一个可以观察高速公路交汇的最高处，去数公路的车道数。我在出国之前，除了北京的长安街，从没有看过一条超过双车道的马路，但在那里我数到了单向多达八车道的公路。感受最深的当然还是超市和百货商店。什么叫物质丰富、丰衣足食，到超市一看就知道了；什么叫琳琅满目、美轮美奂，百货商店的商品和环境告诉你了一切。回想起在小学时，给“琳琅满目”这个成语造句，老师都要我们用国营商店来做例句，十分荒唐好笑。

刚到多伦多时在一个自助酒店住了一星期，一出酒店门就进入一城市公园。

公园里，松鼠和海鸥（多伦多临近安大略湖，所以有很多的海鸥光顾）比人还多。公园门口有一花店，一大早门口就摆满了造型很美的各色花朵，不时有行人路过买上一束。

后来随着时间的推移，就像对黄油奶酪这些西方食品逐渐可以接受一样，对发达国家的物质文明也了解多了，惊奇不再有了。只不过常常在想，中国什么时候能够看上去也和加拿大差不多，有高速公路，有现代化的高楼；人们上街买东西也像到超市一样，随意选购丰富的商品；城市中有公园，还有那满大街都有的花店、咖啡店。30 年还是 40 年？甚至我们这一辈还能不能看到，我都不知道。可能除了我，和我同时代的大多数人都没想过 20 年的时间跨度就足以改变这一切。

今天，我正坐在上海一家四星级酒店的房间里写这篇文章。第二天早上要参加在上海交通大学举办的第二届全球商学院院长论坛，将有国内外 100 多所知名大学的商学院院长参加这次论坛。会议安排了两个酒店作为论坛的住所，一家五星的，一家四星的，我选择了后者，因为中国的四星级酒店已经足够好了。我曾经在纽约曼哈顿的一家四星级酒店住了一晚，花了 200 多美元，感觉比我们学校的三星级宾馆差多了。

如果今天有人第一次出国，如果出国的人来自北京、上海，或是南京、成都这类并不很国际化的城市，无论他到哪个国家，都不会有我 20 年前的惊奇和震撼。事实上，从外表的现代化印记来看，中国的许多城市已不差于国外，甚至好于国外。要看最现代化的建筑，不是在纽约，也不是在东京，更不是在多伦多，而是在北京，在上海。北京的鸟巢、水立方，还有那怪怪的中央电视台新大楼，足以让来自最发达的国家的人士大呼“fantastic”（奇妙极了）了。我今年初在世界著名休假胜地——印度尼西亚的巴厘岛，亲耳听到一位中国游客大叫道：这里有什么好的？比我们国家的三亚差远了！很巧的是，我在一个月后去了三亚（我是第一次去三亚），验证了那位同胞的判断。海南三亚的景色和巴厘岛相似，但物质条件从马路到酒店要比巴厘岛强上几倍。尤其是豪华的五星级酒店，在海边一个连着一个，几乎望不到头。而名气很响的巴厘岛，连条像样的高速公路都没有，酒店的互联网设施也很落后，只能拿着手提电脑到酒店大堂上网，因为只有大堂这一区域才有网络信号。

20 年前，印度尼西亚可是亚洲一个新兴的经济明星，被称为“亚洲四小虎”之一，中国是远在其下的。今天在印尼观光的同胞发出这样的呼声，只能用“奇迹”两字来感叹。

中国这二三十年的变化，尤其是城市变化，足以使任何一个人感到现代化离我们很近了，与发达国家的差距变得模糊了。即便是南京这样的城市，当夜幕降临，开车在城市快速通道上，立刻看到下班高峰时的巨大车流，甚为壮观。滚滚车流闪出的灯光形成一条耀眼的彩练，构成现代城市的特有色彩，完全和早期看到国外纪录片电影里的情景一样。人们对年少时的记忆最深。我曾在上世纪 70 年代初期看过一部纪录片（那时也只有纪录片看），记录的是中国乒乓球队在与世界隔离多年后重返国际赛场的情景。那是在日本名古屋的赛事，纪录片自然也有一些名古屋城市的纪录。别的已经记不住了，但那城市中的车流和灯海，深深印在我一个少年的记忆中，因为那是第一次从声光影像中接触现代化。现在这幅映象重现了，而且是在我生活工作的城市。这自然也要用奇迹来形容。

经过市场经济的洗礼，中国还出现了一个奇迹，就是对效率的追求。中国仅仅用了 30 年的时间，就从不讲效率到很讲效率。30 多年前，一座并不太高的楼房，在中国盖成可能要花上好几年的时间。现在，一座摩天大楼几乎在人们尚未经历一个完整的季节变换就出现在眼前。中国人从模仿外国人的效率开始，继而达到人家的效率，最后自己创造出惊人效率。正是有了这种效率，先是玩具、服装，然后是电视机，再到后来是电脑、手机，国外的商店里逐渐摆满了来自中国的产品。在深圳，一个最新款的手机（当然是“山寨版”），从机型设计到进入商店的柜台，可以在一个月内完成，足以让任何一个研究效率的外国经济学家看得目瞪口呆。

同样是市场经济的洗礼，中国人越来越包容多元的价值诉求，这也说明我们和发达国家在缩小差距。在中央电视台“百家论坛”上，几位口才好、会编故事的专家，把“三国”演绎得像侦探小说一般，几乎把清朝皇帝说成了大贤大圣，引起严肃学者的极大不满，但社会没有因此而不安。一个中国著名演员加入了新加坡籍，网上虽然有热议，但没有人会究真，即便是权力部门也有相当的容忍度：最多不再承认她的中国国籍，因为中国不允许有双重国籍，自然也要取消人大代表的资格。

中国似乎在各方面都在创造奇迹，缩小和发达国家的差距。从高速公路到城市公园，从贵族学校到廉租住房，各个阶层各得其所。不过，差距缩小的地方往往是物的一面，差距尚存的往往是非物的一面。中国城市中的公园越来越多，越来越大，但始终是人比动物多，甚至完全没有动物。一个城市曾经想学国外，在公园里放养了一批鸽子，结果第二天连一只也找不到了，这不是用中国人多一句话就可以解释的。已经发生的奇迹为我们所目睹，似乎还应发生的奇迹，结果并没有发生。

中国有汽车的人越来越多，会驾驶汽车的人更多。中国人到了美国考驾照，原先不会开车的很容易考到手，但原先会开车的，往往不容易通过。原来在中国驾驶技术越高的，在美国就越难通过。2002 年我在美国，回国时在洛杉矶小住了几天。我的一位同学当时正作为重点培养的干部在美国进修，听说我到了洛杉矶，一定要来看我并请我吃饭。到了约定的时间，我在宾馆的门口等他，一辆汽车驰来，同学从车上下来，却不是自己开的。我知道他车开得很好，问他为什么不自己开车。他很懊恼地说，驾照考了三次都没通过。没有考上驾照的原因不在于驾驶技术，而在于处理不好人与车的关系。在中国，交通规则是以车为优先的，在美国是以人为优先的。

由于经过了市场经济的洗礼，由于凡事都把效率放在重要的位置，人们学会了实用，越实用越容易得到社会的认可，也成了今天很有影响的重要价值观。越来越多的大学生想报考公务员。如果有人调查，其中有多少人想实现自己的政治抱负，恐怕比例低得可怜。中国也在谨慎尝试政权架构体制的改革，在基层扩大了直选的范围。结果在不少地方，有钱的财主很容易地当上了村长，因为有的地方只用一瓶劣质烧酒就能换得一张选票；在富裕的地方，其代价可能是一个红包。甚至像生物界雄性竞争一样，谁的气力大，谁就能胜出，一些恶势力掌管了农村基层政权。在我们期待的一些社会领域，奇迹并没有出现。

当国门打开，学外语尤其是英语始终是中国年青一代的热情所在。今天和 20 年前相比，在中国学英语的环境和条件不知好了多少倍。那时只有“英语 900 句”、“许国璋英语”等少数几种的读物，谁有了英语磁带就算拥有了学习西方文化的利器。今天，各种纸面的、声像的英语读物铺天盖地，还有 BBC、Discovery 等电视频道。但学了英语做什么？似乎没有人问过这个问题。大致的情况是，今天苦学英语的人，不是为了出国，就是为了在职场上找一份体面的工作。一个可以佐证的例子是：外文书店里把英语作为语言的读物卖得很好，但以英语表达的思想性读物却几乎卖不动。

几天前我到北京人民大学开会，了解到附近有图书进出口公司的门市部，特地从会场溜出来赶了过去。门市部上下两层，卖的全部是原版图书，上面一层的是自然科学的书籍，下面一层的是社会科学的书籍。我从下面逛到上面，足足在里面浏览了半个小时。半个小时以内，书店里没有进来第二个客人。那天的天气虽然有点冷，但阳光灿烂，十分宜于外出。我想起在韩国首尔最大一家书店的感受。书店很大，大部分是韩文书，但专门有一块不小的地方卖西文书，且主要以科学和人文著作为主，里面的顾客也很多，而且大多数是韩国人。

影楼也是学国外的，但生意一直很好。去影楼的人越来越多，去外文书店的人越来越少，尤其是到思想性作品的书架前。人们在学会把自己打扮得十分光鲜的时候，却不会了思想。财富的奇迹我们已经有了，还要有文明的奇迹，更要有思想的奇迹。

《茶座》是写给对经济学感兴趣的读者看的，在文章的结尾，需要补上一句紧扣经济学的话：现在的经济学文章越来越学术化，也是一种差距的缩小，但却越来越丧失思想性。学术化和思想性本来是可以一体的，但在中国，两者的确在分离，这是客观存在的。为什么出此判断？原因在哪里？容我用另一篇文章来解释。

（发表于《经济学家茶座》2008 年第 6 辑）

“软实力”的背后是什么？

“软实力”这个新名词越来越流行了，不仅在大众传媒上的出现率越来越高，而且常见于一些严肃的学术文献中。不少学者认为，全球“冷战”结束以后，影响国际关系的格局以及决定各国的国际地位，更多的是靠“软实力”。经常看报章杂志，可以见到一个显而易见的观点：中国的经济实力已经比较强大了，在当今国际舞台上，当务之急是要提高“软实力”。政府也很相信这种观点，越来越多的“孔子学院”在海外成立就是一个例证。

推崇“软实力”理论的学者往往以美国为例，列举美国的好莱坞大片、NBA、乡村音乐甚至美式英语如何了得，影响了全世界，起到了美国经济或物质产品无法起到的国际影响，巩固了美国在世界上的地位，增强了美国的国际“话语权”。还有的学者以“韩流”的兴起为话题，感叹泱泱大国，文化源远流长，底蕴深厚，却没有用于提升国家的国际地位。于是，国内舆论界存在一种急切的希望：向世界输出更多的“姚明”等文化符号，以增强中国的“软实力”。

“软实力”一词的英文表述是 soft power，其基础是 power，显示的是一种力量（force，strength），甚至是一种权威。我们知道，在国际关系中，在国与国的相处交往中，力量常常是在竞争中获得的，凭借一种力量可以让别国折服，甚至敬畏，这种力量就上升到了一种权威，开始成为真正的难以撼动的力量。换句话讲，在国际关系中的实力一词，带有权威、统领甚至某种霸气的意思。所以，在英语中，超级大国被称为 super power。

当我们注意到一些国家“软实力”强盛时，更应了解这些国家的“软实力”为什么强大起来，在“软实力”的背后有些什么。

从历史上看，但凡有过显著“软实力”的国家，都曾有过辉煌的“硬实力”，在世界的发展史上留下过鼎盛印记。古埃及和古希腊都曾经有过“软实力”的黄金时期。古埃及的金字塔，古希腊的神殿建筑和这个国家所特有的浓郁的思辨民风，都给当时和后来的世界产生了重要影响。至今我们还能从一些当代经典建筑中看到金字塔和神殿的历史光芒，哲学家的思辨逻辑也时不时出现在今天知识分子的意识流之中。可是，当古埃及的金字塔变得残破不全，古希腊的神殿倒塌之后，这种“软实力”就主要体现在大英博物馆内的展品和陈列上了。若这就是“软实力”的话，埃及和希腊今天仍然拥有这种“软实力”，但如果这两个国家要想靠此来增强国际“话语权”的话，倒真是一个“国际玩笑”了。

记得曾经看过一部美国电影，名字记不清了，内容讲的是一个希腊移民家庭对待儿女婚事的态度。父亲在美国一城市开了一家希腊餐馆，女儿到了出嫁年龄了，父亲并不急着嫁女儿，反而要女儿继续在餐馆里干活，等于是免工资伙计。一段奇遇发生之后，一位非常帅气且有社会地位的美国男性白人开始追求女儿。父亲既看重未来女婿的社会条件，又不想女儿跟他走，对未来女婿并不友善。电影里有这样一段场景：女婿为了讨好丈人，和他谈论古希腊文化，丈人并不领情，绷着脸用对方听不懂的希腊语说：我的祖先在讨论文化的时候，你的祖先还在树上呢！最后的结局是喜剧式的，父亲拗不过女儿对爱情的追求，也是出于世俗的目的，不想放走金龟婿，大家各得其所。

“软实力”实际上是一种文化影响力，包括这种力量所承载的思想、意识、潮流、价值观等。我们在重视思想观念、大众文化影响一个国家的国际舞台表现的同时，还是要看到，“软实力”不是空中楼阁，一定有依附之物，这个依附物在很大程度上还是硬实力。说到底，“软实力”还是上层建筑，其根基还是在于经济。30 年前我刚上大学的时候，一位教英语的老师是 20 世纪上半叶的毕业生，以能说一口牛津腔为荣，有点看不起说美式英语的同行，认为那不够“档次”。今天，大量的英语培训广告上，“美式英语”成了一个不小的“卖点”，好像很少看到“纯正牛津腔”这样的广告用语。“牛津腔”竞争不过“美式英语”，不是语言本身的力量，而是国强国弱的符号。

我们从“韩流”的形成与变化也能看到所谓“软实力”的渊源。“韩流”的兴起绝不仅仅是一种文化现象，其背后有丰富的经济社会内容。我们对韩国并不陌生，即便是在中韩建交之前，我们也从朴正熙统治之下的韩国以及后来的“汉城奥运会”中看到一些经济和文化的发展轨迹。那个时代，除了汉城奥运会上的一首主题歌外，韩国的文化在中国影响并不大，远远不如日本文化的影响。短短十几年，“韩流”能成势，固然离不开韩国文化官员向国际社会的刻意推广，但依我之见，成功背后，三分文化，七分经济。即便是在亚洲，每个国家都有自己的文化特征，有印度的，有泰国的，有越南的，为什么单单韩国文化流行于天下？还是这些文化，为什么20年前未成气候，现在却席卷亚洲？韩国在一个较短时间内爆发出来的经济强势、经济繁荣引起亚洲其他地方居民对其民众生活的羡慕，由羡慕物质生活转而喜爱其文化，不能不说是一个重要原因。关键还在于亚洲其他国家原来并不落后于韩国，现在却有了巨大的发展落差，因而更容易产生了解韩国的兴趣。最近几年，“韩流”有所退潮，也和韩国经济不够“抢眼”有关。韩国新总统很务实，不谈虚的，竞选时以民众最想听到的口号打动人心，提出了“747”的国家目标，即要达到7%的经济增长，实现人均国民生产总值4万美元，10年成为世界第7经济强国。该目标是否能实现另当别论，但这一招果然有效，韩国民众还是更加看重硬实力。

当一个国家的财富力量还不足以让别的国家折服的时候，当一个民族的生活尚未富足到让别的民族羡慕的时候，过分强调“软实力”常常事倍功半。我们绝不要以为NBA中有了一个姚明，美国民众就对中国有了好感。美国的NBA文化是全球性的，来自中国、俄罗斯或阿根廷的球员，对于美国观众而言，就像是在佛罗里达州看球时看到来自加利福尼亚州的球星一样。圣诞节在中国越来越普及，在中国过圣诞节的年轻人，真的是身心投入，激情高涨，因为过节的人感到这是一个来自先进发达社会的文化符号。我曾经在加拿大的多伦多过了一次春节。那里的春节主要是唐人街热闹，虽然也吸引了不少当地人，但看得出来，当地人前来是凑热闹。大人带着小孩看中国的耍狮子，是出于一种好奇。看完回家，对中国的印象也基本如此，不会有多少人因为看了中国的舞狮子以后就开始愿意接受中国文化。

还有很重要的一点应当提及，对中国文化有好感的外国知识分子、政治家和外国民众不是一回事，前者是出于一种个人偏爱和专业喜好，而后者才是真正群体性的；在外国知识分子和政治家中，喜爱中国文化和喜爱中国又不是一回事。澳大利亚新总理陆克文说得一口流利的汉语，被国内媒体说成是有中国情结的政治家，这些媒体不免有些自作多情。陆氏上台，首先是向美国示好，急切表达紧密关系，而不是先和中国打招呼。

今年是中国改革开放30年的纪念年，有很多经验教训值得总结。如果说我们今天有点基础可以讨论“软实力”的话，那这个基础还是靠发展市场经济换来的较为殷实的经济实力。

（发表于《经济学家茶座》2008年第1辑）

什么是城市竞争力的精髓？

现在很多地方都讲城市竞争力，希望通过打造城市竞争力来促进发展，彰显城市的形象。那么，究竟什么是真正的城市竞争力？或者说，城市竞争力的精髓在哪里？

如同国家竞争力一样，城市竞争力代表的是一种参与未来竞争的能力，反映的是一种发展趋势，现有的规模与实力只能反映现在，未必能代表未来。世界上连续两年评出的最具有竞争力的国家是新加坡，而不是美国，充分表明代表未来发展的能力才是更重要的竞争能力。

这种代表未来发展的能力，说得比较直接点，就是一种创新能力。新加坡之所以能够连续两年被评为世界上最具有竞争力的国家，就是始终保持一种创新能力，从一个只能从事加工制造生产的地方，经过不断创新，演变发展成高科技产业迅猛发展的城市，近年来又经过转型升级，成为亚太地区举足轻重的一个国际贸易、会展和金融中心。

城市的创新能力重点表现在城市发展模式的创新上。有竞争力的城市一定是带来一种崭新的发展模式，把城市的发展带入到一种新的轨道，并将改变城市的发展史。传统的城市发展模式，总是在规模扩张和物质产业发展上做文章，城市的人口规模和空间规模越来越大，随之带来了难以承受的交通拥挤、城市污染、秩序紧张等大城市顽症；过度的物质性产业（尤其是工业）的发展，不仅占用了过多的资源，而且降低了城市的等级。当代世界上高等级的城市，空间规模的扩张已经基本停止，新兴产业的发展早已超过传统物质性产业的发展，从这些城市中辐射出来的能量已经主要不是产品，而是知识、信息和潮流。

创新城市发展模式，关键之处在于变革和再造城市的形态，充分发挥城市集聚知识、信息和人才的优势，把城市建成引领未来社会发展的动力之源和流量经济的“枢纽”。

如何变革和再造城市的形态？首先是要增加城市的科技含量，并把这种科技含量转化为城市发展的引擎，落实在城市经济和城市生活的各个方面。生产型的城市是城市演化史上的产物，代表的是过去的竞争力；当代真正有竞争力的城市扮演的是创造型城市的角色，城市财富的形态主要是知识财富和信息财富，代表的是未来竞争力。创造型的城市，将创造更多的以科技创新为依托的新产业、新市场和新潮流。就像企业所追求的“微笑曲线”一样，城市的竞争力更多地体现在财富形成的两端：一端是知识的创造，另一端是把知识变成财富的市场组织。

再造城市的形态，城市经济形态的变革与提升是个关键。传统的城市经济形态主要是工业生产方式，尤其是大工业生产方式，追求的是标准化生产和规模经济效益；现代城市经济形态的表现则是创造能力和市场能力，追求的是创意、潮流甚至个性。除了高科技产业云集外，流量经济逐渐替代制造经济成为城市竞争力的一个重要表现。流量经济可以用最小的空间载体创造最大的经济能量，用较少的资源占用创造出更高的附加值，世界上真正有竞争力的城市都是用流量经济的形式，如科技研发、金融、贸易、物流、会展等，去影响更大范围的经济。所谓现代服务业，尤其是生产型服务业，在形态上也是一种流量经济。有竞争力的城市还会有工业，但主流一定是反映城市特征的产业，生产加工性的产业应该置换到城市的腹地，让城市更加成为知识流动和信息流动的空间。

城市的竞争力不仅表现在经济领域，而且表现在城市特色和城市环境上。一个没有特色的城市，即便城市规模再大，也很难体现出竞争力。美国的纽约是一个国际性大城市，但纽约的竞争力不是因为城市的规模，而是因为这座城市在国际金融和国际贸易领域的影响力，这就是纽约的特色。瑞士的洛桑是一个很小的城市，但在会展和旅游方面很有特色，有了世界级影响，同样具有国际竞争力。城市的环境对于城市竞争力具有同样重要的作用。一个具有表现力的城市环境，一个亲市民、善待客商的城市氛围，能够为城市竞争力加分给力。

过去讲城市竞争力，往往讲基础设施、经济实力较多，尽管这些依然重要，但今天讲城市竞争力，应该更多地讲创新城市发展模式，讲城市新财富和新特色，这些才是城市竞争力的精髓所在。

（发表于2011年《南京日报》“徐康宁专栏”）

重塑城市文明

城市是文明的成就，是文明进程中的重要里程碑。

城市的出现，标志着文明有了重要进展。当初，产品生产有了剩余，可以用于交换，市场开始出现。在靠近市场的地方，借助于生产力水平的提高和社会分工，城市诞生了。

城市也是文明的重要组成部分，使人类文明的内涵更加丰富。

城市给人们带来了工业文明，代表着一种更高水平的生产力。大机器、大工厂、社会化大生产首先是出现在城市的，城市中生产出的商品丰富多样、琳琅满目，促进了经济的繁荣。城市给人们带来了现代化的生活，舒适的公寓、宽阔的马路、现代化的医院，还有各式各样的剧场、影院，人们的生活方式从此而改变。

城市也是财富之源。更多的财富是在城市而不是在乡村中创造出来，城市聚集的财富也比乡村要多得多。由于城市逐渐成为财富的创造之地，因此，越来越多的人来到城市，他们寻找获取财富的机会；越来越多的工厂建在城市，这些工厂离不开城市中的市场以及聚集在城市的（包括刚从农村来到城市的）劳动力。就这样，城市一天比一天在变大，城市也越来越成为财富的机器。

大城市在创造财富方面有得天独厚的优势。市场集中，交通便利，资金融通，人才齐全，大城市凭借这些优势把创造财富的能力发挥到极致。越大的城市越有利于创造财富，由于规模经济的效应，大城市对于 GDP 是有贡献的，用人均地区生产总值来衡量，排在最前面的总是上海、北京、广州这些超大城市。但是，城市的规模与城市的幸福指数并不好画等号。城市过大，一个直接的负面后果就是交通拥堵，不仅浪费市民的时间，而且因堵车而浪费更多的资源，对环境造成更大的压力。北京最近采取的“限车令”，是对一座过大城市的“事后补救”。

一些城市会和某个产业具有紧密的联系，同一个行业的许多工厂会聚集在一座城市。中国有很多因产业集聚而发展起来的城市，如江西的景德镇、湖北的十堰、浙江的义乌等，而且，多数的城市都具有某种产业的特质。苏杭以丝绸织造而闻名天下，鞍山、包头以钢城而南北知晓，宁波历史上以轻纺产业而进入工业化城市行列，南京的重化工业则始终在产业结构中占有重要地位。一个产业高度集中于一地，能够产生很好的经济效益，对于一座城市的成长具有推动作用。实际上，许多城市就是因某个产业的高度集中发展而诞生的。然而，城市又是多元的，具有多层面的诉求。多样性的城市功能才会带来斑斓绚丽的城市色彩，城市才会更有魅力。尤其是在强调人性化城市与和谐城市的今天，如果一座城市就是一片厂房的堆积，而且是同一类厂房的堆积，这座城市是没有吸引力的。

难承受

30 年前，许多今天已具现代城市风貌的地方还只是普通的乡村。是经济的对外开放使这些小地方实现了向城市的转型，用几乎是世界上最短的时间完成了城市化的过程。在珠江三角洲和长江三角洲，各类城市星罗棋布，城市化的水平与世界发达国家相比毫不逊色。这里，原来并没有这么多城市。是开发区造就了城市——一般是先有开发区，后有城市。一批又一批的外商投资企业繁荣了开发区，带动了交通、商业、餐饮、金融、房地产等行业的发展。最后，一座座崭新而颇具规模的城市出现了。在长江三角洲，一些县级城市（一个很有中国特色的专有名词）的规模与现代化程度超过内地的一些省会城市。这些城市是突然长大的，很有经济活力。但一座城市的内涵不是短时间就能养成的。如何在具备强大经济功能的同时，增强社会功能和文化功能，尤其是在城市出现后保护资源、环境和传统，是这些因开放而突然长大的城市面临的课题。

城市的文明是丰富多彩的，不是一成不变的。自改革开放以来，城市文明多见于经济建设，见于城市财富。有多少条高速公路和多少座高楼大厦往往成了文明程度的标记。这是历史的选择，因为我们是从一个落后的城市走过来的。

在一个拥挤、凋敝和肮脏的城市中久居的市民，充满了对现代化城市的渴望。今天，我们的城市已经面貌一新，已经颇具现代化的水准，从外形上看似乎和发达国家的城市差距并不大。但城市文明不仅体现在现代化设施上，更体现在现代化的功能和品质上。一座城市既要有以现代化设施构筑的外形，还要有能够为市民提供良好服务的高品质功能。如果一座城市建了很多条高速公路，但市民出行仍然不便，缺乏发达的公交系统，甚至因公交不畅而不顾礼仪，城市文明就要大打折扣。城市之所以可爱，首先是因为这座城市的市民喜爱她，而要让市民喜爱，城市首先要为市民服务。

独特的城市个性也是一座城市文明的重要所在。一段时间里，大马路、大广场、大草坪成了国内许多城市竞相追求的目标，结果弄成了千城一面，缺失的是城市个性。没有了城市的个性，也就没有了城市的魅力。如果南京的玄武湖建得和杭州的西湖一样，恐怕没有人会说这是南京的魅力，最多说这是“南京的西湖”。最有自己个性的城市，才会为世界所瞩目。

城市文明的最核心之处，还在于可持续，在于城市这一人工的杰作与自然环境的和谐共生。从历史和发展的眼光看，一座城市一时的经济财富，实在是算不了什么，只有那些能够和时间并存的有形和无形的财富，才是真正可贵的城市文明。

过去城市文明建设的目标，有的今天依然要坚持，有的则要更新调整；过去不曾是城市文明建设目标的重点，今天可能要特别加强。文明是需要重塑的，我们今天应该创新理念，重塑城市文明。

（发表于2011年《南京日报》“徐康宁专栏”）

冷眼看洋

LENGYAN KANYANG

笔者读研究生时学的是世界经济专业，加上一直喜欢看《参考消息》和电视台的国际新闻报道，无论是写学术文章，还是写随笔时评，关注国际话题是免不了的。世界很大很精彩，能够关注国际上的事情并写上几句，也是这一代人的幸运。无论是看西洋还是看东洋，立足中国，理性审视是最重要的。

西方为何不感谢中国？

中国在融入世界之后，不仅为世界创造了巨大的市场，而且向世界提供了源源不断的价廉物美的商品。中国和世界的对接，不仅使中国获得了发展，西方国家也成为主要的受益者。按理说，西方要感谢中国才对，但我们并没有看到这一幕出现。美国在向中国销售国债的同时，继续指责中国；法国的萨科齐更是在众目睽睽之下见了达赖。

西方之所以不感谢中国，首先是出于价值观的差异甚至对立，再加上制度的不同。西方国家之间关系再怎么闹，也是朋友和伙伴关系。中国无论向世界提供多少市场和商品，西方只能视中国为生意上的伙伴，难以成为精神上的伙伴，更不会成为盟友。

其次，西方长期延承传统的守旧思维定式，把中国看做一个“异数”，也是得中国好处而不感谢中国的一个重要原因。在西方的一些文化价值体系中，凡是和中国沾边的东西，经常和怪异、阴谋、恐怖挂上钩，把中国视作一个与欧美不能相容的文化体。这种价值判断对普通民众也有不小的影响。

自然，中国近 30 年来的快速发展也让某些西方人士感到一种莫名的恐惧，他们担心中国的崛起会影响自己在世界的地位，由此在一些地方限制甚至遏制中国的继续发展。特别是一些喜欢以中国为假想敌的人，得了中国的好处，也不会忘记时不时地骂中国几句。

西方不感谢中国是根深蒂固的，我们对此要有清醒的认识。不要以为再多买一些美国的国债，再开放一些市场，向发达国家提供价格更低的商品，别人就会感谢我们，就会多顾及一些中国的利益。在基本制度迥异的两个国家之间，维系国家关系的主要因素是各自的利益。即便是基本制度相同的国家之间，也有利益之争。中国如果仅仅是继续提供大量低成本、低档次的廉价商品，今后非但不会得到感谢之词，而且有可能换来更多的攻击和指责。

世界是一个凭实力说话的舞台，谁有了更大的实力，谁就可以在这个舞台

难下的棋

上发表演讲，说出自己想说的话。一些西方国家之所以能够得到中国的好处，不说感谢的话，而且态度骄横，是因为他们自认为中国拿他们无可奈何。中国要改变这种现状，除了据理力争，必要时也要适当回敬一番，让人家看看中国也有厉害的一面。同样重要的是，中国也要主动地改变自身在世界上的分工地位。如果我们能向世界展现的是先进技术，或者是有我们自己核心技术的又好又多的产品，别人即使内心不感谢，也得看看中国的脸色再说话。

（发表于《环球时报》2010 年 3 月 12 日）

买美债万亿仍换不来美国对中国的信任

美国重返亚洲的态势越来越明显，已经决定在澳大利亚驻军，虽然人数不多，但象征意义和战略信号表露无遗。

美国选择的地点是澳大利亚最北端的城市达尔文，这里离中国的南海最近，比从日本或韩国（美国在这两个国家也有驻军）到南海的距离短得多。联想到近来南海纠纷不断，美国的突然驻军似乎有布局和暗示的意味。达尔文也靠近印度洋，而印度洋是中国海上石油的必经之路。

在中国对外安全的地缘格局中，历来有“岛链”包围圈之说，即由韩国、日本、中国台湾、菲律宾（现在还要加上越南）形成的所谓“一线”战略，能够主导这个战略的非美国莫属。澳大利亚在战略地理上属于“二线”，美国现在也要布局二线了。

美国在经济领域已经离不开中国，因为中国不仅是美国最大的商品提供者，而且还是美债的最大买主。如果没有中国，美国国债的价格将一落千丈，美国的财政将更加拮据，美元也不知道要贬值到哪里去了。可是，经济归经济，政治归政治，美国还是不相信中国。

美国从来没有说过中国是美国的敌人，但钳制中国是它的对外战略的一部分。40 年前中美关系开始正常化时，美国并不期待来自中国的经济利益，也不需要在战略上钳制中国，现在美国从中国这里获得巨大经济利益，反倒在政治和国际安全上给中国施压。美国的战略重点本来不在亚洲，但现在为了堵截中国的亚洲领袖之路，对东亚事务开始全面参与。美国不是亚洲国家，今年却要以正式成员国身份参加东亚峰会。

澳大利亚也在同时打两张牌。中国已是澳大利亚的最大出口市场，经济利益攸关。据澳方的估计，通过与中国的贸易，澳大利亚的每个家庭平均增加收入在一万澳元以上，但在引入美国驻军问题上却又态度坚决。铁矿石要卖到中国来，追随美国牵制中国也不留情。

中国今天为世界经济作出了不小贡献，国际关系环境并没有因此而简单化。将来若有一天经济规模成为全球第一，外部的关系可能会更加复杂化，这就是现实。

中国救英国石油，不值

自墨西哥湾漏油事件爆发后，英国石油公司就一直是国际舆论的焦点。有预测称，加上赔偿费用，英国石油总共要为漏油事件掏500亿到900亿美元。虽然英国石油自称有足够财力赔付，但业界普遍预测，这家国际石油“大佬”会出售股份换取现金，英国石油高管也表示需要出售部分资产。那么，谁会掏钱“援助”英国石油呢?

由于财力迅速增加，中国很快成为假设中的理想对象。据英国《金融时报》7月12日报道，中国最大的上市油气生产商中石油表示，“欢迎”与英国石油展开更密切的合作。中国国内不少人也认为，英国石油股价缩水，正是中国出手的好时机，救助英国石油有助于中国石油战略的布局。

论财力，中国有足够的实力救助英国石油，或购买该公司的股份与资产。不过，中国是否该救助英国石油，还是应该有多方面的思考和谋划。

首先要算经济账。此时购买英国石油的部分资产，由于其股价缩水，确实会比以前便宜，而且平时要想收购英国石油的资产也不得其门，现在是机会送上门来了。可资产收购是商业行为，始终存在利益和风险。英国石油因漏油事件股份缩水，资产打折，但谁又敢保证英国石油的股价不会继续跌下去?况且，中国无论怎样援助，英国石油最大的可能也只是转让部分股份，出售部分资产，公司控制权是不会让出的，中国政府或中国公司也只是做个小股东，谈不上是一次有价值的“用救助换股权”的战略行为。

其次要算政治账。假如中国救助了英国石油，或是在股权关系上，或是在石油利益上，情况又会如何?由于英国石油在世界石油市场举足轻重，这种联盟一定会引起一些复杂的后续关系，想回避也不行。尽管我们需要在国际石油供求格局中有更大的话语权，但不必过分张扬自己，挑动西方世界敏感的神经，因为我们的综合实力还没达到这种程度。回想几年前，中海油收购美国尤尼科公司，出价比竞争对手还高，最终还是没成功，反而让人盯住中国企业，得不偿失。

救不救?

那么，我们手中的钱究竟该投向何方？笔者认为，中国在加快对外投资的同时，更应把钱用在国内民生的改善上。与国际投资市场相比，国内的投资机会更多，也更为紧迫。国内教育、医疗、卫生、体育、文化等公共设施和公共服务的供给还远远不能满足需求。尤其是西部地区，基础设施相对落后，经济不够发达，最缺的还是资金和投资。如果中石化或中石油对救助英国石油感兴趣，还不如引导它们把资金投向新疆，在新疆布局更多的石油产业。如果一方面我们国内民生改善尚有很大空间，另一方面我们又拿钱去救助英国石油，而且这种救助的后果存在很大的不确定性，显然不合适。

所以，除非能给中国带来稳定的利益，并且不会因此引发新的风险，否则中国不该冒险救助英国石油。

（发表于《环球时报》2010 年 7 月 13 日）

美国经济“东山再起”为时不远

一年一度的美国总统“国情咨文报告”都会引人注目，今年也不例外。作为美国总统，奥巴马坦承美国在许多方面已落后于世界，尤其是基础设施、基础教育、部分技术领域等。现在的情况是，美国的高铁和机场不如中国，基础教育不如韩国，就业情况更是不如很多国家。其中，奥巴马四次提到中国，举的都是中国新成就的例证。

不过，正如奥巴马国情咨文报告中反复提到的，美国有许多根深蒂固的内在潜能，这种潜能足以让美国继续保持强大的优势，那就是创新能力和创新机制。

美国今天仍然是世界上创新能力最强的国家。世界上工业、农业、科技和国防最尖端的技术，大部分还是出自美国；互联网、生物医药等新产业首先是从美国出现，谷歌、脸谱也是源于美国的创新。美国也在一些产业和领域被其他国家超过，如汽车产业、电器产业被日本超过，液晶显示器和高清电视产业被韩国超过，无线通讯产业被法国、芬兰超过。但经过新一轮的创新，美国又在一些领域重新确立领导者的地位，具备了新的更强的优势。

苹果公司可称是最典型的案例。美国苹果公司之所以能在计算机制造、电子音乐设备、移动电话等方面超越所有竞争对手，重新确立独特的优势，完全凭借一系列的技术创新和产品创新，不仅让 iPod、iPhone、iPad 风靡世界，而且改变了国际产业格局。

美国的创新能力源于它有最好的大学和研究机构以及其拥有的大批优秀科学家和技术专家的人才资源。美国的顶尖人才世界第一，其他国家可能很多年甚至永远都难以超过它。过去一百多年来，美国的诺贝尔物理学奖获得者人数，比除美国以外获奖最多的前四位国家的总和还要多；化学奖获得者人数，与获奖数排在第二位到第四位的三个国家总和相当；经济学奖获得者人数，则超过除美国外的世界各国总和。

美国的创新能力之所以强，与这个国家的人才政策和创新机制有关。对于优秀科技人才，美国是世界上实施最宽松移民政策的国家，大批科学家和技术专家从世界各地流向美国，每年数十万国际留学生大学毕业后留在了美国。美国大学的科学研究一般都具有较好的针对性，转化为现实生产力的能力很强。对比之下，我国的大学研究脱离实际的现象很严重，许多成果仅用于评职称、评奖，永远无法转化成为生产力。美国做到了以企业作为技术创新的主体，大批的新技术和新产品就来自于企业，这一点也是包括中国在内许多国家难以企及的。

美国虽然目前经济还比较困难，但其国内正在酝酿一些重要的带有突破性的创新，极有可能引发新的产业变革。例如，新能源的创新就会给美国带来重大发展机会。奥巴马在国情咨文报告中也重点强调了可再生能源的发展。按照他的构想，2015 年之前，美国的公路上将有 100 万辆电动汽车在行驶，居世界第一；2035 年前，美国 85%的人将用上清洁的新能源。此外，美国将启动第二次世界大战结束以来最大的基础设施再造计划，将大规模建设高速铁路、机场、车站和学校。按照美国的目标，未来 5 年内，高速无线网络将覆盖 98%的居民；未来 25 年，85%的美国人将使用上高速铁路。仅高速铁路和高速无线网络的建设，就会为美国经济创造巨大的需求。

应该承认，美国人是有创新精神的。正如奥巴马在报告中所举的一个例子：一位有两个孩子的 55 岁的母亲，为了适应新环境，重新回到学校去读生物技术学位。美国的研究机构、企业和个人正在为新环境而加快创新。美国政府为激励创新也正在给予前所未有的支持，包括税收政策的支持。凭借这种创新能力，可以说，美国经济上的“东山再起”为时不远。前一阶段，国内外媒体总在热议中国最快在何时能超过美国，如果想到美国不出几年有可能会“东山再起”，热议中也会多一些冷静，至少会多一个观察视角。

美国经济“东山再起”会强化美国的优势地位，我们有必要及早认识。另外，美国的“东山再起”也未必是坏事。美国经济繁荣了，也会对中国的产品提出更大的需求。如果美国大规模建设高铁，倒是中国企业成功“走出去”的有利契机。当然，最重要的还是深刻认识科技创新与国家实力之间的关系。

（发表于《环球时报》2011 年 1 月 28 日）

俄罗斯经济到底有多强

最近，国内外媒体聚焦俄罗斯，中心议题只有一个：俄罗斯正在重返世界大国行列，不仅是政治和外交大国，而且也正在以经济强国的形象展现于世界。一向低调的俄罗斯经济高官，也做出了两三年内经济赶超英法的预测，可见其大国经济心态十足。但俄罗斯真的已经成为经济强国了吗？这是一个有意思的话题。

一、七年前开始经济恢复性增长

1991 年苏联解体后，原苏联地区经济发展严重倒退，几年内跌至谷底。当时的独联体国内生产总值（GDP）连续 6 年呈负增长，其中 1992 年下降 26.7%，并连续几年负增长率在两位数以上。直到 1999 年，俄罗斯经济才出现转机，当年 GDP 增长 6.3%。紧接着 2000 年的经济增长率就达到了世界少有的 10%，其后一直保持较高的经济增长率。自 2003 年到 2006 年，俄罗斯的经济增长率始终保持在 7%左右，这在大国中十分突出。

俄罗斯经济佳绩还表现在出口规模的扩张和外汇储备的迅速增加。在 2003 年以前，俄罗斯每年出口始终在 1000 亿美元左右徘徊，几乎不如一个出口能力强的中等国家。2003 年是一个重要拐点，当年出口额一跃至 1300 亿美元。2006 年前 11 个月出口额已超过 2700 亿美元，几乎每年都以 30%左右的速度递增，其速度已经和中国的出口增长差不多。2006 年，俄罗斯的外汇储备突破 3000 亿美元大关，成为世界上外汇储备最多的几个少数国家之一。与苏联解体初期外汇奇缺相比，今日的俄罗斯的财富地位真是当年想不到的。

不过，俄罗斯的强劲经济增长在很大程度上是恢复性的，因为在连续近十年的经济下降背景下，出现几年的快速增长也合乎情理。除了俄罗斯外，原独联体的许多国家，都出现了经济快速增长的情况。哈萨克斯坦的经济增长率连续几年在 10%以上，阿塞拜疆甚至出现了 20%、30%多的经济增长率。只不过俄罗斯是大国，连续几年经济增长加快，立刻引起世界的关注，这和那些发展虽快但属于小国经济的情况是不一样的。

二、经济结构仍有问题

最近几年俄罗斯经济的强劲增长不仅有恢复性的因素，而且和其特有的经济结构以及全球经济周期不无关系。几乎所有的经济学家都认为，俄罗斯经济的迅速好转与其充分利用自然资源优势有紧密关系，尤其是近年来全球性能源价格的暴涨大大帮助了这个昔日大国。

据俄科学院的一份报告称，俄罗斯是世界上唯一的自然资源几乎能够完全自给的国家，已经探明的资源储量约占世界资源总量的21%，高居世界首位。据估计，俄罗斯的自然资源总量价值300万亿美元，以目前的经济发展水平计算，差不多是美国25年的国内生产总值，中国120年的国内生产总值。俄罗斯有的是自然资源，缺的是开采和利用的条件，如劳动力、资金、技术以及稳定的局势和持续的政策。苏联解体后，政局动荡不安，经济和社会处于痛苦的转型之中，官方没有很好地有计划利用资源，形成本国的比较优势，加上20世纪90年代新经济风头正劲，自然资源价格疲软，俄罗斯的资源优势未得到充分发挥。

最近几年，国际油价猛涨，能源普遍紧张，资源产品需求旺盛，带动了俄罗斯资源采掘业超速发展。大量的石油天然气和其他资源产品出口，换回巨额外汇，使俄罗斯不仅提前偿还了外债，而且大量进口了用于本国经济发展的机器设备和居民消费所需的日用商品。在外汇充裕和进口增加的刺激下，俄罗斯的国内投资和消费也迅速扩张，构成了消费、投资和出口——支撑经济增长的"三驾马车"。最近几年，俄罗斯的固定资产投资总额、建筑业增加值、商业零售额等几个观察投资和消费的关键指标都不错，增长率都在两位数以上，接近于中国在20世纪80年代的情况，显示经济增长有一定的持续性。

但是，俄罗斯的经济增长又有很大的局限性，其优势主要集中在资源开采、建筑、军工、商业等少数领域，这和中国改革开放以来从农村到城市各行各业经济全面繁荣有很大不同。另一方面，俄罗斯经济增长除了依靠资源的出口外，并没有处于完全开放状态，也没有完全融入贸易全球化的进程中。这与俄罗斯一直没有加入世界贸易组织（WTO）有关。从经济阶段上划分，俄罗斯仍然处于工业化过程之中，但该国近十年的工业增长率一直低于GDP的增长率，这进一步说明俄罗斯的强劲经济增长基本上是资源依赖型的。这引起许多经济学家的忧虑。

当然，俄罗斯的自然资源不会很快就开采殆尽，即使按目前的开采利用速率，俄罗斯也有很长的时间继续拥有资源优势。还是据俄罗斯科学院的测算，从探明储量来看，俄罗斯各类矿产资源的保障程度都相当高，可开采时间较长，石油为35年，天然气为81年，煤在60～180年之间，铁矿石为42年。俄罗斯可以保持多年的自然资源优势，并靠此增加大量财富，但能否成为经济强国则是另一回事。

三、仅靠资源成就不了经济强国

从俄罗斯近几年的政策动向看，无疑是把发展本国的资源产业当做一个重大的国家战略。丰富的自然资源能不能构成一国经济强盛的充分条件？仅仅以自然资源为战略手段能否谋求到真正的大国地位以及在全球的竞争优势？从经济学的原理看，以及考察世界各国的经济发展史，答案恐怕是否定的。

许多经济学家的研究表明，一国丰富的自然资源对该国的长期经济增长未必是好事，而那些真正成为经济强国的国家往往自然资源并不丰富，甚至比较贫瘠。历史上的英国、瑞士，当代的日本、韩国、以色列，自然资源十分贫瘠，但却成就了经济强盛之国。相反，世界上有许多自然资源极其丰富的国家，经济却长期落后，如非洲和南美洲的大部分国家。这就是所谓的“自然资源的诅咒”。从长期看，丰富的自然资源对一些国家而言，并非是福，反而是祸。即使是盛产石油的中东国家，从过去30年的时间看，虽然国家财富增加较多，但并不是经济强盛之国。

众所周知，俄罗斯的经济强劲增长在很大程度上依赖于自2002年以来资源性产品的价格上涨。从2002年到2006年，国际原油价格指数上涨了256%，其他资源性产品价格指数也迅速上涨。然而，世界上没有一种大宗商品价格总是始终上涨的。一旦价格迅速下降，俄罗斯经济对资源性产品过多依赖的缺陷就暴露无遗，也会导致因经济内部缺乏替代性结构，过早结束黄金发展期。事实上，在20世纪80年代，石油价格从暴涨到暴跌，就曾使前苏联经济遭受严重负面影响。现在，全球的资源性产品已经暴涨了几年，今后还会继续暴涨下去吗？如今，国际油价已经在明显下跌，是否预示着资源性产品开始进入一个价值回归和价格回落的长周期呢？

值得特别一提的是，如果同其他商品的比价联系起来看以及扣除通货膨胀的因素，100 年来资源性产品的真实价格实际上还是下降的。国际原油虽然近年来涨势凶猛，但真实价格仍然没有达到 20 多年前两伊战争爆发时的水平。经济学家对此的解释是：一方面，经济的快速发展和自然资源的日益稀缺推动资源性产品价格的上涨；另一方面，新的科技革命带来更多的替代性资源，或使原有资源开采和利用的成本更低，或干脆节约了资源，又会促使资源价格相对降低。人类创造性活动或复杂劳动形成的价值总是越来越多，无须多少复杂劳动就拥有的资源性产品价值在总价值中所占的成分越来越少，这一道理是千百年来的经济发展历史所证明的。

四、经济强盛到底靠什么

一国的经济强盛地位是不能仅仅靠拥有丰富自然资源就能获得的，而要靠本国的具有世界竞争力的产业体系，尤其是靠本国的科技创新能力以及这个国家是否参与国际贸易的过程达到一定的开放程度，等等。这是近代经济大国之路所验证的。

俄罗斯的科技实力很强，但主要集中在基础理论、军事工业和一些重化工业领域。除了军备和武器外，俄罗斯很少有世界知名的产品品牌，也很少有科技水平很高的民用企业参与世界竞争。美国兰德公司曾发表了题为《2020 年的全球技术革命》研究报告，对未来 15 年内世界许多重要国家的可能的科技贡献做出评价。得分最高的仍然是美国，为 5.03 分，远远超出其他国家；俄罗斯只得到 0.89 分，名列第 19 位。在开放程度上，俄罗斯的状态同样不好。几天前，英国工业联合会会长兰伯特在俄罗斯发表的演讲正是从一个侧面反映了这种状况。兰伯特称，如果俄罗斯经济真正要发展，需要外国资本的进入来帮助发展该国的能源基础设施，其必须抵制经济民族主义。

20 年来世界发生了很大变化，已经涌现出一批新的经济强国。如果俄罗斯不在科技创新、对外市场开放程度上尽快调整，也许今后能继续保持一段时期的经济高增长，但要称之为经济强国尚为时过早。

（发表于《环球时报》2007 年 2 月 14 日）

希腊悲剧：软实力话语的终结

2000多年前的希腊先哲们再也不会想到，他们的后人会沦落到让世界拯救的地步，曾经无比辉煌的国家已到了破产的边缘。

希腊是世界文明的起源之地，文化遗产深厚。如果论软实力，希腊是最有资格的国家。语言、文字、科学、哲学、艺术，还有民主制度、政治规范，希腊对世界的影响最大。今天的世界在各种文明领域，或多或少地都可以找到雅典的范式。可就是这个最具有软实力资源的国家，却成了世界嘲笑的对象。软实力——这个今天极为时髦的词语，一点儿也没有帮助希腊渡过难关。

自美国人发明了软实力这一概念后，各种媒体充斥了这个本属于“赵本山之语言范畴”的字眼，好像凭借几个新词、一些文化解读就可以颠覆乾坤、扭转命运，希腊就是一部活生生的教材，给世界上了一课。一个没有强大经济实力的国家，再加上缺乏军事力量（前者是后者的原因之一），即便你有再多的哲学家，即便全世界的文化思潮都出自你的传承，当别人比你有真实力时，而你又要仰仗别人的真实力时，只有别人对你指手画脚，而不容你对别人大谈主义和哲理。

相信德国和法国的政治家和经济学家对古希腊的文明是尊敬有加的，因为整个欧洲的文明首先是建立在古希腊文明的基础上的。但这种尊敬，丝毫也不改变那些政治家和经济学家对处理希腊危机的居高临下之态度。希腊更是值得检讨和反思：自己是如何一步一步走向衰败的，至少可以总结一个教训：软实力和国家地位并不能画等号。

千万不要相信学者们随意杜撰出来的一些新词语、新概念，因为学者是以标新立异为追求的，就像中国古代百家争鸣，一家一个学派，大部分学派并不能当真一样。

软实力并非完全子虚乌有，而是建立在硬实力基础之上才有实力一说。美国人讲软实力，是因为美国最具备硬实力，再通过软实力达到事半功倍之作用。没有硬实力，大讲软实力只能是空谈。我们曾经羡慕过韩国的软实力——“韩流”，为什么没想过出自同样文化，朝鲜却没有任何“潮流”可以炫耀？为什么当中国经济发展起来后，“韩流”已在悄悄退隐？为什么我们所羡慕的文化现象，总是经济上明显发达于我们？

中国人现在对软实力情有独钟，但首要之事还是要把硬实力再提高一步。

国际货币体系紊乱将长期无解

G20 有关国际货币体系改革的高官论坛在南京结束了，没有发布宣言，也没有留下声明，一切都在预料之中。

当下国际货币体系的状况，“紊乱”二字是最好的概括。世界中心货币——美元在不断地贬值，并把这种贬值风带到全世界，但全世界今天还在大量地使用美元、存储美元，许多国家的储备资产主要还是美元（包括中国），因美元滥发引致贬值继而产生对全球经济的杀伤力就相当大。因此，在全球金融危机爆发之时和之后，G20 的国家（不一定包括美国），首先想到的是改革现行的国际货币制度体系，试图寻找一种新的替代美元的国际中心货币。

但问题是，经济学家也好，货币当局的高官也好，能够找出一种行之有效的替代美元的新的国际货币或国际货币方式吗？

中国央行行长周小川两年前曾发表文章，提出要建立一种超国家主权的国际货币，即这种货币不是由哪一个国家所发行，以克服在国际货币制度建设方面的国家私利。在讨论国际货币金融秩序的问题方面，周的文章可谓相当高调，因为中国历来遵循“韬光养晦”，很少在重大国际问题上标新立异，此处暂且不表。问题的关键是，在当前错综复杂的国际形势下，建立一种超国家主权的国际货币谈何容易！恐怕要谈判 50 年也未必能谈成。这一观点不免有些理想主义，后来好像也没看到周小川继续谈超国家主权的货币。

世界银行的掌门人佐利克也曾设想过采用新的“金本位制”，用黄金来替代美元，因为黄金既不会贬值，也容易为各国所接受，但后来因遭经济学家的普遍质疑而不再提起。作为有经验的经济外交家，佐利克怎么会想出普通老百姓很容易想到的办法？可能还是被金融危机急坏了。

这次南京 G20 高层会议研讨的一个重要话题就是发挥 SDR 的作用，并让人民币成为 SDR 的“篮子”货币。这一话题无论有什么结果，也难以改变当前国际货币体系紊乱的状况。SDR 就是特别提款权，是超国家主权的，但它早就有了，由于只能用于国家间的结算，而不能作为支付手段，所以对国际货币金融体系的影响一直不大。只要它不能作为支付手段，就不能发挥像今天美元的作用；让它成为支付手段，又将是一个马拉松式的谈判难题。至于人民币成为“篮子”货币，对中国也未必有好处，赢得了“名气”，但可能会被迫加快自由兑换的步伐。

其实，今天国际货币制度体系的紊乱，是因为60多年前由美国倡导建立的战后国际货币制度埋下了不安的种子，也是由国家协同关系维系的金融制度的一种天然缺陷。要有维护国际贸易和投资繁荣的“润滑剂”，就要有国际中心货币，要保证国际中心货币能够足够使用，这种货币就有可能发行过度，如果加上国家私利的话，结局就是滥发。如果今天真的能找出一种替代美元的货币，这种货币的结果也会和美元一样。

就像人们造出汽车，可以舒适快速地代步，但必须忍受污染和拥挤一样，世界在享受贸易自由化、经济全球化繁荣的同时，必须去面对国际中心货币因其“歌唱”而带来的噪音。经济全球化不会倒退，因此也不会失去国际中心货币。寻找替代美元的办法将是一个漫长的道路，它不仅考验经济学家的智慧，更是检验国际关系变化的方向。不得不说的是，在目前的环境下，国际货币体系的紊乱将会是长期无解。

结束的G20高管论坛依旧是一次清谈，尽管以后还会有如此必要的清谈会议。最大的赢家是承办会议的酒店，G20在这里开会是酒店最好的广告。

日本、韩国、新加坡，我们该学什么？

日本、韩国和新加坡都曾经是中国的学习对象，这三个国家的发展轨迹对中国的经济和社会都有过不小的影响。近日得闲到日本和韩国访问交流，时间长达十天，粗看细访之中有所对比，加上年前两度访问新加坡，浮光掠影中也有几分观察所得。旅途中收到小洪兄的约稿之命，回国后忙里抽空，写下本文。

在“失落”的国度中也有发现

这是我第二次访问日本，上一次的访问是在 2001 年，时间间隔近十年。

上次访问日本，正赶上这个国家刚刚结束“停滞的十年”，经济似乎萌动复苏转运之态势，可惜仅仅萌动了一把，很快又再陷停滞之局，又经历了一个“失落的十年”（lost ten years）。两个十年过去了，世界已经不是原来的那个世界了。这个国家最大的邻居之变化，已足以让这个国家必须重新审视四周，以寻求亚洲“双雄”之地位而知足了。

东京和仙台是我再度到访的两个城市，一切还是那样熟悉。再次站在东京都厅摩天办公大楼的观景台上看东京全景，我努力在时隔九年的记忆中找出一块空隙，让眼前的某一座看似簇新的大楼能够填进记忆中的空隙，但当我试图这样做的时候，记忆中又浮现了眼前的影像。努力寻找记忆中的空隙是徒劳的，因为手头的一份材料显示，东京都的高楼几乎都是 2001 年以前建造的。

中国学习日本已有百年的历史，这一代人（自然包括笔者）认知向日本学习首先是从对速度的感受开始的。30 多年前，中国的领导人邓小平坐在东京到关西的“新干线”高速铁路上，发出“这就是现代化”的感慨，从而引发了中国改革开放的进程。历史其实是有许多机缘铸造的。如果没有日本的“新干线”，如果 30 多年前邓小平没有乘坐“新干线”，可能就不会发出那声感慨，没有那声感慨，中国也会改革开放，但步子也许会慢一些。历史不可以假设，但可以回顾和对比。从这个意义上说，中国人还是要感谢日本人，感谢他们造出了“新干线”，让中国领导人下了改革开放的决心。

坐在从东京到仙台的“新干线”上，丝毫没有九年前的兴奋，因为中国的高铁在速度上已经远远超过了“新干线”。30 年前中国人对日本的经济速度和交通速度几近崇拜，学习日本就是讲究速度。30 年后，中国的经济速度和交通速度都超越了日本。

9 年前，我参观丰田公司的生产流水线，那是我参观无数国内外企业留下印象最深的，感悟到什么叫生产效率。物转星移。现在，效率一词已不再为日本企业所专属，中国企业的生产效率已经迎头赶上，甚至已在日本之上。像“富士康”这样的企业效率在日本是不可以想象的，所以日本不会去生产苹果 iPod、iPhone 以及 iPad 之类的产品，因为这类产品只能在中国找到高效率的生产之地，只是前提是以劳工的过度辛苦甚至轻生为代价。还是汽车产业，现在全球最大的生产国已不是日本，而是中国。

仅仅 30 年的光景，“以日本为师”似乎已为国人不屑提起。的确，如果速度、效率已不再成为学习的内容，那还要学习日本什么呢？

东京的银座还是那样繁华，但风头已被上海的新外滩或南京路超过，如果要领略城市的奢华，东京已不是亚洲的首选之地了。稍稍移步，离开银座，往东京其他地方走一走，又能看到这座城市的另一面。街面上并不像中国人印象中的大城市的专属品：拥挤而喧闹，安静、井然成了日本城市的最大特点。

日本是小国，这是地理上的概念，其面积只有 37 万多平方公里，中国人喜欢讲的“小日本”是沿袭了李鸿章的“蕞尔小国”之说法。日本也是大国，是从人口规模和经济规模所说的。如果对照资料，你会感觉日本人生活得不容易。日本有一亿多人口，面积却不如中国的黑龙江大，而且，不大的国土上大部分被山地和丘陵所占据，平原和湖泊加起来不到国土的 30%。如果按适宜居住的面积计算，日本的人均生活密度高达每平方公里 3000 人以上，居世界第二，比荷兰、比利时那样的小国还要高。

国土狭小，养成了日本人的两个“约”：一个是“节约”，还有一个是“集约”。日本人的节约，体现在生活上。日本的餐馆很少有中国餐馆那样豪华巨大的包间。上一次到日本曾参加过一个规格很高的晚宴，是在一个不起眼的小巷中进入一个有着庭院（有庭院的餐馆已是高级餐馆，但庭院并不大）的日式餐馆，十多人坐在一个最大的榻榻米房间，并不显得十分宽松。日本人的“集约”，体现在生产方式上。日本用了没有中国黑龙江省大的面积，却创造了世界第二多的经济财富，几乎是世界上经济发展最集约的国家。

有一个数据很能说明日本经济的集约。日本每万美元 GDP 财富所消耗的能源，不仅只是中国的十分之一，而且也只有美国的三分之一。在日本的城市乡村，经常能看到挂着黄牌照的小汽车，那是小排量汽车的标志，以区别于常规汽车，可以享受消费税和停车的优惠。这是日本人的一种消费观和能源观。如果换在中国，小排量汽车挂黄色牌照，反而容易被社会理解为一种歧视，本来想买小排量汽车的人也会失去勇气。

珍惜环境，节约空间，成了普通日本国民的习惯。间隔九年再访日本，发现日本街头变得更加整洁有序，似乎不像一个经济停滞 20 年引致秩序松解的样子。日本人很少有在街头走路吸烟的，因为随走吸烟就会丢下烟头。如果在街上吸烟，一定是在有垃圾桶之处。为我们开车的司机随身带着一个便携式烟缸(其实是用易拉罐做的)，如果想吸烟，附近又没有吸烟处，就把烟灰弹在易拉罐中，并随身带走。环保的概念能够深入到普通司机之中，你又不得不佩服这个民族的特有毅力和精神。

根据本人的观察经验，东京的城市空间似乎要比北京、上海大一些，札幌、仙台这样中等规模的城市，完全没有中国城市人习惯的拥挤感。对照地理和人口数据，日本人的生存空间本来应该极为局促、狭小，但感觉上并非如此。难免有一份感慨：如果中国的人口密度和日本一样的话，是否灾难就在眼前？不同的自然观和财富观会产生不同的空间效果。飞机将要降落东京成田机场时，我从飞机舷窗向下望，东京靠近机场的郊区还有成片的耕田，田里已经种上了水稻，与远处的城市高楼群形成一种对照性的景观。仙台、札幌这样的城市，出城不多远就能看到农地了。在中国，即便是南京这样不是特别大的城市，机场附近的农田已经是很多年前的记忆了。

以前对日本有一个印象：物价太高。九年前曾经在名古屋吃了一碗面条，价格一千多日元。我院的徐盈之教授是从日本归国的博士，曾婉转地表达日本物价并不高的观点，我并未认同。这次访问日本，徐盈之教授也是代表团成员，在她的指导下，逛街购物中我对日本物价又有了新的认识。在一家大型超市快速地抄了一份价格表：大米10公斤4700日元（最好的国产大米，1000日元约等于75元人民币），750克的牛奶190日元，一公斤牛肉600日元，新鲜三文鱼半公斤180日元，250克瓶装雀巢咖啡700日元，半棵白菜200日元。食品中除了本国大米和新鲜蔬菜，其他的并不比中国贵多少。日用生活用品，价格则和中国差不多。在一家中等档次的餐馆吃一顿有生鱼片的正餐，一人花费2500日元左右。

日本有一家专门卖西式服装的连锁店，叫“青山洋服”，据称是全世界服装销售最多的商店。东京、仙台、札幌一路见到多家“青山洋服”，在周末我们也数次光顾。我在一家“青山洋服”里买了一套西服和一件休闲西服，用去不到4万日元，应该是比中国还要便宜。除了东京，日本其他城市的房价并不高。仙台的房价，似乎比南京的房价还要低一些。

日本的产品以品质精良而著称，我的判断是，德国的产品品质也很好，但若论服务，日本的品质，恐怕世界他国难出其右。我在仙台一家类似“青山洋服”的商店，买了三件衬衫，区区不到5000日元，离店时店长和两个员工一直送到门外，不停地鞠躬送我们上车。

日本似乎成了“失落”的国家，经济停滞不前，国际地位不断滑落，但仍然是一个富有的国家，尤其是日本国民的生活品质依旧很高。其实，经济发展速度也好，财富也好，最重要的还是国民的生活品质。这种品质，不仅来自于居民的购买力，还来自于社会为居民提供的各种服务。对我们来说，学习日本的国民生活品质，似乎还是一堂大课。

新加坡的经验

与日本相比，向新加坡学习在中国成为一种更为高调的口号。“学习新加坡的经验”不仅是国内许多媒体的标题，而且也变成官方的行动。若以国家的规模为计算标准的话，新加坡毫无疑问的是接待中国各类干部学习考察团最多的国家。新加坡的大学里有专门的“中国市长班”、“中青年干部班”，到过“淡马锡”公司学习考察的中国经济官员和国有企业领导人可以说不计其数。

对于新加坡这座“花园城市”，中国人觉得最值得学习的是城市建设。其实，新加坡的“花园城市”是中国人叫出来的，新加坡开始自己并未有这种说法。随着中国人的叫法越叫越响，新加坡也自然笑纳承受了。不过，虽然世界上美如花园的城市很多，新加坡被中国人称为“花园城市”确实不算夸张。新加坡很美，作为繁华大都市却十分贴近自然。飞机刚刚在樟宜机场落地，旅客就能感受到一种美丽。在机场到达大厅，花红叶翠尽入眼帘，让人想到这是一座与鲜花和绿树相伴的城市。不像大多数城市的机场，出发大厅可能打扮得很漂亮（因为要留住旅客购物），而到达大厅的布置却很马虎，国内绝大多数的机场都是如此。城市绿树浓阴，草长莺飞，空气清净，秩序井然。

自上个世纪 90 年代开始到现在，很少有中国的市长没有到过新加坡的，在中国许多城市规划的设计蓝图中，不乏见到新加坡的元素，甚至有的城市做新的规划时重金礼聘新加坡的规划师做顾问。可是，在笔者看来，中国还没有哪座城市真的像新加坡了，不要说神似了，可能连形似还不够。

可能某位市长会和笔者较真：我的城市就是按照新加坡的城市理念规划建设的，甚至某个街区就是按照新加坡的一个街区复制的。但倘若深入去比，自然发现还是不像。街区像了，环境不像，环境像了，色彩不像，色彩像了，空气不像，甚至空气像了，人文还是不像。就在笔者写这篇文章的几天之前，笔者应邀到海南讲学和参加学术活动，在海口的一家五星级酒店住了两晚。那里的空气可以和新加坡媲美，但早晨 6 点钟我就被酒店走廊里的喧闹声吵醒了，那可能是一个北方公务团或商务团有起早的习惯，各人房门大开，开始早聊了。

许多学习考察团到新加坡是冲着“淡马锡”而去的。同样是国有企业，为什么新加坡的“淡马锡”可以搞好，为什么我们的国有企业却搞不好？上至国资委的最高领导和一些省长市长，下至一些国企的董事长、总经理，都提出要学“淡马锡”。学习考察团去了一拨又一拨，我们的国有企业还是缺乏竞争力，有竞争力的又都是在垄断性或房地产行业。

还有不少学习考察团去新加坡是去学他们的社会文明的，国内就有专门的“精神文明建设考察团”到新加坡去学习。为什么新加坡实行的是资本主义制度，却没有“资本主义的腐朽”？那里没有赌场（最近为配合国际旅游才允许发展主要面向国际游客的博彩业），严禁卖笑行业，治安太平。为什么我们“打黄扫非”不遗余力，历经数十年，还有北京“天上人间”这样的事情发生？经常

"严打"、"重打"，不少地方黑社会势力盘根错节，"警匪一家"时有发生。不知道已经成为阶下囚的重庆的文强（原公安局副局长）在台上时有没有去新加坡学习考察过？政法部门组团学习新加坡也应该不在少数。

国内学习新加坡经验的热点还可以列举很多很多，如学习新加坡的住房制度、金融市场、高新技术产业发展，等等。不过，这些都是新加坡的成功之处，是经验的结果，有没有想过新加坡经验的基础，想过新加坡经验之源？

新加坡之所以能够成功，能够成为中国学习的榜样（其他国家不一定以她为榜样），至少有三点是新加坡经验的基础：一是国际化，二是高度法制，三是重视教育。

国际化是新加坡成功的第一条基础性经验。新加坡原来也和中国一样，经济落后，国民传统观念深厚，眼光狭窄，自私保守。李光耀作为卓越的政治家，知道新加坡一弹丸之地，只有融入世界，才有自己的地位，在经济发展和社会生活方面大力提倡国际化。例如，新加坡为了向西方学习，同时也是为了本国不同民族（主要是华人、马来人和印度人）融合和交流，给予了英语以更高的地位。新加坡的华人占绝大多数，但这个国家最主要的官方语言却是英语。在亚洲，新加坡的国际化程度也只有香港可以相比。可是，这一条经验恐怕是中国学不来的。不要说中国没有华洋混杂的历史，要让十几亿人学好英语是完全不可能的事，就以中国作为一个大国而言，也做不到小国那样的国际化。我们这边普通人的英语还没学好，那边有关部门已不准电视台再用 NBA、WTO、BBC 这样的简称代替中文了（确属大惊小怪、眼界狭隘）。不过，既然是一个大国，一定有更多本民族内涵的东西沉淀下来，也无法包容小国那样的国际化。

新加坡的第二条基础性经验是高度法治、戒律森严，对破坏公共利益的行为严加惩办，甚至有点不讲人情。例如，在新加坡乱倒垃圾、行走不遵守交通规则甚至上厕所不冲洗都有可能被判为犯罪行为。新加坡至今仍保留鞭刑的古老刑法，1994 年就鞭笞了一位在新加坡涂鸦的美国青年，美国总统说情也未改变结果。最近，新加坡又全球通缉一位在新加坡犯事的英国涂鸦者，被通缉者将面临监禁和鞭笞 8 鞭的酷刑。这种极为严厉的刑法面前，确实让犯罪率保持在一个很低的水平上。不过，似乎这一条经验也不适合于中国。中国地大人口多，各地差异大，司法执行的管理成本和监管成本很高，如果用新加坡那样严厉的法律，恐怕也会闹出许多新的问题。

剩下的就是中国最应该学习的经验了：重视教育、办好教育。新加坡最大的本钱是人才，包括政治人才、法律人才、产业人才、金融人才。新加坡不仅重视教育，而且办出了高水平的教育。中国不必派出那么多的学习考察团到新加坡，只要认真学习新加坡的教育管理制度，把人才培养好，提高全民的教育水平，其他的方面就容易学了。只要什么时候中国一些城市的教育水准（是水准而不是规模）达到新加坡水准了，那也就像新加坡了。

韩国的集体主义意识

在我的记忆中，中国官方或官方领导人似乎没有明确提出过要向韩国学习，但韩国对中国经济生活和社会生活的影响似乎比新加坡还要大。前些年“韩流”风靡全国，各家电视台都在大播韩剧，韩国的服饰、饮食在中国有不小的影响。这些年“韩流”虽然有所退潮，但韩国企业、韩国产品、韩国品牌在中国的影响有增无减。

从北海道的札幌乘飞机到仁川国际机场已是晚上 9 点钟了，路上驱车一小时，进入首尔立刻感觉到的是汉江两岸道路上的滚滚车流。在我们下榻酒店的一路，塞车严重，司机几次掉头改道，为的是到酒店不要太晚。夜已深，车在等，首尔的大城市病还是蛮严重的。

首尔并无明显的新变化，“清溪川”还是那样，吸引很多的休憩人群，依旧是繁华都市中的世外桃源，体现了城市发展的现代理念。我记得清溪川附近有一个很大的书店，那里有不少的英文书籍，稍作打听果然很快就找到。书店里依然人头攒动，一派兴旺，看起来韩国人还是很爱读书，氛围可亲。尽管我在日本已经买了不少英文的书籍，但到了书店后还是忍不住挑上几本，虽然没有太中意的，但买了一本英文版的《枪炮、病菌与钢铁》，也算是有点纪念意义。

由于“天安号”事件的阴影，韩国国内笼罩着对南北方战争的担忧，国家安全成为头等大事，政府所做的最大的事，莫过于安抚。安抚国内的民众，安抚国外的客商。此情景和我前两次到韩国有很大的不同。上次到韩国，正是卢武铉当政时期，天下比较太平，韩国在亚洲的影响和力量呈上升势头。这个国家一度提出要做东北亚政经局势的均衡者。言下之意，韩国不仅要能在几个大国（中国、日本、俄罗斯，其实还有美国）之间周旋，而且还要起到平衡几个大国力量的作用。

由于有南北紧张关系这一特殊国情，韩国想在国际政治和外交上发挥很大的国际作用，其实很难。一个“天安号”就把韩国的全部注意力放在国内安全上，今后也会有类似的情况出现。韩国对亚洲的影响主要还是在经济上，尤其是对亚洲其他国家发展经济所起的启示作用。

韩国是个小国家，却出了这么多的大企业，而且是世界级的大企业。我手头有一本书名为“索尼与三星”的学术著作，是一位韩国裔的美国学者所著，记录了三星如何从做索尼的学生开始，继而同台竞争、平起平坐，最后超越“老师”的过程。韩国是小国，却有大的志向，“小国大志”是这个国家的典型特征。韩国的政治家有这种特征，韩国的企业家更有这种特征。如果说中国应该像韩国学习的话，首先是学韩国人的志向精神。

韩国人是争强好胜的，缺少了一份日本人的委婉、含蓄和谦恭，所以，连端午、书法、汉字这样的中国文化符号，韩国人也要和中国人争抢。但韩国人也很克己，懂得一份约束。深受中国文化的影响，但决不接受中国的饮食习惯，素食泡菜就是一顿晚宴，最多加上几块烤肉，却锻炼了韩国人的健康体形，提高了工作效率（中国人饱食一餐后自然难免昏昏欲睡），也培养了集体主义的意识和精神。

韩国的三星、现代等企业不过几十年的历史，没有集体主义的奉献，不可能有今天的成就。我们嘴上讲“先集体后个人”讲了几十年，一觉醒来发现却是空谈。集体主义精神是需要环境的，不是靠嘴上讲讲就能培养的，不妨去学一学人家是如何形成集体主义意识的环境的。

无论是日本或韩国，还是新加坡，对中国都是极其重视的，因为中国发展太快了。对这三个国家，中国有自己的骄傲，但还是要谦虚而老实地学习，要学习的东西还是比可以骄傲的东西要多。过去二三十年，我们形式上的东西学了不少，也学得很快，现在更多地要学一些理念精神上的东西，尽管这些东西学起来不那么容易。

（发表于《经济学家茶座》2010 年第 3 辑）

我们该怎样向新加坡学习

向新加坡学习，是改革开放以来中国为加快发展借鉴的一种主要国际经验，更是国内许多城市近年来的一个重要模仿样板。新加坡的大学里有专门的“中国市长班”、“中青年干部班”，到过新加坡“淡马锡”公司学习考察的中国政府官员和国有企业领导人可以说不计其数。

学习新加坡无疑是对的，但关键是我们该怎样学习新加坡？是学习表面的东西，还是学习真正的经验？是追求形似，还是更多地追求神似，尤其是形似背后的理念、观念和制度？

现在国内有不少城市在仿照新加坡，建新加坡式的开发区，发展新加坡式的城市CBD（中央商务区），建造新加坡式的城市公园，等等。但是，我们在打造城市“新加坡概念”的时候，千万不要忘了，新加坡经济建设中的务实、高效、节约资源和可持续发展的做法更加值得我们学习。

过去的十年，国内的不少城市在规模上扩大了一倍以上，在支撑经济发展的同时，又浪费了大量的资源，破坏了环境，发展难以持续。在这方面，我们真的要好好学习新加坡。几十年来，新加坡仅靠填海增加了几十平方公里，但每平方公里的产出却在不断提高。有一组数字很能说明问题。中国经济最发达的城市是上海，每平方公里创造的地区生产总值是0.38亿美元（2009年数字，按1美元等于6.6元人民币换算）。南京2010年的地区生产总值是5075亿元，相当于768.94亿美元，按市域面积6582平方公里计算，每平方公里的地区生产总值是0.12亿美元。新加坡2008年的国内生产总值是1820亿美元，按其国土710平方公里计算，每平方公里的产出是2.56亿美元，比国内绝大多数的城市高出20倍以上！

新加坡的面积比国内绝大多数的省会城市都要小，但在新加坡并不感到十分局促和拥挤。而国内的一些城市，仅开发区就比整个新加坡还要大，马路要比新加坡的马路宽，但还是拥挤不堪，环境脏乱，明显缺乏空间感。这是典型的管理问题，也是不同的政绩观下的不同结果。如果没有一个好的政绩观，不

学着点

着眼于长远，学习新加坡，一定只会专注大兴土木，忽视科学管理，舍弃未来的发展。

中国与新加坡国情不同，中国的城市与新加坡也有千差万别，不是所有的新加坡经验都是可以学来的，也没有必要都去照搬新加坡的模式，也不可能全部照搬来。关键还在于一个科学的态度，在于一个先进理念的借鉴。

（发表于2011年《南京日报》“徐康宁专栏”，此处有删节）

韩国为什么会引人注目

小洪兄写了很多关于韩国经济、社会和文化的文章，读起来很有意思，为韩国学在中国的传播做了不少有益的事。最近又读了他的《“韩流”盛行于中国及其原因》一文（《经济学家茶座》第27辑），若有所思；加上平时也比较关注韩国，最近又去了韩国一次，产生了不写几句不快的冲动，于是就有了这篇小文，以求教于小洪兄和读者朋友。

小国大志的国家

韩国是小国还是大国？这个看似极其简单的问题，回答起来并不容易。从国土面积看，韩国是小国，只有9万多平方公里，比中国的江苏还要小，和浙江相当。韩国的人口也不算多，据最新的统计，为4800多万，在亚洲只能算小国，因为亚洲人口过亿的国家有好几个。若放在欧洲，韩国算得上中等规模。若是看国家在世界的影响，尤其是在世界经济的影响，似乎韩国又不能算是小国。

韩国的经济总量（GDP规模）在世界上排第11位，货物贸易出口在世界上也是排第11位。要知道，国家要比韩国大得多的俄罗斯和巴西，经济总量在世界的排名也才第13位和第15位。一般情况下，大国至少是影响大的国家，才有机会举办奥运会，韩国虽然不大，却是亚洲第二个举办奥运会的国家，比中国整整早了20年，也是世界上第二个举办奥运会的发展中国家。

还可以从下例中看出韩国不是小国。东盟有一个对话机制，主要是和亚洲大国的对话机制，其中有一个“10＋3”对话，分别是和中国、日本、韩国对话，每年一次。看来韩国至少在亚洲是被看做大国的。

从地理学的角度讲，韩国是小国，但这个小国的志向却很大。韩国立志要做东北亚的经济中心，而且要在2020年前实现这一目标。东北亚是什么范围？地理学上似乎没有明确的界定。但人们的共同看法是：中国的东北和华北在这一范围内，俄罗斯的远东在这一范围内，整个蒙古和日本应该也在这一范围内。在韩国官员和一部分学者的心目中，这个范围似乎还要大一些，至少整个中国在其中。为了实现这一目标，韩国在21世纪初建成了仁川国际机场，并努力使之成为整个亚太地区的枢纽机场。看到仁川国际机场的规划，只能用“雄伟”、“远大”这两个词加以概括。目前，仁川机场的年旅客吞吐量为2600多万人次，比不上北京的首都国际机场，更比不上香港新机场。但仁川机场的远期目标就是要把北京、浦东、香港还有东京的机场比下去，将来的旅客吞吐量要达到1亿人次！要知道，目前世界第一的美国亚特兰大机场的旅客吞叶量也只有8000万人次，而且基本上不再增长了。韩国国内只有4800万人，每年要接待1亿的旅客，只有更多地发展国际转机业务。所以，中国旅客抵达仁川机场感到很亲切，因为机场内所有的标牌都有中文（当然也有日文），除了中韩关系日益亲密的缘故外，发展中国旅客转机去北美的航运业务也是仁川机场的重要目标，事实上，这样的航班已不在少数。值得一提的是，旅客在机场内随处可看到这样的宣传语：2007年仁川国际机场被国际机构选为世界最佳机场。

中国在2006年举办了一次世界瞩目的“中非论坛”，韩国紧接着举办了一次“韩国与非洲论坛”，通过了“首尔宣言”。虽然参会的非洲国家比到北京参会的国家少了很多，但也足以表明韩国的意思：非洲重视中国可以，但也不能小看了韩国。

韩国大田附近有一科学工业园，有点像北京的中关村，中文的名字叫大德谷，是IT产业和生物工程企业聚集地，当初是在美国硅谷的启发下建起来的。我到韩国两次，两次都去过那里。说实话，印象中韩国的“硅谷”在技术上比不上美国的硅谷，在产业规模上比不上我国台湾的新竹，但就在最近这次参观访问时领到的介绍册上，一句话醒目地用英文、中文写着：“要在2015年把大德谷建成世界第一的科学园区。”

在韩国期间，同行的周勤教授告诉我，他看到的一份韩国宣传资料上有这么一句话：“韩国要用几十年的时间，建成仅次于美国的世界第二发达国家。”我不敢相信，因行色匆匆，未来得及找出资料出处核对，但我相信这在韩国是情理之中的事情。

小国大志的原因

韩国为什么有这么大的志向？这需要从经济、政治、社会等不同的角度加以仔细研究。本篇小文无力完成属于一篇学术宏论的任务，也不可能面面俱到，但还是想做点思考。我想这可能和韩国特殊的地缘关系和历史背景有关。

韩国地处东北亚，与三个大国相邻：中国、日本和俄罗斯。按照韩国学者的话讲，韩国始终在大国的夹缝中求生存。美国与韩国相隔万里，但美国在亚洲有其利益，韩国与美国又有特殊的历史和现实关系，美国与中国和俄罗斯免不了经常有大国博弈的事情发生，韩国都是夹在中间。所以，韩国实际上是与四个大国周旋。长期与大国周旋的经历，造就韩国人立志做大国人的决心，至少要成为一个大国不可小视的国家，这样才能平衡好大国之间的关系，更重要的是使自己国家的利益得到保证。近两年韩国在国际关系中发出的信号和声音很是强烈：要做东北亚局势的均衡者。意思是既不得罪大国，也不做大国的随从。韩国政府的外交定位基本上遵循了这一思路，这一外交定位反映了韩国努力寻求更大国家地位的目标。

韩国的历史更是让韩国人自强不息，立志要做一个强大国家的公民。韩国历史上曾经遭到蒙古人的侵略，几个重要城市都被血洗过；曾经是明代和清代中国的附庸国，国王即位需要得到中国皇帝的册封（虽然只是形式上的）；尤其是近代沦为日本的殖民地，前后长达四十余年，民族遭受的苦难非同一般。日占期间，韩国人被迫学习日本的文字，向日本天皇效忠，替日本人打仗。甚至韩国人在国际体育比赛中取胜，升起的国旗却是太阳旗。长期以来外来民族势力的挤压，磨炼了韩国人的坚强意志；韩国更是在历史上的实力外交启发下，下定了用实力增强民族自尊的决心。

此外，韩国还有一个复杂的南北关系。一些韩国学者认为，韩国越强大，越有利于提升朝鲜民族的凝聚力，国家统一的日程表就会早一天到来。

韩国国内市场较小，要想象大国那样发展经济，光靠国内市场是不够的，所以，韩国涌现出了一批以全球为市场的大公司。三星、现代、LG、浦项这些巨大的公司能够出现，与韩国人追求世界影响力的心理是分不开的。在欧洲，也有一些小国大企业的例子，如荷兰的飞利浦、瑞士的雀巢、瑞典的 ABB 等，但一个原先只是落后的小国能涌现这么多的大公司，而且是在较短的时间内，似乎只有韩国。

国内狭小的市场是造就不出如此巨大的公司的，因此韩国的大公司几乎都是彻底多元化经营的，范围经济的原理在韩国得到了最充分的体现。我这次在韩国期间，逛了一家在所住酒店附近的大型百货公司，一问，是现代集团经营的。在首尔市的地图上，还能很容易地找到了三星集团经营的百货商店。三星和现代集团建筑公司建造的房屋，在首尔、釜山更是到处可见。在韩国我还了解到一个凭常识难以想象的事实：LG 之下有一个服装公司，而且还有打造世界名牌服装的发展规划。真是很难把 LG 品牌的科技元素和服装加以联系，但这就是韩国。

韩国为了让世界关注自己，扩大国家在世界的影响，非常看重举办大型国际活动，尤其是世界级赛事。在韩国期间的一天，陪同我们的李小姐（一位在中国出生的韩国人）非常兴奋地告诉我们：韩国的大邱申办世界田径锦标赛昨天成功了！她还骄傲地说，这样，韩国就是能够举办三大世界赛事的国家。另外两大赛事分别是奥运会和世界杯足球赛。回国后又看到这样的新闻：韩国的丽水获得 2012 年的世博会举办权，仁川获得 2014 年亚运会的举办权，平昌正在申办 2014 年的冬奥会。

韩国已经有了一位联合国秘书长，这让韩国人骄傲不已。已经不止一位韩国学者对我说过，韩国人现在最期盼的是出一位诺贝尔奖获得者，而且一定是科学奖，不是和平奖，因为和平奖韩国人已经拿了一个（金大中）。如果说中国现在急于拿诺贝尔奖，那韩国人比中国人还急。黄禹锡让许多韩国人的梦想破灭，所以直到现在还有一些韩国人怪罪揭发黄禹锡科学造假的新闻媒体。韩国人会在中国人之前得到诺贝尔奖吗？我不愿做这种猜测，但韩国人的心理以及韩国政府的决心让这种猜测增大几率。

做大决心的后面是干劲

亚洲与韩国有相同或相似历史和机缘的国家有好多个，中国就是其中一个。为什么结局是韩国和别的国家不一样？或者说其他国家为什么没像韩国那样引人注目？有的学者是用儒家文化和民族的团结精神来解释，但我认为，除了儒家文化外（民族的团结精神也来自于儒家文化），韩国人讲究实际、重视效果也是一个重要原因。韩国是一个东方国家，但又是受西方思想文化熏陶很深的国家。我的观察是：韩国在礼仪、人情、习惯方面受儒教文化影响大，在制度、规则、秩序方面受西方思想影响大。前者是表象的，重形式的；后者是骨子里的，真正起作用的。

我们在韩期间，正值韩美自由贸易谈判最后关头，电视和报纸每天都报道示威群众激进行为的新闻，但最后韩国还是让自由贸易谈判取得结果，并且做了一定的让步。在市场问题上，韩国更加看重利益，而不看重群众的情绪，以竞争及其结果为第一考量。

曾经读过一本三星老总谈管理的小册子，满篇都是如何抓产品创新、抓质量管理、抓市场营销，似乎没有多少大道理。如果是中国的老总，一定会总结出很多富有哲理的管理思想。和中国人相比，韩国人似乎少了一些清谈，少了一些争论（参加有韩国人参与的学术会议，很少看到韩国学者热烈争论），但干起活来的劲头明显要大一些。

已有韩国学者在研究如果南北统一后国家的竞争力有多强的课题，并有人认为，那将是另一个德国（韩国和朝鲜加起来的人口与德国相当）。韩国也立志要把在世界上的各种排名更加靠前一些，因为韩国人十分重视这些排名。不过，在文章结尾的时候，还是想写上一句，也算是平衡一下民族自尊心理很重的部分读者（如果有的话）。韩国的科技实力和原创技术和德国相比，还有一段不小的距离，短时间内未必能赶得上，因为韩国和中国一样，民族的科技创新基因培育的时间还比较短，而这是要从思想文化和制度演进中去长期积累的。从这一点上讲，韩国要成为真正意义上的大国，也不是一件容易的事。

（发表于《经济学家茶座》2007 年第 3 辑）

美国“出口倍增计划”挑战现行国际分工

2010年美国经济政策的一个重大动向就是启动和推进“国家出口倡议”(National Export Initiatives)，这是落实奥巴马总统今年国情咨文报告中所确定的重要目标。“国家出口倡议”实际上就是一个“出口倍增计划”，其核心内容是美国要用五年时间使其出口规模翻一番。美国是一个比较传统的市场经济国家，历史上很少由政府出面发布有明确目标的经济计划，这次高调宣布“出口倍增计划”，不仅有确定的时间表，而且要五年翻一番，采用了东方国家政府常用的做法，确实不同寻常。

“出口倍增计划”，主要还是后危机的反应。金融危机重创了美国经济，失业率不断走高。恢复经济增长和增加就业，是美国重整经济的首要任务。奥巴马知道美国民众在想什么，能够给他们多提供一些就业机会比多讲几种思想重要得多，美国希望通过出口翻一番增加200万个就业机会。

美国制造业竞争力今非昔比

应该说，美国出口五年翻番，其任务并不十分现实。出口五年增长一倍，平均每年的增速就应该在15%左右，这对于美国而言绝非易事。虽然美国今年上半年出口的情况不错，超过了15%，但这主要是因为去年同期的基数很低，实际上是对去年金融危机导致出口大幅度下滑的一种周期性恢复。美国官方的数据显示，2000～2008年，美国出口的年平均增速只有6%，2009年由于金融危机则有14.6%的负增长，十年都未能实现翻番。

最近60年的历史上，美国只有一次用五年时间实现了出口的倍增，即1969～1974年，美国的出口值五年内增长了170%。也正是因为有这次“辉煌”的记录，美国政界的高官对奥巴马的“出口倍增计划”有相当大的信心。但是，“彼时”与“此时”有很大的不同，40年前的出口倍增记录未必就证明今天能够复

制。40 年前的世界经济还是处于二战后难得的黄金发展时期（虽然已临近尾声），经济高速增长创造了巨大的需求，为扩大出口提供了有利条件。在那一时期，不仅美国出口实现了翻番，整个世界的出口也翻了一番半。此外，40 年前美国经济远比今天强盛，虽然美元已经不能独霸世界，但其经济整体地位不可动摇，以“金砖四国”为代表的新兴市场经济还远未出现，世界上缺乏能够与美国在世界市场上抗衡的力量，现在的情况和那时相比已不可同日而语。

依据国际分工的基本理论，各个国家都是出口能够反映本国资源禀赋或要素禀赋优势的产品，原料资源丰富的国家主要出口资源性产品，劳动力资源丰富的国家主要出口劳动密集型产品，知识和技术丰富的国家主要出口知识与技术密集型产品。美国的要素禀赋主要体现在知识和技术方面，高新技术产品出口一直是美国的优势，美国服务业的知识含量也很高，如金融、保险、艺术设计、电影制作等，美国这类服务性产品出口也很大。即便从国际分工中的竞争优势这一新的理论看，各国能够大量出口产品也是来自于代表本国竞争力不断提升的产业。例如，韩国的汽车产业原来竞争力不强，但在参与全球市场竞争的过程中竞争力不断得到提升，所以韩国的汽车出口规模也是越来越大。

然而，对于美国而言，制造业的竞争力多年来不是逐年上升，而是持续下降，因为大量资金和人才已经游离出制造业，进入了金融保险、证券投资、互联网等虚拟经济领域。总体而言，目前美国在世界上有竞争力的产业已主要不是制造业，而是服务业，然而服务业是以满足内需为主的产业。美国要实现“出口倍增计划”，必须主要靠扩大货物贸易出口，而美国恰恰是在制造业方面丧失了过去曾有的竞争力。过去 60 年来，美国货物出口在全世界货物贸易中的地位持续下降。根据国际货币基金组织的数据，1948 年，美国货物出口占全世界货物出口的比重高达 20%以上，然后逐年降低，20 世纪最后 20 年已经下降到 15%以下，进入新世纪后又进一步下降到 10%以下，目前只占到全世界货物贸易的 9%左右。

美国靠什么实现出口翻番

美国现在太需要扩大出口了。因为扩大出口既可以增加本国的就业，又可以增强美国民众对本国经济的信心，所以美国才会高调发布“出口倍增计划”。

我们有理由相信，为了美国的国家利益，美国政界和商界都会不遗余力地推进“出口倍增计划”，努力实现这一目标。那么，美国未来五年将会靠什么来实现出口翻番？这是值得关注的问题。

第一，美国会通过自身科技创新的努力，推进国内“再工业化”进程，突出美国新技术、新产业和新产品的领先地位，为扩大出口创造技术优势。美国在今天仍然是世界上最强大的国家，经济实力虽然因金融危机有所削弱，但其领先地位仍然不可替代。尤其是在科技创新方面，美国在世界上遥遥领先，金融危机并未破坏美国科技创新的基础和能力。美国推进“再工业化”，也不会简单地扩大工业部门和其他物质生产部门的规模，而是更多地通过科技创新来发展新的产业、新的技术和新的产品，并以此带动更多工业品出口。

第二，美国会更多地动用政府资源，推动美国产品在全世界销售。按照美国官方的说法，美国扩大出口的潜力很大，政府以前在推销美国产品方面做得不够，原先主要由美国企业自己做，现在政府要积极发挥应有的作用，充当起国家“推销员”的角色。美国商务部长骆家辉今年访问中国时，就带了众多涉及新能源技术和产品的美国公司高层人士，希望通过美国高官的访问和政府的国家推销，带动美国新能源技术和产品对中国的出口。

第三，美国会加强对出口重点市场的开拓和渗透，有目标地在一些国家和地区扩大美国的市场。值得特别一提的是，中国毫无疑问是美国扩大出口的重点市场。如果我们假设美国有一个重点出口市场的国家清单的话，中国一定会在这份国家清单之中，而且会处在首选的位置。因为在美国看来，中国市场潜力之巨大，其他任何国家都难以替代。事实也是如此。按照美国的统计口径，中国目前是美国的第三大出口市场，而且增速惊人。2000～2009年，美国对中国的出口增长了330%，而对第一大出口市场加拿大仅增长了14%，对第二大出口市场墨西哥仅增长了16%。在美国出口大幅下降的2009年，其他市场都大幅缩水，对加拿大的出口下降了21.6%，对日本的出口下降了21.4%，而美国产品在中国市场却仅仅下降了0.2%。

第四，为了顺利实现“出口倍增计划”，美国将会长期采用“弱势美元”的政策，为扩大出口创造最佳的汇率工具。弱势美元对美国扩大出口、改善国际贸易收支状况，具有明显的好处。在贸易自由化的大背景下，美国有可能采用贸易保护主义的做法，但不会在这方面走得太远，因为这样做会遭到其他国家的报复，但美国会在主观上让美元变成一种弱势货币，并且把弱势美元当做一种长期目标。这对于包括中国在内的一些与美国贸易量大的国家而言，有可能因此而增加长期的不确定性。如果美元长期保持弱势状态，甚至进一步弱下去，人民币的升值压力就不会真正消除。这一点也是最值得关注和加强预警的。

中国要密切关注国际分工变化因素

“出口倍增计划”并无一定的胜算，但会取得一定的效果，其政策效应绝不仅仅限于美国国内，而是会对世界经济格局、国际分工体系和国家间的贸易关系产生重要影响。按照国际分工的效率原则，美国的制造业并不代表国际范围的产业竞争力，也不具备全球的生产优势。美国如果大量出口制造业产品，不符合国际分工的效率优先原则。美国在未来五年内要把出口规模扩大一倍，必然依靠制造业的出口扩张，实际上也是对现行的国际分工体系发起一场大的挑战。

中国是制造业出口大国，中国经济发展也和现行的国际分工体系密切相关，应当对有可能引起国际分工重要变化的一些因素加强研究，做好相应对策准备。一种不可更改的前景是：中国和美国之间，经济利益关系将会在两个国家的双边关系中变得更加重要。

（发表于2010年《中国社会科学报》）

世界上没有永远的敌和友

“海内存知己，天涯若比邻。”这是唐人王勃的两个诗句，意思是对朋友远去的思念。但在四十多年前，由于毛泽东用这两句话表达中国对阿尔巴尼亚的友谊，诗句的意思就有了变化，成为专门形容中阿密切关系的用语。

那个时候，中国和阿尔巴尼亚的关系确实非同一般。当时能看到唯一的外国电影，就是阿尔巴尼亚的电影，唯一能买到的外国香烟，就是阿尔巴尼亚的香烟（据说很难抽），唯一能见到的外国领袖的画像，就是阿尔巴尼亚劳动党总书记霍查的大幅照片。可是，今天 40 岁以下的人，恐怕对“海内”这两句话的理解，就是一首唐诗而已，感叹的只是初唐四杰之一王勃的灵气和才华。现在对于中国而言，阿尔巴尼亚就是一个普通的小国家，而且这一大一小的两个国家还曾经交恶过，就在每个中国人都会背“海内存知己，天涯若比邻”这两句唐诗后不久。

越南也曾经是中国的亲密伙伴，“同志加兄弟”是几十年前中越关系的描述。历史记载表明，在越南分为北越和南越时期，共产党统治的北越政权的总理范文同就曾对中国公开明确：西沙群岛、南沙群岛等南海领域是中国的领土，越南没有领土要求。但现在，越南对南中国海领土的要求已经升级，又是实弹演习，又是国内反华示威，如果不是中国克制，争端已经变成冲突。

最有意思的是，三十多年前，中国帮助北越推翻了南越政权，赶走了强大的美国，统一了全国；三十多年后，越南为抗衡中国，达到占领南海领土的目的，不断地呼唤美国，希望美国人能插手此事，并与越南站在一边。三十多年的历史，友变成了敌，敌又变成了友。岂止中越、中美和美越关系，实际上，世界上没有永远的朋友，也没有永远的敌人。

范文同在几十年前要中国放心，越南对南海没有领土要求，那是因为越南当时需要中国继续支持，帮助他拿下全国政权；一旦政权到手，立马翻脸不认人，南海领域的主权纠纷也就在中越之间持续了几十年。所以，国家、政权也和市井草民一样，其信用和承诺常常是不算数的。

友变敌，敌变友，在国际上本无定数，一切服从于国家的利益。不过，国家利益有长期和短期之分，短期利益一切以实用为考量，对己有利的时候就可以把敌变成友。但是，倘若一点原则也不讲，长期利益还是会受损的。

中国今天面临复杂的外部环境，我们不要听人家一时说几句好话，摆几个姿态，就完全忘掉他们曾经做过什么，又是给订单，又是给援助，结果还是利用与被利用的关系。

70亿人口会给世界带来什么？

2011年，世界将迎来70亿人口，这是美国《国家地理杂志》不久前做出的预测。联合国人口司也发布报告，称世界70亿人口日将于今年下半年某一天出现。

世界人口从50亿到70亿仅仅用了24年，而从有人类以来到20亿人则用了几百万年！自20世纪50年代起，世界人口过快增长的步伐就一直没有停止过。由于基数在不断变大，过去30年的人口增长规模已经到了惊人的地步。

人口增长过快的一个直接后果，就是过度消耗了经济增长的成果，使得按人口平均的经济福利几乎没有增加。过去30年，人口增长最快的不是中国，也不是印度，尽管这两个国家净增加的人口最多，而是非洲的一些国家。在东非和西非，一些国家的人口在不到20年的时间里增加了一倍！至今在世界上，还有不少国家的人民生活水平和100年前没有大的差别，这些国家多数集中在非洲。

世界人口达到今天如此大的规模，无疑在考验地球的承载能力，甚至连地球是否能养活这么多人的问题都要重新思考。自有人出现以后，饥荒、食不果腹和营养不良的阴影从来没有离开过我们的同类。即便有了技术革命，土地上的农业收成有了显著提高，大量荒地改造成农田（往往又是以环境遭到严重破坏作为代价），由于人口增长太快，地球上的粮食供应能力仍然十分脆弱。一方面，人口在迅速增加，另一方面，全球气候变得反复无常，粮食歉收成为经常现象。世界正处在粮食危机之中，而且有可能迎来更大的粮食危机。据世界银行的估计，全球有近9亿人处在饥饿状态，饥民的增加几乎和人口增加一样快。虽然造成粮食危机的原因很多，但每年净增加一亿人的确是一个重要因素。

人口增长过快的另一个显著后果，就是世界变得拥挤不堪，降低了生活质量。在人类历史上刚有国家的时候，世界上每个人的生存和休憩空间有几平方公里；在工业革命兴起时代，世界上每个人拥有的空间接近一平方公里；而今天每人只有两万平方米了，这里面还包括高山、沙漠和冻土。世界上再好玩的地方，如果人山人海，也一定兴趣索然。

人口增长还包含着一个极其重要的命题：地区人口和种族人口结构越来越不平衡，引发新的冲突的概率在加大。现在的状况是，亚洲增长得最多，非洲增长得最快，从而引发资源与人口的配比严重失调。世界上粮食生产潜力最大的国家是俄罗斯，但俄罗斯的人口却在下降。孟加拉国的粮食生产能力非常有限（比中国的江苏省大不了多少），但其人口已经超过了俄罗斯！饥荒、疾病始终在亚洲、非洲的大地上肆虐，资源争夺、战争的隐患也始终难消。

种族人口结构的不平衡增长也将带来新矛盾和新冲突。由于西班牙语系和拉丁族裔人口增长迅猛，到本世纪中叶，统治了美国200多年的白人将成为少数民族！亨廷顿曾写过《文明的冲突与世界秩序的重建》，认为未来世界的文明冲突不是来自于意识形态和社会制度，而是不同族裔因信奉不同文明价值而展开冲突。不少学者不以为然，政治家也出于选情的需要而有意避之。从5年、10年的时间看，这一问题似乎可以淡化，为了政治也需要淡化。但是，50年以后呢？当美国的白人真的成了少数民族后，世界还会如此平静？还是统治者在此之前就不让白人成为少数民族？实际上，像新加坡这样的国家，如果不采取措施极力保持种族人口结构的平衡，经济和社会也难以保持这么多年的繁荣局面。

当然，人口多对经济增长也有巨大贡献。中国的十几亿人口，是中国经济连续多年高速增长的一个重要条件，因为人口创造了一个巨大的市场规模效应，“刘易斯拐点”迟迟未到。今后，如果政策恰当，印度、印度尼西亚、越南等国也会步中国后尘，经济进入长期高速增长时期。但是，即便是规模效应也是有极限的，无论是中国还是世界，人口规模绝不能无限制地扩大。中国今后会让掉世界第一人口大国的地位，但我们还是人口大国，还是亚洲国家，还要更多地关注世界人口剧增所造成的冲击，包括对中国自己的冲击。

科学技术的创新可以缓解资源短缺的问题，而人口的过快增长不是科学技术可以调节的，因此需要人类共同的认知和相互理解，也需要学者的深入研究，提供更好的解决方案，更需要政治家们的高超智慧。

（发表于《环球时报》2011年2月27日）

西澳繁荣中国埋单

今年的中澳经济研讨会（由在当地大学的部分中国学者发起）在西澳大学举行，前两年都曾收到邀请，但未能成行，今年的会议可以和本来就要参加的夏威夷会议衔接上，时间上比较经济，便又坐了七八个小时的飞机，匆匆来到西澳大学的所在地——柏斯（Perth）。

原来以为柏斯仅是一座矿城，没想到却是一座非常美丽的城市。住进酒店已是晚上，到外面走了走，既看到代表现代都市的摩天大楼，华灯异彩，更看到代表居住环境的树荫和水面，自然可亲。实际上，酒店不远处，就有一条通往大海的河流，名字很好听，叫做天鹅河。河面既宽阔壮观，又宁静妩媚。走在沿河的小道上，晓月高悬，和风扑面，心旷神怡，连续飞行的疲劳顿觉消失许多。

柏斯是一个海港城市，面向印度洋，但却是地中海气候，所以树木繁盛，而且长得很高，颇有点罗马的气氛。

留下印象最深的是这座城市的经济繁荣。很少能在发达国家看到如此多的建筑工地，一座座酒店和办公楼或是在封顶，或是在打基础，说明这座城市和整个西澳地区的经济很不错。

西澳（澳大利亚的一个州）的经济不错，很大程度上要归结于中国。过去20年，中国经济强劲增长，引发对能源和矿产资源的巨大需求，中国自身资源短缺，只能大量进口，而澳大利亚的矿产资源非常丰富，尤其是西澳洲，集中了全澳大利亚的主要铁矿、铝矿和金矿。而且，这里在地理上相对靠近亚洲，出口方便，经济便蓬蓬勃勃地发展起来。

在地理位置上，西澳有点像中国的新疆，地广人稀，地盘比新疆还要大，但人口只有200多万，比新疆少得多。从这里坐飞机到悉尼、墨尔本要四个小时，比新疆到北京的乘机时间还要长。但与新疆不同的是，这个地方在经济上不是落后于全国水平，而是大大领先于全国水平。据澳大利亚官方提供的数据，2010年澳大利亚全国人均GDP是5万多澳元（现在的澳元比美元还要值钱些），西澳的人均GDP却高达8万多澳元，其首府柏斯就更高了。由于经济富裕，柏斯的房价在全澳大利亚居第二高，仅次于悉尼。

在柏斯听到一个故事。由于矿业繁荣，矿山工人工资一路上涨，在矿上的卡车司机一年的工资高达18万澳元，超过大学的教授。于是，许多其他行业的人纷纷改行，要到矿山开卡车。最有竞争力的是警察，因为身体好，能吃苦，结果引发大批警察流失，无人到岗。澳大利亚只得从新加坡、新西兰这些说英语且人才素质高的地方引进警察。

澳大利亚这几年经济很好，出口旺盛，澳元一路上涨，终于其币值超过了美元，第一推动要素自然是中国因素，可以说，中国为澳大利亚的经济繁荣作出了贡献。

按理说，中国进口了澳大利亚这么多的铁矿石，是全球第一大买主，澳大利亚的矿业公司应该在市场价格上对中国人客气些，结果完全不是，卖给中国的铁矿石价格几乎年年在涨。

在会议的晚宴上，主人安排了一位矿业商界领袖做演讲，主题就是中国经济与澳大利亚的矿业发展之未来趋势。他演讲的一个结论就是，澳大利亚卖给中国的铁矿石价格将来还会上升，理由之一是矿业开采的人工成本不断上涨。在桌上（主人把我与他放在同一桌），我对他的结论理由表示了一点不同的看法：开矿成本的高低，既取决于勘探、挖掘、工资等刚性成本，也取决于奖金、管理费用等非刚性成本，天价的工资不是市场化的成本。但他仍然坚持他的观点。

澳大利亚的矿山卡车司机一年有18万澳元的薪水，柏斯的一幢幢价值百万的房屋，实际上都是中国的买主和消费者承受了。

美国的汽车公司也曾经是工资高、福利好，但在金融危机中倒下了。澳大利亚的矿业公司的工资福利比美国汽车公司还要好，日子过得还很好，一是因为垄断了自然资源，二是因为打交道的是中国，料定中国买主缺乏合力，在世界上没有定价话语权。

（发表于《董事会》杂志2011年第8期）

穆巴拉克会下台吗?

埃及的群众示威已经进入第三周,而且规模越来越大。示威群众的口号很明确:要求穆巴拉克立即下台。

穆巴拉克会下台吗?

穆巴拉克是20世纪后半叶以来国际舞台上的一个强势政治人物。他自1981年掌权至今已整整30年,在国际上有比较高的地位,尤其是影响中东局势的一个举足轻重人物。近50年来,除了君主皇家,在政治上能像他掌权这么久的国家领导人,只有李光耀、苏哈托、马哈蒂尔等不多几位,而且善终的更在少数。

埃及是非洲的一个大国,始终以政治平稳、社会安定以及走外交平衡路线而著称,既和阿拉伯世界保持紧密关系,又接近西方世界。但没想到在突尼斯局势突变之后,埃及成了第一个受感染的国家,政治顿陷危机,最大的非洲之国成了最不稳定的国家。

埃及局势不稳一定有很复杂的国内外原因,包括政治上的原因,但这个国家经济发展状况不佳一定是重要原因之一。作为非洲最大的国家,埃及却没有应有的经济实力。查了一下手边有的英国 Economist 出版的2011年版《世界各国概览》,埃及的人均 GDP 还不足2000美元,在非洲也只能算中等,在北非则是最低的,比摩洛哥还要低。印象中,埃及在20世纪70年代算是非洲比较发达的国家,但30多年过去了,埃及展现在世人面前的,还是金字塔、法老、木乃伊这些历史遗物。穆巴拉克在政治上是一个强者,但在经济发展上却不及格。

历史上有和穆巴拉克一样的政治强势人物,却能在经济发展上有建树,甚至由于经济成绩单漂亮而让民众谅解了自己曾经的铁腕,所以能够善终。蒋介石就是其中之一,政治上虽然专制,但却因促进台湾经济起飞,晚年倒也受民众几分爱戴。韩国的朴正熙是个独裁者,但发展经济有功,如果不是被人刺杀身亡,江山是可以一直做下去的。

埃及政治危机再次表明,一个发展中国家,政治上的民主可以放慢推进,但民生万万不能长期没有进步。若经济长期得不到发展,民生困顿,社会财富两极分化,社会迟早要出大乱子的。

埃及民众的抗议示威如同烈火干柴,也绝不是一下子就可以平息的。在这种局势下,穆巴拉克下台恐怕是迟早的事情,而且为时不远。最大的可能,他会寻找一个体面的下台方式。

(附:本文是作者很快写就的一篇博文,写好上传的时候,中央电视台的晚间新闻报道说,穆巴拉克一家已经离开首都开罗,是否已是体面下台的前兆?)

穆巴拉克受审与政治游戏

半年前，我写过一篇博文，题目叫“穆巴拉克会下台吗?”。当时穆巴拉克还在台上，我在文中言穆氏气数已尽。

半年后，穆巴拉克已经在开罗法庭受审，而且是被关押在一个铁笼里，丧尽人的尊严。

在埃及，有无数的人要求审判穆巴拉克，而且要把他送上断头台；也有无数的人支持穆巴拉克，怀念一个已经逝去的政府。穆巴拉克的命运如何，取决于审判法庭上的法官以及埃及国内的政治力量格局，但是，这场审讯再次显示一个道理：政治游戏是残酷的。

非民主国家的政治游戏，都有一个规律：胜者为王败者为寇。政权的更迭往往逃脱不了战争、暴力和断头台。极权统治者的下台，紧接而来的审判、治罪和鲜血刑场，可以让专制时期曾经流血的人出一口气，但这个社会的仇恨并不会因一个人头的落地而消失。相反，有可能会给在世的独裁者上了一课：和平交出政权，下一步进入的就是自己的坟场，因为穆巴拉克是和平交出政权的。

从现在的情况看，穆巴拉克是凶多吉少，因为现政权要急于和他划清界限。如果没有外界力量出面，面临极刑也未可知。

为了伸张正义，把手上沾血的独裁者送上法庭，顺乎民意；但从建设一个真正的秩序社会，以非暴力换来非强权，打破胜者为王败为寇的周而复始，也许是一个民主制度的基础和前奏。想想当初日本战败，国际法庭没有追究日本天皇的罪责，并非他没罪，而是为了一个稳定而民主的日本社会。如果觉得这段历史久远了，可以看一看智利 20 世纪 80 年代独裁者皮诺切特的下场。我曾经写过一篇题为“两个人与一个国家”的文章，两个人中，一位是经济学家弗里德曼，另一人就是皮诺切特，和这两个人有关的国家就是智利。皮诺切特下台后，智利也有很多人要治他罪，还有不少人把他当成英雄，后来的政府采取了一个明智的办法，贬其为平民，让人们忘掉他。

穆巴拉克已经重病在身，或许让他在医院里走完人生是最好的办法。

一个国家的灾难

日本发生地震当天，我从晚 9 点开始，不停地看中央电视台和凤凰卫视的直播节目，一直看到凌晨。

电视上，地震引起的海啸冲向岸边，吞没房屋、农田、公路，无数小汽车如同玩具积木般一排排地掉入洪水之中；炼油厂在燃烧，一座叫气仙沼的城市完全被大火吞噬。人们已经失去了拯救城市和农舍的能力，只能在飞机上不停地记录下这一人间惨景，让全世界的人能在电视上第一时间目睹。

日本震灾最严重的城市是仙台，这是我熟悉的一个地方，曾经两度访问。仙台是一个非常美丽的城市，那里没有太多的高楼，宁静自然，城乡一体，给人以田园之城的感受。现在它恐怕已是满目疮痍了，至少身遭重创。电视上的仙台机场已被完全淹没，只露出小小一段跑道。

我院与地处仙台的日本东北大学经济学院有非常好的关系，该院院长 Tsikuda 教授也是我的好朋友。我们谈好每年在南京或仙台召开一次中日经济学术研讨会，去年在南京开了第一次，今年下半年应该在仙台开。不知道这个计划是否能顺利进行，更加惦记 Tsikuda 教授还有其他日本教授现在是否安好。在这里为他们祈福。

日本是一个多地震的国家，但这一次地震破坏力之大（包括已出现的核泄漏问题），影响之深刻，恐怕是超过自关东大地震以来的任何一次。日本经济刚刚开始复苏，没想到一次大地震又将日本经济推向新的悬崖。这次大地震是否会从此而改变日本的命运？不得而知。

1923 年日本发生关东大地震，死亡几十万人，东京几近夷为平地，催生了一个不断抗争命运并到后来争夺别人土地的民族。日本是一个始终有危机感的民族，不断的地震又让他们更加感到国土狭小，生存空间不大。半个多世纪之前，日本的军人领袖和极端民族主义者利用了国人的危机意识，把别人的空间和资源当做解决危机的出路。

日本是个孤岛，要有大的发展必须借助世界舞台。当年在美国的炮舰威胁下，日本被迫开放门户，后来带来了明治维新，日本开始崛起。第二次世界大战战败后，日本被迫接受美国的制度，包括自由市场竞争制度，日本企业开始进入世界市场，带来了日本经济的繁荣。这次大地震也许会让日本彻底丢掉孤岛意识，更加主动融入世界，也许是一次转折的开始，尽管是从痛苦引起。但也有可能朝另一个方向发展，这次地震会是日本命运更加不济的起始。有专家在电视上说地震会给日本创造需求，但不要忘了，这个需求的创造是要条件的。不管如何，日本下一步的发展值得关注，而且有可能和这场地震有关。

作为世界最为发达的国家之一，日本对这次地震毫无准备，面对灾难同样显得苍白无力，再次让人们看到人类在大自然面前实际上非常渺小。人类改变不了自然，只能利用自然。海洋、孤岛、地震，这些自然地理因素决定了日本的历史，也会对日本的未来产生重大影响。

相　扑

日本需要举办一次奥运会

2020年的奥运会举办地尚未确定，日本应该是最合适的地点之一。

首先是日本太需要举办一次奥运会，以提升振兴这个国家的信心，促进经济的繁荣，就像1964年东京奥运会锻造了一个经济强国那样。其次，奥运会12年之后重返亚洲合乎情理。其实，亚洲最理想的举办地是新加坡，但她似乎对举办超大型国际赛事不甚积极，阿联酋、卡塔尔等经济新贵又过于显赫，难以服众。

通过奥运会的举办再现国家信心，不仅是对目前仍处悲情之中的东邻之国的一种祈福，而且，经济繁荣的日本对中国也是一件幸事。

没有1964年的东京奥运会，就没有新干线；没有新干线，很可能就没有中国改革开放总设计师在三十多年前乘坐新干线时发出的一句感慨：什么叫现代化？这就是现代化。这句感慨等于承认中国的落后，需要奋力直追。没有这句感慨，中国后来的改革开放进程也许大有不同。历史就是这样，往往是关键人物在关键时期并在关键情景条件下综合作用的结果，尤其是中国的历史。

如果日本有幸再办一次奥运会，未必会有50年前的效果，但信心的提升是最重要的。日本一直是中国最大的贸易伙伴之一，也是中国的主要外资来源地之一，从经济学原理讲，亚洲有两个经济繁荣的大国，不仅会产生经济协同效应，而且有利于竞争。

看到报上的一条消息，日本东京准备申请2020年奥运会的举办权。看来日本是有此打算了。其实，东京未必是最佳的举办地，那样会造成资源和生产要素更加过于集中。当然，与能否取得举办权相比，这一点并非十分重要。

日本东京也好，其他地方也好，拿到2020年的奥运会举办权并非易事，一定会遇到强有力的竞争对手。也许其他城市也占理（加拿大的多伦多申办了20多年都未得到机会），到时候就要看情了，悲情可能会为日本加分。

三十年，两场世纪婚礼

2011 年 4 月 29 日，全世界的目光聚焦于英国伦敦。这一天是威廉王子的大婚吉日。

整整 30 年前，也是一场世纪婚礼，主角是威廉王子的父亲和母亲。在这 30 年中，王室婚变、戴妃意外死亡几乎成了英国社会史中最主要的一段。然而，变化最大的还是英国和英国以外的世界。

30 年前，英镑远比现在值钱，香港还在英国人的手中。第一场世纪婚礼之后的第二年，英国和阿根廷之间爆发了马岛战争。当时英国还有大不列颠皇家海军的余威，不出两个月，就从阿根廷手中夺回有争议的岛屿。现在和 30 年前相比，英国的经济并不算更糟糕，毕竟中间经历了撒切尔夫人时代的经济好时光。但英国的国力已是江河日下，尤其是国库羞涩，连建造新的航空母舰都勉为其难了。如果再打一场马岛战争，英国人还会为荣誉而战，但会不会就是只为荣誉而结果难料，真的是有可能。

30 年后，已经是一个新的世界。中国早已收回香港，为一睹威廉王子大婚场景而奔赴英国的中国游客一定不少。中国人看英国王子的婚礼一定是抱着看西洋镜的心情，和英国人出自灵魂的兴奋是不一样的。在牛津街（伦敦名牌商业街）上购物“扫货”才是他们真正的兴奋点，他们也是为英国经济作出最大贡献的外国消费者。

不过，英国还有它的传统。这个传统用今天时髦的话来讲，就是“软实力”。英语、英国王室、王子婚礼还有英国生活方式，这些都是传统，也都是“软实力”。凭借这一点，英国在世界上至少还可以保持 50 年的影响力。

传统是维系社会稳定的基石。在电视上看到那么多的英国老百姓像自己亲人结婚似的那样喜气洋洋，以及在警察的引导下非常有秩序地游行和挥旗呐喊，就知道为什么马克思和恩格斯在一百多年前就曾深刻分析过英国工人阶级的生活状况，而现在的社会却反而比那时稳定，连工人都极少罢工了，罢工多的反而是公务员和专业人士。

还有一个很大的变化，即中国人关注世界的范围与视角。记得 30 年前那场世纪婚礼，中央电视台只是在“新闻联播”中一带而过，国内无人有机会多看一些镜头，这次中央电视台的英语频道作了全程实况转播（大致如此，我没有看全），好像网络上也都是全程转播的。世界本来很精彩，让国人能更多地看世界，本身就是一种进步。

中国时评
ZHONGGUO SHIPING

一个中国学者，无论学的是什么样的专业，研究领域在哪里，由于生活在中国，自然最为关心这个国家所发生的事情。如果能把对国内经济社会脉动的所思所想记录下来，不是国家评论也是时事评说了。读书看报常会产生撰文评说的冲动，时间久了，也有数十篇针对国内时事或经济热点的评论文章。

只有中国道路，没有中国模式

随着中国国力的显著提升，国际上对中国发展成就认可的有识之士越来越多，国内也有不少专家学者对中国的经验加以总结和研究，喜欢用“中国模式”来概括中国的成就。“中国模式”与“中国道路”用词相近，但内涵及影响相差甚远。

所谓模式，首先是一种哲学语言，是指事物发展中带有普遍性规律的总结。当现实世界有事物不断反复出现时，其中就有模式存在。用政治经济语言讲，模式就是一种样板，是一种可遵循照做的范例，就是发展的一种具有标准价值的典范。

中国发展的成功，既有历史的轨迹，也有环境造化，更多的是建立在对国情充分认识和把握的基础上，走出的一条符合中国国情的发展之路。中国有中国的国情，别的国家有自己的国情，中国的许多成功经验有着显著的国情色彩，并非所有国家都可以加以应用。例如，转型后的俄罗斯也希望加快发展轻纺工业，也希望像中国那样引进很多外资。但俄罗斯地广人稀，劳动力资源并不是比较优势，也不具备中国那样有大量华商在海外掌握雄厚资本的条件。所以，俄罗斯的轻纺工业始终发展不起来。

即便是历史文化相近的一类国家，由于所处环境不同，国家情况有别，也未见得会有一般的发展模式出现。韩国、中国和越南都是东方国家，历史文化相近，但韩国成功的经验并不适合中国，中国成功的经验也未必都适合越南。事实上三国各走自己的发展道路，并不存在一个共同或者是相似的发展模式。反之，有的做法在国际上根本就没有现成模式可循，只有根据国情加以创造，有利于发展就好。就像中国农村的经济改革，世界上并无现成经验可鉴，中国创造出农村联产承包责任制的成功办法，一直沿用至今。

有人认为，中国模式就是中国特色社会主义建设，这种概括看似有理，实际经不住推敲。把中国模式说成是中国特色社会主义，是一种模式内涵的泛化，也是不恰当地把中国特色社会主义这样一种发展道路硬说成是一种发展模式。

中国虽然在发展的道路上已经取得巨大成就，但还没有到可以总结一个完整模式的时候。中国经济发展的确是快，但还是以粗放为主，好的发展方式还

只是一条路

在苦苦探求之中；中国的社会转型迅速，变迁巨大，但社会发展落后于经济发展，众多社会问题还有待解决；中国的改革之路还远远没有走完，许多深层次领域的改革尚刚刚破题，甚至还没有破题。这些都是一个完整模式中不可或缺的内容。

把中国的发展道路夸大说成是中国的发展模式，不仅在理论上说不通，而且过多使用也不利于我们应对当前复杂的国际关系。中国在国际舞台上的强大，对世界政治和经济关系都产生一些深远而微妙的影响。部分国家既喜于看到中国强大而带来的机会，又因看到一个强大的中国而心存担忧，甚至恐惧。由于意识形态、地缘政治、历史纠葛等复杂因素，世界上有不少国家，包括一些发展中国家，并不能接受中国的模式。如果中国模式讲得多了，也会引起部分国家对中国输出自己模式的担心，给处理一些敏感国际事务带来麻烦。就像我们几年前在自身还没有真正崛起的时候大谈中国“和平崛起”，结果反而引起人家的警觉，费了很多不必要的口舌，最后只得用“和平发展”代替“和平崛起”。

我们不仅自己要冷静对待，而且对于国际上给予中国的一些过高的评价也要抱着一颗平常心。说到底，还是中国道路，而不是中国模式。

（发表于《环球时报》2011 年 8 月 11 日）

从适应规则迈向参与规则制定

——写在中国加入世界贸易组织十周年之际

十年弹指一挥间，中国加入世界贸易组织已走过整整十个春秋。这十年不仅记录了中国对外开放的一段历史，也书写了作为发展中国家适应经济全球化的一个变迁过程。

一、十年最大变化是中国融入世界经济

十年之前，中国即将跨进世界贸易组织大门之时，国际国内对中国未来充满了猜测与期待。有过分乐观的，认为加入世界贸易组织将完全改变中国，中国也因此而获得特殊机遇，经济发展将一帆风顺。有过分担心的，认为中国将面临难以抵御的外部竞争压力，部分产业将失去立足的空间，所谓“狼真的来了”成了当时最有影响的预言之一。其实，这些都没有发生。十年来，中国既没有因成了世界贸易组织的一员而使一切变得容易起来，也没有因“入世”而降低了本国产业的竞争力。中国还是中国，还是沿着自己的发展道路在前进。

加入世界贸易组织的十年来，中国最大的变化就是融入了世界经济，中国与世界经济的联系变得紧密了，形成了相互依存、共同发展的关系。十年之前，中国与外部世界之间隔着一道无形的“墙”，国内与国际市场被人为分割，国际经济变化的信号传递不到国内来，国内经济变化对国际经济也几乎没有影响。十年后的今天，情况已大有不同。虽然国内外市场尚未完全同步一致（任何国家也不会如此），但国内外经济已形成不可分割的紧密联系，世界经济的价格信号、周期因素、要素配置对中国经济产生了实实在在的影响，同样，中国经济的运行和发展也对世界经济产生了越来越大的影响。

无论是在生产领域还是在消费生活，我们都可以看到这种因中国融入世界经济而带来的巨大变化。在生产领域，中国的大量企业开始以全球资源配置来组织生产，参与的是全球生产价值链当中的一节，从欧洲的空客飞机到美国的苹果手机，我们都能看到中国制造的元素。在消费领域，中国消费者对商品的

选择性越来越强，许多最流行的电子产品都是国内外市场同步发售。所有这一切都和中国加入世界贸易组织有关。因为正是中国加入了世界贸易组织，中国对外开放的领域得以大大拓宽，对外开放的程度明显加深，世界贸易组织成员国的权利使得更多的中国产品进入了世界市场，使更多的中国企业缩短了与世界的距离，走进了国际商业规则的世界。关税的降低，外汇的增加，也让国人见到更多的外国商品，观念上感受到更多的国际元素。

二、中国参与国际分工的格局基本未变

十年来，中国的开放型经济有了突飞猛进的发展，对外贸易跃上一个大的台阶。十年前，中国货物贸易额居世界第六位，现在已是世界第二大贸易国和第一大出口国。十年来，中国累计吸收外商直接投资 7595 亿美元，居发展中国家首位；对外直接投资年均增长 40%以上，2010 年达到 688 亿美元，居世界第五位。中国加入世界贸易组织的十年，是中国经济发展势头最好的十年，对外开放领域扩大最为明显的十年，在世界经济版图中地位提升最快的十年。

但是，我们在看到中国入世十年巨大变化的同时，还要看到在经济全球化背景下中国在国际分工体系中所处位置和角色。总的来说，加入世界贸易组织的十年，中国已经融入经济全球化的浪潮之中，但参与国际分工的基本格局没有发生大的变化，在全球价值链中仍然处于较为低端的生产链条和环节。例如，全世界卖得最好的苹果手机几乎都是在中国组装加工的，但中国制造在苹果手机价值链中仅占有很小的一部分。据估计，一部从中国出口到美国的苹果手机的海关价格平均为 179 美元，但在中国形成的价值只有 6.5 美元，只占到出口价格的 3.6%，如果按美国市场的销售价格，这个比例就更低了，而这 179 美元则要算到中国对美国的出口额。由于在国际分工中的地位没变，中国对美国（还包括对其他国家）的出口额被“技术性”地扩大了。

十多年前，中国外贸领域流传着一个说法，即中国生产七亿件衬衫才能换来一家外国生产的飞机，形象地比喻了中国在国际生产分工所处的位置。十年过去了，中国的对外贸易规模有了数倍的增长，但总体特征仍然是以数量而取胜，出口以中低档商品为主，进口以高技术产品和名牌商品为主，用衬衫换飞机的贸易模式没有根本改变。

中国的对外贸易仍然是“用衬衫换飞机”的贸易模式。第一，中国出口产品缺乏创新，技术含量较低，所以只能发挥劳动力资源丰富、价格低廉的比较优势，在生产低端产品上形成路径依赖。第二，中国经济仍然没有摆脱粗放经营发展阶段，大量企业仅仅满足于为国外跨国公司贴牌加工，赚取微薄的加工费，即便采用自己技术生产的产品，绝大部分缺乏品牌效应，能够在国际上成为知名品牌的更是凤毛麟角。有一个例证充分说明中国的产品在国际市场上尚缺乏基本的品牌认知。一个国际品牌调查机构所做的调查表明，国外有83%的消费者叫不出哪怕是一个中国产品的品牌。中国国内市场50个最知名的品牌，在国外市场基本不为人知。第三，中国的企业在外贸出口上缺乏协调机制，很容易把在国内相互杀价、低价竞争的一套做法带到国外去，长此以往，中国的商品在国际市场上总是最便宜的，虽然有的时候质量并不是最差的。

一个国家在国际生产分工中处于什么样的地位，既取决于这个国家的经济发展水平，也取决于该国经济对外开放的路径选择，取决于发展的理念、政策的引导和企业的追求。如果说过去十年中我国在国际分工中的地位主要是由经济发展水平所决定的话，那在未来的十年乃至更长的时期内，中国需要有新的理念、思路和政策来改善这种分工地位。

三、主动参与规则制定是提高对外开放水平的关键

中国加入世界贸易组织十年来，实践了当初入世时的承诺，遵守了世界贸易组织的规则，大幅降低了对外贸易的关税，在扩大进出口贸易规模、促进本国经济发展的同时，也为世界其他各国提供了广阔的市场，为世界经济的发展作出了重要的贡献，用世界贸易组织总干事长拉米的话说，中国入世以来的表现是 A^+。十年来的实践，为中国适应国际经济的规则创造了宝贵的经验，未来的十年乃至更长的时间，中国急需从适应规则走向参与规则的制定，为中国的开放型经济创建更好的外部环境。

适应世界贸易组织的规则和其他国际经济规则，仅仅为中国融入世界经济、参与国际竞争提供了“门槛”，解决了跨入世界大门的条件，但不表明中国就可以真正平等地与其他国家同台竞争，更不表明中国在参与国际经济贸易交流过程中的自身利益自然得到充分保证。实际上，由于国际经济贸易的主要规则是在西方发达国家的主导下制定的，包括中国在内的世界发展中国家目前还是在被动地接

受规则、适应规则。这些规则尚不能充分体现发展中国家的自身利益，在自由贸易和市场开放的背后仍然存在着严重的不平等和不平衡。例如，中国加入世界贸易组织已经十年了，大多数西方国家仍然不承认中国的市场经济地位，给中国的正常对外贸易设置了许多障碍。还有，中国入世后在国际市场上遭受的贸易反倾销案件并不比入世之前要少。美国一方面指责中国不尊重市场经济的价值观，市场不够开放，另一方面对中国企业兼并美国企业干预过多，设置重重障碍，甚至把经济问题与政治问题混为一谈，致使许多涉及中国企业的兼并案最终流产。中国华为公司是一家高度国际化的企业，已进入世界大部分市场，但由于存在障碍，始终未能进入美国市场，其中就有来自市场以外的阻挠力量。此外，由于跨国公司掌握了重要产业的关键技术，一些西方发达国家又利用现行规则限制高技术产品向中国的出口，也在客观上导致中国的企业在国际分工中长期处于低端生产价值链，处在从属和被支配的地位。这充分说明，为了充分体现国际经济贸易活动中的国家利益，中国必须主动参与国际经济贸易规则的制定。

由于国际经济规则是历史的产物，从适应规则到主动参与制定规则不是一件容易的事，但却是一个事关中国对外经济交往和提高对外经济开放水平的核心问题。首先必须从战略全局高度上充分加以认识，不再简单追求开放型经济的规模，在观念和指导思想上从重数量转向重质量，处理好短期目标与长期目标之间的关系，大力推进对外贸易发展方式的转变，限制过多耗费资源、污染留在国内和在国际市场上相互压价的产品出口，积极扶持和促进技术含量和附加值高以及具有自主知识产权的产品出口，大力改善我国产品出口的结构。其次要研究国际规则变化的新情况和新趋势，增强在国际经济舞台的对话能力，主动提出中国的经济利益诉求，抓住机遇掌握话语权，在关键的领域和适当的场合敢于讨论旧规则、提出新规则，既要“韬光养晦”，也要“也所作为”。

当然，中国最终能否主动参与国际经济贸易规则的制定，改善在现行国际分工中的地位，关键还是取决于自身的实力，尤其是产业的国际竞争力水平。这就需要在大力发展战略性新兴产业的基础上，全面提升中国产业的国际竞争能力，加快培养与和发展一大批依靠技术、品质和品牌立足于海外市场的国际化企业，为中国参与国际经济规则的制定奠定现实的基础条件。

（发表于《群众》杂志 2012 年第 1 期）

中国制造业：别错过下一个20年黄金期

中国的制造业已经历了一个较长的黄金发展期。如果以小平同志南方讲话开始算起，差不多正好是20年。站在现在的时点看，中国制造业还将有15年到20年的黄金发展期。为什么如此肯定？

中国目前仍处在工业化的中期阶段（从产业结构上看，制造业是工业的主体），在没有完全实现工业化之前，制造业仍然是经济发展的主要动力。从经济发展规律看，工业化的完全实现大约需要50年或以上的时间。英国从开始工业革命到完成工业化差不多用了150年的时间，美国完成工业化用了大约100年，日本用了70年左右。韩国所用的时间最短，但也有50年，而且工业化在韩国尚未结束。从20世纪70年代末进入工业化开始算起，中国才走过了30年出头的历程，即便用最快的50年来算，还有差不多20年的时间。

中国经济继续保持高速增长，离不开制造业的发展。今后20年内，中国至少要保持5%到6%的增长速度，如果降速过多，如像西方国家常见的2%、3%左右，那就业、贫困、国家安全等问题就会变得十分突出。在可以预见的20年内中国的科技创新还不可能达到世界领先水平的前提下，保持一个相对较高的增长速度，还是离不开制造业。

虽然中国已经超过美国，成为世界上最大的制造业国家，但仍有很大的发展空间。美国的制造业增加值曾经占到世界制造业比重的33%（1990年），而现在中国虽然在规模上已是世界第一制造大国，但增加值占世界制造业的比重才只有20%，与美国当初的地位相比有很大距离。距离意味着空间。实际上，从1990年到2007年，美国的制造业不但没有萎缩，而且还增长了80%。美国在世界第一制造大国的位置上已经整整100年了，直到现在才被中国超越。中国作为世界第一制造大国的地位，也不会轻易被超越，至少还会有十几年到二十年的发展。

中国的制造业现在虽然绝对规模很大，但水平不高，低品质、低附加值的产品占了绝大多数。如果中国能明显提高制造业产品的品质，提升结构层次，单位产品的增加值就可以扩大数倍。目前，中国的制造业总量已经超过了美国，但人均水平还不到美国的四分之一，若按制造业从业人员算，平均水平就更低了。今后 20 年，即便中国制造业的总产量不变，如果能达到今天美国的人均水平（按人口算），制造业创造的财富也可以翻两番，年均增长速度就可以达到 7%，如果能达到今天美国制造业的劳动生产率水平，则可以翻很多番。这说明中国制造业继续发展的潜力还非常大。

有人说，制造业已经传统了，不代表产业结构变化的方向，今天应重点发展服务业，甚至不少地方政府在编制发展规划时，都明确规定经济总量中服务业的所占比重要提高多少个百分点，制造业的所占比重要下降多少个百分点。实际上，制造业的强大并不意味着产业结构的落后，也并非与高科技相矛盾。德国的制造业一直占有重要地位，但谁也不能说德国不是一个高科技的国家。关键不在于是否该限制制造业，而是在于该发展什么样的制造业。至于服务业的所占比重应是多少必须遵循经济规律，是水到渠成的结果，不宜人为拔高。

当我们对是否要继续发展制造业而犹豫的时候，美国正在启动再工业化计划，希望重现美国实体经济的辉煌。如果我们把握得当，中国制造业就会再有 20 年的黄金发展期。机会不容错过，错过的代价太大。

（发表于《董事会》2011 年第 9 期）

中国的幸运与不幸
——写在中国成为第二经济大国之时

虽然民众已有预期，但随着日本政府于2月14日公布2010年主要经济数据，承认日本经济（以GDP衡量）已被中国超过，这两天的国内外媒体仍然高调报道中国正式成为世界第二经济大国，并引发中国何时超越美国的新猜想。英国一家博彩公司甚至推出一个新的产品，以六赔四的赔率，赌中国会在十年内经济超越美国，让对中国经济长期看好的“彩民”可以下注试试运气。

中国能在2010年取代日本成为世界第二经济大国，这是任何一个预言者(哪怕是先知先觉）在30年前不曾想到的。甚至这一天似乎来得有点太快了，中国人还没有做好准备如何使用这么多的财富。中国不仅有近三万亿美元的外汇储备花不掉，而且每年大兴土木，建了很多外国人想做而不敢做甚至不敢想的花钱项目，包括在举办各种国际“峰会”和论坛方面也是最敢花钱的，以至于中央政府近日明令要严格控制各种国际会议。

许多专家在讨论中国经济奇迹时，都喜欢用思想解放和制度创新来解释这一历史性的现象，认为改革是中国经济奇迹的主要动力和根本原因。我以为，说改革是主要动力无疑是对的，但把根本原因只是归结于改革，不够全面。

从历史上看，社会主义国家搞改革的不仅限于中国，中国也不是最早改革的社会主义国家。南斯拉夫、匈牙利、波兰这些国家搞改革比中国早得多，改革的力度也不算小。尤其是南斯拉夫，早在20世纪50年代初就大力发展市场，私有化的成分很高。30年前，在中国人的眼中，南斯拉夫几乎和资本主义国家没什么区别。然而，这些国家都没有出现真正的经济奇迹，改革力度最大的南斯拉夫现在连国家都没有了，已经分解为七个很小的国家。虽然东欧国家变故有其独特原因，但时代机缘50年来的巨大变迁不能不说是一个关键的原因。

50年前，东欧的一些国家搞改革时，没有遇上全球化的机遇，东西方阵营正处在“冷战”状态，不可能在国际化的背景下实现资源的有效配置。波兰当时是东欧强国之一，但实际上经济脆弱。记得波兰原来有一款轿车——波罗乃兹（中国在20世纪80年代初还进口过一批），但不是参与国际分工的产物，和中国原来的上海牌轿车一样，是低质汽车的代名词。从某种意义上说，东欧国家50年前的改革是对的，但搞早了，在那个时代背景下不可能一个国家靠自己改革走向发达社会。

中国的改革和开放却遇来完全不同的环境——经济全球化浪潮迭起，尤其是最近20年是全球化的高峰。中国的改革开放历时32年，最近20年的变化是最为明显的，这种重合绝不是一种巧合。当然，中国审时度势、主动把握机遇也是重要因素，这是另外一个问题，暂且不表。没有全球化，中国也会改革开放，也会发展，但国际上不会这么多的资本和人才来到中国，中国更不会有这么多的产品走向世界。更重要的是，全球化让我们看到更为广阔的世界，心胸也会随之开阔起来。从这个意义上讲，中国是幸运的，中国是全球化的受益者。

中国又是不幸的，因为中国在突然间成为世界第二经济大国的同时，又自然让世界的各种目光聚焦在自己的身上，其中包括怀疑、不安和恐惧的目光。此时，世界上没有其他国家可以分担这些目光。50年前力图改革的东欧诸国即便现在出现繁荣景象，那也不是奇迹，因为这些国家已不能作为一种独立力量出现了，而原来可以帮中国先顶一顶“塌下来的天”的原苏联——今天的俄罗斯，在经济和战略上已难以对他人再有威胁。这就注定中国未来20年的路（中国经济总量20年赶上美国是有可能的），一定会遇到比前20年更为复杂、更为微妙的情况和挑战，当然也包括机会。

全球化倒退加大中国发展风险

今年7月，笔者在国际论坛版上撰文说，自2002年起的石油价格高涨已经严重影响经济全球化的进程，将导致全球化放慢步伐（见本版7月18日文章）。文章发表后不久，国际油价开始回落。有专家问我的观点是否有所改变，我的回答是：不。长时间的高油价已在一定程度上伤了经济全球化的元气，虽然现在油价有所回落，但元气伤了不会立刻得以恢复。同时愈演愈烈的全球金融危机更加重了笔者对于全球化前景的担忧。

3个月前，美国的次贷危机还没有演化成全面的金融危机，世界经济所受的拖累并没有今天这样严重。而现在可做的判断是：这场金融危机会从另一个角度影响全球化进程，加重对全球化的打击。

经济全球化的一个重要推动力量就是资本的跨国界流动，其中包括生产资本和金融资本的流动。现在世界遭遇严重的金融危机，资本的活力会因此而大大降低，资本的流动相应放缓是不可避免的。美国是世界上最大的资本输出国，现在美国自身的资本都出现紧张状况，自然不会有多少富裕的资本流到其他国家去。事实上，美国政府救市计划中的7000亿美元到现在为止并没有着落，无论是通过发行特别债券，还是希冀其他国家援助，都会引起流动性资本的进一步紧张。几年之前国际资本的全球性活跃局面至少一段时期内不会再现了。更重要的是，美国的金融危机打击了市场投资者的信心，也使全球金融秩序和市场运行机制遭受重创，金融全球化的步伐可能会首先放缓。从某种意义上讲，金融危机对全球化的影响更为长期而深刻。

不容置疑，在高油价和金融危机面前，经济全球化已处在十字路口，进退都不是容易之事。美国以及遭受危机打击的国家，现在已无力担起推动全球化助推器的重任，而且极有可能引发贸易保护主义势力的回归；目前暂时相安无事的国家需要时间观察，首先会做的事情是构筑防火墙，而不是急于替代美国，充当全球化的火车头。但如果全球化倒退，甚至从此而终，则会出现世界性的严重经济衰退，全球经济可能会倒退许多年，这是大部分国家不愿看到的。

骨牌效应

中国参与经济全球化为时已久，其深度并不算浅，这从中国的出口规模和每年吸收的国际资本规模增长可以看得很清楚。经济全球化给中国带来了难得的机遇，然而随着全球化进入到十字路口的关键时刻，中国蒙受的风险也在加大。石油价格高位运行，首先遭受打击的是中国的进出口，因为中国进口的主要是铁矿石、铜矿、木材等生产原料，出口中也有大量钢材、设备、机电产品，受运输成本的约束较大。西方发达国家出口的主要是芯片、医药、名牌香水，还有以知识、技能、品牌为主的服务贸易，运费上涨的负面影响小于中国。

如果当前这场金融危机继续演化下去，不排除一些国家有可能立刻转向贸易保护主义，严格保护本国的市场，排斥其他国家的商品，首先遭到排斥的很可能是中国商品，因为中国商品最具有替代性。1929 年大危机爆发后不久，美国就曾以国会立法的方式，对多达 2 万种的商品加收关税，以保护本国的产品。美国的金融危机若继续向世界蔓延，全球金融秩序会遭到极大破坏，有助于全球经济发展的国际资本流动和产业转移都会有所停滞，中国也将从面对有利的国际经济环境转向恶劣的国际经济环境。对于中国而言，这些都是正在加大的风险。

当经济全球化正处于十字路口时，出于自己的国家利益以及寻求稳定的国际经济环境的考虑，中国有必要与国际加强合作，维护经济全球化的正常进程。同时，中国应通过自己的努力，争取使新时期的经济全球化朝着更有利于中国利益的方向发展。例如，目前中国在经济全球化中基本上扮演了一个世界供应商的角色，向全世界提供丰富的价廉物美的产品，消耗的是本国的资源和环境，但在金融、保险、研发、品牌、销售等具有控制权的经济领域，中国始终处在被动的局面。甚至连中国需求最大的生产原料、产量最大的商品，市场的定价权也不在我们手中。世界上铁矿石最大的买家是中国，世界上棉花最大的生产者也是中国，但这两种商品的国际定价权却在别人的手中。这种全球化的格局需要改变，也只有改变这种格局，中国才能更好地继续参与到全球化之中。现在全球化正走在十字路口，我们既为全球化的命运有所担心，但也应看到可能因此而迎来改变全球化格局的难得机遇。

中国是一个大国，大国要提高在全球化中的地位，关键是要减少对全球化的被动性依赖，增强自我发展的能力和调节能力。我们曾经尝试过“大进大出”的国际大循环发展战略，充分利用国际资源和国际市场，那是顺应经济全球化的发展趋势，满足国内迅速扩张起来的生产能力。现在，全球化的形势有了新的变化，更重要的是，中国经济已经进入到新的发展阶段，目标和模式也要做新的调整。

经济发展模式的转变，核心在于发展理念的创新，创造新的商业价值观。多少年来，我们的企业始终是以低成本为价值创造理念，结果只能到国际上拼价格、拼规模，最后落入一种“发展的陷阱”，倒把国内市场拱手让给国外厂商。现在，必须调整市场目标，首先把国内市场占领好。40 年前，日本做到了，20 年前，韩国做到了，现在，中国也到了必须做到的时刻。

（发表于《环球时报》2008 年 10 月 16 日）

从全局战略高度防范对外经济风险

利比亚出现社会严重动荡后，中国政府及时采取援救措施，接回了三万多名中国公民，保护了深陷危机中的中国人的生命安全。我们在为中国公民及时脱离危险而感到庆幸的同时，自然又产生出一份新的思考。

一、加强对复杂敏感地区的风险评估与预警

自改革开放以来，中国对外经济交往与经贸合作的范围大大拓宽，已同世界上绝大部分的国家和地区开展了各种经济贸易活动，中国企业和个人的足迹已经遍布全球。这种日益广泛的对外经贸活动，扩大了中国对外经济开放的规模，延伸了中国海外市场的范围。但是，随着中国对外经贸活动范围的不断扩大，随着中国人的经济足迹到达全球的每个角落，一些新的问题也随之出现，风险失控的可能性也在不断加大。

近些年来，中国的企业、商人和务工人员已经频繁地进入一些我们原先并不熟悉的市场，进入到一些政局多变的地区，隐含着一系列的经济和社会风险。由于传统关系的缘故，中国的许多经济活动集中在一些地缘政治关系比较复杂的国家，涉及一些政治、外交、宗教关系比较敏感的地区，风险可控性较差。一旦出现所在国家政局不稳、社会动荡的状况，不仅经济利益难以保证，而且人员的生命安全都受到威胁。虽然在近年来一系列的相关国家的社会危机中，中国政府出于对公民生命财产高度负责的精神，都成功地接回了本国公民，但经济和投资上的巨大损失是免不掉的。而且，随着中国人在外面世界的足迹越来越多，海外经商务工人员的规模越来越大，如不加强指导和增强风险意识，今后遇到危机的处理难度也越来越大。这次为了救助在利比亚的 3 万多名中国公民，中国政府动用了包括军舰、邮轮、专机在内的海陆空立体手段。但倘若今后遇到 30 万甚至更多的中国公民身陷海外危机局势，如何实现成功救助？花费的代价又该是多少？

过去较长一段时间，国内有不少企业和个人喜欢到一些工业化起步较晚的

国家经商、投资和务工。之所以选择到这些国家，除了因为签证容易、入境方便外，还因为那里的市场刚刚开发不久，生意比较好做，加上当地市场制度不严，尤其适合销售成本低廉的中国商品。例如，在埃及一国，就有数万名来自于浙江、福建一带的个体商人在当地沿街叫售，来往于各地的市场之间。此外，这些国家由于步入工业化不久，大量工程等待建设，本国缺乏劳工，或本国居民不愿从事这类体力劳作，中国国内的建设公司组织了大量的建筑工人前往这些国家承包工程。这些国家中有不少是属于“时局敏感”地区，政局复杂，社会不稳，尽管市场机会不错，但随时会现政权更迭和社会动荡。进入这些国家的市场，如果仅仅图一时的市场机会，缺乏必要的风险防范，一旦遇到动荡局势，不仅到最后项目难以完成，而且也在一次次加重考验国家的突发事件处理能力和公共财力。

二、企业“走出去”要考虑复杂政治因素

经过 30 多年的快速发展，中国在国际上的地位显著提升，对世界经济的贡献越来越大。一些国家在更加重视中国市场和中国经济的同时，也出于各种原因，对中国在世界上日益增强的影响力表现出复杂的态度。有的西方国家出于政治和外交甚至意识形态的考虑，不愿意看到一个更加强大的中国，采取各种办法限制中国影响力在世界经济舞台的扩大。也有一些非西方国家，包括与中国有地缘关系的中小国家，出于对地区安全的担心，不愿意原有的势力均衡被打破，也对中国的日益强大表现出一份“紧张”，在发展与中国经济贸易关系的同时往往会“留有一手”，对中国的海外经济活动采取一些限制的做法。这些新情况、新因素增加了世界和地区形势的复杂性，加大了我们驾驭世界政治与经济局势的难度。

利用国内外两个市场、两种资源，加快推进“走出去”的步伐，是我国在新世纪经济对外开放的一个基本方向。但是，面对复杂的新环境和新形势，我国经济对外开放也要提升水平，在方式上也要更具有策略性。

中国是一个自然资源短缺的国家，正处在工业化和城市化的发展阶段，资源的需求量极大，而国内的资源储量和资源供给难以满足经济发展的需要，在经济全球化的时代，自然要到国际上寻求新的资源供给，这也是许多国家

的经验。但是，我们到国际上寻找资源，利用国际上的资源为国内经济发展服务，需要有一个系统的思考和一个全面的安排，要考虑到可能的负面影响，并把这种影响降低到最低程度。但是，现实情况却是，由于缺乏周密的思考和系统的安排，容易让世界对中国利用国际资源心存恐惧。一些民营企业出于经济利益的考虑，到处收购森林、矿山，仅仅着眼于投资回报，不顾及政治和外交影响，甚至用非环保的方法在当地砍伐森林、开采矿山，造成很不好的负面后果。有的国有大企业到国外开采矿山，只算经济账，不算政治账，缺乏从国家战略的角度考虑。以至于国外有一种舆论，把中国的“走出去”与争抢国际资源画等号，认为“走出去”就是走到国外占有资源，甚至认为中国把国内资源消耗得差不多了，现在又要把世界上的资源消耗尽。虽然世界舆论对中国企业“走出去”和利用国际资源有误解，其中有的观点还是别有用心，但我们自己缺乏合理的整体考虑和安排，一些企业到国外收购资源一哄而上也是一个基本事实。

由于国际形势极其复杂，我们在国际市场上争取经济利益时，也必须要考虑到一些复杂的政治因素，只算经济账，不算政治账，其实也是一种风险，而且是一种很大的风险。

三、从全局战略出发防范风险

今天我们面对的世界，各种利害关系错综复杂，表面的商业利益背后可能隐藏着巨大的政治风险，一时的外交斡旋中又包含着长期的经济利益。风险无时不在，利益机会也会不断出现，参与国际经济事务就是始终与利益和风险打交道的过程。

在新的时期，我国的经济将进一步对外开放，参与全球化的程度会进一步加深，防范风险的关键在于树立全局战略意识，综合考虑复杂的政治经济因素，统筹开放经济大局，整体规划和安排各项具体的经济事务。

首先是要加强对世界各个国家和地区的经济、社会和政治的风险评估，尤其是对一些敏感地区的未来风险要提前作出充分的预警评估，注重地区均衡策略，不要“把鸡蛋放在一个篮子里”，也不要集中在一些风险地区过多布局。世界上有的地区的风险总是要大一些，即便这些地区的市场比较容易进入，也要谨慎而行，至少不要集中布局。美国也是一个对中东石油高度依赖的国家，但出于全球平衡和降低风险的考虑，美国正在逐渐降低来自于中东石油所占进口石油的比重。奥巴马政府已宣布，到2025年，美国从中东进口的石油将下降75%。而我国目前的进口石油已占到石油消费的一半以上，其中从中东进口的石油又占到进口石油的一半，进口石油来源地均衡化、分散化的任务十分紧迫。

其次是要综合考虑多种经济和政治因素，防止获得经济利益的同时承担重大政治风险。在对外的经济交往中，政治利益和经济利益往往交织在一起，风险的表现形式也极其复杂，不能只算经济账，不算政治账。有的时候，政治上的损失比一时的经济利益大得多，而且，当政治上蒙受风险后，经济利益也无从谈起。国内的一些企业有时喜欢进入美国和其他一些西方国家的敏感领域，有的时候在商业利益上也有所得，却往往引来很大的政治麻烦，造成一定形式的国家对立局面，得不偿失。甚至有的企业在商业层面上并未成功，反而引来西方国家的高度“警觉”，使我们的其他经济外交工作陷入被动。

第三，“走出去”的工作要亟待加强指导性，要有全局性安排。作为一项经济开放的战略，既要坚定不移地加快“走出去”的步伐，又要加强宏观指导性，冷静分析各种具体“走出去”的企业行为的利弊得失，适当调控民营企业“走出去”的方向，规范企业“走出去”的行为。

第四，要大力加强对国际经济政治风险形势的研究与预测，政府部门应及时发布相关风险预警信息，指导企业和个人选择境外合适的市场，规避相关风险。充分发挥商会、行业协会的作用，促进在海外市场有业务的企业相互交流，提高风险意识，增强防御风险的能力。对个人到海外旅行、求学、就业要给予适当的指导性教育，加强引导性，避免大量中国公民进入高风险地区。

（发表于《群众》杂志2011年第5期）

中国会迎来“失落的十年”吗？

在经济学的语境中，“失落的十年”是指日本继20世纪七八十年代高速增长后经历的90年代整个十年的经济停滞。实际上，日本已经度过两个“失落的十年”。近期，国际上一些学者和媒体大胆预言，中国也会步日本后尘，会有一个“失落的十年”。被称作“末日博士”的美国经济学家鲁比尼做出“精准”预测，称中国经济将会在2013年硬着陆。

说中国将迎来“失落的十年”主要有以下几个理由。第一，中国资产泡沫非常严重，现在的房地产市场整顿就是挤泡沫，一旦泡沫全部破灭，经济将会受到重创，甚至完全停滞。第二，中国的经济增长是靠出口推动的，现在人民币不断升值，美国自金融危机后开始发展实体经济，减少进口，若失去国际市场，中国经济也无法增长。第三，中国微观经济基础不牢，企业效益不尽如人意，漂亮的宏观经济成绩单掩盖了微观经济的脆弱一面，最终会酿成风险。第四，中国社会矛盾日益严重，巨大的发展鸿沟和社会利益摩擦引发大量的非经济问题，使中国难以保证像过去那样集中精力发展经济。

上述观点看上去似乎有理，有学术思考，但过分夸大了现实问题对经济增长的负面作用，生硬地把中国经济发展问题与“失落的十年”挂钩，至少是对中国国情缺乏深入了解。

中国的确是有资产泡沫问题，但中国资产泡沫的问题并非严重到将迎来“失落的十年”的程度，和20年前的日本也不好简单相提并论。20多年前，日本资产投机达到空前程度，一度仅东京的房地产市值就可以抵得上全美国的财富，挤压了实体经济的投资，最终泡沫破灭造成对经济的巨大杀伤力。另外，日本当初步入“失落的十年”也并非完全是资产泡沫之过，美国通过“广场协议”迫使日元大幅升值，削弱了日本制造业的竞争力也是一个重要原因，而日本本来的优势主要在制造业。

作为经济增长的“三驾马车”之一，出口对中国经济有重要贡献，但这个贡献度往往被过度“解读”。中国的出口贸易中，加工贸易占大约一半，也就是说，商品在出口之前，首先进口了大批的原材料和中间产品，新增价值仅占出口额的很小一部分。以美国苹果公司最流行的平板电脑（iPad）为例，一部iPad平均价值高达600美元，但其核心部件都是先从美国、日本或韩国进口，然后在中国加工成品，再出口出去，整个生产和出口过程据专家的测算，在中国的新增价值只有11美元左右。有研究表明，扣除进口，中国净出口对经济增长的贡献度大概在2个百分点，仅占每年10%左右的增长率中的一小部分。另一方面，即便今后美国或其他国家发展实体经济了，但全球贸易的增长总是常态，虽然有困难，中国还是会继续保持出口增长的，尽管增长速度会比现在慢一些。

与国际上优势企业相比，中国的企业缺乏创新，生产效率不高，的确是一个不争的事实。不过，这一问题过去就存在，现在并不比以前更严重。事实上，中国的企业效率还在不断提升，尽管速度比较缓慢。我们承认，中国的微观经济基础不够理想，创新能力较差，但这并不构成整个中国经济就要步入“失落的十年”的足够原因。至于社会矛盾，经济发展上的鸿沟，正是我们要在发展中着力解决的问题，也只有通过继续保持较快的经济增长才能逐步加以解决。

西方国家对于中国始终是充满自我矛盾，既希望看到一个经济繁荣的中国为世界创造更大的市场，又不愿意在心理上接受一个在实力上正在接近自己甚至超越自己的强大中国，所以，“唱衰中国”在西方是一个长调，尤其是在局势多变、经济动荡的今天。

不认可中国将要迎来“失落的十年”的说法，绝不是回避和掩盖中国经济面临的问题。事实上，现在的中国经济还有很多外国人没有看到或看得不深的问题，如整体发展粗放简单，过分追求发展速度，地方政府负债严重影响政府信用等。实事求是，正视现实与充满信心，是致力于中国长期繁荣发展不可或缺的心态。

（发表于《环球时报》2011年8月23日）

"重商"不能"抑农"

每到新年一月，中央照例要发"一号文件"。"一号文件"原指中央每年发的第一份文件，现在已专指重视农业的代名词。很多年来，中央的一号文件都是关乎农业的主题。"农业是国民经济的基础"在中国讲了几十年了，但眼前出现的物价上涨和通胀担忧，看得出"国民经济的基础"这句话并未真正落实。

虽然国家统计局公布的CPI（消费物价指数）只有3%或4%，但百姓心中有个标准：每天买的蔬菜、鸡蛋还有其他商品价格上涨何止百分之几？由于物价上涨已成普遍态势，以至于时隔多年之后，国家有关部门又采用行政干预的方式进行限价，好像历史经历了一个轮回。和以往的通胀一样，这一轮的物价上涨又是从农产品开始的。先是粮食涨价，接着是猪肉、蔬菜涨价，再接着是其他的商品价格随之上涨。此番物价上涨，再次证明"在中国，农业不稳，一切难稳"这个道理。

"农业是基础"年年讲，各级领导每年也在学习贯彻"一号文件"精神，但在实际经济工作中，出于对GDP的崇拜，各地还是热衷于上大的工业项目，盖大的商场，招商引资的重点一定是工业、商业和房地产。农业不仅没有成为"重中之重"，而且不断被边缘化，甚至在很多地方已经消失了。中国本来是一个"重农抑商"的国家，近些年来为了追求财富，却变得重工商而轻农业了。虽然没有哪一位县长或地方官员会承认自己的"抑农"行为，但到最后很多地方的农田都所剩无几了（自然是变成开发区或房地产了），实际上是把农业给牺牲了。

本人在无数次的国内外旅行中得出一个经验：可以通过飞机起降观察所在国家或地区的农业是否得到重视和保护，因为机场一般都远离城市中心。飞机降落时，透过舷窗，俯瞰机场附近的大地，看看那里是否还有青苗和农舍，农业地位到底如何可见一斑。我曾经在日本东京成田国际机场的上空，看到下面大片的农田。正值初夏时分，禾苗茁壮，可谓青色一片。要知道，这是东京的上空，是全世界工业化程度最高的地方，也被称作是全球地价最高的城市。我也曾在国内无数的大城市机场上空俯视过大地，进入眼帘的多半是开发区。北京、上海不用说了，即便是南京这样一个并不算特别大的城市，在它的机场附近，也找不到一亩农田了。

中国的农业不仅地位不高，而且效率很低，缺乏竞争力。有一组对比的数据，相信所有人看了后都会为之一惊：中国农业一年创造的GDP大约2万亿元人民币，和日本大致相当，但中国农业人口是日本农业人口的100倍！这里固然有日本农产品价格高的因素，但中国农产品效率低、缺乏竞争力也是一个不争的事实。

与我们的态度所相反，国外的资本对中国的农业却很有兴趣。日本朝日啤酒在山东莱阳投资了一个农场，占地1300亩；全球500强之一的法国威望迪环球公司在重庆兴建了15万亩柑橘果园基地。外国人清楚地知道，中国13亿人的吃饭问题（当然还包括吃蔬菜、吃猪肉等）永远都是最重要的，这也是我们这个大国的命门所在。由于特殊的国情，在中国，永远都不要讲农业和农产品供应高枕无忧了。

其实，农业不仅涉及国计民生，关乎市场物价，而且还和大好河山息息相关。瑞士是一个小国，工业化水平极高，且多高山、少平地，但农业却相当发达。瑞士的奶酪世界闻名，出口很多。那里的牧场草青如黛，整齐如画。放眼望去，近处有吃草的花牛，远处有山坡上散落的色彩斑斓的农舍，抬头是白云蓝天，标准的一幅淡淡的水彩画。瑞士政府每年对农牧业都有大量的补贴，严格保护农业的地位，不为别的，就为有一个风景如画的乡村之貌，这也是瑞士的最大财富。

“重农抑商”固然不对，但现在也不能为了鼓励工商而损伤了农业。这些道理并不深奥，为政者也并非不懂，关键是一个思路、一种理念。

（发表于《董事会》2011年第1期）

钱对“符号经济”兴趣太高

世界变化太快，加之资讯发达，原来的一些很专业的术语也会变得家喻户晓，“流动性”就是一例。现在喜欢看报上网的普通百姓都知道，“流动性”就是市场中可以交易的货币量，就是钱。

钱多了是好事，说明财富增加了，但钱多了也不太平，人们心中的财富标准也会变样。

2010年快结束的时候，在中国的一场拍卖会上，一瓶1958年出产的茅台酒卖出了145万元的天价，成了有史以来最贵的一瓶酒。历史上可比的是，英国佳士得拍卖公司1985年曾以10.5万英镑拍出1787年的一瓶“拉菲”葡萄酒，上面有美国第三任总统托马斯·杰斐逊的收藏签名。

据专业人士说，50多年以上的茅台酒口味已变，已经没有多大的饮用价值。既然已经不再是美酒了，但为何有人愿意用可以买上千瓶美酒的金钱去买口味已变的白酒？若说收藏价值，1958年的茅台显然不如1787年的“拉菲”，因为后者的历史价值更高，而且有世界名人的收藏签名，流动性的范围远远超过茅台，而茅台还仅限于中国人的喜爱。

这还得从流动性的泛滥和中国的流动性去说。

流动性多起来后，会和实体财富渐行渐远，沉淀在一些没有多少实用价值的符号财富上。流动性达到泛滥程度后，符号财富也会随之膨胀，最终形成大大的“泡沫”。经济泡沫有多大，取决于两个条件：一是富裕程度，二是流动性(尤其是短期内的）多少。穷国永远是没有泡沫的，因为人们在饭都吃不饱的时候不会被泡沫所“忽悠”，所以，泡沫经济在非洲就流行不起来。流动性突然变多以后，泡沫就会迅速出现，甚至有可能是这样一种情况：经济并不发达的国家，流动性迅速增加后，泡沫的严重程度有可能超过发达国家。

中国财富的增长属于世界奇迹，可中国流动性的增长同样是世界奇迹。过去20年，中国财富存量增加了至少几十倍，但流动性的增加则需要用百倍来衡量了。这么多的流动性会去哪儿了？不会投向汽车，不会投向彩电，因为这类商品的边际效应是递减的，而且极无想象空间。钱多了以后就要玩钱的游戏，这个游戏最好要有臆想空间。汽车、彩电这类产品没有游戏价值，更难以臆想。世界上最能臆想的，一是金融性虚拟资产（可以完全脱离实体经济，如美国的“次贷”），二是没有实用价值的符号经济。符号经济给人带来的不是效用而是故事。

中国的流动性增加太快，导致符号经济增值迅速繁荣。20 年前，一张齐白石的画不过值一个工程师的半月工资，而今天十个工程师凑一年的工资也买不来半张（名人的画其实也是一种符号经济）。从这个意义上说，今天中国房子卖得贵，既不正常，也在正常之中，因为钱太多了。

有人愿意花大钱买没有实用价值的符号商品，属于个人选择，是财富重新分配而已，本不值得去评说。但当一个社会刚刚进入较为富裕社会，资金过多流向符号经济领域，对实体经济的发展是不利的。流动性愿意去追逐 145 万元的一瓶茅台酒，却对发明创造没有多少兴趣，这样的实体经济是脆弱的。一方面，属于符号经济概念的商品价格不断推高，另一方面，企业研究开发资金不足，产品创新差强人意。今天，一个训练有素、创造力强的工程师，薪水远远抵不上房地产公司的售楼小姐，这种流动性的配置肯定是有问题的。

在世界舞台上玩虚拟经济，中国是玩不过美国的，实体经济才是中国的本钱。实体经济又有两种模式，一种是德国的那种以创新和品质取胜的实体经济，还有一种是中国的以数量和低成本取胜的实体经济，而哪种模式好不言而喻。更不愿看到的是，实体经济辛辛苦苦赚来的钱，却繁荣了符号经济。

前一段时间，徐悲鸿的一幅画卖出了中国画有史以来的最高价，报上一片叫好，说是有利于文化产业云云。我倒是存有一丝担忧：钱对符号经济兴趣太高，对实体经济有点寡情薄意。

（发表于《董事会》2011 年 3 月 31 日，原文发表时题目做了改动）

为什么总是开发商笑到最后？

房价过高，老百姓一直有意见，政府也常常说要整理市场，压抑房价，但始终不见效果。每次政府干预市场时，开发商一点都不紧张，仍然从容地拿地，高价销售，赚取高额利润。不管是危机前还是危机后，笑到最后的总是开发商。

中国房价是一个特殊的现象，房价不断被推高成了顽症，背后有极其复杂的原因。

首先应当承认，中国房价上涨有市场的刚性需求的原因。中国正处于快速城市化的发展进程，大量的农村人口进入城市，对住房提出了巨大的需求。

但是，这种巨大需求的背后也有不正常的因素，导致需求缺乏真实性，产生不小的泡沫。首先是炒房成风。不少个人和集团成批地买房和卖房，其中有的是既得利益者。笔者在一位开发商处了解到，有一个地方的村子因城市扩大搞拆迁开发，村长掌握信息，一口气买了20套房子，等着涨价。其次是开发商利用市场不对称的机会，故意制造房源紧张状况，或囤积房子捂盘惜售，诱使需求人为放大。

再次，也有买房者自身不够成熟的原因，住房消费存在一定的误区。熟悉国内外住房市场的人都知道，中国住房消费水平已经超越了经济发展水平。例如与韩国相比，我国的经济发展水平低于他们，但居住水平已经在他们之上。

开发商在市场中总是笑到最后，还因为他们是一个强势群体，左右市场的力量很大。开发商是卖房的，买卖双方处于一个博弈的关系。买房者希望房价能低一点，符合自己的购买力；卖房者总是想把房价卖高一点，多赚一点利润。究竟房价几何，取决于双方在市场中的博弈力量。现在房价越推越高，显然是开发商在博弈中取胜。如果没有市场的约束规则，开发商可以把他们的博弈能力放到无穷大。在中国，房地产的地段、信息、买卖条款几乎都被开发商所垄断，甚至连价格，买房者都是缺乏足够的知情权，在开发商面前，买房者相当弱势。

问题的关键就在于房地产市场中缺乏相应的约束规则，以至于造成开发商无比强势。首先是政府不作为或作为不够。在不少地方，房地产市场已经形成一个巨大的利益链，地方政府就是这个利益链的重要一环。由于地方政府的财政相当大一部分来自房地产，一些地方政府一方面说要抑制房价，另一方面又指望房价涨、收入增，所以常常是雷声大、雨点小，甚至暗中推动房价，以至于出现房地产局长称谁降价向谁问罪的新闻（事后发现该局长为腐败分子）。

其次是一些部门和单位利用公信力甚至公权力影响市场，助涨房价。中石油低价“团购”北京楼盘，用的是公信力；一些地方政府以极低的价格出让土地，换来开发商投资建设基础设施，然后把基础设施的成本摊入房价，用的是公权力。

第三是市场噪音太多，干扰市场正常秩序。实际上，一些城市的房价之高，是开发商、地方政府以及媒体的“合谋”的结果，不斩断这种利益链，“合谋”就不会停止。

房价高企，开发商一直在笑，一些地方政府和相关利益集团也在暗暗发笑，若买房者始终笑不起来，与我们要建立的和谐社会之间就有相当的距离。

（发表于《环球时报》2009年9月3日）

央企当“地王”是不务正业

2009年的房地产市场是最让人难以理解的经济热点，不仅房价飙升，而且“地王”频出，其中央企扮演了重要角色。据报道，全国有六成的“地王”桂冠戴在了央企的头上。12月23日，全国年度单价“地王”在上海诞生，楼盘的地面价已超过了3.2万元/平方米。这也是央企的新作。

土地拍卖，价高者得。虽然举牌者是根据市场分析和利润预期出价竞拍，量力而行，公平竞争，但央企不是普通的企业，它们实力雄厚，对成本和风险的估算完全不同于普通企业。从行为经济学的观点看，凡是有央企参与竞标的土地拍卖，地价竞拍的结果多数会高于没有央企参加的竞拍。事实也是如此，记录被不断刷新的“地王”，多数是央企创造的。

更重要的是，当一个个“地王”纪录被央企刷新后，人们不禁要问：难道国家办了这么多央企，就是为了不断诞生新的“地王”？国家需要有一批央企，是因为这些企业可以发挥一般企业不可承担的作用。央企功能的定位是在涉及国民经济命脉和国家安全的行业内保持控制力，或者是在一般企业难以涉足的领域发挥作用，例如大飞机的生产。

房地产业显然不属于国民经济命脉和国家安全领域，一般企业完全可以经营，央企又何必来凑这个热闹！现在，央企不仅往地产界大举进军，而且热衷于当“地王”，只能用“不务正业”四个字来形容。

有一种观点认为，央企也是企业，也要经营获利，进入房地产以及当“地王”属于企业的经营自主权，只要法律没有限制，央企参与土地竞拍是一种公平竞争。这种观点模糊了央企作为一种特殊企业与一般企业的界限。既然是央企，在资本金、知名度乃至经营范围的独占性等方面，已经享受了国家给予的特殊资源，理应专注于涉及国家利益的特殊行业的生产经营，担负起有关国家全局性战略产业的经营。央企热衷于房地产，难免有拿着国家给予的“利器”与普通企业争不当之利的嫌疑。

另外，央企挟财力雄厚之威，可以财大气粗地拿大片的土地，又有着很高的行政级别——许多央企具有正部级或副部级的级别，和地方政府谈判与合作有着其他企业难以相比的有利条件。其参与房地产经营具有资源的某种独占性，并不是一种真正的公平竞争。

还有一种观点认为，央企当“地王”，进入房地产业，有利于房地产市场的稳定和健康发展，可以发挥国家对市场进行有效调控的作用。其理由是央企为国企，对利润的追求不像一般房地产企业那么贪婪，房价可以得到有效控制。这种观点幼稚得可笑。央企在资源获得方面是特殊的企业，但在经营获利方面仍然是标准的企业属性。只要是企业，利润最大化便是最主要的目标。在利润的追逐上，央企丝毫不逊于一般企业。国资委的有关领导称，2009 年国企的利润预计达到 7500 亿元，其中不知道有多少是来自于房地产的经营。央企频当“地王”，其冲动来自三方面：第一，央企实力惊人，高价拿地如同“烹小鲜”，有在市场上争胜的冲动；第二，央企必须要把规模做大，否则就有可能被排挤出央企行列，投资地产显然有利于进一步扩大企业规模；第三，国资委对央企和其他经营业绩的考核，让一些央企不愿放过房地产业，因为这个行业在中国是最赚钱的。国资委李荣融主任曾经说过，央企要在行业内排前三名，否则就不要做央企。中国有很多行业的产业集中度较低，不少央企短期内难以在主业做到前三名，结果就“暗度陈仓”，纷纷进入房地产业了。

央企频频当“地王”，破坏了市场的基本规则，使市场秩序越搞越乱。现在，全国都在关注眼下的房地产市场调控，调控的前提是必要的整治。整治应该包括对央企行为的规范。至少，央企充当“地王”应该受到严格的限制。

（原文发表于 2010 年 1 月 4 日《环球时报》，发表时编辑改动了题目，并把央企全改成了国企二字，意思已经不同，这次汇集成册恢复了原题和原意。）

房地产市场的“命门”

当下中国，政府、学者和百姓最为关注的莫过于房地产市场。房价过高，百姓意见很大，政府几番调控，但价格依然高居不下，普通百姓还是买不起房。以至于一种说法很流行：市场每调控一次，房价上涨一轮。政府真的没有杀手锏了？真的就没有办法控制房价了？

其实，办法还是有的。如果政府立即启动房产税政策，把住宅作为一种财产加以课税，谁拥有这种财产，谁就必须缴税，房价还是会应声而落的。我不相信，在坚决征财产税的情况下，谁还愿意大量持有需要缴税的财产。那种说房产税只会使房价更高的说法实际上是不成立的。只有在交易环节课征，才有可能因转移税负而推高房价。

但问题是，现阶段我们该不该对住宅以财产税的名义进行征税？如此征税是否具有很好的可操作性？按照国际上的惯例，对房屋的保有进行征税，其前提是对房屋进行财产评估，然后依照一定的比例进行征税。这就带来一个复杂的问题：谁来评估财产？如何保证财产评估的公正性？怎样使房产拥有者认可评估结果？在目前中国的信用环境与秩序范式下，解决这个问题几乎是不可能的。上海已被确定为房产税的试点城市，据说把全上海现有的民用房屋都评估一遍的话，依照现有的评估力量，需要耗时一万多天。

对房地产进行严厉的调控，缘由还是在于房价太高，如果房价不高，也就无所谓调控了。但是，我们现在知道房价太高的真正原因吗？是需求过于旺盛，还是供给不足，还是投机所致？如果有投机因素的话，占有多少成分？说实话，现在没有哪个城市的政府知道自已城市里到底有多少人拥有住房，多少人拥有多套住房。至于房屋的空置率究竟是多少，更是一个模糊又模糊的数字。在缺乏详尽真实数据的情况下做出的决策，自然缺乏可靠的依据，何况征税这样一个本应极其准确对待的问题。如果用一种简单化的办法，一定难以保证税收的三个基本原则（公平、准确和经济），甚至会出现啼笑皆非的结果。欧洲一些国家历史上曾依据房屋窗户的多少或门的大小对业主进行征税，结果出现了大量没有窗户的房子。荷兰阿姆斯特丹市中心现在还有大量18、19世纪留下来的房子，古色古香，很有韵味，但门之小让人惊奇，它们记录了一段荒唐的征税历史。

政府每次对房地产市场进行调控时，总是从控制需求入手，好像管住需求就能解决问题了。实践证明，在一般的情况下，需求是控制不住的。要知道，中国人对房子、汽车这类最能体现财富的需求渴望是极其惊人的，甚至是一般的经济学原理难以解释的。在外国，绝不会出现彻夜排队买房的情况，但在中国，不仅排队买房已经见惯不怪，而且还有排队买车的，甚至为买一个车位而通宵排队。北京交通已经很堵了，但要买车的人却越来越多，最后不得已采用摇号购车的办法，似乎又回到了凭票供应的从前。这就是中国人的需求，在特殊发展阶段和特殊财富观的驱使下的需求。

其实，房地产市场的症结还是在于供给不足，尤其是中低价房的供给严重不足。地方政府总是希望把地卖个好价钱，往往根据地价的高低来掌握拍地的节奏，始终保持土地供给紧张的气氛，所以地价总是在创新高。有证据表明一些地方政府在普通住宅供给方面积极性不高，2009年和2010年的上半年，大部分的省份保障房建设的任务都没有完成，而且缺口很大。

任何再宝贵的资源，只要供给迅速增加了，价格就一定能稳住。石油、粮食是如此，住宅也本应如此。实际上，房地产市场的"命门"在于扩大供给，应该通过政府手段和市场机制让更多的住宅出现在市场上，让价格涨不起来。如果普通住宅供应充足，多数人能够买上房，非普通住宅即便价格再高，政府也不用操那份心了。因此，解决房地产问题的主要立足点应该从控制需求转向增加供给，尤其是中低价房的供给。对住宅征财产税是长期方向，但近期应着眼于增加供给。地方政府只要下决心像追求GDP那样保证普通住宅供应，问题是可以得到解决的。

（发表于《董事会》杂志2011年第2期）

中国调控房市要有大智慧

住房问题是今年中国“两会”前后的一个热门话题，调控房市、遏制房价成了社会普遍关注的焦点。对于如何调控房市和怎样控制房价，不仅人大代表和政协委员十分关注，普通百姓更是有所期待。

房价是个大问题，它不仅关系到很多人能不能买得起房子，而且也和社会财富的重新分配以及市场经济的核心制度息息相关。现在的问题是，没有买房子的人，希望房子价格下跌，最好能有较大幅度的下跌；而买了房子的人，不希望房价大跌，因为住房已经成了很多居民重要的家庭财富。

自住房制度改革以来，中国已有越来越多的居民通过住房改革或购买商品房的方式拥有了自己的住房，家庭财产的构成已经发生了很大的变化，房屋财产成为居民最主要的财产。虽然没有权威的数据表明，中国到底是有房产者多还是无房产者多，可以肯定的是，已经拥有自己房产的家庭占了一个很大的比例。如果调控房市只是简单地打压房价，造成房价大起大落，房价跌幅过深，也会使目前有房者的家庭财产大幅“缩水”，损害了有房者的利益，而这些有房者在数量上仍以普通居民为主。

有一种观点认为，如果是以自住为目的的话，房屋的价格涨落与自住者的关系不大，只有那些投资者和投机客才会对价格的涨落敏感。这句话看上去有道理，其实不然。住房既然已经成为居民的家庭财产，房产价值缩水总是一件对财产所有者不利的事情。

试举一简单的例子说明此事。如果一个人自己创业，向银行申请贷款，可以用他的自有住房作为抵押，抵押物价值多少就取决于它的市场价格，房价大跌，抵押物的价值也会大幅缩水。现在为了让买不起房的人能够买上房，人为刻意地把房价打压下来，也会造成新的不公平。

不仅房价不能大起大落，而且房市还要稳定健康发展，不能把房地产市场从“热得发烫”的状态一棍子打到“冷得似铁”。这方面过去已有教训。房地产市场既是当前城市建设重点，也是一大消费热点，住房消费对扩大内需所起的作用，目前还没有其他热点可以替代。即便有的居民出于投资保值需要购买不止一套住房，似乎也无道理将此行为置于打压范围之内。

既然我们允许居民投资股票、黄金、期货，为什么不允许他们投资住房？限制居民的房产投资有何法理依据？全世界范围内，只要公开交易，居民投资房产用于保值都是天经地义的事情，也是市场经济的基本准则。

在国内居民普遍存在投资渠道狭窄的情况下，限制居民投资购房，不利于市场经济的发展与繁荣。由于中国的经济发展水平还不高，居民的收入保障在制度上还不够健全，如果有更多的居民拥有财产性收入，既是完善普通国民家庭收入的一种机制，也是形成更多有产者促进社会稳定的一个条件，社会上有产者越多，社会也越趋于稳定。

今年“两会”的总理报告中有一句话：要创造条件让更多群众拥有财产性收入。这句话很重要，值得回味。解决住房的问题，不能全靠新房一级市场，也要引导居民合理消费，所以，我们一方面要遏制房价过快上涨，另一方面要倡导居民租赁消费，这也是成熟房地产市场的一个标志。

房地产市场肯定是要加强调控，但关键是怎样调控。在中国的房地产市场上有三个主要行为主体。一个是买房者，构成需求一方。第二个是开发商，第三个是地方政府。后两者构成了供给一方。以前的调控总是调控需求，在控制需求上做文章，结果需求在人为控制下反而更加旺盛，造成了需求的恐慌，更是给开发商以更多涨价的机会。中国的房地产市场本来不应该这样的，房价也不该这样高的。如果地方政府对土地的收入不是如此渴求和依赖，如果地方政府对建造经济适用房和廉租房不是故意不作为或热情不高，如果现在的市场秩序和规则不是如此有利于开发商，市场一定要正常许多。

因此，调控的重点一定要从需求调控转向以供给调控为主。关键在于，一是要尽快增加供给，二是要规范地方政府和开发商的行为。如果我们能保证足够的市场供给，同时能够很好地约束开发商的不当行为（中国开发商的不当行为确实很多），房价高的问题就能自然得到解决，即便有人炒房，也只是市场大河中的一丝涟漪而已，翻不起几个浪花。当然，对于恶意的炒房者，还是应该在制度上加以坚决遏制。

此外，还要很好地研究城市土地收益与住房市场供应的问题。现在的情况是，地方政府把土地收益全拿去了，而住房的供给全部交给市场去解决。这是一种责和利不对等：地方政府获得了利益，而不愿承担责任。作为系统解决住房问题的一种办法，应该对地方政府使用土地收益做出一定的规定，如规定地方政府必须将土地收益一定的比例用于经济适用房和廉租房的建设，规定地方政府按照城市规模大小，每年必须建多少经济适用房和廉租房等。

中国的房地产市场是一个极其复杂的问题，涉及不同群体的利益，关系到经济发展的连续性，也和我们正在建设的市场经济制度有关。妥善解决这一问题需要有大智慧。

有智慧者不应“头痛医头、脚痛医脚”，应该在治病的过程中保证体魄的整体健康，不能应一时的舆论热点而不顾市场经济的核心准则。我们既要克服政府不作为的倾向，尽快解决突出矛盾，也要防止简单化，用非市场的办法解决市场的问题。这很可能是一个不断探索、循序渐进的过程。温家宝总理说本届政府任期内解决这一问题，足以说明这不可以简单化，需要我们积累更多的新智慧。

（发表于新加坡《联合早报》2010 年 3 月 22 日）

扩大消费需求是一项系统工程

扩大内需，调整经济结构，我们已经讲了多年，但内需不足的问题仍然没有得到很好解决。今年“两会”上，温家宝总理的《政府工作报告》把进一步扩大内需尤其是居民消费需求列为2011年的十个方面重点工作之一，可见扩大内需对于做好当前经济工作和促进经济发展方式转变的紧迫性。

扩大内需，就是要明显增加来自内部的需求。促进内生需求成为经济增长的主要支撑点，尤其是要扩大消费对经济发展的贡献度。多年来，我国经济增长对投资和出口的需求依赖过大，内需长期不足，消费对经济发展的贡献度明显小于国际上同类国家，这不仅使经济运行容易受国际市场剧烈波动的影响，而且客观上造成了对资源与环境的过多消耗，助长了粗放式的经济发展方式。由于消费和投资之间存在着一定的替代关系，可以说，消费需求一日不增，投资热度一日难降，结构调整难有大的余地。

在我国，内需不足尤其是消费需求不足是长期形成的，原因非常复杂，不是靠一种手段和一种措施就可以加以全部解决。历史上我们采取了不少措施，力求刺激消费，扩大内需，都在一些层面上起到作用，但并未从整体上扭转消费需求不足的局面。扩大内需，尤其是增加居民的消费需求，必须多管齐下，同时采用多种手段措施，形成一个完整的作用机制，才能起到显著效果。

首先自然是增加民众收入，尤其是中低收入阶层的可支配收入。从经济学的原理讲，消费的总体规模是受收入水平制约的，在其他条件不变的情况下，收入水平越高，消费的能量就越大。此外，与高收入人群相比，中低收入群体的边际消费倾向较高，即增加的收入中用于消费的比例相对较大。因此，尽快增加居民的收入，尤其是中低收入阶层的可支配收入，不仅有利于协调收入分配关系，而且能够有力促进消费，扩大市场需求。

其次是要进一步完善市场体系，发展新型市场，减少流通环节，缩短商品从生产厂家到消费者的距离，让居民在消费中得到更多的愉悦和实惠。对城市来说，目前还有很多市场空间没有开发，应当结合城市规划发展新的商业中心和商业街区，引入更多的新商业业态。对于农村来说，则要结合城乡一体化的建设，大力发展各类市场，尤其是把城市中的商业新渠道、连锁经营等成熟市场形态延伸到农村，开发农村的消费潜能。

第三是大力发展服务业，开辟新的消费领域，丰富新的消费内容。根据消费发展的基本规律，随着物质产品的逐渐丰富之后，人们的消费会更多地集中在非物质产品上，包括教育、文化、休闲、娱乐消费等，这就要求服务业的发展能够尽快跟上服务产品消费需求增加的步伐。例如，文化消费将是未来一段时间国内消费的热点，文化领域的市场需求可以对产业结构调整和扩大消费需求起到更大的作用，文化产业也应成为促进国民经济发展的支柱性产业。

此外，还必须进一步拓宽现行的消费政策，鼓励居民多消费，为正常的消费创造宽松的政策环境。现在，国内消费需求不足，不仅仅是收入问题，还和现行的财税政策有一定关系，部分产品的关税、消费税偏高，相当一部分的购买力转移到了国外。还有许多产品的消费环境不理想，抑制了正常的消费。例如，国际性的名牌商品和奢侈品销售，中国居民已经成了购买的主力，但其中大量的购买活动是发生在国外，为国外市场创造了需求。甚至还有相当一部分中国制造的产品，国内市场的售价明显高于国外市场。这种状况不仅制约了国内市场的繁荣，而且也抵消了国内的消费需求。因此，随着经济的发展和消费结构的变化，应当尽快改善国内的消费环境，包括降低进口关税，以满足国内居民正常的消费新需求。

还有很重要的一点，而这一点往往被研究和制定政策时所忽视，即国内市场的供给创新不快，缺乏创新甚至低质的产品充斥市场，难以激活新的消费。为什么国内的消费者在国内购物不多，但到了海外以后却有很高的购物热情和消费热情？归根结蒂，还是国内市场的产品缺乏创新，甚至不少产品连基本质量都难以保证。其实，这已不仅仅是一个消费问题了，而是关乎创新的整体环境。要想激活新的居民消费欲望，扩大消费内需，还必须加快促进市场供给的创新。

（发表于2011年《南京日报》“徐康宁专栏”）

向百年 IBM 学企业创新

世界上有一些著名企业是常青树，历经百年而不衰，美国 IBM 公司就是这样的企业。如今，IBM 已度过整整一百年，实现了基业常青。这家以生产打字机起家的企业，在公司成长史和人类文明进程中创造出无数辉煌：世界上第一个商品条形码、第一个计算机软盘、信用卡上的第一个磁条等等。

实际上，IBM 一百年来并非按部就班、沿袭老路，期间也经历过挑战和曲折，能够成为百年老店完全在于依靠转型和创新。

过去一百年中，IBM 主要经历了三次大转型。第一次是从一般设备生产转向电子计算机生产，适应了电子化时代。第二次是从大型计算机转向微型计算机生产，适应了计算机普及时代。第三次则刚刚结束不久，开始从设备提供商转向服务提供商，以适应知识经济和个性化的时代。今天 IBM 的口号是，从服务机器到服务人群（from machine to people）。每一次转型成功的背后，都有强大的创新作为支撑。

2004 年，当个人计算机业务不再是公司的主要利润来源时，尤其是当 IBM 的领导者和技术专家看出，设备的价值与服务的价值相比越来越微不足道，毅然决然地把个人电脑业务全部卖给中国的联想公司，专门致力于为客户开发软件和提供解决方案。今天的 IBM 已经变得有点像咨询公司了，当然是高科技的咨询公司，能耗很少，价值创造却不少。

IBM 的百年历程表明，世界上像可口可乐那样几十年只做一种产品的优秀公司很少很少，因为世界在变。卓越的公司比别人高明的地方，就在于能够随着变化的环境而不断调整自己，通过一系列创新成功实现企业转型。也正因为有一大批像 IBM 这样的企业，美国现在仍然是世界上最具有创新能力的国家，没有哪个国家能够超越。

相比而下，中国的企业则转型太慢，缺乏创新。多少年前，舆论就在呼吁，中国用七亿件衬衫才换美国一架飞机，这种反差实在惊人。如今，此种情形并无大的改观。前不久，笔者在美国出差，看到市场上的低档货，如几美元一件的T恤衫、十几美元一双的皮鞋，仍以中国货为主。中国要转变经济发展方式，要改变能源消耗和污染在国内、廉价产品卖到国外的状况，必须实现经济发展模式的转型，而这种转型首先要建立在企业创新转型的基础上。

中国这些年对科技创新不可谓不重视，出台的政策不可谓不多，但创新的效果仍然不理想，其中一个相当重要的原因就是企业尚未成为技术创新的主体。大学和专业科研机构每年倒是有不少科研成果，但往往远离市场，只能得奖，却无法商业化。企业对市场需要什么样的产品最清楚，了解什么样的技术既先进又实用，唯有当企业撑起技术创新的天地时，中国的自主创新难题才会有解。可惜中国企业对创新或是缺乏能力（许多企业甚至连合格的技术专家都匮乏），或是对创新不感兴趣。

在IBM公司的研发机构里，可以看到墙上挂的都是企业优秀技术专家的照片，其中的领军人才相当于公司的院士，受到公司上下和所有参访者的尊敬。不像我们在国内看到的一些科技公司，墙上挂满了领导视察的照片。国内企业创新不足，除了企业热衷于做广告而忽视技术基础工作外，还在于企业的技术人员待遇偏低，工程师的收入普遍不如销售员，以至于名牌大学的工科学生都不愿意到企业工作，许多过去赫赫有名的大企业现在只能接受小院校的毕业生，和美国一流大学毕业生竞相到IBM、波音、苹果公司就职形成截然相反的对比。

中国的企业要做百年老店，创新是绕不过去的，首先要改变的是重营销、轻技术的观念。

（发表于《环球时报》2011年6月22日）

“走出去”：CEO要学会“喝咖啡”

连续写了几篇关于中国企业如何“走出去”的文章，觉得还有问题没有说透，于是，在不久前的一篇专栏文章中，谈到了真正想“走出去”的CEO应该学会“喝咖啡”。

60年前，当日本索尼公司决心要做一个世界级大企业时，首先想到的是占领美国市场，要在那里设立公司，因为只有在美国也有公司的企业，才算真正的世界级大企业。为了更好地接近美国市场，为了融入美国商界，索尼公司的CEO盛田昭夫把家从东京搬到了纽约。

30年前，韩国三星公司制定了办成真正跨国公司的战略，国际业务成为重中之重。为了适应不同的国际市场，三星公司启用“人才当地化”的策略，越来越多的外国人进入了三星公司工作。三星的掌门人李健熙不仅自己活跃在国际舞台上，而且培养了一大批熟悉国际管理规则的高层干部。

现在轮到中国的公司该怎么办了。

本人在上一篇专栏文章中提到，中国正在迎来大举购买国外资产进入国际市场的时代，这将不以人的意志为转移。就像中国的外汇储备超过日本一样，中国企业的对外投资（包括收购国外资产）的总规模也会在不长的时间内超过日本。事实上，中国这几年对外投资的步伐已经超过日、韩等国。2010年当年，中国的对外直接投资金额已达680亿美元，超过日本和英国，居世界第五。而在5年前，中国的对外直接投资刚刚突破100亿美元，五年增长了5倍。

然而，中国公司有实力对外投资了，并不表明中国人能驾驭好国际舞台，因为在国际舞台上比的不仅是金钱实力，还有很多金钱实力以外的东西，包括如何与外国的政府、工会、律师、记者打交道，而这恰恰是中国人比较“怵”的。

由于无法真正融入当地，所以，我们讲了很多年的“走出去”，但真的走出去以后，还是以失败者为多。中国的TCL集团当初雄心勃勃，为进入欧洲市场收购了法国汤姆逊公司，结果连续三年亏损，共亏20多亿港元，最终被迫出售资产，折戟而归。首钢斥资上亿美元收购秘鲁一矿山，未能与当地工会沟通好，遭遇工人罢工，困扰企业正常经营 20 年，海外资产成为企业的沉重包袱。

不过，在众多中国企业为“走出去”缴纳巨额“学费”的同时，也有少数成功的案例。联想集团当初收购 IBM 个人电脑业务，被人视作商界的“蛇吞象”之作。经历了一段波折后终于走上正轨，中国的联想已完成了华丽转身，成为国际性企业，Lenovo 也蝶变为中国出身的国际知名品牌。华为公司更是在国际市场上攻城略地，在亚洲、非洲和欧洲都有地区总部，海外业务早已超过国内业务，也成了一家被广泛认可的国际知名企业。

与那些跨国经营失败的中国企业相比，联想与华为并不是最有经济实力的，华为海外投资的规模远不及一些央企，但联想与华为在管理风格上是最融入世界的，不仅熟悉而且善于运用国际规则开展业务。联想的董事长杨元庆当初也不适应国外的公司运作，由于语言和文化的缘故，甚至怕开董事会（因为多半董事是洋人）。为了彻底融入国际商圈，杨元庆也把家从中国搬到了美国（不知道是受盛田昭夫的启发还是英雄所见略同），并且专门请人帮助自己提高英语水平，到后来不仅不再需要翻译，并且主持董事会游刃有余了。

中国的企业要想活跃在国际舞台，缺的不是资金，也不是一般的管理经验，而是能够善于和外国人打交道的商业文化，包括领导外国下属的多方面能力。如果企业 CEO 自己不想当一个世界人，也不可能锻造出一个世界级的企业。当初盛田昭夫力排众议，花巨资在纽约中央公园旁租下一套高级公寓，就是为了和美国商界打交道，建立上层人脉关系，包括基辛格、斯皮尔伯格在内的众多名流都曾到访过索尼掌门人的沙龙。杨元庆事后总结并购 IBM 的经验，称自己的主要精力用在了学英语和“喝咖啡”上。

“喝咖啡”岂止是品尝咖啡的味道，其实是企业 CEO 自身的一次锻造，要把自己“炼”成一个领导国际企业的世界人。

遗憾的是，在中国对外投资排名前 20 位的公司几乎全是国企，其中多数是央企，旧有的体制可能没有“喝咖啡”的宽松环境，也在一定程度上限制了企业领导人的眼光。不过，国企或央企的 CEO 也有很大的权限，在企业内部营造“喝咖啡”的氛围还是可行的，就怕守旧如一，拒绝“咖啡”，那“走出去”就永远停留在口号上。

（发表于《董事会》杂志 2011 年第 11 期，发表时题目做了改动）

中外企业家理念大相径庭

一年前，草根出身的吉利汽车斥资18亿美元收购沃尔沃，我是唱赞歌的，因为这毕竟是中国企业走向世界舞台的一次重要亮相，尽管两家公司的融合绝非易事。印象中我还写了一篇文章，或一篇文章中提及此事。

一年后，两家血统完全不同的公司显示出磨合中的矛盾之处。

吉利汽车的当家人李书福日前公开表示，吉利与沃尔沃在经营上存在分歧。李书福认为，市场需要什么产品，公司就应该生产什么产品，中国消费者需要排气量大、豪华的轿车，沃尔沃就应该尽快为中国市场生产出来。沃尔沃公司的高层则认为，安全性是沃尔沃轿车的核心价值，现在还要特别重视环保，最好生产排气量较小、非常安全环保的轿车。

吉利收购沃尔沃是要这个国际知名品牌为自己赚钱的，而且主要是在中国市场赚，中国式的沃尔沃晚出一天，18亿美元的支票就要多心疼一天。沃尔沃则要坚守“自己的核心价值理念”（李书福的原话），如果不够安全环保的汽车生产出来，就不是沃尔沃了。

沃尔沃没有错，因为如果有中国式的沃尔沃，那就不是真正的沃尔沃。李书福也没有错，因为为市场需求而生产是企业赢利模式的前提，经济学的教科书上都是这样写的。错就错在中外企业家理念有原则之分！

中国市场经济的历史不长，但金钱英雄观十分盛行，股东至上主义深入企业。企业家视人为经济动物，视消费者为赢利的对象，只要消费者需要什么，换句话讲，市场上什么好卖，就尽可能把什么生产出来。企业家是不是英雄，社会是看他有多大规模的企业，每年有多少利润。经过几百年市场经济的发展，西方国家的一些企业开始思考企业与人的关系，更加重视人性的发展，用我们的话来讲，就是以人为本。沃尔沃来自北欧，更是人本主义的故乡，所以，造汽车首先要安全第一，因为人的生命是最重要的。中国的企业家不会这样去理解，即便可以这样去理解，也不会这样做。

中国企业家只看消费需求，不管消费者核心利益，某种程度上也是消费者这边造成的。正如李书福所说，沃尔沃追求安全环保，“中国消费者根本就不管这些”，汽车就要气派豪华。企业家要赚钱，消费者要图眼前，所以中国市场充满了表面光鲜、品质不高的商品。

有这种中国式的企业家理念和消费习惯，同样的GDP，中国人可能活的要更累一些，因为你在吃食品的时候，可能要担心其中有害；家中装修的时候，担心不环保；驾车的时候，担心安全性能不够；更多的时候，是以较低的价格买来次质产品的烦恼。

差 异

中国为什么会盛产富豪？

媒体上的一则新闻十分引人注目。新公布的福布斯世界亿万富豪排行榜上，中国（仅指内地）共有115人上榜，身价都在10亿美元以上，占了全球1200位亿万富豪的近十分之一。这也是有福布斯记录以来，第一次由美国以外的国家产生100位以上的富豪。没想到这个国家不是日本，也不是德国，而是中国。

如果考虑到中国和世界发达国家的经济发展差距，尤其是联想到20年前“万元户”就算中国的富裕阶层，中国产生富豪的速度真是非常惊人的了。

可以找出100个以上理由来解释中国为什么会盛产富豪，但我把它概括为以下五个主要原因。

原因之一：经济转型时期社会财富容易产生高度集聚现象，少部分人运用市场的力量可以比多数人更快地积累财富，占了“先期选择”的优势。过去是计划分配财富，人们只有劳动收入的差距，而现在是市场分配财富，资本得到的回报可以是劳动收入的几百倍、上千倍。这种财富分配的不均匀，与经济社会转型时期有内在关系。越是处在大的转型期，财富分布越不均匀。这种情况不仅仅发生在中国，俄罗斯及其他东欧国家也是如此。现在，世界上亿万富豪最集中的城市是莫斯科，第二才是纽约。

原因之二：富人借助于比别人先积累起来的财富，以它作为“杠杆”，可以“撬动”起更大的资源为自己的财富服务。当少数人是富人时，社会的一切资源都是廉价的，包括土地、矿产还有劳动力。富人们用极低的成本获取了大量的土地资源、矿山开采权以及用之不竭的劳动力。当社会逐渐富裕起来后，最有价值的资源又集中在富人手中。所以，中国的富豪们有不少都是开发商和煤老板。

原因之三：在产权改革的过程中，大量国有资产或公有资产被富人廉价收购，成为进一步加剧财富集中的私人资本。过去20年有大量的国有企业、集体企业改制，公共资产向私人出售，其中不乏价值低估、廉价处置的现象。收购国有或公有资产的，一般都得到一大块“溢价”。这些原先属于公共的资产现在变成了私人财富积累的“利器”。原来是工薪者，现在成了富翁；原来就是富翁的，现在更加富有。在这一原因上，俄罗斯的问题比中国更严重。

原因之四：富人有了雄厚资本后，社会的公权力开始出现偏好，政府出于对GDP和政绩的追求，资源分配的“天平”有点向富人倾斜。富人一方面为地方创造GDP和税收，另一方面为自己加快积累财富。许多地方都有“亲商”、“重商”甚至“爱商”的口号。在这些口号下，富人及其企业可以得到更多的资源，甚至有政府出面无偿为企业招工、拆迁的情况，财富积累的速度进一步加快。

原因之五：富人的影响力开始无所不在，资本开始畅行无阻，富人用资本换来更大的财富。开发商用几百万的代价可以使自己的楼盘顺利地通过规划审查，换来的是几千万甚至上亿的超额利润；伪劣的保健品和化妆品可以让名人为自己代言，让媒体为自己唱赞歌。这次入榜的中国首富，两年前也曾让央视为自己的企业“抬过轿子”，而央视倚仗的是公共资源。一旦资本可以调动全社会的资源为自己服务，富豪就可以成群地“制造”出来。

是市场经济，就会有富豪，不正常中见正常。以上五个原因，若以正常程度为序，应该是从一排到五。若以不正常为序，则是从五排到一。

论实际财富，美国洛克菲勒时代的富豪比今天的比尔·盖茨更加有钱。但后来逐渐均贫富了，主要是大众富裕了，富人财富并未缩水。中国现在还不可以节制资本，但倘若民众过上富裕生活了，有多少富豪就不值得惊奇了。

（发表于《环球时报》2011年3月15日）

中国富人移民海外只是暂时现象

在不久前的一次演讲中，一位听众问我，现在富人海外移民成风，将来有钱人全移民出去了，剩下的全是穷人，到那时怎么办？这个问题反映了民众的不满和担忧。

据美国移民局的数据，今年美国接受投资移民的外国人中，中国人占了四分之三，比除中国之外的世界总和还多两倍。中国富人移民的确堪称世界之最。

为什么中国富人移民世界上最多？

首先是中国人多，基数大，哪怕有0.01%的比例，也是一个巨大的绝对数。其次是中国富人多，亿万富翁的绝对数恐怕仅次于美国，千万级的富人已经数不胜数。以前中国没有自由移民的历史，现在移民不受管制了，自然会掀起一个移民高潮。

当然，最重要的原因，还是富人担心人身和财产在国内不安全，要寻找一个安全之地。还有一些富人钱来得很容易，担心失去的也很容易，所以要去一个挣钱不那么容易但保钱却很容易的国家。

有人主张对富人移民设限，以防止资本外逃。其实大可不必，更不要因小失大。移民海外的富人再多，也不可能带走全部的民间资本；况且，世界再大，也无法容纳所有的中国富人，因为中国人太多了，中国富人也太多了，那种富人全移民只剩下穷人的担心是多余的。如果随便改变政策，不给民间以移民自由，反倒让富人更加惊恐。他们会看淡前景，变着法外逃资本，更会让民主进程倒退。

回顾历史，许多发展中国家都曾经历过富人移民的高潮，但随着国内经济的发展，社会的长期稳定，移民潮也会渐渐平静。就像人们喜欢追逐硬通货一样，发展中国家的人往往会对本国的保障产生本能的不信任，穷人也会如此，只不过无法用脚投票罢了。只要中国长期稳定，经济繁荣，富人的移民之风也不会永盛不衰。

容忍中国富人移民，并不表明他们中的任何人都可以不受良知和责任之拷问。比起其他国家的富人，中国的一些富人还是稍稍缺乏责任心，尤其是那些因中国国情而轻松致富的人。

也不能容忍所有的富人一走了之。那些靠权力或权力连带关系致富的人，应该对他们以移民为方式的财富转移加以限制。

大举购买外国资产的时代已经来临

一个原本不为人所熟知的民营企业，因计划斥资2亿美元购买冰岛300平方公里的土地，连续几天上了商业报道的头条。冰岛不大，300平方公里就是0.3%的国土面积，“中国民营企业家欲购冰岛0.3%的国土”这样的标题的确够吸引人了，也让人看到一个时代的到来。

从购买德国机场到收购澳洲矿山，从开发非洲森林到购买冰岛土地，说明中国现在很有钱。别的不说，中国政府可动用的外汇储备资产就超过3万亿美元。如果拿这笔钱建立一个基金，不仅是世界上规模最大的主权基金，而且也超过任何一个世界级金融大鳄的基金财富。世界亿万富豪的排行榜上，中国人上榜的速度远远超过GDP的增长速度。中国人斥资购买国外资产是迟早的事，一天会比一天多。

中国民营企业竞相到国外购买资源性资产，除了因国内资源短缺外，还因为与国内相比，国外资源性资产十分便宜。据称，这笔冰岛交易的直接土地费用仅有880万美元，一平方公里不到3万美元。这个价格，即便是到中国最为贫瘠荒芜的地方也无处可寻。笔者今年夏天在新西兰看到的一处偌大牧场，地肥草青，果树连连，连同地上的房屋，仅售60万新西兰元。算了一下，每市亩不到2万元人民币，这么廉价的资产在国内无论如何是买不到的。难怪国内的富人成批地涌向新西兰和澳大利亚，既买了便宜的土地，又解决了移民身份，一举两得。

西方国家尤其是美国的报纸，几乎每天都在提醒读者，中国人将会把世界的资产买光，包括土地、大楼，还有美国人的国粹——职业棒球俱乐部。中国积累起来的财富以及中国人购买外国资产的热情，开始让西方国家的一些人感到恐惧。

不过，在金钱的时代，一些价值观的判断都会在有钱或缺钱的状态下显得苍白无力。现在世界上有太多的国家需要中国的钱了。美国需要——美国需要中国继续购买美国的国债，美国的基金需要中国买主来认购。英国需要——伦敦最为昂贵的房子过去只卖给阿拉伯王子和俄罗斯暴发户，现在又多了目标——中国富商。非洲和南美洲就不用说了，中国人是那里森林和矿山的最大买主。甚至连韩国这样的新兴经济国家也把目光盯准了中国人。韩国济州岛的高尔夫别墅广告，期期出现在国内一份很有影响的杂志上，其广告语是“免签证、免关税，为中国富豪量身订制海外私有领地”。

中国企业出手就要买冰岛0.3%的国土面积，冰岛的总统和冰岛驻中国大使非但不担忧，反而明确表态支持这笔交易。尽管美国的报纸说中国要用资本“殖民”冰岛，但冰岛缺钱，缺钱的国家不会想得太多，引入资本增加就业是最大的政治。世界上大部分的国家对来自中国的资本是持欢迎态度的，即便有一些国家的政治人物会从中作梗，但这些国家的商人和地方政府还是希望有更多的中国企业家带着钱去他们那里。所以，虽然中国和其他国家不同，中国企业、中国商人大批购买外国资产的时代已经到来，其潮流不会因国外的一些人反对而改变。

不过，当这个时代来临的时候，中国人自己应该想一想国外廉价资产以外的东西，想一想怎样适应和驾驭这个时代。

中国的企业家不要给人以暴发户的感觉，除了有钱，其他就没有了。如果光是有钱，资产虽然买来了，但未必能管理得好。跨文化的管理是一个巨大的挑战，钱能改变股东，但未必能改变文化。

中国富商斥巨资购买国外资产也要讲一点政治，不要只算经济账。森林矿山买来了，资源运回国内赚了钱，但要尊重当地法律法规，讲究环保。现在人家需要中国的钱，一切好说，当财务危机解除后，就不会对你如此客气了。

西方人用20年前日本大举购买外国资产却迎来20年经济停滞的事例预言中国离由盛而衰也为时不远，中国人在享受购买国外价廉资产的同时，更要有忧患意识，想到要打破日本购买国外资产之“咒”。

不管结果如何，宣布购买冰岛0.3%国土的中国民营企业已经成了赢家，知名度的价值已经增加了不止2亿美元。但我们更希望这家企业赢到最后，赢在与冰岛的长期合作与共荣。

（本文发表于《董事会》2011年10月20日，发表时题目做了改动）

黄金保值其实是个误传

黄金的国际价格终于突破每盎司1500美元的大关，达到历史新高。国内的黄金也站在每克300元以上的台阶上，银行鼓励人们买金的客户经理喜笑颜开，用更大的嗓门叫人相信买黄金能够保值的话。

买金真能保值吗？这要看你用什么来比了。

如果用美元或人民币来比，储藏黄金当然要比储藏货币强得多，也比存银行划算得多，无论银行的利息有多高。但如果用实物来比，黄金的保值功能就要大打一个折扣，甚至根本不能保值。

20年前，黄金的价格大约是60元一克，如果藏金，今天涨了四倍左右。20年前，大米大约是0.45元一斤，猪肉1.2元一斤，一两小笼包（四只）值0.5元，100元可以买一件很高档的衣服，15元钱可以请一个住家保姆。今天这些实物或劳务的价格，至少已经涨了6～10倍（大米涨的最少）。如果用房产和医院看病的价格来比较，涨十四倍甚至四十倍也不止。

三年前买黄金的人，今天肯定赚了很多，但30年前买黄金的人，今天还在赔本！1980年两伊战争爆发后，黄金价格是每盎司850美元，相当于今天的2400美元，所以，今天黄金价格的历史新高是名义上的。

与其说黄金价格上涨快，不如说美元贬值快。人民币贬值也快，因为人民币总体上还是盯住美元的。如果用瑞士法郎和日元来衡量黄金的价格，上涨就慢多了。

总结几点：第一，黄金主要是投资品，而不是保值品；第二，购买黄金，其价值回报远远不如货币理财，但前提是选择正确；第三，储藏黄金，升值空间远远小于储藏实物（如好的红酒、上等木材），但前提是你要有仓库以及实物不会损坏。

黄金还会涨下去的，涨到3000美元一盎司也毫不奇怪，但不是因为黄金保值，而是因为今天的货币太多了，贬值太快了，用一句专业的术语，就是流动性泛滥。

乱世藏金，盛世藏玉。今天不是乱世，但世界太不安定，加上货币过多，作为中短期的稳健型投资，黄金交易还会有一段好的时光。

中国为什么解决不了食品安全问题?

食品安全问题一直是中国经济和社会生活中的一个毒瘤，不仅百姓大众深恶痛绝，而且大大影响国际形象。政府部门每次高调打击，但结果依然照旧。前几年由于有人在牛奶中加入三聚氰胺，毒死许多婴儿，导致稍有经济条件的国人都跑到境外去买奶粉；最近又爆出“瘦肉精”事件，而且是大型上市公司干的，几乎让国人信心彻底丧失。中国能让卫星上天，能办出让世界称绝的奥运会，却怎么也解决不了食品安全问题。

有人说是中国商人的道德出了问题，所以推荐商人们不仅要读亚当·斯密的《国富论》，还要读他的《道德情操论》。这句话固然没错，但我们还需要回答另外两个问题：第一，为什么中国的商人在道德上出了问题？第二，在道德规范没有建立起来之前（让中国商人都有了道德将是一个漫长的等待），还有没有办法把食品安全问题控制在一个起码的范围内？

从人性的角度讲，每个人都有自己的私欲，都可能有让私欲超越公德的企图，至于这种企图是否会变成行动，取决于本人的自我克制和外部的约束规范。但我们千万不要高估所谓自我克制的作用，因为这种自我克制既来源于长期的个人修身，又和外部的约束规范有很紧密的关系。在一个经济制度急速转型、收入分配迅速分化的社会里，在一个财富即英雄的语境下，空谈道德只会误事。看过一个社会调查：与20年前相比，中国人均读书从每年5.2本上升到5.6本，20年只增加了0.4本，而且这5.6本中至少有3本属于胡编乱造的畅销书或美容家居之类的图书，让中国商人去读《道德情操论》恐怕现在还只是一种理想。

中国的食品安全问题长期得不到解决，归根结蒂还是因为商人或国人的价值观出了问题，对于什么是美、什么是丑这样最起码的价值判断，已经分不大清了。至于为什么在价值观上出了问题，还得从社会环境这个大背景去找原因。

我们这个社会已经太功利，这大概是一个重要原因。英雄不问出身，只看结果不管过程，似乎已经成为社会的价值标准。在这样的环境下，“草莽”文化最容易流行，事实上，“草莽”与“英雄”之间只有一线之隔。“草莽”变成了

"英雄","草莽"的不端行为就会一笔勾销，剩下的是"英雄"头上的光环。现在的政策又是高度实用主义，虽然是"草莽"，只要有资本，就会到处受人欢迎，即便"草莽"旧习不改，只要资本大了，就会有人出来捧场。"草莽"文化的流行，会激活人身上原有的"赌性"。"小草莽"会用风险去赌自己成为"大草莽"，赌自己成为"英雄"，反正"草莽"的成本是很低的。当"草莽"文化流行的时候，《道德情操论》是没有人看的。

急功近利的社会，实用主义政策盛行，唯一能被众人追求的就是金钱，影响人们行为准则的就是利益。所以，我们比西方国家发展市场经济晚了几百年，却在很多方面比人家还要市场化。一切的一切，都成了商品，既然医生的道德都可以成为商品，那做馒头者、卖猪肉者的良心可以和商品（金钱）相交换也是不奇怪的。

市场经济不分资本主义和社会主义，但有好坏之分。"三聚氰胺"、"瘦肉精"是市场的产物，说明我们身边有"坏的市场经济"，显示我们指导市场经济的原则中有一部分出了问题。

即便有了"坏的市场经济"，也不可能把整个市场经济推倒重来，那就只能用"重典"了。"草莽"赌社会命运的成本虽然不高，但金钱成本和生命成本还是有的，如果对不顾公众食品健康安全的行为做出重罚，甚至"一命抵一命"，那些在食品上"下手"的人还是会有所顾忌的。

我们之所以能让卫星上天，能办出让世界称绝的奥运会，还是由于决心大，尤其是把它当做政治任务，所以，奥运会和世博会期间没有出一起食品安全事件。我们有那么多的监管部门（卫生的、防疫的、食品管理、市场管理的等等，有点"三个和尚没有水喝"的味道），如果拿出同样的决心，至少可以把食品安全问题控制在一个起码的范围内。如果讲政治，还有什么比13亿人的食品安全更大的政治呢？

（本文发表于《董事会》2011年第7期，发表时题目做了改动）

人民币升值何时是头？

2011年，人民币汇率问题会比以往更加引人关注。可以肯定，升值将仍然是其基本方向，而且，升值的幅度和速度将会有所变化。

现在，人民币兑美元的汇率已经突破6.6，到了6.58的附近，并且是一路升值上来。经济界关注的是，人民币的汇率是否已经打开“盖子”，会继续一路升值下去，到哪里是升值的“尽头”？

人民币最近升值速度加快，还是在于外汇供给偏多，市场上的外汇需求则相对乏力。外汇供给偏多，自然与美国的货币“量化宽松”做法有关。在美国两次实行“量化宽松”政策的背景下，美元处于超额发行状态，大量的美元进入市场。另一方面，中国开始采取稳健的货币政策，由过去实行了几年的较为宽松的货币发行，突然转向偏紧的货币政策。在加息、连续上调银行准备金率的政策干预下，市场中的人民币“头寸”明显紧张。在一“松”一“紧”的货币政策相互作用下，人民币升值不可避免。

还有一个很重要的政经背景值得高度关注，即美国对人民币升值预期的变化。

美国要求人民币大幅升值的声音一直不绝于耳，并不时形成一些压力，包括要出台专门针对所谓中国操纵货币汇率的正式报告。但过去几年，声音虽在，行动有限，因为前两年美国深陷金融危机，恢复经济需要中国伸出援助之手(中国增加购买美国国债就是一例)，在汇率问题上即便施压，但也要有所节制。2011年情况会有所不同。

2011年，美国经济虽然没有全面复苏，但早已走出危机的低谷，经济救助已经不是美国政府的首要政策选项。在这样一种情况下，美国会对有关经济变动的机制因素更加关注，包括国际分工、进出口贸易平衡、货币汇率等问题。在经济运行由危机走向复苏的过程中，在相关利益集团的诉求下，美国对外经济政策和利益交锋的焦点一定会转移，从总体方向看，对人民币汇率会由温和施压转向较为强势施压，不排除在今年内出台一些新的政策和做法，逼使人民币加快升值。

实际上，美国已经出台“出口倍增计划”，并已运行一年，即要用五年的时间使美国的出口增加一倍。从出口的结构看，如果美国真要完成这个计划的话，将要大幅提升制造业产品的出口，而美国的制造业生产成本高，缺乏比较优势，在不考虑技术因素的情况下，只有通过弱势美元才能相对降低成本，增强竞争优势。因此，美国的“量化宽松”做法是“一箭双雕”，既刺激了国内经济，又在一定程度上削弱了别国产品的竞争力。恰恰是在制造业方面，中国具有最强的竞争优势，通过人民币大幅升值抵消这种竞争优势，符合美国的近期和长期预期。

无论从哪个角度讲，人民币升值的因素仍然在不断积累，并面临一些新的变动环境。尽管由于通胀因素在加大，人民币在国内的购买力在下降，但对外却呈现升值势头，而且这种情况将是一种长期的趋势。就像美元在国内的购买力并未明显下降，而对其他货币却大幅贬值一样，一种货币的对内价值与对外价值分离已经成为一种常态，这是由于当前的国际生产分工和国际货币制度所造成的，相当长时间内不会消失。

自实行汇率改革以来，人民币始终在升值，很少回头。人民币升值到哪里才会到头？或人民币升值的最后“底限”是多少？这是一个很难直接回答的问题。人民币的汇率变动，就是一种金融产品在市场的价格变动，在这一点上和股票价格的波动是一样的。不过有一点是肯定的。只要中国巨额的外汇储备还在增加，只要中国经济增长的外需驱动力量仍然不变，甚至只要中国的经济增长速度长期大大高于美国，人民币升值的步伐就难以停止，升值的空间也是难以预料的。30多年前，要用四个瑞士法郎才能换到一个美元，而今天瑞士法郎的比值已在美元之上。

从策略上看，近期人民币升值较快有助于堵住美国人的口，适当缓解压力，似乎也是一种经济外交的需要，体现灵活而有弹性的原则。另一方面，不能把人民币的汇率问题变成为美国压力下的产物，即便是升值，也应该随国内经济发展的需要和市场供求关系而动。

人民币升值固然是不利因素，增加了国内出口产业的一些困难，但也并非完全不利。现在大量的出口产品不仅附加值低，缺乏技术含量，而且耗费资源、污染环境，并容易引发国际经济交往中的矛盾与冲突，为谋得一些经济利益付出了过多的成本，不符合科学发展和可持续发展的要求。如果我们的产业结构有了实质性的调整，经济增长实现了由外需驱动转向以内需为主，人民币的汇率预期反倒会有重大的变化，不仅升值幅度有限，而且也有可能随市场供求关系呈相反方向变化。

（本文发表于《南京日报》“徐康宁专栏”）

人民币国际化是 20 年后的事

人民币走向国际，是最近一段时间的热门话题。但根据中国经济发展的现状和其他国家货币国际化带来的经验教训，依笔者所见，人民币真正成为国际货币，应该是 20 年以后的事情。

中国的经济实力还不够强大，还不足以成功地使人民币成为国际货币。美元、英镑、日元以及曾经的德国马克，都是主要国际货币，凭借的都是其经济强国的地位。即便像瑞士、丹麦、瑞典那样的小国，其货币能成为国际货币，也是因为国家经济高度发达。中国目前仍然只是经济大国，而不是经济强国，如果急匆匆地把人民币推向世界经济舞台，基础是不牢靠的。

人民币过快地国际化，会使中国经济遭受更大的外部风险，不利于中国政府适时地进行宏观调控。中国的金融体系还不够健全，防御国际金融风险的能力还比较脆弱，尤其是国际金融人才和管理经验还相当缺乏。现在我们连国际“热钱”进入境内都难以做到有效管理，甚至“热钱”的规模究竟有多大都难以准确估算。如果人民币过早地自由进出国内外，这些钱将游离于调控范围之外，其结果会大大降低宏观调控的效果。货币的国际化应当首先服从国内经济稳健发展的大目标，不能操之过急。

国际上的经验教训也表明，本国货币的国际化可以带来很多便利，但也要付出巨大的成本。日元的真正国际化是从 20 世纪 70 年代开始的，也曾让日本政府和国民享受了一段廉价收购国际资产的“美好时光”，但很快美国通过“广场协议”“操纵”了日元汇率，日本遭遇了经济长达十多年的一蹶不振。如果我们在经济基础、金融体系、管理经验等方面还没有做好充分准备的情况下，过早过快地推进人民币国际化，必定也会付出巨大的代价。尤其是现在国内产业升级和扩大消费远没有到位，人民币国际化走得过快，不排除出现资金外流过多而导致国内产业升级停滞和消费凋敝的可能。

过快地让人民币国际化对谁最有利？一个国家的货币是否国际化，不仅关系到本国的经济、政治、外交利益，而且也和其他国家的利益有关。如果人民

望

币成为国际货币，可能会给一些国家抑制中国的机会。现在，美国压人民币升值只能通过外交途径，如果人民币大量进入国际金融市场，从实力和经验对比来看，恐怕控制力和主动权不会在中国一方。有人说，我们现在被美元“绑架”了，其实这并不十分可怕，倘若我们被别人用人民币“绑架”了，那才是真正的可怕。

本文的宗旨并不是否定人民币国际化，人民币国际化一定是中国经济发展的方向之一。只是眼前所做的主要事情应该是打基础，积累经验，小步探索，缓行为宜。

（本文发表于《环球时报》2009 年 9 月 1 日）

中国地方债务风险堪比希腊

希腊的债务危机终于有了下文。欧元区国家和国际货币基金组织决定掏出450亿欧元巨款救助希腊。希腊危机无非就是因为政府拿主权信用担保，举债过多，赤字严重，最终酿成政府信用风险和重大危机。和希腊相比，我国一些城市的政府债务风险并不算小，但它们似乎并不紧张。然而，这一问题极其严重，如果处理不当，有可能酿成系统性重大风险。

过去很长一段时间，许多地方政府为了加快本地经济发展，“设计”和组建了形式多样的政府融资平台，或叫城市建设集团，或叫国有资产投资集团，或叫交通建设集团。其目的都是一个：向银行借贷融资，然后用融来的资金投向政府指定的项目。由于这些政府融资平台名义上的身份都是企业，绕开了政府不可以直接举债的有关规定，银行给这些企业借钱也成为企业行为，但实际上政府是债务人。现在，这笔债已经越聚越多，到了惊人的规模。

地方政府到底负了多少债？据某媒体援引中金公司的一份研究报告介绍，到2009年末，全国各地方以政府融资平台名义的银行负债已达7.2万亿元的规模，这还不包括非银行的负债。如果这个数据基本属实的话，那么，连同普通国民在内，都和地方政府一样坐在一个巨大的“火山”口上。7.2万亿元相当于中国2009年GDP的21.5%，是当年地方政府全部财政收入的2.21倍。

一些地方政府过度透支信用，存在未来偿债能力跟不上债务的风险。我国的地方政府基本上是吃饭财政，政府正常收入并无结余还债，只有靠预算外收入，其中主要是靠卖地收入来还债。但是，卖地收入存在巨大的不确定性，甚至有可能到最后无地可卖。实际上，有的城市的土地已经卖得差不多了，再卖就要卖基本农田了，而这是国家土地政策的“红线”。

银行向地方政府放债过多，因此导致贷款结构严重不合理，存在银行资产质量的风险。在现行体制下，各家银行都在竞相做大贷款规模，政府的融资平台是银行积极拉拢的对象。银行有一个错觉，即向政府的贷款是最可靠的，而且规模大、收益高。如果地方政府的融资平台发生严重信用风险，无力还债，将有可能拖垮一些银行，造成连锁坏债和重大负面影响。

目前，中央财政和地方财政之间并无“防火墙”，中央财政的一些钱也是由地方政府代收的，一旦地方政府还不了钱，中央财政可能被“绑架”。如果出现地方政府债务危机，中央要么帮地方政府还钱（其结果是影响国家财力和政府形象，甚至被迫加大赤字规模），要么继续让地方政府无节制地卖地（其结果是造成土地市场和房产市场进一步混乱，房价也会越抬越高）。

地方政府用融资平台借来的钱，建设了大量项目，这些项目大致分为三类。第一类是道路、桥梁、港口等基础设施建设。这些项目对经济发展有利，但也有乱上项目、效益不高的现象。第二类是城市广场、会展中心、大剧院等城市形象项目。它们没有足够的未来收益，甚至连利息都还不上。第三类就是楼堂馆所。一些地方政府借扩大投资之名，实际上是在扩大政府消费。地方政府举债建设，是想做成一些事，也会有利于短期经济增长，但从长远看一定是得不偿失。

经济发展的过程总会有风险。局部的风险和结构性的风险容易克服，造成的伤害是可控的。最需要警惕的是系统性风险，会影响经济全局的稳定。地方政府过度举债行为如果不加以规范和限制，就有可能酿成系统性风险。现在，虽然银行监管部门已经开始监控地方政府融资平台的贷款，然而，这一问题不仅仅关乎银行的风险，还涉及政府信用风险以及财政风险，必须从更高层面和多种渠道加以监管，坚决控制地方政府的信用过度膨胀，化解潜在的系统性风险。

（本文发表于《环球时报》2010年4月15日）

2012年中国减税最佳时机

中央经济工作会议今日闭幕，会议基调以“稳”为主。有媒体报道称：“减税”将成为明年财政政策的一个选项。税收是政府一项重要的财政调节工具，加税或减税不仅可以调节收入分配，而且有利于改善经济运行环境。减税意味着对财富创造活动的激励，也是藏富于民的一种手段，民间和学术界一直有减税的呼声。但一些相关部门表示，中国的宏观税负水平并不高，甚至低于许多发展中国家。

中国的宏观税负到底是高于还是低于国际水平，本身还值得进一步研究。也许，从税收收入占 GDP 的比重或政府财政支出占 GDP 的比重这些指标看，中国并不比国外高，尤其没有欧洲国家高。但若考虑到国外的社会保障体系比较健全，尤其是在一些欧洲国家，百姓的教育、医疗、养老等社会福利开支占了政府财政支出的大头，甚至有些国家全部是由政府财政包下来的，就不能简单认为中国的宏观税负在国际上属于较低水平了。

动态地看，政府税收和财政收入大大超过经济增长，在国民收入这个“蛋糕”中所切的一块越来越大，也是不争的事实。今年前三季度，全国税收比去年同期增长27.4%，财政收入增长29.5%，而同期 GDP 只增长9.4%，政府拿的多，企业和居民在蛋糕中所切的自然就小。自1994年税制改革以来，政府的财政收入占 GDP 的比重已由当初的10%左右提高到20%左右，整整提高了一倍。

政府手中掌管的钱多了，可以集中财力办一些大事，这是有利的一面，但也会造成用钱效率不高和浪费纳税人钱财的现象。财政部每年都下达防止年底突击花钱的文件，但年底突击花钱的现象一年比一年严重。据官方统计数据，2007年，我国各级政府在最后一个月花掉近1.2万亿元，超过全年财政支出的1/4；2008年和2009年，这个数字分别为1.5万亿和2万亿元。今年最后两个月，各级财政部门又要为余下的共3.5万亿元确定花钱去向。每年突击花的大笔钱中，有相当一部分是属于可花可不花的，甚至根本就不应当花，这也从一个侧面说明减税大有空间。

此外，我国税收主要来自于流转税，尤其是增值税，也就是对生产经营性的财富创造活动进行征税。若税收增长太快，不利于鼓励扩大生产，也不利于激励承担风险的生产投资。相反，脱离实体经济的投机性行为，如房地产炒卖、金融期货投资，却比开工厂办实业少缴很多税，弄得很多工厂主无心开厂，却有意投资房产。这导致中国还没富裕起来，财富的泡沫就越吹越大。

从明年 2 月起，我国将在上海实行交通运输业和部分现代服务业税制改革试点，减轻部分服务业的税收负担，这是好的开端。但由于仅在上海试点，且只针对部分行业，适用面不广，难以满足民间尤其是生产性企业对减轻税收负担的紧迫要求。

减税不仅很有必要，而且不宜再拖。现在通胀压力依然存在，银根仍然偏紧，一些企业已经捉襟见肘，纷纷走上“高利贷”的不归之路。民间高利贷的盛行与活跃，正说明市场中的剩余资金对实体经济不感兴趣，放高息贷款赢利还不用缴税。一方面，通胀压力未完全消除，各种生产成本不断攀升；另一方面，税收负担还在加重（各级政府为完成财政收入任务会层层加码，到了底下就可能以各种名目加重收税），企业生产和投资的意愿自然受到打击。长此以往，实体经济受伤严重，国民经济也会被弄“虚”。

适时减税应是政府的作为，可以在不改变货币政策基本方向的前提下，给经济升温加火。尤其是当前国际经济形势比较紧张，国内经济面临新的不确定因素，运用税收政策适当加大刺激经济的力度很有必要。减税在短期内可能会使财政收入有所减少，但从长期看，反而会增加财政收入，因为财富创造多了，税基也变大，经济学中的“拉弗曲线”就是这个道理。

2012 年是本届政府运行的最后一个完整之年，近十年累积，国力已大大提升，财政已显著改善，减税条件基本成熟；另一方面，激活经济增长内生动力迫在眉睫，减税也是最佳时机，以体现宏观政策的适时微调。

（发表于 2011 年 12 月 14 日《环球时报》）

“中国制造”国内售价为何高于国外？

在一次论坛上，一位听众问我：为什么许多标明“Made in China”（中国制造）的产品，在国内的售价反而高于国外？说“李宁牌”服装就是这样销售的，此外还有茅台酒、中华牌香烟等。我在会上作了简要回答。后来在媒体上看了很多同样话题的报道，也有不少人士发表观点，但很少有抓住要领、反映全面的。

“中国制造”的产品在国内销售的价格反而高于国外销售价格，既有正常的一面，又有不正常的一面。

一国生产的产品国内价格高于国外价格，是一种常见的国际现象。很多年前，我曾经在日本买过一台新款的家用摄像机，一个月后到香港开会，发现商店里同款的摄像机，整整便宜了1000港元。由于很多国家都有鼓励出口的税收优惠政策，产品出口了，可以免税或减税，这就等于降低了成本，厂家就可以降低在国外市场的售价。此外，有的企业为了在一段时间内攻占国际市场，可以微利销售，甚至可以不要利润，国外的售价就可以低于国内的售价。这些属于正常的一面。

但是，中国许多产品在国内的售价高于国际售价，不正常的因素要大于正常因素。因为不少产品不是仅仅比国际售价高一点，而是高出很多。如果是税收因素或企业策略因素，只会相差不多。

首先是国内的流通环节多，层层加码，增加了许多不必要的中间费用，最后都转嫁给消费者了。例如，厂家把产品送进超市卖，都要交高额的进场费、通道费，还有名目繁多的各种其他费用，这也是中国市场所独有的。

其次是国内市场的透明度较低，不要说消费者，即使是税务部门或监管部门，也很难搞得清企业的实际成本，这就为企业在国内销售随意定出高价提供了便利条件。而在国外市场销售，各个环节必须规范，入乡随俗，国内进入国外市场的企业能够获得一个较为满意的利润率就可以了。

第三，也是最为不正常的一面：国内企业一般不敢“糊弄”国外消费者(因为外国有严格的法律)，消费者也不容易被“糊弄”，而“糊弄”中国消费者是很容易的事，也没有严格的法律法规保护消费者的利益。所以，产品在国内销售，许多商家普遍有高价暴利的偏好，也没有任何商业伦理的约束。只要100元的价格能卖掉，绝不标价80元，尽管卖80元也能获得好利润。实际上还是国内消费者好欺负。茅台酒的不断涨价就是一典型例证，而且被社会所默认。

此外，最近国内的通胀环境也是一额外因素。中国式通胀的特点之一是：价格高了也能卖得掉，因为预期效应在起作用。

无　题

这是什么故宫水平?!

周末无会，在家。写了一篇关于中美关系的短文，本不准备接着写第二篇，看到一则新闻，实在不忍搁笔，不写不快。

故宫前几日数件文物遭窃，后经公安侦破，文物追回。故宫向人民公安献锦旗。这本来只是一条社会新闻，可问题就出在这锦旗上。

故宫所赠的锦旗上，书有“撼祖国强盛，卫京都泰安”。且不说出自故宫之手的锦旗用词粗糙，毫无文韵，任何一个小区的居委会也会用这样的句子感谢警察，而且当中还有一个错别字：“捍”写成了“撼”，意思全反了。

更有意思的是，当有人指出用词乌龙后，故宫的官方回应竟然是：“撼”字用得没错，用在这里显得厚重，还用“撼山易，撼解放军难”的用法来解释，并云事先请教了专家。

这是什么样的专家啊?! 这是什么故宫水平啊?!

“撼”什么时候有保卫的意思？虽然我百分之百认定这是一个错别字，但写本篇小文时还是查了一下《辞源》，依然是摇动、动摇的意思，出自“蚍蜉撼大树，可笑不自量”之典。即便此时若有一位“专家”从某个故纸堆找出，历史上“撼”曾通“捍”，但两个字意思的区别早已被大众所接受，此时乱用还是犯了小学生的错误。

可悲，一个国家级的文物单位，竟然犯了“白字先生”的错误，而且还官方出面用“厚重”之说来解释。

更可悲的是，固有的体制造成了这种贻笑大方的错误。多少年来，一些学术机构、文化单位凭借官方等级获得权威，垄断话语权，支配和左右学术资源，不少吓人的“头衔”和“光环”后面掩盖了许多无知。记得几年前，国内一所以文科见长的著名高校的校长，在一次接待台湾名流的场合，用“七月流火”形容当时的炙热天气，舆论一片哗然。几年来，这位校长依旧还是著名文科高校的校长，而且还很活跃。

用错字不可怕，写字难免会出错，可怕的是落后的体制，因为它是假学术、伪文化的摇篮。

香港是怎样变成“东方之珠”的？

张曼玉和梁朝伟主演的《花样年华》，多年前就既叫好又叫座，但我一直没看过，周末抽闲在网络上看了个大概。片子拍得很怀旧，也很真实，像看香港的老照片一样。

故事发生在1962年，香港的经济尚未起飞，城市的街景并不比内地发达。那时，上海的时尚对香港很有影响（当然是1940年代的上海），香港人对大上海还是很服气的。所以，电影中张曼玉的房东以是上海人会讲上海话而骄傲，张曼玉自始至终也是穿着各式花色的旗袍。从未出面的张曼玉的先生从日本带回一只电饭煲，引起街坊邻居的极度羡慕。

1960年代的香港，美国对中国实行“禁运”，香港难以发展转口贸易，经济很萧条。加上20世纪40年代末和50年代初，大陆有大量不想在共产党统治下生活的国民党军政人员、商贩、居民涌到香港，其人数超过了原来的港人，到处都是类似于贫民窟的“寮居”，经济和社会都是乏善可陈。很快地查了一下资料，故事开始的前一年（1961），香港的人均GDP只有2353港元，仅相当于300美元，应该不会高于上海。

这个时候，新中国建立前夕从上海、江浙去的一批实业家发挥了历史性的作用。上海有很多纺织业实业家（如唐翔千，现在的港府政务司长就是其子）带来了机器、资本和经验，以纺织业为主的工业开始在香港生根发展。50年前，香港没有像样的金融业，商业也不发达，主要是靠纺织和轻工业奠定了经济起飞的基础。如果没有唐翔千、安子介、查济民这些从大陆去的实业家，香港的历史又不知变成什么结果了。

1971年，中国加入联合国。1972年，美国尼克松访华，中美关系走向正常化。中国开始接触西方，开始购买外国的粮食、汽车和机器，香港的独特作用立刻得以显现，聪明的香港商人开始成了中国政府的“买办”。历史证明，这一批人是有远见的，不仅做了生意（都是大生意），而且后来成为北京的“座上宾”。一般人以为大陆改革开放以后，香港才进入“如鱼得水”的发展时代，其实要早一些。

80年代初，大陆开始对外开放，香港近水楼台，得了地理区位优势的先机，经济繁荣便一发不可收拾，步进最好的发展阶段。纺织业转移到内地，经验未失，劳动力的成本却低了很多，接的订单更大了。金融业在本地蓬蓬勃勃地发展起来，成了国际金融中心之一。80年代后期，一首“东方之珠”的歌曲唱遍海内外。

表面上看，香港的成功完全是机遇造化，其实也不全然。能够成为“东方之珠”，也有其自身独特条件。

一是高度开放，锻炼了港人的眼光。那时香港自己不会造电饭煲，但毕竟张曼玉的先生从日本带回了一个，让香港人开了眼界。那时的上海，恐怕没几个人知道世界上还有这种东西。

二是人才的积累，为以后成为国际金融中心准备了条件。原来就有一个很不错的港大，60年代又办了一个同样不错的香港中文大学以及后来的几所好大学，培养了大批的优秀年青人，尤其是商科专才，所以跨国银行后来都喜欢到香港开分行。

三是制度接轨，让香港融入国际商业规则。一旦机会来临，香港作为大陆与西方商业世界的桥梁，无人能够替代。

60年代的香港，社会还是很保守的，张曼玉与梁朝伟（恕我记不住片中人物的名字）虽然惺惺相惜、两情相悦，最后还是只有火花，没有爱情，留下的是带着深深上海烙印的“张曼玉旗袍”。20年之后，上海话在香港已不流行，而黄浦江边却在大唱“东方之珠”，成了新的一种时髦。

澳门为什么离不开大陆？

周末驾车路过国展中心，在报上知道那里有一个关于澳门的展销会，于是顺路到里面看了看。

这里安排的是“江苏澳门周”活动，主要是展销澳门出产的一些产品，所以展会的主标题是 MinM（Made in Macau）。

进入展厅，首先看到的是几家服装产品的展台，倒是有点意外。澳门这么小的地方，不具备低成本制造业生存的环境，还能有服装企业存活下来？随便看了几件产品，说是澳门生产的，但看上去像贴牌生产（OEM），估计是在珠海生产的。食品的展位很是热闹，甚至人头攒动。尤其是代表澳门传统的“手信”（点心类食品），参观者购买积极，有的摊位已经销售一空了。

记忆中，曾经去过三次澳门。弹丸之地，华洋混杂，葡萄牙风情，是最深刻的印象。澳门是西方力量最早进入中国的跳板之地。当英国人还没有得到香港的时候，葡萄牙人已经在澳门经营了数百年。林则徐和洋人斗法时，只准洋人在澳门画地为牢，不准他们在广州过夜。

澳门由于太小，加上葡萄牙实力有限，所以，当香港成为英国的殖民地后，中西文化交汇之处以及西洋经济在中国的据点一定是香港，而不是澳门了。

澳门的面积只有 29 平方公里，人口只有四五十万（以前更少）。这么小的地方很难建起具有比较优势的制造业，除了有地方特色的食品生产（因为这可以不追求规模经济），制造业企业可以说是凤毛麟角（但仍然有，它们的存在几乎在挑战比较优势的理论）。这么小的地方怎样发展经济呢？葡萄牙人想到了最为传统的财富游戏——开放赌禁。葡萄牙国内不可以开赌场，但在澳门却是合法经营。英国人治下的香港，法律严明，设局开赌绝对违法，而香港到澳门只有一步之遥，所以，澳门利用了港人的市场。

澳门回归后，实行一国两制。但周边国家纷纷赌禁大开，连新加坡这样的国家都在有限的范围内让赌场合法化，澳门的市场被分流了许多。刚刚回归头几年，正好遇到亚洲金融危机，澳门经济有些萧条。如何从困境中走出，澳门还是想到了大陆。首先是争取“自由行”，让大陆游客可以更方便地到澳门观光，自然就会有不少人跑到澳门试试“手气”。接着是许多大陆飞台湾的班机要到澳门中转（当时还没有开通“三通”），澳门的机场也有了业务。同样是小地方，同样有一个不错的机场，珠海的命运就惨了很多，珠海的机场长期处在“吃不饱”状态。

在展会上看到一些资料，显示澳门近年来经济发展迅猛，但如果做一个计量经济学的回归模型，一定可以找到与大陆需求的紧密相关性。自 2003 年起，澳门的人均 GDP 迅速增长，从 2002 年 12.5 万元（澳门元，下同。1 元人民币大约等于 1.2 澳门元），上升至 2009 年的 31.1 万元，已经比香港高了。同期，大陆游客到访澳门的数字也是增了几倍。据《联合早报》报道，去年澳门的博彩收益已超 1800 亿元，理论上平均每个澳门人可以分到几十万元。香港经济的繁荣离不开大陆，澳门就更是如此了。

最近几年没有去澳门，据说澳门的 casino 更辉煌了，拉斯韦加斯只能自叹不如了，因为连那里的赌场老板都纷纷跑到澳门重辟疆场了。

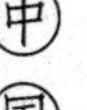

作为“一国两制”的成果，澳门的繁荣意义已在经济之外。不过从经济学的原理看，大陆的资金流涌向澳门，实现的是一个“次优选择”，而不是“帕雷托最优”。

“螺蛳壳里做道场。”澳门也在力图摆脱世界博彩之最的形象，近年来致力于发展会展业、购物业，这么小的地方倒也“风物”万象，值得长思量。

转到“澳门创意”展台，看到一个布包不错，展台工作人员告诉我是在澳门手工做的。在我的询问下，他老实地告诉我是珠海人。心里也未必相信这个包真的就在澳门制作，但为了给澳门经济作点贡献，还是掏钱买下了。

城市细语

CHENGSHI XIYU

由于任务在身，曾经有那么一段时间花了些精力研究城市，尤其是城市经济发展的基础和条件，写过关于城市经济的一部著作和几篇学术性文章。现在到一些城市，也喜欢用比较的眼光去做些观察，尽可能去想为什么这座城市是这样而不是那样的。当然，这些都是随想，是游历之中的偶想，有的还是走马观花式的思想点滴。这些文章未必是学术探讨，只是一个记录，因喜欢而写。

一座城市的千年沉落

一个学术会议通知的邮件引起了我的注意。这是一个关于产业集群方面的国际学术会议，主办方是河南大学的一个经济地理研究机构。前几年我写过几篇关于产业集群方面的文章，近些年已不很关注了，而是关注经济聚集这一更加符合经济学语境的话题，但还是立刻产生了参加会议的冲动。一来是想从经济地理学的专家那里学一学经济学者应该学的东西，二来是因为会议的举办地是在河南的开封，一个我很想前往看一看的城市。我曾在《文明与繁荣》一书中用多达近 10 页的篇幅以开封为例，论述中国古代城市文明与欧洲城市文明的差异，写书时查阅了不少开封的资料，但并未去过开封。去开封开会正好弥补了当时的遗憾。

一、逝去的繁华

临出发时才知道开封没有机场，坐飞机并不方便，于是改乘火车。我的学生刘军买好了车票，在车站前等我。我们刚上车坐下，火车便启动了。刘军也是第一次去开封，有出远门的准备，包里带了水果、饮料等，不禁让我想起 20 多年乘北上火车读书的情景。

普通卧铺还是那样简陋，几十个人睡在一个车厢里，个人私密无从谈起，鼾声、梦话此起彼伏，熄灯后倒头就睡。奇怪的是，很快就睡着了。一夜无话。

早晨 5 点钟到达开封。出得车站，很快就见人向我们招手，那是主办单位派来接我们的司机。也许司机是有经验之人，一眼就能认出我们，不用持着上面写有名字的接站牌。也许开封这地方特别，来两个外地人，谁都能看得出来？我没有多想。

来开封之前，已经做好了充分的思想准备。虽然这里是一千年前世界上最繁华的城市，但时过境迁，发展水准已大不如沿海城市。所以，当我们从简陋狭小的车站里走出时，我并未感到意外，尽管这里是中国最早有火车站的城市之一。但是，当我们的车开上紧邻车站的大街时，透过车窗的玻璃，还是被眼前的景象疑惑了，甚至有些震惊了。

街道很宽，却不干净，很容易看到垃圾。道路两边挤满了商店，很小很旧，

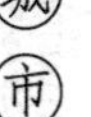

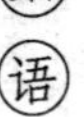

许多可称得上是破旧。一般城市连接车站、机场的大街都修整得很好，因为这关系到城市的“第一印象”。是开封不讲究形式，还是另有苦衷？由于是清晨，各店家都没开门营业，但好几家寿衣店的幌子在风中飘荡，十分扎眼。

司机很热情友善，说现在时间尚早，便绕了一些路让我们看看包公祠、开封府。这两座衙门式的建筑十分雄伟，门前广场很大，看到的是广场上晨练的市民。司机很喜欢自己的城市，说起开封的名胜有几分自豪，但对开封人的收入却不满意。

熟悉那一段历史的都知道，一千年前，准确地讲是公元 960 年，北宋建国，把国都建在开封，从而开启了一座城市的盛衰史。其变迁之大，浮沉之极，堪称世界罕见。北宋时期的东京（开封）是当时世界上最繁华的城市。据董鉴泓主编的《中国城市建设史》讲，11 世纪中叶，东京的市民人口在 110 万到 130 万之间，加上常驻军队，总人口在 170 万左右。中国古代的统计数据不可全信，因为许多史书难免夸大其词，也受当时统计技术粗糙的限制。凭借逻辑推论，我并不相信北宋的开封真有那么多人口。但是，作为一千年前世界上最大的城市，开封的这个头衔应该不会假的。

北宋开封之繁盛，《东京梦华录》有很多记载。……下面其中摘一段：“坊巷御街，自宣德门一直南去，约阔二百余步，两边乃御廊，日许行人买卖其间，自政和间官司禁止，各安立黑漆杈子，路心乃朱漆杈子，中心御道，不得人马行往……宣和间尽植莲荷，两岸植桃李梨杏，杂花其间，春夏之间，望之如绣。”御道宽达 200 余步，恐怕超过今天的长安街，虽不可全信，但 1000 年前的城市已有专门的人行道、下水道和绿化带，确实发达先进。

最值得一提的还是北宋开封的商业，其发达程度为中国古代城市之顶峰。宋代的商业承唐代之势，又甚于唐代。唐代的城市商业，严格遵循“市”、“坊”分治的传统，白天在“市”中交易，晚间回“坊”就息，“坊”中决不能有“市”，这种市场格局限制了城市商业的进一步发展。宋代打破了这种传统，“市”、“坊”连为一体。正是在开封，出现了无数的“市”，实际上已经不是画地为牢的“市”，市场分布于全城，“坊”到夜间也不再关闭，满足城内外士人夜晚的消费需要。于是，有了著名的《清明上河图》，有了汴河两岸的酒香、器美和胭脂红。

宋代的词人若能看到今天的开封，诧异是免不了的：当年的繁盛景象哪里去了？何处去寻“望之如绣”？今天的历史学家走进开封，首先感受的是意外：

这是一座具有千年繁盛的历史之都，怎么除了几座复建的名胜，还有一些宣传标语在提示古都的历史，其他都不像应有的印记？大相国寺门前的繁华，似乎比不过苏南的一个县级市。问与我同行的学生感受如何，他的回答是："很像我的家乡，一座淮北的县城。"

一次在会议的饭桌上向河南的学者谈起开封，了解到即使在河南，开封也是相当落后的城市。回来以后查了一下资料（几次在网上寻找开封市统计信息网上的资料，均不可得，只有去找专业的数据库），有了一个更整体但也更令人吃惊的印象。河南是全国省辖市最多的省份，共有 18 个，发展水平最高的是郑州，2006 年的地区生产总值为 2013 亿元，开封为 475 亿元，排在全省第 13 位。开始我以为开封的人口较少，导致经济发展指标靠后，又查了一下人均生产总值，结果是排第 14 位，反而掉了一位，而且不及郑州的三分之一。要知道在 50 多年前，开封一直是中原地区第一城市，是河南的省城，而郑州以前是归开封府的。历史给开封开了一个大大的玩笑。

2005 年 5 月，美国《纽约时报》以"从开封到纽约——辉煌如过眼烟云"为标题，警示眼下繁华的纽约和傲慢的纽约人。当时读到这一报道时只是心中一惊，看了开封和对比了数据后，脑海中浮现的是社会学家们常用的四个字——历史悲情。

二、开封是怎样衰落的

开封的衰落始于金兵入侵，宋都南迁。如史书上所述，公元 1127 年，东京为金人所破，毁于战火。但是，如果这是开封由盛而衰的唯一解释，那也太简单了，也就没有必要写此小文了。事实上，金兵攻占开封后，并未完全毁掉开封，先后扶持了张邦昌、刘豫两个傀儡政权，但都不长寿，后金人将开封降为汴京路。尽管如此，开封也不是在一天内衰落的。金朝还一度把开封立为都城（南京），又有过短暂的繁荣。

开封由盛而衰，除了金兵入侵外，还有其他的原因，其中历史地理的因素是一重要原因。

水患是影响开封后来历史轨迹的一大因素。开封附近的黄河是一段"悬河"，即河床高出地面，城市相安完全靠河的堤坝。一旦堤坝决口，城市便成水下景观。历史上黄河无数次改道，冲垮堤坝，淹没开封，黄河的泥沙最后竟把古城完全掩埋。会后，主办方组织参会者到嵩山少林寺游览，我并无此意，用了一天的时间在开封城内城外转悠，试图想访古寻迹，找回那一点点“东京梦华”的印记，结果非常失望。除了铁塔巍峨外，其他的北宋遗迹几乎全是后人所为。今天的开封实际上是一个“摞”起来的城市，宋代的东京早已沉睡于地下。我们看到的开封城为清代所建，下面还有明代建的和金代建的开封城。唯一的铁塔之所以存留至今，是因为所居地势较高，没有被水全部淹掉。我在感叹大自然的威力和残酷时，突然一个念头浮现：今天的开封人应该不是北宋东京人的后裔，当初东京的士人百姓，或被金人掠去北上，或因避战火迁至他乡，有可能一部分去了临安（今杭州），陪伴偏安的南宋皇帝；或因避水患流离四处，异乡为家。如果今天的杭州人真的是东京人的后代，如果让今天的杭州人生活在开封，或者如果当初创造繁盛的东京人还在开封代代相传，这座城市的历史会不会重写？假设太残酷，我没有继续想下去。

古代的战火和水患让开封的辉煌成了过眼烟云，一个繁盛的国都不在了。近代的地理环境变迁则使开封一步一步走向落后，这种变迁始于一个新的事物——铁路。

开封是中国最早有铁路的城市之一，现在的陇海线最早就是从开封建到洛阳的。但是，相比之下这并不是一段很重要的铁路，几乎是同时，在它旁边又修了一条重要得多的铁路——京汉线（京广线的前身）。据考证，原先建京汉线的方案是从开封走的，因为从北京经开封到武汉的线路更为垂直就近。大臣张之洞却把方案改了，放弃了开封，以郑州为替代，理由是开封附近的黄河水急江宽，不易架桥。京汉铁路的修建改变了两个城市的命运，开封被南北向的大铁路边缘化了，郑州却因地处京汉线和后来建成的陇海线的交汇点，一举成为交通运输枢纽，城市蒸蒸日上。近现代的经济史，铁路代替了河流，成为经济发展的主要命脉。历史再次对开封开了一个沉重的玩笑。1954 年，河南的省会由开封迁往郑州，开封再也无法和郑州相提并论了。

三、地理环境对经济的作用

经济学家研究一个国家的兴衰或一个城市的荣枯，常常会从技术、产业、制度乃至文化因素角度分析，洋洋洒洒，列举出十条或八条的原因，常常能看到“某某现状的十大成因”之类的文章。有的文章几乎“放之四海而皆准”，不管研究哪一个具体的对象，总是观念落后、体制僵化、内生增长动力不足之类的分析结果，缺乏一些具体的有助于解剖特定对象的个性分析。其实，每一个经济事物都是在特定的环境中生成的，事物的变化总是和环境有直接和间接的联系，如果离开了对特定的环境的认识，就无法准确理解具体的事物是怎样变化的。这个环境，既包括文化、宗教、习俗等人文化的环境，也包括自然、地理的环境，而且后者的环境对前者环境还有相当大的影响作用。

研究经济学，应该向人类学家和生物学家学习，除了善于从具体现象当中抽象一般的本质，还应对客观现象作细致入微的深刻了解，研究环境是如何改变了人的行为，属于意识的制度是怎样在物质的环境下形成发展的。实际上，和技术因素相比，气候、区位、交通、版图、自然禀赋这些地理性的因素，对经济社会的长期发展起的作用并不小。甚至可以说，特定的地理环境，在一定的条件下，尤其是当具备了突变的条件后，很有可能使几百年后的历史差异在今天就决定了。

西欧为什么首先成为工业国家？这是一个常说常新的话题。有人从技术变革的角度去分析（主流学派），认为西欧在工业革命之前已经孕育了先进技术的基础，各种发明层出不穷；有人从制度角度去分析（如诺斯），认为荷兰、英国的制度变革已经为工业革命做好了准备。还有没有其他原因呢？在西欧崛起之前，世界经济的中心在地中海地区，意大利的经济是当时最活跃的。当大西洋贸易的重要性超过地中海贸易的时候，意大利就失去了往日的优势，尽管第一个越过大西洋的哥伦布实际上是意大利人。大西洋贸易兴起时，在地中海贸易时代并不占先的荷兰、英国等，其优势立刻显现。不妨假设，如果英国不处于最有利于大西洋贸易的地方（其跨洲贸易的收益大于在欧洲内部贸易的收益），如果没有一个后来发现的美洲，如果没有当时的东方国家拥有大量英国需要的可贸易品，可能即便有了蒸汽机和交易所，也未必会把英国送入世界第一的工业国家。美洲早就有了，只是后来才发现；东方国家的香料、丝绸、瓷器等，西欧人早就知道，只是无法大批量贸易。历史只是到特定的阶段才创造突变的条件，这就是航海技术的大发展和商业制度的逐渐成熟。还有一点值得进一步思考。为什么到了近代，世界上率先发达起来的都是版图很小的国家，如意大利（当时的威尼斯等城邦国家比今天的意大利小得多）、荷兰、英国等，而版图很大的国家，如中国、印度、俄罗斯等均无上乘的表现？这是一种偶然，还是一种必然？有兴趣的读者可以给出自己的答案。

回到开封再谈开封的衰落。

金兵入侵、黄河水患这些都已很久远，只要我们不要忘记就可以了。近代和现代开封落后的最大原因，莫过于铁路的兴起及其引起地缘经济关系的彻底改变。京汉线没有建成之前，开封之地水运发达（这也是汴京1000年前繁荣的重要原因），道路通畅。京汉线以及后来的京广线的建成，立刻将中原的经济中心彻底由开封转向郑州。由于中国自古以来南北方向的通商运输远远重要于东西方向的通商运输，大批的货物改道郑州，由北方运至南方，由南方通往北方。货栈、贸易公司以及大量的商人逐渐聚集于郑州，这个曾经隶属于开封的、也曾沉落过的小城，渐渐演变为一个重要商城、河南第一大城市。

同样是铁路，由于地理位置或运输方式的改变，也会对一个地方的长期经济发展产生巨大影响。我所在的城市南京，一个叫下关的地方（著名的《中英南京条约》就是在其附近江面上签订的）曾经在上个世纪的上半叶繁华过，那是因为它是连接津浦铁路和沪宁铁路的交点，从北京到上海的旅客和货物过长江必须经下关过摆渡。1968年改变了这一切，因为这一年南京长江大桥建成，京沪铁路连成一体，从上海到北京的旅客和货物不再下车过江了，津浦线没有了，下关失去了往日的喧哗和热闹。我曾经审过一篇投给《经济研究》的稿件，作者在文章中以中国地级市为样本，分析经济聚集对长期增长的影响，把城市在1937年是否有铁路经过作为一个重要变量。对于这种分析视角，我十分欣赏。

我们似乎无法责怪开封人，让一座一千年前繁华无比的都城沉落为今天这般境地。如果当初张之洞不改变京汉线的方案，如果没有1954年的省会迁移，也许我们今天是在为另一座历史古城——郑州而感伤。历史是不能假设的，历史也是无情的。应该记住的是，人的力量可以改变历史，地理的力量也能改变历史。

写到这里，突然想到汶川大地震的重建。当初人们聚集生活在属于多发地震带的山区，也许是一种无意识的自然选择。这种选择是客观的，但事后证明是不当的，最起码不是“优择”的。就像今天世界上的人类基本上是从非洲走出来的，绝大部分事后证明是去了更有利于经济发展的地方，而原先没有走出或没有走得更远的一支，在赤道附近住了下来，这也是自然而无意识的选择。但历史证明，这种选择不是“优择”。国外已有许多研究文献表明，根据大样本分析，各地的经济发展水平与和赤道的距离成反比，离赤道越近，经济发展水平越低。虽然这是多原因的结果，但地理气候是一重要原因。先民选择居住繁衍之地，对环境与经济发展的关系了解不多，只能靠山吃山、靠水吃水。今天的人们积累了很多的经验，掌握了多门学科的知识，是不是也可以从更广阔的背景去考虑，对于确属不适于人们居住和经济作业的多灾之地，在有条件选择的情况下，是原地重建好呢，还是彻底移民更为科学？现代的人们常常看重象征的意义，用历史观去看，取象征之义，未必是最正确的。

当然，重视地理环境的作用也不是否定人性积极的一面。走进开封，处处能看到以大宋为概念的旅游经济，“包公”、“杨家将”、“宋都”的名目四处可见，但开封的工业化程度之低让人感到费解。郑州、开封、洛阳三个城市，工业增加值占地区生产总值的比重，洛阳最高，为53%，郑州居中，47%，开封最低，只有38%。开封不是特大城市，第三产业的市场受限；也不是小城市，光靠一个旅游业就能再造辉煌。错过了中国正处工业化这一大的发展阶段，落后是不可避免的了。自然，还有很多地方可以改进，而有些改进是很容易的，例如把统计局的信息网建好，就像国内先进城市那样，因为信息公开化是政府的应尽职能。

会议结束当晚，主办方招待大家欣赏大型歌舞“清明上河园之东京梦华”。舞景壮阔，音乐清丽。歌舞启幕，便是一曲辛弃疾的《青玉案·元夕》：

“东风夜放花千树，更吹落、星如雨。宝马雕车香满路。凤箫声动，玉壶光转，一夜鱼龙舞。蛾儿雪柳黄金缕，笑语盈盈暗香去。众里寻他千百度；蓦然回首，那人却在，灯火阑珊处。”

辛弃疾的词用在这里，有点不伦不类，词作者算是南宋人，此词也非写东京，但意境倒是相通的。一千年的繁盛，何处去寻？是否就在灯火阑珊处？

（发表于《经济学家茶座》2008年第4辑）

四城印记

教育部组织专家对若干所高校的工商管理硕士（MBA）项目进行评估，本人被分配到任务，去了四所高校，接连到访西安、银川、郑州和海口这四座城市。时间虽短，来去匆匆，但因连续到不同的城市，在比较中见反差，城市印记难忘，故写下本篇文字。

西安：一个被错选的城市

飞机降落时透过舷窗，我才惊奇地发现，西安离秦岭是如此近，城市的新开发地带已经到达秦岭的脚下。后来，西安的学者告诉我，到终南山（秦岭的一脉）登山已经成为许多西安市民的一种健身休闲方式，就像北京人爬香山、南京人紫金山一样。

秦岭是中国的著名山脉，自西向东几百公里，是中国的南北分界线。秦岭以北，越过关中平原后，是黄土高坡的荒凉，生存不易；岭南则是沃野千里的四川盆地，自古富足。

西安的最大特色是古都，有世界四大著名古都之一的称号（其他三个古都分别是雅典、罗马和开罗）。也许中国其他古都（如北京、南京等）的市民不服气，但从历史的久远性、建都史的长短，尤其是在历史上的影响等角度看，西安作为中国第一古都是不夸张的。

果然，西安人也把古都特色加以彰显和光大。从机场的高速公路刚过收费站，就能看到路两旁的四个大字：周、秦、汉、唐。西安要给外地人一个印记：这里是四个强势朝代的都城。

回想历史，当初汉唐定都长安时，并未多虑此地乃“险都”，因为身后就是难以逾越的秦岭。当时的敌人主要是北方的匈奴，后来的帝王喜欢找一个易守难攻（最好前面有大山）的地方做都城，大有把皇宫建在前线和与民同生死的气概。自然，汉武帝和唐太宗喜欢长安，还是因为此地为“中央之国”之中央，便于统治广袤疆域。

作为经济学人，自然对西安的经济发展更感兴趣。这个中国第一古都，依然能看到大唐时期的无比辉煌，但作为现代城市，却和东部城市有了巨大的落差。查了一下资料得知，2008 年西安的人均生产总值为 3700 多美元（这一年也是西安经济发展最快的一年），而另一著名古都——杭州却超过了 1 万美元。历史上的杭州因朝廷偏安、缺乏进取曾为诗人所感慨，怒其没有长安的豪气壮志，千年之后却在经济发展上大大超越了西安。

如果说千年的差距是如何造就的，别的经济学家会找出一大堆关于机遇、制度、文化方面的原因，我认为最大的原因还是地理环境的造化。

汉唐时期，北方的农业生产比南方发达，交通运输以陆地为主，地处国家之中央有利于集聚生产要素。中国通商主要是和西域往来，长安是丝绸之路的最佳起点。历史进入海洋时代和工业化时期，“中央之地”却成了区位上的弱势。从大历史观来看，长安是一个被错选的城市，或者说是当初选对了，十几个世纪后看就不那么对了。

写这篇文章时我就想到陕西的地理版图。陕西是一个南北长、东西狭的省份，南北距离长达 880 公里，差不多相当于北京到南京的直线距离。我后来一次到延安讲学，从西安乘小车到延安用了差不多 4 个小时，中途穿越了无数次山体隧道。小车司机告诉我，高速公路没建成时，从延安开车到西安要一个白天。其实，这段距离只有陕西南北距离的三分之一。

狭长的地理形状很不利于组织经济活动，中间又被许多高山阻隔，省与省之间边界犬牙交错，造成交通运输成本和信息成本极高，生产力布局难以优化。美国的许多州在地理上呈直线方块形状，虽是历史的缘故，但却有利于生产力布局。中国许多省份的地理形状是很不利于组织经济活动的，如内蒙古、甘肃等。在内蒙古召开一次省级层面的大会，其组织成本一定大于在江苏或浙江召开一次同样的会议。斗胆在此提一个建议，中国的有些省份应该划小，并尽可能呈几何形状，既有利于生产力布局，又容易处理一些民族棘手问题。

银川：考验财富

看到时间已经是晚上八点半了，太阳还挂在西边，迟迟不肯落下去，我知道是到银川了。

银川属于中国的西部，但从地理位置看，实际上是处于中部与西部的中间。由于中国的版图很大，距北京已很遥远，加上纬度高，所以已经有近 2 小时左右的时差了。

和我原先的认知有很大不同，银川并不是一个边塞小城，今天已经变成了一个拥有 150 万人口的大城市（按照中国的城市标准，超过 100 万人口就算特大城市），仅算市区人口，也接近百万。城市中的大房子、大马路、大公园给人以深刻印象。尤其是大马路，路幅很宽，在上面行车十分开阔自由，绝没有北京、上海那种压抑感。

银川的同志告诉我，2008 年银川的人均生产总值已经超过 4000 美元，比西安还要高。由于具有相当的经济实力，看上去不大像一个让人联想起风沙、缺水的西北城市，绿地很多，实际上，这座城市已经被命名为“国家园林城市”，而江南大部分城市还没有争得这个“头衔”。

银川经济的快速发展，相当大程度上得益于大的区位优势，以及近年来附近突然涌现的资源财富。银川地处新亚欧大陆桥沿线的中段，是宁蒙陕甘之交的区域性中心城市，且区域内没有大山大河阻隔，交通便捷，吸引四省区的资源和要素在此汇集，经济含义的区位优势超过西安。西安只能在省内辐射，且受交通的限制，而银川可以辐射四省（区），范围达 500 公里。近年来，银川及其附近发现大量的天然资源，仅煤炭探明储量就达 273 亿吨，相当于东北三省煤炭储量的总和。加上附近内蒙和陕北都在大力开发石油、煤炭资源，随天然资源开发而来的金钱、商机不断流向银川。因地理交通因素，从陕北到银川比到西安还要方便。银川的同行告诉我，陕北和内蒙的许多煤老板、油老板，带着成箱的现金到银川来买房子和消费，一掷千金。

银川也看到了这种特殊的地缘优势，提出了一系列的战略目标，其中一个目标就是力争把银川市建成“西北地区最适宜居住、最适宜创业的现代化区域中心城市”。

看到银川的经济发展热度，以及城市的变化，自然想到“资源的诅咒”这个经济学的命题。全国有不少城市近年来因天然资源优势而发展迅速，甚至一夜之间富裕发达起来，例如延安。在国人的印象中，延安是一座有着“红色印记”的城市，宝塔山、杨家岭、延河水，还有许许多多的窑洞。城市很神圣，也很艰苦甚至贫穷。但到了延安才发现，这是一座突然富裕起来的城市。陪同我的人告诉我，延安是全中国人均豪华轿车最多的城市，奔驰、宝马不稀奇，而且还有“雷人”的悍马。我真的在市区商业街上看到一辆形似坦克的悍马，还有停在商场外的几辆名车，宝塔山近在咫尺，形成奇妙对照。延安原来是很穷的，油气资源的突然发现和开采，涌现了一批富翁，也改变了这座城市。但以后会怎么样？单凭油气资源是否就能长期富裕？我把这个问题留给了听我课的延安干部们。

银川也面对同样的机遇和挑战。天然资源带来滚滚财富，也带来巨大挑战。世界上成功摆脱“资源诅咒”的国家和城市，数量要比最终陷进“资源陷阱”的少得多，这是我多年的研究结论。但愿银川既能利用天然资源，又不被资源所惑。要达到此境界，现在就要做一些事情。

郑州：再次寻找世纪机遇

我曾经在《一座城市的千年沉落》一文中提到郑州，称其是一座具有机遇的城市。郑州的机遇得缘于京广铁路（当时叫京汉铁路）的开建，由于晚清大臣张之洞的一时念起，铁路绕过开封，选择了郑州，郑州顿时崛起，不仅把开封比了下去（从此开封开始落后于郑州），而且成了全国的交通运输枢纽。按照郑州自己的说法，这座城市是被铁路拉来的。

郑州对铁路的情结远远深厚于其他城市。2008 年有媒体报道，在国家确定的六大铁路枢纽之中，没有郑州。郑州感到无比的压力，希望铁道部表态。最终，铁道部与河南省专门在北京签订了战略合作协议，确认郑州的铁路枢纽地位。而且，铁道部长明确表态，郑州在全国的铁路交通地位难以动摇，是全国第四大铁路枢纽，仅次于北京、上海和广州之后。

郑州不仅要争全国四大铁路枢纽，而且还要力争国际航空枢纽，希望能够成为全国八大航空枢纽之一。为此，河南省还专门出台了关于建设“郑州国际航空枢纽”的发展规划。新规划的建设规模达 138 平方公里，相当于 17 个郑州现有的机场。按照规划，到 2035 年，郑州国际航空枢纽将建设成吞吐量达 7000 万人次的全国大型枢纽机场（但要实现此目标很不容易）。郑州因其地理位置，占据全国交通网络的中心，在物流显得越来越重要的今天，国家性的铁路枢纽和航空枢纽对郑州意义重大，也可能给这座城市再次创造世纪性的发展机遇。郑州如果能够充分利用好这种地缘优势，抓住重大机遇，发展前景不可估量。不过，有地利可以加快发展，但未必一定发展很快，还需要自身的努力。相对于这种地利条件，郑州自身的经济还不够发达。如果没有发达的经济作为基础，物流也是过路财富，真正的枢纽中心是很难建立起来的。对于郑州来说，最大的机遇还是在于提升本地的经济发展水平。

海口：希望在未来的城市

我是第一次到海口，但对海南并不算陌生，因为去过三亚，对海南有一定的认知。更重要的是，我去过几次台湾，有时喜欢拿海南与台湾比。台湾是中国第一大岛，海南是第二大岛，面积相近，气候相似，但经济社会状况差异甚大。这次能到海口，能够近距离观察海南，我是十分高兴的。

海南的自然条件很好，可以说好于台湾，因为台湾没有最适合旅游观光的热带风光，海南有三亚，一年四季都可以下海，而台湾不行，全中国只有这个地方才算真正的热带旅游区。海南的物产也很丰富，森林茂盛，水果丰富，据海南人的说法，这里随便种个草，也比其他地方长得好。

但是，海南的经济发展又始终比较落后，从建省创建特区到现在已有 20 多年了，但属欠发达地区。查了一下资料，2008 年海口的人均生产总值才 3500 美元，不及台湾的一个零头，和江苏的苏州相比，也至少有 15 年以上的差距。这里自然条件太好了，随便上树摘几个水果，就能填饱肚子，更不用为添置御寒的棉衣辛劳，反倒缺乏了改善生活的动力、创造性和相应的制度基础。

海口毕竟是特区之府，有不少地方比其他城市开放。试举一例。我住的酒店门口始终有一个身穿红制服的印度门童（实际上是成年人），还是一个锡克族人，专门为下车的客人开车门，很有点像旧上海滩高级宾馆门前的“红头阿三”。这一招是从香港、新加坡那些地方学来的。由于殖民地的文化影响，东南亚一些地方的高级酒店门口都喜欢用几个印度人做侍仆，既是为洋人服务，也在本地人面前显得高级阔气。但海口也有一些不大先进的观念。发展经济必须办好教育，这是一个基本规律。海口乃至海南的教育却差强人意。

海口的教育水准要比全国大多数省会城市要低，只有一所有点规模的海南大学（也是海南唯一的一所）。海口人或海南人似乎对教育不太在意。在海口听到一种说法：当地人对在当地上大学不太热心，说孩子如果上了本地的大学，不如让他放牛去。

当人们处在农业社会时，对教育的要求是不高的，因为凭经验和身教就可以种好田，维持一般的温饱生活。工业化时代就不同了，只有办好教育才能实现工业化，推动经济快速起飞。海南恰恰缺少一个工业化的过程，错过了中国改革开放以来最大的经济发展机遇。海南又有很好的生态环境，打“牛态牌”似乎一直是海南的发展招数。但是，如果不顾时代发展的大背景，一味强调特色和优势，却很有可能被“优势”所限制。浙江原来也没有多少工业，杭州是旅游城市，宁波是通商之地，但在经历了20年的高速工业化之后，浙江已经是标准的经济大省。在中国，除了像三亚这样的特殊小城市，一个大城市、一个省份，发展工业未必是竞争力最强的，但不经历工业化，却是万万发展不起来的。我注意到，海南对发展工业近年来有新的认识和举措，如果能走出一条和优良生态环境相适应的工业化之路，快速起飞应该不在话下。

在海口机场等机时，突然一个念头浮现：作为最大的经济特区，海南最大的发展优势和潜力在于高度开放，如果海南能够成为一个自由贸易岛，海口变成一个高度开放的自由贸易港，一定是全国发展最快的地方。除了争取政策外，关键还是要培育新的观念、培养大批适应工业化和自由贸易的人才。

（本文发表于《经济学家茶座》2009年第4辑）

威尼斯随想：商人的力量

人的愿望能不能实现有时真的是要靠机缘。每人一生都有想去几个地方的愿望，但实现这种愿望要看有没有机会。有的时候想去一个地方，却始终没有合适的机会，可就在你感到无望的时候，说不定这种机会随时而至。意大利的威尼斯是笔者很想去的一个地方，不仅因其是一个特别的世界名城，而且笔者曾经拿它和中国的历史名城开封做过比较，并在自己的一本著作中给予不少的笔墨。

2009 年 9 月，笔者应邀到意大利罗马参加一年一度的欧洲国际贸易学术年会，顺便访问与我院有交流关系的帕多瓦大学（该校已有 800 多年的历史，算得上世界最古老的大学）。没想到帕多瓦距威尼斯只有几十公里的路程，于是，在帕多瓦的学术访问结束后，顺便去了威尼斯。

商人的威尼斯

提及威尼斯，人们一定想到莎士比亚的一出有名的喜剧——《威尼斯商人》。许多中国的读者正是通过这部莎剧，有了犹太人善于经商并有些狡诈的印象，威尼斯是和商人及其贸易活动紧密联系在一起的。

确实，威尼斯的历史就是一部贸易的历史，是一出由商人出演的戏剧。历史上的威尼斯是一个城市共和国，就和罗马共和国一样。由于特殊的地理位置，赶上地中海贸易在当时的繁荣盛世，威尼斯通过发展海上贸易成就了她的辉煌时代。在 13、14 世纪时，威尼斯可称得上是欧洲的经济中心和贸易中心，商船多达 5000 艘，水手数万人，统治了地中海的贸易。在贸易盛行的地中海经济时代，谁拥有最多的商船和水手，谁就是强国。威尼斯自然是那个时代当之无愧的强国。

从今天的角度去看威尼斯，真是很难想象几百年前的一座小城（威尼斯实际上很小，历史上人口从未超过 100 万，现在只有 20 多万），能够在巴黎、伦敦、柏林之前成为欧洲的经济中心。威尼斯既不是地理上的欧洲中心，也没有多么了不起的产业，历史上只有玻璃作坊有些名气，这种作坊里的传统的玻璃制作工艺一直保留至今，成了当地旅游业的点缀。

贸易使欧洲的经济版图发生了改变，这种贸易当然是海上贸易。

西罗马帝国灭亡后，地中海贸易沉寂了很多年，欧洲的经济活动主要限于庄园和城堡，市场的边界基本上就是人们的作业和生活范围。黑暗的欧洲中世纪，不仅思想禁锢，宗教盛行，而且经济极不发达，人们画地为牢，看不到外面的世界有什么物产和新鲜玩意儿。

中世纪末期，贸易活动开始重新活跃起来，欧洲也走到了思想启蒙和文艺复兴的门口。这时，地中海的贸易在空间上也发生了一些变化，在贸易的重要性方面，东地中海取代了罗马帝国时代的西地中海。此时，欧洲的大地正酝酿资本主义将要登上历史舞台的前奏之作。早期资本主义的生产方式需要更广泛的原料，需要更大的市场，连接欧洲和亚洲贸易之路，成了这个时代发展的助推器。

经过一个世纪的战争，威尼斯终于战胜了另一个贸易对手——热那亚（中国人所熟悉的马可·波罗就是热那亚人，他在这场战争中成为威尼斯的俘虏，并在威尼斯的监狱中口授了那本影响世界的《马可·波罗游记》），开始成为东地中海的统治者，垄断了来自亚洲通向欧洲大陆货物贸易：香料、丝绸、茶叶，还有黄金。

我特意放弃在威尼斯其他景点的逗留，绕远来到威尼斯古海关的遗址（已经没有遗物了）。那是一个背靠威尼斯城、面向大海（亚得里亚海）的一个狭窄半岛，朝大海远处望去，自然一眼看不到头。想象中几百年前的这里，一船又一船的来自亚洲的商品，源源不断地经过这里，通过海关官员的验货、印戳后，又流向欧洲的四面八方。正是威尼斯的货物中转，让欧洲大地感受到贸易的影响、商业的文明。

威尼斯的商人造就了这一切，没有威尼斯商人，就没有威尼斯的历史辉煌。莎士比亚在写《威尼斯商人》时，带有明显的对商人的嘲弄和对犹太人的歧视，其实，这是一座商人的城市、商人的国家。

商人依然在改变历史

历史上的商人，虽然政治地位不高，而且还有可能社会形象不好（尤其在中国如此)，但确实对经济的发展和社会的进程产生了巨大的影响。今天是工业化和科技革命的时代，影响历史进程的因素复杂而多样化了，但商人在历史舞台依然活跃，对经济的走向、社会的变化乃至国家的命运仍然有相当的影响。

到今天为止，贸易政策依旧是各个国家对外政策的一个重要组成部分，甚至是国家处理外部关系的一个核心。和什么国家发展友好的关系，与什么国家的关系实行“冷处理”，相当大程度上受本国贸易利益的左右。作为一个意识形态、政治制度与西方世界有相当差异的国家，中国能够和主要的西方国家保持总体上友好的关系，其基石在哪里？不容回避，商业利益、贸易需求是一个基本点。

1980年代末和1990年代初，苏联解体、东欧瓦解，世界上有不少政治家和预言家都大胆地预测，红色的中国在世界上不会停留多久了，连了解中国的美国前总统也写下了《1999不战而胜》。可是，后来的历史却让大多数的预言家跌去了眼镜。西方世界同中国的关系不是变得差了，而是变得好了，至少总体上是这样。

西方的一些政治家和思想家可能看不惯甚至不能容忍中国的意识形态和政治制度，但他们政府的领导人却不这样想，或者说，即使有这样的想法也不能说出来，还是要维护与中国的友好关系。因为他们要考虑本国的贸易利益。每当中国与西方的某一个大国关系紧张时，中国的外交部门会为领导人安排一个足以引起那个国家朝野上下注目的 tour（巡回访问），顺便带去一张商业大单，紧张的关系随即化解。虽然笔者从学者的角度看，这种经济外交的策略还可以改进，应该更多从机制和长远的双边制度上去加强，但必须承认，这种做法的效果屡试不爽。

也有一些国家的领导人不识时务，想出风头，暂时于本国的商业利益而不顾，结果过不了国内商界的那一关。法国的萨科奇算是近年来国际政坛的一个另类，经常标新立异，敢于口出大话，但最后不得不正视现实，收敛自己。萨科奇也许不是自己想收敛，而是国内的商人压力让他吃不消，法国商人决不希望中国的商业大单全落在英国人和德国人的手中。

商人需要更大的市场，要通过更大的市场带来更大的商业利益，谁拥有更大的市场，商人会以各种方式向政治家施加影响，改变不同政治集团的关系，继而推进历史的发展。西方国家的大公司一度特别喜欢向清华大学和北京大学捐款，因为他们知道，许多中国领导人出身于这两所大学，而且有的领导人在学校里还有兼职，这样做可以接近中国政府的领导人。

2007 年，我在印度尼西亚曾经参观过一个博物馆，那里全是印尼前领导人苏哈托受赠礼物的集中展示，从中可感受到商人的力量。印尼的华商对这个国家的经济有很强的控制力，大量财富都集中在华商手中。也正是这个原因，印尼的排华势力一度较大，中国和印尼的关系也极为紧张。但是，商人的力量是强大的，他们很快就知道如何做好改善两国关系的润滑剂。国家要发展，又不得不利用商人的财力优势。他们后来的领导人变得聪明了，对华商的态度明显转变，华商成为促进两国关系的有利因素。

商人的作为因历史而造就

威尼斯后来还是衰落了，虽然一座小城经历了几百年的辉煌十分难得。

威尼斯的衰落，既有天灾，更有人祸。天灾是曾经肆虐欧洲的黑死病，让这座小城伤了元气。“人祸”是后来奥斯曼帝国的兴起，断了威尼斯人的商路。奥斯曼帝国兴起于今天的土耳其一带，由突厥人统领，崇拜的是伊斯兰教，当然不会为信奉基督教的威尼斯人让开商路，更不会为这条贸易之路保驾护航。从当时的地中海通向亚洲，今天的土耳其等小亚细亚一带又是必经之路，这条从古代“丝绸之路”就形成的商贸之旅从此不再通畅。

取道西亚而连接亚洲的贸易之路断掉了，威尼斯的地位急转而下，取而代之的是濒临大西洋的西欧国家或城市。为了绕开突厥人的封锁线，人们不得不“舍近求远”地寻找新的航线，拓展新的殖民地。于是，商人的船只绕过了好望角，历经非洲一圈后，驶进了印度洋。先是西班牙、葡萄牙的商人，后来是荷兰、英国、法国的商人，替代了威尼斯的商人，成为新时代的主角。从此，地中海贸易退出舞台，大西洋贸易粉墨登场。历史把机会从威尼斯商人手中夺走了，送到了西欧新商人的手中，并在递到他们手中之前，让他们经历了一次严酷的考验——新的海洋发现之旅。

商人无疑对经济发展有重要的影响，一定程度上还会影响历史的进程，但商人的作为有多大，商人到底能在多大程度上改变世界，最终还是要看历史的造化。

商

中国清代的晋商可谓一大商帮，富可敌国，但后来说倒就倒了，而且似乎没有留下任何影响。即便到今天，山西的商业和金融并不算发达，祖先的商业基因并未找到可以施展的舞台。晋商的顷刻间倒下，是因为历史的大环境变化所致。晋商的兴起，本来就与王朝有千丝万缕的联系，官商合作是晋商的一大特色，后来清王朝倒台了，晋商虽然少了一个盘剥自己的统治者，但也失去了一个最大的靠山。再加上西方银行制度的引进，晋商的垮台就是不可避免的了。

今天的商人也在续写着历史。作为单个的商人，绝大多数都是微不足道的，没有人会记载他们，但作为一个整体，力量却大得惊人。我曾经在课堂上就贸易的作用告诉我的学生：我第一次亲眼看到芒果是在上世纪 80 年代第一次出差到南方城市的事情（第一次知道芒果还是在“文化大革命”期间，因为领袖的缘故，全国人民都知道了这种水果），完全舍不得花钱买一个尝尝。印象中，和我的收入相比，这种只有南方才有的水果价格昂贵。可是现在在不产芒果的南京，芒果大量上市时却廉价到和西红柿差不多。为什么现在不产芒果的地方，却比当初产芒果的地方还要便宜？聪明的学生在我的启发下，很快找到了答案：因为市场扩大了，有了规模经济效益，单位成本反而降低了。其实在现实中，真正的规模经济效益需要实现条件，这个条件之一就是精明商人的存在。

不过，如果商人的力量仅仅限于沟通货物的南北之流通，那这种作为还是极其有限的。中国二三十年前的历史机遇，让商人们展现了自己的能量，也使自己迅速富裕起来。现在他们开始面临新的历史环境，能否有更大的造就，关键在于对历史的把握。

日本商人曾经在 20 多年前有过一次重要的历史机遇，但后来丧失了。20 年前，日本人竞相购买美国的资产成了当时世界主要媒体的头条新闻：曼哈顿的洛克菲勒中心，好莱坞的哥伦比亚制片公司，全成了日本人的资产。但 20 年后，日本人并未因此而统领世界的商界，反而地位比 20 年前大大下降了。日本商人感兴趣的是房地产、好莱坞电影制作这一类泡沫性的东西，好像没听说日本人喜欢买美国人的技术性资产。

现在，轮到中国的商人撞历史之运了。中国的商人成了世界上最有钱的买主，《华尔街日报》、《金融时报》这些西方大牌媒体似乎每天都在报道中国商人出手买西方的资产。中国商人好像对两种资产特别有兴趣：名牌汽车和油田。前者成了媒体的花边新闻，后者刺激了政治家的神经。结果，风声传得很大，实际却没有多少斩获。东方的商人可能对技术发明之类的东西不敏感，也有可能耐不住长期等待技术有结果的寂寞，更不会想从商业制度和商业网络上去建立自己的帝国。油田并不会改变历史的大趋势，拥有名牌汽车也只是多了一场“秀”而已，掌握关键的技术，制定商业制度，拥有商业网络，才算真正掌握历史。

很有缘分，我从威尼斯离开了意大利，去了伊斯坦布尔，到了又一个与历史机缘和时代造化关系十分密切的国家（有时间以后再写一写这个国家）。离开威尼斯之前，我参观了一个玻璃工场，全部手工制作，质量不算上乘，其交易制度颇有旅游景点之风，但还是花了 30 欧元买了一个，算是对这座城市的一份敬意。

（发表于《经济学家茶座》2009 年第 5 辑）

十年一觉扬州梦

中秋佳节，驱车过大江，主要让老父看看现在的新扬州。

扬州历史上很有地位，唐人留下许多寄情扬州的精彩诗句。本文题目就是杜牧所写多首扬州诗中的一句。与他人看唐诗不同，我并不太在意李杜，却对杜牧与刘禹锡有些偏爱，此处不表。

扬州之所以有地位，是因为这是一座很有味道的城市。

扬州的味道，自然与景色有关。瘦西湖，一个“瘦”字，就有许多秀丽和韵味在其中。瘦西湖本不好和西湖比，但因有一个“瘦”字，就与西湖各有千秋了。

扬州的味道，更直接的，一定是那功夫了得的地方菜肴。大煮干丝、响油鳝丝，还有狮子头，虽是家常菜，却百吃不厌。大煮干丝现在到处都有，唯有扬州本地的最正宗。

扬州的味道，还来自很多传说与故事：扬州富商，扬州美女，扬州酒肆，扬州青楼，不一而足。

扬州曾是盐商巨贾云集的地方。这些富商的故乡在皖南，早年含辛茹苦，集腋成裘，有了钱回乡盖祠堂、建徽屋，没敢忘却家乡与故人。今天我们还能在皖南一带看到当年富商留下的功绩。时间长了，这些富商就被扬州的暖风吹得有些迷糊，被扬州的温酒灌得有些轻飘，更被扬州的女人惑得不再思故乡。从此，富商不再回皖南盖那古朴的祠堂，而是呆在扬州建那富丽的红楼，还有那浓缩天下精华的园林庭院。今天的个园、何园成了著名景点，能与苏州争园林之美的，只有扬州了。

今天的扬州更加漂亮，既有历史遗韵，又有现代风貌。景色可圈可点，似在南京之上。过去的扬州是小家碧玉，今天的扬州是宜妆佳人，在清纯含蓄之外，又多了几分艳丽和妩媚。

扬州又有几分无奈，虽很有名，但总是被欣赏、被消费。“烟花三月下扬州”、“天下三分明月夜，二分无赖是扬州”、“十年一觉扬州梦”这些名句，总是外客在扬州的生活舒坦了，留下几句对扬州的感叹，还是把扬州当做消遣的地方。杜牧后悔自已“十年一觉扬州梦，赢得青楼薄幸名”，虽然喜欢扬州，但尊敬不够。最让人吃惊的，自然是那句“腰缠十万贯，骑鹤下扬州”。

时过境迁，今天的扬州已没有这些语境，但仍然面对一些尴尬：历史地理的变化，扬州已远离长江，背后的腹地是经济较为落后的苏北，长期不靠近铁路（有铁路是近年的事情），区位条件已不如苏南城市。有意思的是，当初为扬州和镇江之间的长江大桥命名，两市曾有不同意见，后采用现在的折衷办法，但若比 GDP 和人均可支配收入，扬州已落后镇江一段距离。

中饭是在扬州迎宾馆吃的，菜很好，环境更好（南京也很难找这样的环境），价格也算公道。环顾四周，除了我们这一桌以及隔壁的半桌人，漂亮的餐厅显得有些冷清。

很想去运河遗址处，但老父腿脚不便，免去了。沿着满眼红花绿叶的景观大道，上润扬大桥，向镇江而去。

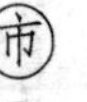

说说常州

常州有一个“青年论坛”，两年一次，今年的论坛请我去做一个讲演。在听众提问环节时，一位青年朋友问道，常州现在是前有标兵，后有“追兵”（指南通、镇江），地位比较尴尬，问我怎么看。由于在我后面还有一位常州政府官员主讲，不便抢了他的话题（他对常州的情况比我熟悉得多），当时没有多讲，现在想说几句。

常州去过多次，多半是做讲座，来去匆匆，倒也有几次逗留片刻，印象中这是一个处在“中间的”城市。

首先是区位中间。常州地处长三角苏南中间位置，这一地理因素对该城市有不小影响。自20世纪90年代起，苏南开始大力发展开放型经济，引进国际产业资本，受益最多者是苏州，因为近水楼台。从苏州昆山到上海虹桥机场，比从上海市区走还要便捷，所以上海后来把国际航班全部迁移到了浦东机场，拉长了昆山到机场的距离。

其次是城市形象有些“中间”。不是常州的人多半不知道（可能许多常州人也未必清楚），这是一个很有历史积淀的城市，建城的历史比南京还要早！即便不算源自山东的春秋淹城（现在那里已成了旅游景区），自春秋季子受封食邑算起，至今已有2500多年了，比越王勾践令范蠡在秦淮河边建城早了100年。然而，国人的印象中缺少常州作为历史性城市的符号。至今，苏南五座城市有四座被命名为国家级历史文化名城，唯独常州不是。若论新兴工业型城市（常州一直说是近代工业的发祥地），常州又不如深圳典型。

第三，也是最重要的，常州的经济发展在苏南处于中间水平，而20世纪80年代，常州的经济发展可谓异军突起，全国闻名，对苏南模式的形成功不可没。查了一下很容易查到的资料。2009年常州的人均GDP是5.69万元，比南京的5.53万元和镇江的5.47万元略高一点，但远低于处在人均8万元以上的苏州和无锡（2010年的数据也不会有大的不同）。显然，以人均GDP来衡量，苏州、无锡是一个板块，常州、南京和镇江是一个阵营。而且，常州的经济总量已被南通所超过。常州人自已所说的“苏锡无常”，其实也是这个意思。

不过，有必要为常州说两句，常州人也不必心里有结。常州的人均GDP比苏州、无锡低了很多，但如果比人均GNP的话，常州与苏州、无锡仍在一个板块。同样是2009年，常州的城镇居民人均可支配收入是2.44万元，只比苏州(2.72万元)、无锡（2.5万元）略低一点。这个数据既可以安慰常州，也让人看到苏州、无锡的GDP比GNP大得多。

既然是中间性的城市，也许综合发展、完善功能、突出品质更能体现常州的特色和魅力。如果常州利用特殊的区位条件，重点发展物流产业、新兴市场(例如在常州的市郊建一个国际化大型的outlets，即奥特莱斯，把苏南的商流和人流都汇聚起来，如何？现在有高速公路和高铁，区位中间有时反而成了优势)，以及重点建设智慧型、高品质、宜居的城市，常州还是很有竞争力的。

深圳是个好地方，但优势不再

记不清这是多少次到深圳了，但第一次到深圳的印象历历在目。20世纪80年代，内地人到深圳如同到半个香港一样，感受的是新鲜的观念、开放的风潮和繁荣的市场。

深圳地处南国，气候温暖，适宜植物花卉生长。20年前的深圳虽是一座新城，但已是满目青翠，深南大道上的大叶绿树和如锦红花让外地人看呆了眼。开放的城市和美丽的街景不知吸引了多少内地精英怀揣梦想前来奋斗。

现在的深圳更漂亮了。世界大学生运动会不久前在这里举办，城市面貌再次焕然一新。此次在深圳逗留时间虽短，但在东道主深圳大学同行的陪同下，近距离地观察了深圳的新景观——深圳湾公园，如此美丽的城市亲水环境，发达国家的城市也不过如此了。

信步走在临海的步行道上，望着不远处的深圳湾大桥，桥上的汽车已是按香港规矩靠左行驶，桥那边就是香港的元朗地区，幢幢高楼清晰可见。

深圳离香港是如此近，以至于不少深圳人连买牙膏都喜欢到香港，其方便程度如同从北京五环外到王府井。深圳离香港又是如此远，不同的市场制度和法律环境还是使一河之隔的两地天各一方。

深圳的最大优势是开放。但自从中国加入WTO后，全国各地都开始对外开放，尤其是长江三角洲对外开放的力度更大，引进的外资更多，深圳的这一优势已经不复存在了。现在，苏州每年吸引的外资已经超过深圳，工业增加值也超过了深圳。

深圳还有一大优势，就是人才，可以说是全国的人才支撑了深圳的发展，但现在这种属于早期性的优势也不明显了。独特的政策，优厚的待遇，使深圳在过去30年中聚集了不少人才，但由于舞台偏小，再加上脱离不了国内体制的大背景，大师级或顶尖级的人才还是不多。快30年了，深圳还是没有办出一所国内叫得响的大学，而河对岸的香港科技大学只用了十年就跻身于世界著名大学行列。此外，由于内地也市场化了，人才即使不在深圳也可以解决好的待遇问题，体制内解决不了的可以用体制外解决。

如果制度不变革，今后 30 年，深圳的优势会进一步弱化，被天津、苏州超过并不会为时太远。

其实，深圳还是可以再造优势的，那就是继续“特”下去。既然香港的“一国两制”，不仅对香港，而且对大陆都创造了好的效应，为什么不可以再造一个香港？即把深圳深度融入香港，真正实现深港的一体化。只要让深圳对接香港的市场制度、法律制度和人才制度，深圳至少可以继续保持优势 30 年，而且将再次成为内地发展的风向标。

深港的一体化，绝不是仅仅发展一些产业那么简单，还有其他。酒店的对面就是深圳书城，抽空到里面转了转，以为能够买到香港书店里常有的那些海外著名的中英文书刊。果然是有一个专柜，但很失望，种类少得可怜，主要是一些消遣类和轻松类的读物，一眼扫过就离开了。

沿江行

上 篇

接到市政府的电话，邀请我与市委主要领导一同调研考察沿江岸线建设和港口情况。犹疑片刻，因为手上事情繁多。但想到盛情难却以及这是一次了解沿江开发的好机会，还是答应了。

根据领导的意见，一行人（包括一些主管部门的负责人）乘船沿江而下，这样可以看得更加开阔，也可以对一些城市的沿江建设观察得更为仔细。

这是我第一次能够全面地看到南京的江面以及长江沿岸的情况。没想到南京的长江岸线有近 100 公里之长，下午从南京江面最上游出发，到镇江境内时已是天色全黑了。

江面上有江心洲、八卦洲，江南有阅江楼、幕府山、燕子矶，江北有尚是一片原始状态的江滩和芦苇地，中间穿过五座跨江大桥（长江四桥和紧靠三桥边的铁路桥尚未建成），如果不看江上的运沙船，景色还是相当不错的。但是，从江面上看南京，还是缺乏整体美感，没有强烈的冲击力。没有亲水的岸线，没有临江的标志性公园，没有现代城市天际线，南京作为滨江城市的形象还没有显现出来。

我看过一些国内外滨江（河）或滨海的城市，有的印象已浅，但有的印记难忘。最难忘的是纽约、首尔和伦敦。从哈德逊河的入海口回望纽约，一座国际化的大都市尽现眼帘，难忘的是由错落有致的建筑构成的漂亮的城市天际线。在汉江上看首尔，清澈的江水与繁盛的都市相互映衬，难忘的是岸边大片的亲水空间，老人和青年男女在那里休憩观景。在泰晤士河上观两岸（泰晤士河比我想象的要宽），伦敦的传统与现代，城市的人文与科技，尽收眼底，难忘的是传统精髓与现代智慧的共辉融合。

南京未来的发展，长江既是一个限制，更是一张很好的“牌”。南京应该成为一座“拥江”的城市，并从长江通向海洋，成为一个更加开放的城市。在船上，市领导和我谈论南京的发展与长江的关系，意见甚是相同。

船只路过镇江江面的时候，虽是夜晚，但镇江港连绵数公里，灯火通明，一片热腾。领导特地把一些部门负责人喊到船的二楼，看看镇江港的发展劲头。

这几年，镇江港发展十分了得，吞吐量已过亿吨，直追南京港，成了镇江发展的一大亮点。想到去年到镇江做课题调研时，市委书记和市长讲到镇江港，表情充满了自豪。的确，一个港口对一个城市的发展实在是太重要了，尤其是在工业化的时代。

船泊江阴港，已是深夜。

下　篇

江阴是江南的一颗明珠，连续八年居全国百强县之首。2009 年，按户籍人口统计，江阴的人均 GDP 就已超过 2 万美元。想到韩国在 20 世纪 90 年代初就提出人均 GDP2 万美元的目标，好不容易在 2007 年实现了，但一场金融危机又跌回去了，而 20 年之前江阴还是比较落后的农村，真是有沧海桑田之感。当然，一个县市的人均 GDP 与一个国家的数字不是一回事，江阴的实际富裕程度还不及韩国。

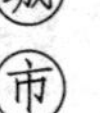

江阴也有一个很好的港口，但在苏南并不算最大，因为还有一个张家港。知道张家港是全中国木材运输最集中的港口，很想探究全国的木材运输为什么集中于张家港，因为江苏也不是木材消耗最大的省份，更不是主要木材产地。可惜这次时间紧，未能有机会到张家港港口调研，把这个题目留作以后吧。

江阴的最大名人应该非徐霞客莫属了，也没时间去探访这位中国最伟大的地理学家和旅行家的故居。倒是顺便走马看了江阴要塞，因为江阴要塞就在我们住的酒店之旁。

江阴要塞的名气和两个历史事件有关。一个是抗战初期抵御日军西进的战役，是江阴保卫战的主战场，结果中国海军战败，让日军顺利到达南京江面。另一个是江阴要塞和平起义，为解放军百万雄师胜利渡江创造了条件。在要塞陈列馆看到：1949 年 4 月 21 日，江阴要塞和平起义，两天后解放军就把红旗插在了南京总统府的门楼上。当时中共的地下工作真是高效，起到了历史的作用。

沿江的最后一站是太仓。

南京与太仓应该有渊源。江苏境内，南京是长江头，太仓是长江尾，两地共饮一江水。600 年前，郑和在南京造船起航，在太仓起锚出海，开始了七下西洋之旅。十几年前我曾到过一次太仓，这次重访感觉地覆天翻。

十几年前，太仓江边只是一个渔港，现在在我们面前的是一个完全现代化的大型港口，尤其是集装箱装卸，代表了江苏的水平，成为上海港——这个世界第一大港的组合港。太仓是江苏最近十几年发展最快、变化最大的县级市之一。过去由于经济落后，太仓的人口一直增长不快。苏州市的领导告诉我，从解放初到现在，太仓的人口仅增加了 50％（现在也只有 45 万人，是一个人口小县），而全国的人口增长了一倍多，说明过去至少有 30 年的时间里，因贫穷外迁流出的人口较多。现在比人均 GDP，若以常住人口为计，已和江阴、昆山不差上下。

分外高兴的是，陪同我们的太仓市委书记是东南大学的校友，20 世纪 80 年代毕业于土木工程系。过去有一个说法：东大的毕业生只能做总工程师，难做总经理，当领导的更少。实际上并非如此，眼前这位富裕县级市的“一把手”就是东大毕业生。中午高兴，与这位校友父母官互敬一杯。

新安江水电站随想

——浙西印记之一

很少外出过春节，主要是怕人多喧闹。今年有所例外，因有计划带老父散散心，并看望远在浙西的姑妈。于是，大年初三驱车500公里，直奔浙江建德。

建德仅是浙江的一个县级市，虽说历史悠久，其建制设县与南京建城一般久远，但外人所知不多。我也是平生第一次去那里，不仅探望了姑妈，而且也见到当地的风情，倒也十分难得。

建德不太有名，但建德境内有一条河却非常有名，那是清丽婉秀的新安江。说起新安江，熟悉共和国建设史的人都知道，这里有一座著名的水电站，即新安江水电站。可以说，新安江比建德有名，新安江水电站比新安江有名。

新安江水电站是中国第一座自行设计、自己建造的大型水力发电站，是新中国第一个五年计划中的一项重点工程，1960年建成发电。50多年前，中国成功建造新安江水电站，可以说是一项空前壮举，堪称“社会主义制度能集中力量办大事”的典范。今天看来，66万千瓦的装机容量（发电能力）已很平常，可在当时却是惊天动地、人间奇迹。有了新安江水电站，上海的缺电状况好转许多，这可能也是为什么中国的第一座大型水电站选择在这里建的原因。

站在电站大坝的顶部，一片浩瀚无际的巨大湖泊出现在眼前，山水相连，望不到头。湖的中央，散落着一座座不大的小岛。其实，这不是湖泊，而是电站大坝拦截起来的巨型水库，就是靠这巨量的水能，借助水的落差，向下冲击发电机组的涡轮叶片，使得发电机不停运转，电就这样不靠烧一斤煤而送到了上海、杭州。也正因为这里有了水电站，大坝拦截起来的水库在外观上成了一个巨大的湖泊。由于蓄水量时高时低，部分水库的地面露出时如同千百个小岛，人们就用了一个极美的名字称呼它：千岛湖，后来成了浙江最有名的旅游景点之一。

电站的导游（水电站已经成了旅游景点）告诉我，电站当初投资5亿元，发电后用了4年的时间便全部收回成本。导游当然仅仅知道宣传材料上所讲的成本数字，不知道经济学意义上的隐性成本和社会成本。

“千岛湖”实际上是一座水库，是因为在新安江上拦坝形成的“湖泊”

新安江发源于安徽黄山一带，后流经钱塘江入海。从运输上它沟通皖南、赣北、浙西到杭州与绍兴富庶之地，历史上江西的木材、安徽的毛竹，加上浙江的茶叶，源源不断地运往杭州、绍兴乃至上海，使得浙西、皖南和赣北一带的物产有了市场。大坝建起以后，上游来的木材、毛竹、山货等物产再也无法借水势运到下游，新安江的运输功能基本消失。上游一带的经济发展无法从水电站中受益，而商品流通却因水路中断而受损。至今，建德上游的淳安（海瑞曾经在那里做官，也是千岛湖的主要所在地）仍然是浙江经济上最为落后的一个县。如果把这种成本加上的话，当初的投资就要重新计算了。

更重要的是移民问题。建这个水电站共移民 30 万人，大半个县被淹掉了，多数移民被迁往安徽、江西一带，生活水准比过去有所降低。30 万人的福利如果重新算一下的话，不知是多少成本！

历史不会重新安排，我们也不必去苛求当初的决策是不是“帕累托最优”，只是感叹：在计划经济的格局中，不同社会群体之间的福利分配，不是通过市场等价交换而形成的，而是由权力机构来安排的。具体如何安排，则取决于权力机构决策人的热情、理想、认知水平以及所掌握的权力的约束边界。

夜晚入住新安江边上的黄龙月亮湾酒店，推窗望去，江水无语，两岸有灯。新安江作为年轻的城市，已经初具繁华和现代都市的风范，一座水电站改变了历史。

古镇梅城

——浙西印记之二

姑妈嫁到建德50年，除了近十年住在县城所在地新安江之外，大部分年份都是在梅城度过的。上小学四年级的时候，就开始为祖母代笔与小姑通信（祖母不识字），信封上的建德梅城这一地址印象实在太深了。所以，当表弟问我们希望看看建德什么地方时，我不假思索地说去梅城。

到了梅城后，才知道这是一座千年古镇。虽然不像周庄、同里这类古镇讲究布局，大院名府气派十足，倒也有几个可看之处。一条小街的拐角处，有一口古井，据说是三国时期孙权外婆家的私井，孙策、孙权三兄弟（孙权还有一个弟弟，叫什么名字已忘掉了）少时经常玩耍的地方。故事可能是编的，但井是真的，井旁立的一块牌子虽然粗拙，也记录了一段过于久远的历史。

梅城是一个极其普通的名称，全国叫梅城的地方一定很多，但这里的梅城镇历史上确有很高的地位。南宋时期，这里曾是严州府的所在地，其地位和苏州府是一样的。府衙没有看到，据说很不起眼，却在府衙的后花园逗留片刻，那里曾是《聊斋志异》的刻印地，有当代著名哲学家任继愈的题匾，可惜周围没有多少人知道他。新中国成立以后，这里又先后是地委所在地和县政府所在地，随着“市管县”改革，地区行政辖区撤掉，新安江水电站开建，县政府迁移新安江镇，这里又回归一个镇的建制。

但我怎么也难以看出这曾经是一个有着“地级市级别”的镇子，现代化的风貌尚未体现，又缺少大型古镇的整体格局，估计是财力不足，规划、保护、建设受制约，镇上的房子一个挨着一个，空间局促，整体环境有待改善。问了一下，果然，梅城的经济发展水平在建德只能算中游。如果与江苏比，建德好于句容，差于溧阳。

一个有着一千多年建设史的大镇，历史上的地位如同今天的“地级市”，为什么经济却不够发达？当地人的解释是，此处乃要冲之地，历史上多有兵家争夺，战火不断，《水浒传》中的宋江与方腊大战就发生在附近的乌龙山。当权者志在夺地，疏于治理，故经济并不发达。在我看来，30 年前改革开放兴起，此处交通不便，远离大城市市场，错过了工业化的机会。大凡近 30 年错过工业化机会的地方，经济都不太发达，这可以当做一条定律去检验中国所有的城市和乡镇。

梅城的老街有一里多长，沿街全是商店，许多店都把货摊放到了街面，看似热闹繁盛，但也把古镇的幽深怀旧氛围冲淡许多。半天下来，给我留下印象最深的，是府衙后花园的一颗 800 多岁的金桂，从没有见过那么大的桂花树。桂花一开，一定香透半城。

中国当代为何没有“隐士”？

——浙西印记之三

杭州到建德的高速路上，在桐庐境内，有一个路标，上面写着“严子陵钓台”，那是纪念东汉隐士严子陵富春江隐居钓鱼的地方。驾车路过，心中有一念，打算回程顺便参访。

很多人知道严子陵这个人及其富春江钓鱼的典故，都是从毛泽东的一首诗词而来的。

“文革”期间，全民学毛泽东诗词。少时背了不少，但有的只会背诵，并不解其意，一些深刻意思都是后来知道的。其中一首七律《和柳亚子先生》，诗中有四句：“牢骚太盛防肠断，风物长宜放眼量。莫道昆明池水浅，观鱼胜过富春江。”

1949年初，著名民主人士柳亚子赋诗一首给毛泽东，对时事表达一份不满，并称自己要回老家隐居，不再出世。不久，毛泽东回诗一首，诗中提到“观鱼”和“富春江”，是指严子陵隐居其人其事。

严子陵是东汉开国皇帝刘秀的少时玩伴，自幼聪慧灵气，才学过人。刘秀做了皇帝后，要人辅佐自己，便想起旧时伙伴，四处派人寻找严子陵。后来在富春江边找到严，动员其到京城做官。严子陵谢绝皇恩，不为官场锦绣所动，一人隐居于富春江，以垂钓为乐。于是，就有了富春江隐居垂钓的典故。高速公路上的标记显示，这里已经是一个旅游景点了。

中国古代有很多隐士，严子陵只是其中一代表。隐士可以先官后隐，如陶渊明；也可以先隐后官，如诸葛亮；还可以一生为隐，如严子陵（其实也做过一段时间官）。

隐居是中国古代知识分子的一种生存方式，但在现代却很不流行。为仕，仍然是当下知识分子的最佳选择，虽非人人认同，但的确是主流的价值取向。是资讯发达了，知识者业有所长，唯有出世为仕才能有大的作为？还是当今物质世界确实丰富，各种利益错综复杂，做官才能兼顾各种利益？或还是当代知

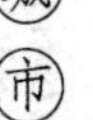

识分子已没有淡定精神，早已丧失自我？很难断定谁是主因，但有一点可以肯定：今天已经没有隐士的环境和土壤。如果谁真的要做隐士的话，那得先要有一大笔钱，才能买上一块地，再花巨资建一庄园。即便如此，污染的世界已没有“悠然见南山”的意境了。

毛泽东写诗向来大气，年轻时就有“指点江山、激扬文字”的气概，写那首七律距建国大典还有几个月，天下已经坐定，所以诗中口气更不必自谦，直接教育柳亚子“牢骚”不要“太盛”，中南海的“昆明池”虽然不大，但远远胜过严子陵垂钓的富春江。柳亚子接诗后，也不再“矫情”，自然老老实实在京做事。

回来又路过“严子陵钓台”处，但因要下车坐摆渡过河，老父腿脚不便，只得作罢。

“居有竹”和“庐有松”，孰优？

江苏如皋有“长寿之乡”、“教育之乡”、“花木之乡”之称，因是走马观花，对“长寿”、“教育”这些抽象概念难以感知，“花木”则是物质属性，感受就容易多了。

匆忙到如皋公干，本打算第二天上午就回宁，或顺道参访一家熟悉的企业后回宁。接待我们的市领导很热情，一定要我多留出半天，看看如皋的三两个地方。结果，将近半天的时间全部用在“花木大世界”了，后面的参访全取消了。

“花木大世界”很大，足足有几百亩，据说是全国最大的花木交易市场，分为花卉、盆景、园艺和大树等区域。我在花卉、盆景、园艺等区域只是简单看了看，却在大树区域流连反复，用去了很多时间。

看大树本来就是我的一个喜好，曾有一次在杭州开会，别人去了热闹的地方，我却到了杭州植物园。园里一共就遇到 3 个人，而且还淋了一身雨，印象颇深。

以前经常听闻一棵大树能卖不少钱，但从未亲眼见过。这次算是实地考察，既了解了树木，又知道了市场，算是一举两得。园子里最多的是桂花树，随便指着一棵问，也有好几千元，那些金桂、银桂则要数万元。几个树农正在起一棵巨大的“八月桂”，树大形正，站在旁边的老板说是一个客户用 9.8 万元买下了。这是一部汽车的钱。如皋的花木市场也从一个侧面反映了农业产业化的发展以及农林产品的集群生态。

园子里最抢眼的是日本晚樱，因花期迟，现在开得正旺，花朵也比一般的樱花大而红，树农要价 6.8 万元。我曾在日本的北海道看过成片的晚樱，粉红的花怒放夺目，有点敢恨敢爱的样子，不像早樱那样羞羞答答，但也少了一份矜持和婉约。如果把早樱比作出自大家、练就“笑不露齿”的温婉淑女的话，那晚樱就有点像京剧舞台上那凤冠插羽毛、霓裳起舞、扮相惊艳的花旦美人。

中国古代文人非常喜欢竹子，却不大喜欢大树，咏竹的诗词不知道有多少，似乎没有留下多少写树的句子。大概是中国古人认为大树不雅，不像竹子那样“青”可咏、“节”可颂。“宁可食无鱼，不可居无竹。”这句老祖宗留下来的话证明古人是多么钟情于竹子。其实，一颗挺拔的大树不仅对人类有很多实用价值，而且也能让人产生敬畏感。中国古代文人什么都好，就是有点做作矫情。

一座房子，门前一个院落，拥有一片青竹固然不错，但如有一株雪松挺拔正直，主人也会变得心胸坦荡。再有一颗香樟立于窗前，近窗可闻香，冠下可阅书，一杯清茶，有形、有香、有味、有思想，人似乎可以忘我了。在我看来，“居有竹”不错，但“庐有松”更好。

闲说徐州

去过徐州几次，每次来去匆匆，并未想过评说之事。这次来徐州要待一个周末，工作之余自然做些观察，算是有些近距离的接触，晚上无事，边喝茶边闲说几句。

提及徐州，首先想到的是地处要冲，属于兵家必争之地的那种。据说历史上发生在徐州的战争多达 400 次。当年毛泽东在陕北运筹帷幄，指挥以徐州为中心的淮海战役，奠定了国共之争的胜局，后面的渡江之战、南下之战几乎是在完成一个既定的程序了。

徐州又是汉室的发源之地，刘邦的故乡。说到汉文化，徐州人是最有资格的了。所以，进入徐州城，到处可见以“汉”为号的店家酒肆：汉府酒家、汉楼宾馆、汉雅茶社，还有一家叫古汉狗肉的。刘邦在徐州起事，建业却在中原，最后定都在长安，好像也没做过什么照顾家乡的事情，但刘邦的后人还是以他为荣，言必称两汉文化之源。

按理说，徐州的区位这么独特，加上文化传承久远，经济一定发达。但无论是资料对比，还是眼见观察，徐州与苏南的城市相比，还是有很大差距。实际上，徐州的人均 GDP 只有南京的一半左右，距苏州、无锡的差距就更大了。30 年前的记忆中，徐州是江北最发达的城市，但现在经济上已不如南通、泰州，城市面貌比几年前虽有很大变化，但离现代都市还有不小距离。

徐州地处江苏、山东、安徽交界之处，如果从一开始以发展市场为主导的产业，也许成为连贯三省的通衢之道、辐射四周的中心城市。但徐州却把主要精力放在了资源型产业和重型工业上，而资源型产业与重型工业最难形成中心市场。结果煤挖得差不多了，城市的旺盛势头也过去了。这也是我一直研究的资源诅咒命题的一个不大不小的注解。当然，这未见得怪于徐州人，其中有计划经济的痕迹，不过，亡羊补牢仍是一个选项。

从地理气候上看，徐州属于北方，这可以从语言和饮食上看得出来。但自然地理的变故又给徐州开了一个玩笑，原先从徐州过境的黄河自 100 多年前最后一次改道后，北上从山东入渤海，使徐州成了一个黄河之南的城市，少了几分北方城市的雄浑之风和沧桑之美。

晚饭后一人信步来到黄河故道，虽有些距离，权当做散步休闲。这里的黄河早已没有了咆哮奔腾之势，完全像一条南方的河流，静谧而秀气。时值中秋，站在河边却没有丝毫寒意，甚至感到有些热燥，气候变迁已经改变了这座城市的性格。

回酒店的路上，突发一念：一座城市不可忘却历史，但不必固守传统，现在的徐州为何不可重新寻找坐标，打造一座精致化的城市，就像那些南方城市一样？气候与地理已不成问题。

霸王英雄，难敌子房轻箫

许多楚汉人物与徐州有故。刘邦不用说了，需要说的是项羽和张良。

项羽不是徐州人，但曾在徐州练兵打仗，现在保留的戏马台就是当初项羽演练兵马的地方。张良也不是徐州人，而是落难追随刘邦，徐州成了他最为辉煌的地方。张良字子房，徐州市内的子房山就是以他命名的。

年少时读历史演义，很为项羽而不平。一代绝世英雄最后却败给了文不能文、武不能武的刘邦。读到“鸿门宴”时，恨不得自己能改写这段，让英雄杀掉小人，楚霸王终成大业。

刘邦不善文武，却善用人，用了韩信和张良这两个人，最后夺下了本来应该属于项羽的江山。韩信会带兵，有军事天才，张良善计谋，有用策良方。在楚汉最后对决大战中，张良就是用计，凭一管轻箫吹散了霸王的八千精兵，最后导致力拔山兮气盖世的项羽自刎乌江。

中国的历史演绎夸张，有些可信，如刘邦打败项羽；有些属演绎之作，如张良吹箫扰乱楚军，使之思乡心切，不再念战，尽管有徐州的子房山为证。可是，为什么后来的文人（子房箫声散楚兵一定出自后来的文人之作）喜欢颂扬张良，而不愿意赞美项羽？类似的例子很多。在中国的历史中，那些威震四海的英雄多半未能善终，或者是在文人的笔下没有好下场，如吕布、李元霸、林冲，即便是被当做神的关云长，也是以败走麦城而结束英雄使命。而那些善摇羽扇的谋士仙客却被千古传唱，如鬼谷子、范蠡、诸葛亮等。

可能有两种解释。其一，史书是文人写的，文人喜欢把自己的理想寄托在那些可以比附的谋略家身上，不可能化身于和自己相差甚远的盖世英雄。其二，中国历来有“胜者为王败为寇”思想，英雄再辉煌，也是败者，写书者也会时不时地损上一笔；即便小人（如甘愿忍胯下之辱的韩信），最后是胜者，也是要大唱赞歌的。所以，只看结果不看过程，中国人是有历史传承的。还有，“兵不厌诈”、“小不忍则乱大谋”充分体现了中国人的成就观，实用主义是最大的特点。

在徐州最后半天，很想去看看戏马台和子房山，想象子房箫声中的霸王无奈。市领导热情，约在湖边餐聚。浅尝徐州佳肴出来，外面已是雨声一片，只得启身回宁，留作一份遗憾。

沧海桑田话泰州

泰州有一个望海楼，初建于南宋，后毁于兵火与动荡。几年前望海楼重建，成了泰州的一景。

登楼而望，看到的不是海，而是古泰州城留下的护城河以及远处的房屋与农田。泰州方面的领导告诉我，望海楼在初建时，不远处就是大海，那时的泰州是临海的城市。其实，叫望海楼，并不一定是临海的台楼，中国叫望海楼的楼宇不仅泰州一处。中国文人讲究寄托，“望海”其实是一种境界，显示的是一种胸襟。据我所知，南宋时，泰州已经远离大海了。不过，泰州曾经临海倒是事实，泰州的古名叫海陵，地形上枕江滨海，在汉代时曾经煮海为盐。由于盐税可观，南唐时就设州，城市的地位是很高的。

中国有一个成语，叫沧海桑田，用在泰州最贴切了。

一千多年前，泰州滨海而居，盐业发达，属重税之地，历代君王对泰州都很重视。这里曾经是一个繁盛的城市，范仲淹、岳飞、陆游都曾在此登高望远（不一定有望海楼），那时一定文运昌盛。

时光荏苒，岁月流沙。长江、淮河一年又一年的淤泥，冲积成田，海岸线不断远去。到了 19 世纪中叶的时候，大海已在泰州 100 公里之外了。假如没有沧海变桑田，鸦片战争后，中国第一个开埠的城市也说不定是泰州而不是上海，因为泰州还兼临江之优势，而上海的黄浦江小了些。当然，这一假设纯属文字表达。

泰州不靠海了，地位自然就不断下降。虽然叫州，很长时间只是一个县的建制，以前隶属于扬州，直到 1996 年才和宿迁一道成为最新的两个地级市之一。把泰州和宿迁从扬州和淮阴中分出来，单独设市，这也是当初江苏的一个重大制度创新，多了舞台，多了“位子”，激活了底下的干劲，可以写进体制演化史的。

泰州刚建市时，经济并不发达，因为区位上不如南通，基础不如扬州，但近些年来发展迅猛，变化很大。与我上一次到泰州相比，城市面貌一新，经济活力四射，尤其是建了中国医药城，工业已是这座城市的主打产业。从产业梯度转移看，前些年风光的是苏州与无锡，这些年则是南通、泰州显示“后发优势”的时候。

大海对泰州已经是远古的记忆了，但也给它留下了“遗产”：河道成网的水乡，孕育了丰硕的物产，也造就了百姓的灵秀。这里的居民是最聪明的一个人群，不论是读书还是居家。所以，泰州菜也和扬州菜一样，不以雕琢为长，但以可口实惠为重，大煮干丝、烧鹅、清蒸白鱼就是它的特色。

溧阳小城自逍遥

溧阳请我给四套班子及机关干部作一场报告。作完报告，离吃晚饭还有一段时间，溧阳的同志便陪我到市区走了走，实际上就是去了高静园。

高静园是小城内的一座公园，四周有护城河（保留至今），站在这里可以微微看到远处的一段古城墙，位置极佳。公园不大，但里面的一块石头十分有来历。相传那是宋高宗赵构送给丞相赵葵的一块湖石，赵葵是溧阳人，这块石头就留了下来。当时宋高宗一共送了三块，并有他的亲笔题字，那两块已无法找到，只剩下这块被皇上称作“高静”的巨大石块，现在成了溧阳市的文物保护单位。

熟悉《水浒》的人都知道，里面有一段吴用智取生辰纲的故事。生辰纲分茶纲、盐纲、珠宝纲、花石纲等。其中花石纲就是这种产自太湖地区的巨大石块，由于长的形状特异，很受天子的喜爱，一船一船的花石编队承运，从江南一带送至东京（今开封）。

我站在这块巨大的花石面前端详起来。其形状的确奇特，似山峰叠转，如云卷翻腾。但毕竟还是一块石头而已，其美是假的，欣赏这种美也是做作。实在弄不懂，宋代的高宗、徽宗怎么会喜欢这种奇怪石头，甚至不惜把民间弄得疾苦不堪。只有一种解释：中国古代物质文明相对丰裕，加上始终缺乏权力约束，中国的皇帝容易患上病态审美情趣，并影响到民间。西方的皇家花园以展现真实自然为美，中国的皇苑以把自然改造成画为美，所以弄了许多假山、流水和亭子。宋代两位皇帝爱石成痴，结果丢了江山。

溧阳城小，但很安逸，高静园内有很多市民锻炼身体、结社唱戏，一副满足幸福的神态。

这里远离大城市，距南京130公里，距杭州200公里，距常州也有80公里。但也正因为与大城市有距离，所以不依附于大城市，小城生活条件一应俱全，虽没有高楼大厦，但透射出特有的小城繁华。一问，房价并不低，一平方米也要卖到万元上下，说明条件稍好的人十分乐意在本地置业。

晚上，市领导请我在天目湖附近的一个农庄饭店用餐，所有的荤素菜肴均产自农庄，果然新鲜可口。我在报告中讲，发展高效农业应是一些县域经济转型升级的一个方向，没想到溧阳正在做此努力。这里生活闲适，环境幽雅，空气清新，小城自有一番逍遥。

西行漫记

XIXING MANJI

早些年出国没想过要写些什么，随着阅历的积累和认知的加深，对在国外看到的人与事、物与景似乎有更多的感受，把这些观察与感受写出来不仅是对自己历程的一个记载，而且可以给自己的学生看，给更多的年轻朋友看，能够让他们多一个角度认识外部的世界。由于出国参加学术活动主要是以“西行”为主，写的文章基本是漫话式的，所以用了一个大家熟悉的书名作为标题。

大英博物馆的元青花

——英伦随感之一

到达伦敦的第一天是周末，没有正式活动，便去造访名胜。其他人都去看白金汉宫了，说是有女王卫队换岗仪式，我对此兴趣不大，自己去了大英博物馆。

这是我第三次到这个博物馆。以前两次看得有些匆匆，这次想多花点时间，看仔细一些。其实，即便用上几天的时间也无法全部看仔细，只能有重点地看，我选择了中国馆和埃及馆。这里只说说中国馆。

中国馆的陈设格局与我上两次看的基本一致，空间很大，有气势感。大英博物馆对中国藏品给的地位很高，专门有一间大的展厅，紧邻的是东南亚的展厅，各个国家藏品汇在一起，展厅也没有中国馆大。可能是我到得较早，偌大的中国馆，没有几个参访者，有些空荡，和埃及馆的热闹形成不小的反差。不过更显示出这里的藏品的至尊和令人敬畏。

大英博物馆选择了两样藏品，放在中国馆的门口，可以看做是中国古代物质文化的代表作。一件是中国周朝的青铜“樽”（一种盛酒的器皿，这件藏品入选了该博物馆选出的世界 100 件见证历史的藏品之一），还有一件是明宣化年间的瓷器。瓷器是中国文化和物质文明进程的标志，所以博物馆要选择瓷器。

在中国瓷器中，青花瓷是最有代表性的。多少年来，人们一直以为青花瓷最早出于明代，以永乐青花的水平最高，最为珍贵。但后来一位名叫大维德的外国人拿出了一对有款识、有记载的元代出品青花梅瓶，无可争议地证明了中国元代就有青花瓷，而且品质比明青花更高。大维德青花就成了元代青花的启幕者。由于元代留下来的青花瓷太少，加上元青花的工艺水准还在明青花之上，其珍贵程度可想而知了。据说，被有证据充分证实的元青花全国不足 20 件，一个省摊不到一件。

我眼前的这张玻璃橱柜，里面摆了十几件瓷器，竟然全是元青花！这里也无特别提示，旁边连个保安也没有，整个中国馆只有一位博物馆执勤人员。我

这就是那对以大威德（David）命名的首款中国元青花大瓶。作者见于大英博物馆的一次临时展

没有看到一个人在元青花面前驻足长看，包括看上去很像中国面孔的游客，外国游客更是无动于衷。他们很难把青花从中国瓷器中划分出来，更难把元青花与青花瓷区分看待。我不知道，大英博物馆到底有多少件元青花，但肯定比中国还多。

历史留下很多疑问，留下很多悬念。

中国的元代由蒙古人统治。他们擅长征服拓疆，不专器物精致。一个崇拜大漠铁骑的朝代，怎么会烧炼出如此精美的瓷器，并让后面的朝代难以超越？在元代之前，南宋婉约精致，丝竹曼音，文气透浸，没有烧出青花。在元代之后，大明一统，昌盛繁荣，烧出的青花可以绝后，却没能空前。一个马背上的民族，一个用武力征服世界的国家，却留下了令今人只能感叹却难以模仿的至尊青花。

在我的眼中，任何一个民族，任何一个朝代，都难以超越历史的造化，其兴衰无法摆脱时间与空间的机缘和制约。

蒙古人文化底蕴不如中原与江南，器物不精，以粗犷击败了南宋的婉约。但元代却迎来南宋所没有的历史机缘：中国与西域的贸易再现繁荣景象，并无明代发展海上贸易的担忧。元代时海盗与倭寇尚未成势，所以，元代的统治者虽然粗犷，却知道贸易通商是好的，并无禁令。后来的明代虽然繁荣，但由于禁海，即便有再多的能人巧匠，也无用武之地。

元青花能成为里程碑，一定和当时的中国与伊斯兰世界的贸易有关。蓝色和白色是穆斯林的基本颜色，青花瓷的色调便是蓝白色。据瓷器专家考证，元青花中的一种原料并不产自国内，只有西域才有。有一个最重要的证据是：现在全世界数量最多的元青花，既不在中国，也不在大英博物馆，而是在伊朗和土耳其。元代时期，中国出口瓷器最多的地方，就是今天的伊朗、土耳其一带。今天研究元青花的专家，最主要的考察地不是大英博物馆（尽管在那里考察比在中国考察更“掌眼”），而是在伊朗和土耳其。

贸易改变历史，历史改变民族。元青花既是藏品，更是历史的见证。

从中国馆出来，看见一个新开辟的与中国有关的专门馆：中国瓷器馆。里面不见游客，但见满目青花、粉彩，还有钧窑、龙泉，全部是中国瓷器精品。入门处有一个说明，这里的1400多件的中国瓷器全部为一个叫Percival David的富人私人收藏，现在向公众开放。David出身Sassoon富家（父亲是涉足亚洲的英国银行家），一辈子喜欢收藏中国文物，尤其是瓷器。这一房间的中国瓷器是他一生的收获，件件美轮美奂，几乎都是宫里的珍品。恐怕国内任何一个博物馆（故宫除外），若单比瓷器，都未必能胜出这个私人所藏。David已于1964年故去，生前曾受封爵士。

在出门处，看见一对大花瓶，走近仔细一看，大吃一惊：是一对元青花，而且器物很大（器物越大的元青花越珍贵）。再看英文说明。上面说这是最早发现的元代青花瓷器，而且瓷器上有专门的文字记载，叙述了一件历史事件。旁边有一块牌子，标记这也是大英博物馆选出的全世界100件见证历史的藏品之一。

我的脑海里突然有两个影像同时浮现，不断重叠，最后定格在一起：被证明元代有青花瓷的大维德青花瓷——眼前的这对最早发现的元青花；大维德——David，这就是那对启幕元青花的瓷瓶！时空在瞬间汇聚在一起，十分难得。

留下这段文字，以作纪念。

英国大学的优势与国家远虑

——英伦随感之二

这两天在伦敦国王学院。原来对这所大学了解不多，但到了之后发现是一所很好的学校。

既然叫国王学院，自然与国王有关。果然，当初（180年之前）其成立是得到国王恩准的，而且founder之一就是曾经在滑铁卢一役打败拿破仑的大名鼎鼎的惠灵顿公爵。大学副校长和我们见面时，说无论用什么标准，国王学院都能在世界上排到第25位，口中充满自豪。学校虽然在经济学方面建树不高（所以原来缺乏了解），但在自然科学和人文科学领域确属世界一流。历史上一共出过10位诺贝尔奖获得者，学校门口的校友名人橱窗里，许多人名都是全球知晓，如济慈（大诗人）、南丁科尔（世界护士节以她而命名）、图图（南非大主教）等，自然也包括惠灵顿公爵。

学校用八个字描绘应该比较合适：古色古香、浓缩精华。学校并不大，没有美国大学的那种草坪式校园，主要院系和公共空间都集中在几幢大的建筑物里。行走在主楼里，我想起了香港城市大学和香港科技大学的布局，相当有雷同之处（尤其是香港城市大学）。当时对香港的这两所大学布局有点困惑，现在明白了，其设计者一定是以典型的英国大学为标杆的。

在靠近泰晤士河一块不大的地方，集中了国王学院、伦敦经济学院（LSE，过两天要去）、帝国理工学院、大学学院这几所伦敦最好的大学。伦敦经济学院不用说了，全世界最好的经济学院之一。帝国理工学院是全英国最好的理工科大学，与美国麻省理工有一比。大学学院也是非常好的大学。英国国家并不大，人口还不如江苏省多，能够称上世界著名大学的却不在少数。可以说，世界上大学教育最好的自然是美国，第二好的就是英国了。这自然是帝国的遗产之一。

由于历史的荣耀，英国的大学教育一直对全世界的青年有很强的吸引力，但是，这种情况在2012年可能会发生某种改变。

目前，英国学生读大学实际上是享受到政府补贴的。以国王学院为例，每个学生平均每年付学费3200英镑，政府要根据学生人头补贴给学校一笔钱，其数目多少因专业而有所不同。读文科专业的，每人补贴3900英镑，有实验的理工科专业为6700英镑，医科专业补贴最多，为15780英镑。由于经济不景气，政府全面压缩财政开支，从2012年开始，将全部取消补贴，学生必须全额交费，这也是为什么前一段时间英国大学生抗议学费上涨的背景。但抗议归抗议，学费上涨已经铁定。可以肯定，由于学费大幅上涨，本国学生的教育市场多少会有所缩水。就像税率提高未必能多收到税一样，学校的总收入会受到影响，而成本则不会下降，为保持或增加收入，英国的大学会更加注重招收外国学生，甚至极有可能大幅增加本来就没有补贴的外国学生的学费。我在和英国大学的几位院长谈到此事时，他们都认为有此可能。

另一方面，英国最近通过了一项法案，进一步紧缩了外国毕业生留在英国就业的政策，使得外国学生留下来工作几乎成为不可能。

这两项政策叠加上一起，有可能给这个的国家长远竞争力产生负面影响。

学费上涨，大学教育的需求会受到 定影响。美国的大学虽然学费更高，但本州学生读本州的州立大学，学费几乎是象征性的。即便是哈佛、耶鲁这些常青藤的名校，对于最用功、最聪明的学生（包括外国学生）可以提供相当多的奖学金。所以，美国大学教育的需求一直是充分的，而且主要是内生的需求。

英国就不同了。英国大学中外国学生的比例要高于美国，这和英国的教育产业化有关。如果现在再增加外国学生学费（外国学生几乎拿不到奖学金），能付钱来读书的学生未必是优秀者，而英国大学又太需要外国学生的学费，生源质量下降难以避免。

美国大学对优秀的外国学生愿意提供奖学金，表面上看没有赚到他们的钱，但留住了这些经过高质量大学教育的精英，这些人将长期为美国服务，实际上通过他们赚到更多的钱。英国大学短期内在外国学生身上赚到不少钱，但却放走了经过优质大学教育的人力资源，其中一定包括大量真正的人才。长此以往，英国大学可能会继续保持兴旺，但本国的人力资本未必会相应增加，却为别的国家培养了大批人才。

英国新政府面对巨额财政赤字，对公共支出动用了有史以来最大的刀斧，以便渡过财政难关，这是克服近忧。但在高额的学费以及过于严格的移民政策面前，外国青年精英为英国服务的大门被堵上了，长期来看，英国的人力资本质量会下降，这是这个国家的远虑。

晚上回酒店之前，在主人的邀请安排下，去剧场看了《歌剧魅影》的续集Love Never Dies。原先仅仅抱着一种体验的心情以及对主人盛情的感谢走进剧场——在国内连京剧都听不懂，不要说在英国听歌剧了，但两幕下来，发现可以听懂一个大概，后几幕倒是真有点投入了。

在我这个外行的眼中，演出是一流的，舞美是震撼的（与印象中的唱得死去活来的歌剧有所不同，有创新），观众是热烈的。尤其受感染的是，演出结束，大幕拉起，观众起立长时间鼓掌并不时欢呼，演员一遍遍出来谢幕，男女主角的谢幕更是优雅无比。谢幕时，演员和观众都极其认真投入，形成很好的互动，似乎比舞台上的正戏还要令人难忘。

从剧场出来，凉风吹过，思绪从凄楚的爱情美感中回到理性的现实。如同大学一样，英国歌剧也是帝国一份荣耀的遗产，看歌剧的英国人可以年复一年，但这个国家的人才能够像剧场的观众一样，年复一年不断循环，始终保持在国际上的优势吗？

（这篇短文和其他的“英伦随感”文章都是在英国期间所写的博文，本文和后面的《英语就是竞争力》一文的部分内容，后来经过整理和改写，形成了《谁在全球化中受益》一文中的英国部分，该文也收进本集子中，虽然在收录的时候作了删节，但为了保证文章的完整性，还是难免有少部分内容重复。）

伦敦为什么不堵车？

——英伦随感之三

这几天每天早晨都乘坐公共汽车，去伦敦经济学院和国王学院一带，经过几个比较繁忙的街区，对于伦敦的交通有一个近距离的观察。

直接的感受是：伦敦这个世界级大都市，竟然基本不堵车！除了有几次在上下班高峰时看到车流缓行，排成长龙（但仍未堵在原地）外，国内那种交通堵到马路变成停车场的情况从未见过，更没看到十字路口人车交织、乱成一团的景象。

是伦敦的马路更加宽阔吗？恰恰相反，在伦敦很少能见到国内常见的宽阔马路。主要交通干道也只是双向四车道，即单幅并排只能行两辆车，还有许多道路窄到每个方向只能一辆车通行。

作为国际大都市，伦敦为什么不堵车？这恐怕是深受堵车之苦的居住在大城市的中国人特别不解的。

公共交通发达自然是一个重要原因。伦敦发达的地铁承担了市内交通很大流量，也是上班族主要的通勤搭载工具。除此之外，公交优先也是一个重要的因素，几乎所有的马路都有专门的公交线，不允许其他车辆行走。不过，如果光是这两个原因的话，伦敦城恐怕也是必堵无疑。试想，北京、上海的地铁线路长度已经有了数百公里，每个大城市都有公交优先的交通规则，但道路却是越来越堵。原因恐怕还在这些之外。

交通状况是人的行为所致，人们采用何种交通工具、怎样利用交通工具，以及居住、上班的环境最终决定了交通格局。

伦敦街头上，很难看到国内城市轿车滚滚的情景。街头上看到的汽车主要有两种：一种是双层巴士，典型的伦敦风格；另一种是出租车，即那种圆头圆脑老爷车式的伦敦出租。自己开车的很少，这大大节约了路面的空间，所以，道路上的交通压力反而没有我们大。

伦敦人自己开车不多，自然与成本有关。汽油费、停车费，以及数额不低

的进入市中心的拥堵费（伦敦是世界上第一个收汽车拥堵费的城市），还有许多大楼、机构根本就没有停车场（伦敦经济学院和我住的酒店就没有停车场），如果开车必须停到商业停车场。所以，如果不想花太多的钱，只有放弃自己开车。连伦敦经济学院的一把手院长也是骑自行车上班的。当然，开车少的另一个原因，是许多白领阶层实行弹性工作制度，不必早出晚归，甚至可以在家办公。

除此之外，伦敦的城市规划与交通规划紧密衔接，新市区的建设和旧城区的改造，都会与交通改善规划一并考虑。想想这几年国内的大城市建了许多新市区，尤其是把经济适用房建在很远的地方，但缺乏对交通的周密考虑。在新市区居住，尤其是居住经济适用房的市民，恰恰是最没有弹性工作机会的，而且以从事服务业者为多，对城内就业市场有很大依赖。他们每天奔波于城内城外，又加大了交通的压力。

当然，最具有中国特色的交通问题，是每天开上马路的小汽车太多。中国人刚开始普及私家车，对汽车消费抱有极高热情。有资料表明，中国每辆轿车每天出行的平均时间要超过发达国家。中国人刚开始有小汽车，使用小汽车仍在最有热情阶段。就像穷人突然有了一件新衣服，很容易天天穿这件新衣服是一样的。

官车太多是更具有中国特色的一个交通问题。在伦敦经济学院，院长一正三副，没有一辆官车，而且学校也根本没有公务车。这可是世界一流的经济类大学喔。国内一些不怎样的财经大学，一位领导一辆车是正常的。过去讲副部级以下不能配专车，实际上，副局级有专车已成“公理”，许多地方，连科级都有公务用车。

城市交通治堵，光靠修马路不行，还需要靠制度设计。即便将来北京、上海还有南京的地铁条件好于伦敦了，如果没有合理的制度设计，交通拥堵还是免不掉的。要多利用经济杠杆加以市场调节（伦敦地铁的票价都有高峰期和非高峰期之分），此外，还要对太多的官车加以限制。

伦敦经济学院生财有道

——英伦随感之四

这就是大名鼎鼎的伦敦经济学院。只是临街几幢不起眼的建筑，没有草坪，没有大树，没有中国人印象中的校园。如果没有门口有那标志性的红色 LOGO (伦敦经济学院的缩写 LSE，伦敦经济学院的全称是伦敦经济政治学院，但人们还是习惯称伦敦经济学院，包括英文缩写)，任何人都会把这里看做普普通通的办公楼，很难把它和学术、金融和精英联系在一起。

LSE 又的确是精英的地方。这里出过无数优秀的人才，包括学术大师。2010 年的诺贝尔经济学奖就是授给了这里的一位教授。这让人不得不想起一句话：精华总是浓缩的。

能到这里学习的年轻人自然是顶尖优秀。在 LSE 遇到了我们经管学院的晓威同学，这也是一个意外之喜。说来也很有意思，他也是看到我的博客以后，知道我在伦敦，然后与我联系上的。目前他已经硕士毕业，正在做攻读博士的准备。我与他说了一番鼓励的话，也真诚祝他好运。

LSE 的毕业生也是可以挣大钱的。我曾经在香港遇到一位朋友的女儿，初中是国内念的，然后以交换学生的名义在新加坡读了高中，大学申请到了 LSE，毕业后就在香港的一家跨国银行工作，年纪轻轻（尚未婚配）就拿百万年薪(港币)。

毕业后能拿高薪，读书就得付出不小代价。水涨船高，LSE 收学费也不会太客气。以专业而论，LSE 经济金融类专业的学费是英国最高的，甚至比牛津、剑桥还要高，2010 年的本科生平均学费是 13680 英镑，虽然还没有美国名牌大学贵，但在英国已是最贵的了。而且，与其他名校不同的一点是，LSE 的外国学生最多，几乎占了一半，读金融专业的外国学生比例还要高。由于外国学生学费更贵，差不多要三倍于本国学生，所以，同样的学生规模，LSE 的学费收入要远高于其他学校。近年来英国政府压缩公共开支，大学经费深受影响，LSE 却在不断买楼，已经把附近的两幢楼买了过来，准备扩大校舍。

LSE 靠什么吸引这么多的国际学生愿意付高费来学习？自然不是靠现代化的校舍（看了该校临街的一间教室，实在不怎么样），也不是靠美丽的草坪树荫，而是靠名气和教授。

学校的名气是 LSE 的最大资产，也是她的最美丽之处。凭 LSE 的学历证书，可以让任何一个公司雇主眼睛一亮，更能够接近到已是成功人士的大量校友。实际上，对于经济类或社会科学类的大学，学校的名气是最重要的了，大学的校名似乎已经成了一种符号，招生、学费、就业等实际上已是符号经济的内容了。如同我曾在《钱对符号经济热情太高》这篇文章谈到的，这年头实际上是符号经济时代。

大学的名气是靠教授的水平，尤其是教授的名气塑造起来的，教授的名气越大，自然学校的名气越大。不同于英国其他的大学，LSE 在教授政策上相当美国化，即用市场化的做法来招新教授和对待原有教授。如果要招一位优秀教授，学校开出的薪水完全可以高于在家的教授。当然，如果在家的教授是大牌，并对薪水有期待，学校也会以市场标准付给他高薪，完全不必顾忌其他教授的想法。其实，听 LSE 教授的介绍，在家的教授反而希望引进一个比自己薪水要高的教授，当然前提是水平要高，这样可以把大家的薪水带高起来。

大学实际上是一个相当市场化的地方。教授薪水越高，理论上水平就越高，其中不乏大牌和大师；大牌和大师越多，学校名气就越大；学校名气越大，招的学生就越多，关键是学费就越高。

LSE 生财有道。

烟雨剑桥

——英伦随感之五

去剑桥的路上一直在下雨。途中暗暗祈祷到目的地时雨能停住，结果没有。于是，烟雨蒙蒙之中跨进了剑桥的校园。

剑桥具有真正的校园。草荫、大树、流水、石桥，还有教堂、铁门，构成了一幅美丽的画卷。去过美国常青藤大学的校园，也许并不会对这里的景物有太多感叹，因为美国大学的校园更大，尤其是绿色草坪更加壮观。不过，想到这里的校园已经有800多年的历史了（2009年是剑桥大学建校800周年），美国常青藤学校基本上是按照这里（还有牛津）的格局建造的，心里还是会顿生崇敬之心。

因历史久远，与美国的大学相比，剑桥的校园更具有人文气息，更属于世外桃源的那种学人领地。似乎每一棵树、每一条小径，都隐藏着许多动人的故事。

让人最为动颜的自然是剑桥的桥了。

当年徐志摩是否站在这座石桥上，发出那句“轻轻地我走了，正如我轻轻地来”？

在一条蜿蜒而过的小河上，躺着一座座印象难忘的石桥。石桥不像中国传统石桥那样高大，桥上也无任何雕饰，朴实之中有几分灵秀。灵秀自然是沾了大学的光，因为每天在桥上走过的，不是教授，就是fellow（学院院士）。这些石桥一座连着一座，到底有多少座，没人能讲得清。

站在桥上望去，小河静谧如月，两岸树枝轻轻摇曳，远处的教堂在清风小雨中朦胧可见。一个船夫（也许是剑桥的学生）划只小船，全然不顾雨水打身，短衫轻袖，悠然自得，船至桥下，与我们招手微笑。

当初，徐志摩是否站在这座桥上引发了他的“再别康桥”的激情和忧郁？不得而知。徐志摩把Cambridge翻译成康桥，而不是现在人们通常所使用的“剑桥”，流露出诗人的浪漫情怀，意思也比现在的剑桥贴切、传神，既谐音又美丽。真不知道是哪个人把“康桥”改成了“剑桥”，音差得很远，又莫名其妙。

正要离开小桥，无意之中看到一块石头，上面用中文刻着几行字，雨中虽有些模糊，但在脑海中已经浮现，因此清晰可认：“轻轻地我走了，正如我轻轻地来。我挥一挥衣袖，不带走一片云彩。”

下面一行小字：“徐志摩《再别康桥》诗句。”没有落款。后来得知，是这里的中国学者联合会不久前安放的。

从国王学院（剑桥也有一个国王学院）的大教堂身后走过，穿过几块草坪，便来到Clare Hall学院（剑桥的另一个学院）。学院的院长、一位老教授还有一位年轻女士已经在等候我们了。院长是一位爵士，名片上有Sir.的称号，做了一个官方场合的学院介绍，然后就走了。然后是老教授和那位漂亮的年轻女士与我们交谈。

与作者同照的是英国剑桥大学教授、《剑桥中国史》的主编鲁惟一

老教授是个大人物，给我的名片上用中英文写着：英国剑桥大学东方文化学院鲁惟一（Dr. Michael Loewe)。原来是《剑桥中国史》的主编之一，在学界享有盛名的一位中国通！个子不高，相当高龄（1947年就来过中国!)，但精神颇佳。虽然并不会讲中文，但对中国历史文化如数家珍。中午吃午饭时，与他交谈也是一种缘分。不大喜欢照相的我，特意请他与我合影留念。

从Clare Hall学院出来，雨过天晴，但留下的印象是烟雨中的剑桥。

英语就是竞争力

——英伦随感之六

约克是英格兰中部偏北的一座小城市，只有 14 万人口，但在英国的名气却不小。

城市有两个“大”远近闻名：一个是中世纪花了 200 年建的大教堂，按该市官方的介绍，是北部欧洲最大的教堂（可能是避开与地处罗马的梵蒂冈比），看了震惊无比；还有一个是约克大学，一所在英国非常好并有世界声誉的大学。

其实，约克真正的名气还在于它的历史久远，可以说是英国最有历史的城市之一。罗马入侵不列颠后，留下的城堡还矗立在那里；诺曼底征服英国，在约克建了城墙，今天是英国唯一保留下来的比较完整的城墙。当然，这座城墙，无论是高度，还是气势，都无法和中国南京的明城墙相比。

在罗马人入侵不列颠之前，约克一带居住的是不列颠原住民——凯尔特人，是凯尔特人的主要聚集地之一。不列颠人或英裔后人对这一段历史难以忘却，所以，NBA 和国际著名足球俱乐部中都有凯尔特人队。

两千年前凯尔特人说什么语言，除了专门的学者，今人一无所知，包括今天的英国人。英语也是经过了千百年的变迁才形成今天模样，其中融合了许多其他语言，至少征服者威廉一世（诺曼底）带来了法语，今天的英语中有许多原来就是法语词。

300 多年前，英语在法语面前是位卑的，上等人都以讲法语为荣。不过，一旦英语成为一个独立而系统的语言后，法语只能影响英语，而不能左右、更不能替代英语。这段历史足以证明一个独立民族是一种语言得以延续和发展的有力保障。

当有了大英帝国后，世界上使用英语的人就在不断增加，而不是逐渐减少。即便这个帝国瓦解后，英语的使用范围还在扩大，一直到今天。除了英语外，世界上没有哪一种语言能影响如此广泛的外族。古罗马人的后代没有把意大利语变成世界语言，诺曼底的后人也没能使法语各地流行，尽管今天法语说得好的人仍然保留了一些只能增加虚荣心的优越感。

过去200年中，经济发展最好的是说英语的英国（以整个200年为周期）；过去100年，经济发展最好的是说英语的美国；过去50年，经济发展最好的还是说英语的或以说英语为主的国家与地区，如澳大利亚、新加坡、马来西亚、爱尔兰等。日本和韩国是个例外。但这两个国家对英语的痴迷和崇拜，几乎超出说英语的国家。过去30年，经济发展最好的是中国，中国不说英语，但英语的地位比汉语高。

如果法语在外交场合还可以和英语一比的话，但在商业领域却根本无法和英语较量。从经济角度讲，英语确实有竞争力。

经济发展好的国家往往英语使用最多，但并不表明说英语的国家经济发展就一定好。尼日利亚是说英语的国家，但经济始终不好。

约克曾经是英国工业革命的一个重要城市，至少有一个设在该城市的国家铁路博物馆可以作证。但现在制造业已经衰落，取而代之的是金融业（在金融领域，英语更是有竞争力），高等教育也是红红火火，吸引了大量的国际学生。与我们见面的几位约克大学教授、系主任中，就有一位英语教育系主任（不是英语文学系），专门培训其他国家的人学英语。

工业革命起家的英国，工业已是明日黄花，但日子过得还比较滋润，不能不说某种程度上托福了英语。

今晚回酒店之前，照例在酒店门口的小店买了一份《金融时报》(FT)。《金融时报》，还有BBC，也是英国保留下来的竞争力所在。

既生瑜，也要生亮

——英伦随感之七

中国成语中有一句，叫做“既生瑜，何生亮”，有一山容不得二虎以及“稍逊风骚、枉生一世”之感。

这句成语符合中国人的生存情景，今天依旧。史冬鹏在田径场上仅仅比刘翔慢了0.2秒，所有的掌声和鲜花全部给了刘翔。除了喜欢看田径大赛的人，没有人知道史冬鹏。

牛津和剑桥的人不懂得“既生瑜，何生亮”的中国成语，在一起竞争了800多年，没有人觉得另一个是多余的。如果没有了牛津或剑桥，全英国的人都会感到不自然。

看过剑桥校园的人，对牛津的校园不会再感到有更多的视觉冲击。实际上，牛津的校园并没有剑桥美丽，没有穿流而过的小河，自然也没有那让人容易神游的石桥。没有了河水，尤其是弯曲而静谧的小河，再美丽的地方也少了一份灵秀和动感。

牛津的魅力似乎更多地与历史以及历史和现实的结合有关。接待我们的学校国际事务主任，是在一个名叫撒切尔会议室的地方向我们介绍牛津大学。是的，就是以前首相撒切尔夫人命名的会议室。它并不像中国大学会议室那样气派，但在牛津已经是非常好的会议室了。

牛津大学的善本图书馆已经让人感叹不已了，而它的大学博物馆简直是叫人称绝！一所大学的博物馆，恐怕馆藏之丰富和珍重，超过大多数国家的博物馆。在这个博物馆里，我不仅看到了张大千、齐白石的画，而且也看到了元青花，只不过数量要比大英博物馆要少，名气和档次稍低些。牛津大学的博物馆号称全英第一博物馆，因为它的历史比大英博物馆悠久得多。

牛津大学如果仅仅是历史，恐怕就要逊色于剑桥。它没有死守历史，而是关注现实。最显著的一点，就是它的国际化。不仅学生国际化，而且教授国际化。牛津大学的教授中，有45%的成员来自于世界各地。与我交谈时间较长的

一位教授，就来自于美国，交谈中多次提到已故波兰裔的布鲁斯教授。他认为布鲁斯对中国市场化的经济改革进程有重要贡献。一位来自于波兰的经济学教授，拓宽了牛津教学和研究的视野。也是这种高度的国际化，使得这所800多年的古老大学仍然充满活力。

牛津大学的教授与我交谈，言语之中既有对竞争对手的尊敬，但更多是对自己学校的骄傲。实际上，在剑桥大学也有同样一幕，因为我喜欢在交谈中拿这两所学校做比较。

其实，牛津也有河，而且比剑桥的河还要宽大，只不过不在校园中，是在牛津的小镇边，但离校园很近。我特地跑到河边，看到稍稍湍急的河水，望着桥边（也有一座石桥）的划艇标志，知道牛津的学生经常到这里划船赛艇。我不知道这里是不是牛津、剑桥每年举办划船比赛的地方（这已不重要），但想到两所实力相当的大学同时存在，对这个国家确实是一件幸事。

其实，哪怕一所大学稍稍逊色于另一所大学，也应该“既生瑜，也要生亮”。两个才有竞争，有竞争才能“瑜有雄才，亮有大略”。

英国人的优雅与傲慢

——英伦随感之八

除了足球流氓和狗仔队，英国人总体上是优雅的。

那种手执文明棍、头戴绅士帽的英国人，只能在照片上看了。但英国人的礼貌、涵养和有耐心确实是有传统的。我在上下班高峰的伦敦街头，看到排队等候公共汽车的长龙队伍，单人一排，长达近百米，秩序很好。伦敦的地铁挖得很深，有的站要用老式电梯将旅客送上送下。一个电梯可以站四五十人，但遇到高峰时，仍是拥挤不堪。出电梯的人从一个门出，进电梯的人从另一个门进。高峰时虽然拥挤，但没有出现大的问题。同样的情况若出现在中国，恐怕就要有一个小的灾难了。

英国人也有几分傲慢，这种傲慢来自于过去的荣耀，实际上是来自于过去200年来对其他民族的征服和欺侮，而且直到今天也没有反思。实际上，英国对历史上的扩张与征服，不仅没有反思，而且还有炫耀之嫌。伊顿公学的校园里，就有一门铜锈斑斑的加农炮，那是200年前英国和沙俄作战时的战利品。这门大炮就放在伊顿公学的校门口，成为中学生历史课的最好教材。著名的伦敦塔（Tower of London）里，有一门来自于中国的大炮作为展品，供公众参观，说明牌上写着：1856年第二次中英战争中缴获的中国大炮。在我们的教科书中，1856年的那次中英之间的战争叫“第二次鸦片战争”。

我在六年前第一次参观伦敦塔时就看到这门大炮，这次再进伦敦塔去看是否还在，结果很容易就找到了。英国现在很重视与中国的关系，尤其重视中国的市场，中国不时也会送去一些商业“大单”，但英国还是没准备把这门中国大炮从伦敦塔里撤掉。

今年是第一届世博会举办150周年。150年前，就是在伦敦举办了世界首届博览会。会址早已因一场大火而无影无踪，但我在V&A博物馆里却看到那张有名的油画，记录了维多利亚女王为伦敦博览会揭幕的盛况。画上除王室贵族外，还有许多国家的特使与外交官，其中一位着满清官服的中国人也在外交官行列中，而且位置很突出，圆头圆脑甚是滑稽。

博物馆的说明更是滑稽，甚至荒诞：这位名叫 Kee Jing 的“中国佬”（注意用的是 Chinaman 这个词），不知何许人也，因为当时中国与英国并无外交关系。甚至有可能是中国皇帝悄悄地跑到英国，来感受英国的国力和繁荣。油画上有 100 多个人物，每人都有介绍，对那个中国人物就是这样介绍的。

有两点心中不解。

第一，当时画这幅油画的人很可能虚构了中国满清官员，以此衬托英国的强大，因为当时鸦片战争刚刚结束不久，也借机羞辱一下中国。说中国皇帝悄悄地跑到英国看博览会，更是无稽之谈。这种虚构和造假是很有可能的，不知博物馆为什么没提出这种存疑。

第二，这幅画相信已经展出至少几十年了，甚至更久（是 150 年前画的），博物馆也会经常重新整理资料，为什么就一直没有更换说明词，至少把那个“Chinaman”换掉。

从博物馆里走出来，更加感受到历史的痕迹与无奈。20 年前的一场战争，有人会为战争而忏悔。200 年前的战争，不会有人为它而悔过，胜利的一方还会把它当做一种精神来教育后代，这就是历史的本来面目。

历史是无法更改的，今天的人们也在书写历史。写下这一段是为了懂得历史。

英国的荣耀与彷徨

——英伦随感之九

已经登上汉莎航空的飞机，经停慕尼黑向上海飞行。在进入飞行状态后，打开电脑，写“英伦随感”系列的最后一篇，用这个标题也算是对随感系列的一个小结。

英国无疑是有荣耀的。作为工业革命的摇篮，作为世界曾经的第一经济大国，英国不仅创造了自己的辉煌历史，而且也改变了世界。可以说，如果没有英国，今天的世界肯定不是这样。即便现在已经被许多国家超过，英国也在伤感当中保留了一份荣耀。英国的教育、医疗、艺术等仍然是世界最好的，英国人在近乎优雅的生活方式中努力保持着一份矜持，竭力在维护自己的所剩不多的优势。

今天的伦敦，已和狄更斯笔下的雾都恍若两世（其实还远不止两世）。伦敦的天是蓝的，泰晤士河的水是请的，河边的码头已见不到黑乎乎的煤船，完全成了游船停靠的地方。泰晤士河两岸，经过改造和更新，已经成了旅游之地、休憩之地和创新之地。有专门的 riverside walk（河边步道），长达数百米，走在其中十分舒心。步道近处除了草坪、艺术造型、咖啡馆，就是风格别致的现代建筑，许多创意公司在其中办公。伦敦已经完全从一个工业城市转型成金融城市和创意城市。说起创意产业，英国无疑世界一流，也是英国的新骄傲。

不过，我在看英国荣耀的同时，似乎更看到这个国家的彷徨。

英国是欧盟国家，但始终不肯使用欧元，对欧盟一体化的进程时常唱一些反调。除了想继续保住英镑的特殊地位外，主要还是国家地位比较尴尬。欧盟中的领头羊是德国和法国，内部事务的话语权也主要归这两个国家，英国不甘心做“老三”，但现实中又确实无法与德、法抗衡，尤其是与德国的发展差距越拉越大，所以干脆抱起若即若离的态度。英国毕竟是欧洲国家，欧盟事务就是欧洲事务，不做“老三”就会边缘化，这个问题足以让英国长期“纠结”。

英国是西欧最早走所谓“第三条道路”的国家，既要保留私有制和市场经济，又要对纯粹的资本主义进行“纠偏”，其结果就是扩大公共开支，提高公共福利。应该说，英国的公共福利比美国好得多，即便在金融危机的2008年，公共开支占GDP的比重还高达52%，而美国只有41%。但是，国力衰弱，英国今天继续保持高福利已经勉为其难了。所以，新政府去年上台后，做的第一件事就是把大刀砍向公共开支，制定了英国有史以来的最大“瘦身”计划，包括大幅削减高等教育开支，逼得英国大学提高学费。英国人的收入只有美国人的三分之二，现在高福利又打了折扣，自豪感恐怕大受影响。

英国大学里有三多：一是文科学生多于理工科学生，二是女生多于男生，三是外国学生多。尤其是专业问题，政府和有识之士相当困惑。据最新数据，英国大学学生人数最多的三个专业是：商科、医学、创意和艺术，人数比较多的专业则是历史人文等社会科学，而学习工程技术的学生却寥寥无几。虽然商业金融、医疗服务、创意产业都是英国的强项，但英国人也要吃饭、穿衣、坐车、使用电器，更不能离开物质基础空谈亚里士多德和莎士比亚。事实上，英国已经很长时间培养不出大批优秀的工程师和技术专家，光靠金融和创意产业维持不了一个较大国家的繁荣。英国政府试图改变这一点，所以，一方面大幅削减教育经费，另一方面对学习数学和工程技术专业的学生继续给予补助。

英国传统上是一个大国，对世界事务本应有足够的发言权，也是联合国安理会的五个常任理事国之一。不过，在今天的世界舞台上，发言权是和国家实力捆绑在一起的。凭借英国今天的实力，恐怕没有多少国家会把它当回事。再加上英国在外交上始终跟随美国，也很难有自己的独立意见，影响力明显没有法国大。英国在经济上已经不属于大国，如果外交上的“大国”也只是充数而已，今天在世界上虽然不是无足轻重，但也辉煌不再了。这也是最伤英国人自尊心的地方。

在英国的书店里，有不少关于大英帝国衰落的书籍。50年前，英国从世界一流国家跌入二流行列，学者开始研究帝国衰落的原因。今天，若比人均GDP，世界上有几十个国家超过英国，其中包括一些原先英国的殖民地；若比综合实力与影响力，超过英国的也能举出十个以上。研究国际关系的学者，是否在考虑这样的题目：英国变成世界三流国家还有多远？

不过，英国就是英国，200多年来的世界历史都和它有关。这一点人们不会忘掉。

难解“李约瑟之谜”

从英国回来数日。昨晚整理相机里的照片，看到这几张，特地挑了出来，觉得有点纪念意义。

那天从剑桥大学出来，雨过天晴。在我的建议下，一行几人前去探寻李约瑟故居，据说离我们开会的 Clair 学院很近。

可能是心中有它，很快就找到了。看到一所总体风格是英式但屋檐和廊柱具有中国元素的房子，我说就是它了，果然是它。房子的周围很安静，前面有一个大花园。由于我们是不速之客，加上门口挂着 private 的牌子，不便打扰主人，仅在花园里驻留片刻，凝神凭吊，便离开了。

其实，这并不是李约瑟故居，而是李约瑟研究所，但确实是他生前长期工作的地方，《中国科学技术史》的绝大部分工作就是在这里完成的。而且，李约瑟死后就葬在这里。我们看到了一颗用砖砌起围栏保护起来的树，李约瑟和他的前后两位夫人（其中一位就是他的长期助手，那位姓鲁的中国老姑娘，嫁给他时已是耄耋之年，一直等到他的前妻去世）的骨灰都埋在树下。

李约瑟研究所的后院，清新而宁静

房子、花园和附近街道一片寂静，连个行人也没有，李约瑟在这里静静地待了五十多年，写出了震惊世界的《中国科学技术史》。剑桥的这份寂静，给了他躲开喧嚣、埋头深思的一片自我天地，如果置身于热闹的伦敦，那本书还不知道是否能问世。

元青花是外国人捧出并给予铁证的，证明中国明代之前就有青花瓷。敦煌是外国人发现的，让世界知道中国古代丝绸之路的辉煌。世界上最好最权威的中国科技史著作也是外国人写的，想到这里，不禁感慨万分。

从李约瑟研究所花园出来，还想到了“李约瑟之谜”。李约瑟在生前曾提出一个问题：中国有辉煌灿烂的古代科学技术，为什么到了近代突然停滞不前，从16世纪到19世纪的世界主要科学发现和发明都是欧洲人完成的，与中国人基本无缘，中国立刻大大落后于欧洲。后人把这一疑问称作“李约瑟之谜”，从科技的、政治的、社会的不同角度做了阐释，但令人信服的不多。我的博士生冯伟不久前写了一篇文章，从经济和市场的角度讨论“李约瑟之谜”，很有些见地。

我对“李约瑟之谜”没有太多考虑，但也有一虑：这个“谜”有一个暗含的前提，即中国本应超出欧洲，科技始终能够保持对欧洲的优势。从历史长河来看，任何一块沙石都是千万个浪花冲刷而成的，有的被磨成了圆的，有的被磨成了方的，没有一成不变的。也许，中国本应超过欧洲的假设前提，只是一种逻辑推论，并非历史描绘，在变化多端的历史面前难以稳固。

又见纽约

——美国观察之一

由于在芝加哥转机的飞机晚点，到纽约时已是凌晨，没有太在意周围的环境，但脑海中的潜在记忆仍在不时浮现。

这是我第四次到纽约，而第三次则是九年前的事情。城市还是那座城市，一切还是这样熟悉。

第二天早晨从酒店去 Fordham 大学的路上，看到 Seventh Avenue（第七大道）、57th Street（57 街）的路标，我知道纽约的地标之一中央公园快到了。果然，几步路之后，中央公园的入口已经在脚前。记得第一次到纽约见到中央公园时，只能用惊奇和感叹来形容当时的心情。一个繁华都市的中心地带竟然有这样一个展现自然的巨大公园，感叹当初的城市规划者远见非凡，以及后来的市长和商人尊重城市的市民性，他们无论想盖多少座大厦，无论想创造多少城市财富，中央公园的边界始终没有受到侵犯。多少年来，中央公园一直是纽约市民的第一休憩之地，也成了这座城市和其他现代化城市的经典符号。

全世界不知道有多少座城市在学纽约，在建设自己城市的中央公园，学得最夸张的是中国的城市。我曾经在苏南的一个县城里，看到新建的一个巨大无比的中心公园，其规模和形状与纽约的中央公园非常相像，很可能是领导到纽约考察受到启发后回来决定建设的。只可惜公园里几乎是空荡无人，把资源给浪费了。这些年来，把公园、广场、马路建得大而无当的中国城市不知有多少，想学人家的城市，结果只学了表面，一点也不实用。

再来看纽约。街道、公园、大楼以及整座城市，一切都和九年前的记忆重合一致。除了由于本人因喜欢观察城市而对一些城市留下不浅的印记外，主要还是从中国人的眼光看，纽约已经是超度成熟的城市了，就像人一样到了成熟的年龄就不会长大了。晚饭后散步走到时代广场，还是那么热闹，还是那样灯光闪烁，但并没有比九年前更繁华。香港也有一个时代广场，估计名字也是从纽约学来的，其繁华已经在纽约的时代广场之上了。

Fordham 大学有着非常好的位置，旁边就是林肯中心，距中央公园也就是几步之遥，位于纽约的中城位置，到华尔街等金融区也是十分方便。所以，这所学校的金融专业非常不错，据最新的排名，名列全美第 14 位，明显高于整个大学的综合排名。

因时间安排较紧，第一天都没来得及看一看校园（但估计也没有多少可看，因为地处纽约市中心的大学不会有太大太漂亮的校园，就像我曾经写过的伦敦国王学院一样），却见到了国际经济学领域的世界知名的 Salvatore（萨尔瓦多）教授。第一天下午，就有 Salvatore 教授给我们 EMBA 学员做的讲座，主要讲人民币会不会成为国际主要货币，他对此充满信心。如果二十多年前就有人在中国读过权威的《国际经济学》的教材，那一定是他的中译本。我也是如此。我的印象中，国内最早的《国际经济学》教材，就是他的翻译本。

Salvatore 教授虽然名气很大，却没有获得过很高的学术奖，如诺贝尔奖。有意思的是，他在讲座中不止一次地拿诺贝尔经济学奖得主如蒙代尔、克鲁格曼开涮。前者是他的朋友（尽管观点不一致），后者是他的竞争者（近些年克鲁格曼的教材影响越来越大）。讲座结束后，我向他表示了敬意，并邀请他方便之时到东南大学访问讲学，他愉快地接受了邀请。

第二天早晨五点半，天刚亮，我就赶往 Penn Station（纽约的一个主要火车站），要在那里乘火车去外地。根据大致计算，酒店到火车站是 12 个 block（街区）距离，大约步行近半小时，以步行代车最合适。美国实行夏时制，这时相当于中国的清晨四点半，但街上已看到些许行人，行色匆匆。看来勤劳人在美国也是有的。快到 Penn Station 的时候，看到街边一个麦当劳店，突然想起也是九年前，也是一个清晨，我也是在这家麦当劳店吃完早餐，然后赶往车站去乘火车到华盛顿，而且在店门口偶遇我院的达庆利教授（世上就有这种概率极低的巧事!），这次还是为乘火车走到麦当劳店的门口，自然推门而入。

真的果然是这家麦当劳，连桌椅摆设都和九年前一样。九年光阴，物景如故。似曾相识何其多，难以相重是心境。

（写于美国东线火车上）

美国为什么没有高铁？

——美国观察之二

坐上美国的火车，就知道美国也有落后于中国的一面：它的火车没有中国的快。从纽约到华盛顿，只有 300 公里左右，却开了三个半小时。中国的高铁已经越来越多，而美国到目前为止还没有一列高铁，也没有一条高铁线在建。

美国是世界上经济最发达的国家，为什么一条高速铁路也没有？奥巴马今年初向全美国发表演说，称美国不可以只让中国和欧洲的大地上跑着高铁，但到现在为止还是没有任何实质性动作。

有人说美国地广人稀，采用高铁作为主要交通运输方式不经济，达不到规模效益。还有人说，美国航空交通发达，纽约一座城市就有三个国际机场，许多人口少得可怜的城市也有自己的机场（我曾在普渡大学所在地的拉菲耶特市乘过飞机，那是一个只有 3 万人的小城市），加上美国高速公路极其发达，汽车普及率高，因此不需要高铁。

不过，如果有了高铁，就可以增加交通市场的选择性，可以满足特定的需求，就像美国自己造各种档次的汽车，但同时也进口日本和欧洲的汽车一样，因为总有人喜欢日本车或德国车。此外，如果说以前的美国可以不必建高铁，而现在的美国则需要通过建高铁来刺激经济，因为美国的经济太需要扩大投资了。

在我看来，美国没有高铁是有另外三大原因，而且一个比一个关键。

第一，美国传统上是一个依靠消费维系经济增长的国家，消费率一直很高，在投资上属于资本净输入的国家，外来的资本是不会对美国铁路感兴趣的，而且美国政府也不会同意让外国资本控制本国的铁路。美国已经有 60 多年主要依靠强大的消费支撑经济运行，现在即便采用消费与投资“双轮”驱动，一时半会儿也是改不过来的。

第二，美国政府没钱，尤其是和中国政府比显得没钱，完不成这样一个庞大的建设计划。高铁投资大，建设期长，回收慢，私人资本是不愿意建的，只有靠政府花钱建设。美国政府准备花多少钱呢？按照奥巴马的计划，联邦政府准备投资80亿美元，在全美建设13条高铁线。80亿美元只相当于500亿元人民币左右，建一条长距离的高铁都不够。中国一年的高铁投资就近7000亿元，“十二五”期间总投资达1.9万亿元，这是美国政府怎么也达不到的建设财力。

第三，即便美国政府凑足了钱，但高铁建设涉及大量土地征用、房屋拆迁等与民谈判打交道的事情，美国州政府在这方面的效率绝对比不过中国的地方政府，这可能是最关键的原因。在中国，只要说是国家项目便一路绿灯，地方上的拆迁征地等问题很快就全部解决。在美国，要征用民地民房，政府不知道要花多少力气。所以，当奥巴马准备在佛罗里达州建第一条美国高铁时，该州的州政府却不领情，宁愿不要联邦政府的补贴，拒绝在本州建设高铁，就是不想引来征地、拆迁还有环保等麻烦事。

所以，美国虽为世界第一发达国家，却没有自己的高铁，而且今后也不容易建起来。换句话讲，高铁也只有在中国才能如此快地建起来。

（本文发表于《董事会》2011年第7期，发表时题目做了改动）

美国的创新与沉疴

——美国观察之三

纽约一切如故，这是总的印象。细细观察，也不尽然。这次在纽约虽未跑很多地方，但也看到了两样新东西。

一是纽约市中心的苹果旗舰店，位于中央公园南端的第五大道上，造型别致，外表看似一个巨大的玻璃箱子，上面有那全世界人都眼熟的“被咬掉一口的苹果”（LOGO），店铺设在地下，面积足足有三个篮球场大，里面有各种款式的苹果产品，从最畅销的 iPhone 4 到眼下最时尚的 iPad 2，以及各款样式别致的苹果电脑。在这里，生意旺盛的状况好过第五大道上任何一家大牌奢侈品商店。

苹果简直是一个奇迹，竟然造出这么先进而且十分人性化的电子和通讯产品，一下子把索尼、三星、诺基亚等远远地甩在了后面，苹果公司的市值也超越了微软，成为全球最值钱的 IT 加通讯业的公司。很少有人想到，仅仅是二十年前，苹果公司因缺乏竞争力差点倒掉。彻底改变企业之命运的力量只有一个，就是创新，而创新则是美国的强项。

当日本的电子产品三十年前风靡一时之际，当十多年前韩国和芬兰的公司把摩托罗拉打败之时，几乎谁都相信，美国人只能玩玩金融，拍拍好莱坞大片，实体经济最多是以大取胜的产品，如飞机、军舰，消费类产品竞争优势完全转向了日本和韩国。但苹果的故事告诉人们，美国还是最具有创新能力的。苹果的创新已经不仅仅局限于技术层面，而是把时尚、娱乐和文化整合在一起。据说，手机的触摸技术并非苹果公司首创，但却是 iPhone 把它发扬光大，就是因为 iPhone 已经不仅仅是一个手机，而是一个时尚产品和文化产品。

美国创新具有世界唯一的整合能力，还是因为人才优势。全世界不知道有多少位来自各国优秀的技术专家在为苹果服务，其中包括中国人。现在美国市场上出售的 iPhone 4，已经可以用中文发送短信。苹果旗舰店里放着几十台造型时尚的超薄型电脑，任由顾客操作体验，上网浏览。我在一台电脑上登陆了东大网站，处理了几份电子邮件，全中文界面，而且速度很快（但好像没有中文输入系统）。在店里，我看到我们的几位 EMBA 学员每人买了一台新款笔记本电脑。

第二样新东西是时代广场附近的“债务钟”（debt clock），其实这不完全是新的，只不过以前来纽约没有听说。在时代广场上问了一个警察才找到它，因为实际地点并不在时代广场上。说是钟，其实并不是钟，只是一个电子显示屏，如果不知道其含义，谁也不在意。我上前拍照的时候，身旁没有一个人，当我拍了一张照片后，发现身后站了好几人都在拍照，因为上面的数字太触目惊心了。“钟”上有两行数字，第一行显示的全国的负债（字面意思是我们国家的负债），已经超过 14 万亿美元；第二行数字是相当于每个家庭所承担的负债，高达 12 万美元。负债数字每秒钟都在变化。拍完第一张照片后，我换了个角度拍了第二张，大约间隔 3 秒钟，美国的负债已经增加了 20 万美元。

无论是国家还是个人，美国负债严重可谓是历年沉疴，始终没有得到解决。世界上最富有的国家，同时又是负债最严重的国家，不学经济学的人很难懂得这一点。美国负这么多债，国家却不会出现资金断链，因为美国可以不停地印刷美元，发行国债和企业债，然后让全世界来共同承担，包括中国。今天的世界就是这么复杂和不可思议，中国、日本还有沙特阿拉伯，手头有大量的美元花不掉，只有买美国的债券，美国人即便负了这么多的债务，日子过得还很舒服，因为债务到期的时候，还可以再印刷美元和发行债券，别的国家还会再来买债券，否则美元放在手中连利息都没有，这就是今天奇特的国际经济。

美国在创造财富上有极强的创新能力，包括创新惹出全球金融危机的次级贷款。美国在使用财富上却问题多多，已经沉疴在身，尽管不会致命。

查尔斯河畔的灵秀

——美国观察之四

一条河流是一个城市的重要元素，因为许多城市都是因有河流而发源成长起来，正所谓逐水而居。河流还是灵秀的孕育之地，聪灵、毓秀和智慧因河流而涌动。牛津大学附近有一条河流，那是泰晤士河的上游。剑桥大学则清河环抱，小桥动人。波士顿旁有一条河，名叫查尔斯河（the Charles River），连接了世界著名学府哈佛大学和麻省理工学院。

说是波士顿的河流，其实是波士顿附近一个叫剑桥镇的河流，只因这个镇太小了，又紧靠波士顿，所以人们把哈佛大学和麻省理工的所在地都看做是波士顿。

哈佛大学楼是红的，草是青的，参天的大树无数，很像牛津和剑桥的风格(更像剑桥)。它是美国历史最悠久的大学，在美国建国之前就有了。早期殖民者一定是按照牛津、剑桥的模式创建哈佛的，包括校园的风格。

我们到达哈佛的时候，正是毕业季节，校园里充满欢乐的气氛。看到一个东方面孔的女生，身着学士袍，正和她的家人在草坪上拍照留念。看她父母的着装及神态，一定来自中国。不知道哈佛的历史上一共有多少中国的学生在这块草坪上曾经留影毕业。但在距哈佛先生铜像（哈佛大学的创建者）不远处，有一块中国留学生集体捐建的一块石碑，上面用中文记载大学对文明之功效，哈佛对教育青年之功劳，那是为纪念哈佛大学建校 300 周年而立，时间是 1936 年。中国人口众多，每年进入哈佛的学习者虽属凤麟，但总数仍相当可观，今后会越来越多。

出了哈佛的校门（并没有严格的门），沿着查尔斯河，不多远就到了 MIT (人们喜欢把麻省理工称作 MIT)。实际上，是查尔斯河把这两所名校像串珍珠一样连在了一起。由于历史年轻很多（今年是 MIT 建校 150 周年），MIT 更像一座现代的大学，有巨大的建筑，更为开阔的草坪。这里巨大草坪上已经摆好了参加毕业典礼的座位，恐怕一万张也不止，坐在后面的真的看不到礼宾台上谁在讲话。不过，这已不重要。不幸坐在后面的家长，有幸的是有这个机会，有这份幸福的心情。

MIT 主楼的一端是建筑学院，不知怎的，看上去很像我们东大建筑学院的外立面。也许东大历史上的校园在设计上也参考了 MIT。这里的建筑学很有名，著名建筑大师贝聿铭就毕业于这里。有意思的是，MIT 的建筑学很有名，但学校的几幢楼却建得很难看。

两所世界一流大学同在一条河畔，是河流的灵秀启发了校园的智慧，还是校园的智慧彰显了河流的灵秀？或是智慧与灵秀的共同脉动？

美国麻省理工学院的主楼外形上很像东南大学的老图书馆，或者说后者是前者的一个缩小版

大都会博物馆的中国“明轩”

——美国观察之五

纽约大都会博物馆是世界三大博物馆之一，与大英博物馆和巴黎卢浮宫齐名。以我之见，大都会博物馆在世界顶级收藏的广泛性方面不如大英博物馆，在欧洲艺术品的收藏方面不如卢浮宫，但在收藏特色方面，自有难比的独特地位，其中“明轩”就是一件独特的藏品。

“明轩”是中国的园林艺术代表作，是仿照苏州网师园的风格，把一个庭院和一座中国古代典型的文人家居浓缩在博物馆里，成了博物馆最大的藏品。

我在 20 多年前第一次到美国时曾经看过“明轩”，但体验不深。这次仔细品味，欣赏中有几分震撼，还有几分感慨。

中国人看中国园林不足为奇，但美国人就不同了。在美国人的眼中，能够把山和水融为一体，并置入自己的家中，是一件及其神奇的事情。美国人更不懂，中国古代的官人和文人为何要花极大的代价，复制人工的山水田园。即便是美国的中国通，恐怕也很难理解中国人“天人合一”的思想。西方也有园林，都是以花和草为主要景观，主人是为了欣赏自然的美。中国人的园林，除了有自己的独特审美观和哲学思想外，可能还和独特的历史和制度有关。

古代的中国，能够接近官场的文人或为官者，深知专制一统，朝政严酷，白天唯唯诺诺，极其卑谦，晚上急需放松，又想学天子或大官者能够揽江河山岳于自己股掌之中，浓缩天地是最好的办法。还有不少文人和卸官者，看尽了人间的丑恶，自然寄情山水，钟情于方寸自然。所以，中国古代的统治者和多数文人不以社会进步为追求，而以闲适为最高境界。

“明轩”的庭院并不比任何一个中国经典园林更为上乘，但“轩”（指房屋）内却有两件在中国都极其珍贵的藏品。那是一对巨大的出自乾隆时期的红木橱柜，稳重大气，尊贵无比。有三点惊奇：第一，通体为红木中极品黄花梨材质(想想今天半斤黄花梨值一两金)；第二，器具巨硕，高至房顶，我从未见过如此巨大的黄花梨家具；第三也是更为惊奇的，保藏如新，无半点损坏，如同新漆，表面闪烁着那特有的华丽而又内敛的光芒。我也曾经在国内看过一些古代黄花梨家具，无一件有如此震撼效果！

三百多年前的家具，竟然完好崭新！我两次问站在旁边的博物馆的管理员，得到的肯定回答是：就是原件，不是复制品。我继续追问：那门上的锁不是铜锁，似乎与中国古代家具规制不合。管理员回答：铜锁已锈腐，为了防止锈蚀家具，现在的锁是为了保护原件后加上去的。

中国古代匠人水平之高，三百多年后，铜已腐朽，家具如新。西方艺术品收藏历史悠久，保护有方，若在国内恐怕难保其身。只有感叹了。

历史事件的遗产：夏威夷随想

世界上有这么一个地方，远离大陆，但又深受某个大陆国家和文化的影响，最后自己的历史变成了仅仅是旅游的符号。这个地方就是夏威夷。

今年的亚太国际贸易学术年会在夏威夷大学召开，提交的论文被接受，更因考虑明年是东大建校 110 周年，是否需要争取这个会明年在南京召开，在暑假的第一天，我们来到了这个充满历史故事的地方。

夏威夷地处太平洋中间，是最远离美国但又是美国正式领土的地方。在地理上，夏威夷到底算是东方，还是西方？这可能还是一个问题。如果按国际日期变更线算，夏威夷在西半球。但如果按历史文化算，这个地方更加东方化，因为这里最早的居民是波尼利西亚人。这些居民和汤加、萨摩亚以及巴布亚新几内亚的居民同属一个种族，早年也是从东方地区移居而去的。所以，夏威夷大学的东西方文化研究非常有名，我们的会议就是在该校的韩国研究中心举行的。据夏威夷大学经济系主任说，这里的韩国研究中心，是韩国以外的最大的韩国研究机构。

夏威夷是美国的第 50 个州，虽然远离美国本土，但一切制度沿袭美国本土，包括大学教育和付小费制度。除了美国，还有一个国家，而且是来自于东方的国家，对夏威夷也有很大影响，那就是日本。实际上，很多年内，居住在夏威夷的日本人要比来自美国本土的美国人多得多。除了英语，在这里看到最多的就是日语。

原来只知道日本历史上对夏威夷的影响很大，但不知道为什么。来到这里了解到，日本明治维新后，人口增长与国土狭小发生矛盾，加上当时夏威夷处于荒蛮阶段，缺乏经济开发，于是就有大量的日本人远赴夏威夷，开发土地，种植农产，不断繁衍，他们的后裔越聚越多，成了夏威夷最大的一个民族。夏威夷大学的一个纪念碑上记载了这段历史。

七八十年前，夏威夷还不开化，经济落后，几乎没有任何工业，只是弹丸之地，但战略地位不低。位于太平洋上，又处在美国和日本的大致中间地位，所以，第二次世界大战期间，日本对美国动手，首先是从夏威夷开始的。整整70年前（很巧，今年是70周年，相信美国不久一定会纪念这段历史），日本偷袭夏威夷岛上的珍珠港，重创美军太平洋舰队，最后把美国拖进了第二次世界大战。

飞机在夏威夷降落的时候，我在想：如果没有70年前的珍珠港事件，美国会全面参与第二次世界大战吗？恐怕不会。如果美国没有全面参与战争，美国会成为战后世界霸主吗？难说。

历史就是这么有意思，一件偶然的事件有可能改变某个国家或民族今后几十年甚至上百年的命运。这份历史遗产造就了美国的强盛，让日本在夏威夷留下更多的是文化意义上的影响，而这个岛屿上的原住民只是和旅游产业有关了。

夏威夷终于没有被日本变成自己的不沉航母。相反，美国对之的控制更紧了，已经把它变成了自己的一个州。直到现在，美军在夏威夷还有很多军事基地。

写到这里有一个联想。中国南海的西沙群岛、南沙群岛的领土归属一直不被越南、菲律宾所承认。他们认为，你中国距这些岛屿这么远，说是你的领土让人不服气。可是，夏威夷也是远离美国本土，关岛离得更远，况且这些地方原来还不是美国的，谁会对美国说同样的话？历史是一回事，国家的实力与利益又是一回事。

檀香山无檀香

夏威夷的首府叫火奴鲁鲁（Honolulu），但中国人过去喜欢把它叫成檀香山。那是因为一个多世纪之前，夏威夷盛产檀香木，中国人发现当地人把这么名贵的木材当柴火烧，便廉价买下，运回国内赚钱。久而久之，檀香山就成了这座城市的名字，就像中国人把 San Francisco（三藩市）叫成旧金山一样。

在一家夏威夷专售当地工艺品的商店里，我看到不少做工精良的木制盒子与箱子，价格不菲。店员向我介绍，一个箱子是用当地多种上好木材制作而成，售价要 3000 多美元。当我向她问用料是否有檀香木的时候，她很意外（大概很少有人问这个问题），但还是很乐意地解答了这个问题。现在的檀香山（火奴鲁鲁），檀香木已经极为罕见，政府为保护这种树种，规定不让砍伐，所以，檀香山今天已无檀香。

夏威夷过去以自然物产为主要经济支柱，如檀香木、名贵硬木、香蕉、咖啡和原糖等，资源丰饶，原住民生活无忧。进入现代社会，光是生产这些自然物产肯定经济落后，夏威夷逐渐转向以旅游业为主的经济，旅游成了夏威夷的第一大产业。蓝天、大海、沙滩、气候，这些都是当地的宝贵资源，竞争优势十分明显。

不过，夏威夷虽然只是几个小岛，但也有一百多万人口，没有现代化的工业，更没有高科技产业，仅仅依靠旅游业似乎不足以达到美国的平均发展水平。我的这份怀疑，在到达后得到部分的证实。从火奴鲁鲁机场到市区的公路实在不敢恭维，整座城市的基础设施以及城市现代化的水平与美国加州也有很大差距。当地人也承认，这里的经济比美国本土还是要差，尽管这里的军事基地开支拉高了人均 GDP 的水平。

看到夏威夷，想到中国的海南。目前那里正在全力打造国际旅游岛，希望通过发展国际旅游业来带动经济发展。我曾经在一篇文章中写到海南，如果一个有近 1000 万人口的地方，没有现代化工业或高科技产业，仅仅靠旅游业进入发达水平，恐怕只是一种理想。对现在海南确定的发展模式，我不表示看好。

夏威夷的唐人街，是美国的第一个唐人街，比旧金山的还要早。这说明中国人的足迹来到这里很早。但现在，中国的文化在当地的影响显然不如日本，甚至不如菲律宾。中国人走向世界的历史并不短，但往往仅仅基于暂时的商业目的，而且服从于上层社会的特殊消费，就像郑和下西洋带回的是满足皇家好奇心的奇珍异兽，中国人从檀香山带回的是芳香扑鼻的檀香扇，一代贵族远去了，历史就画上了一个句号。

檀香山没有檀香，有的是叫人难以忘怀的宜人气候。

上帝的偏爱

新西兰是世界上最年轻的土地，因为地球上其他陆地的形成时间都比新西兰久远。加上与周围隔绝，所以新西兰生物链简单狭窄，一直没有大型哺乳动物（现在满山遍野的牛羊都是一百多年前从其他地方引入的）。新西兰又是世界上最年轻的国家，因为直到八百年前，才有人类踏上这块土地，而亚洲和非洲的人类自远祖算起已经生活繁衍了几百万年。

就像家长总是宠爱最小的孩子一般，上帝对这块最年轻的土地偏爱有加，赐予了它其他古老土地所没有的资源与宝藏。

在没有来到新西兰之前，就想象过这块土地的丰饶，还曾经在做一篇关于资源与经济发展文章的时候，特别留意过新西兰的相关资料。这些资料虽然后来并未用进研究文章中，但脑海的意识中还是给了它一定的位置。

用眼睛看到的新西兰，自然比阅读的资料更加震撼心灵。只用描绘一个景象就可基本把握全貌：所看之处，山峦起伏，湖面如镜，牧场连绵，森林环抱，缺的就是悠悠的牧歌笛声了。据说，新西兰没有一块土地是裸露的，全部都被植被所覆盖。

世界上资源丰富、景色宜人的地方很多，但可以说新西兰最为特别。与澳大利亚比，新西兰没有沙漠，全境土地山水可看可用；与瑞士比，新西兰地方大得多，人口却少得多；与印度尼西亚的巴厘岛比，新西兰的气候好得多，现在是新西兰的隆冬，在奥克兰却无冰寒冷意。

新西兰的面积比英国还要大一些，相当于两个江苏省再加一个宁夏，但人口只有400万，人均占有的空间、资源与景色世界难找。贯穿这个国家南北的一号公路是主要国道（看编号就知道其地位），但大部分地段却只是双向两车道，超车必须到对面的道上。即便这样也不拥挤，因为路上的车和人太少了。

新西兰一半以上的土地都可以用来做牧场、林场或是农场，所以按人口算，这个国家的居民拥有最多的牛羊和草地。在新西兰，平均每人有八只羊，一头肉牛，再加一头半奶牛，每年还有 5 立方米木材的收获量。这几个简单数据，就可以让中国人无比羡慕。我没查中国的数据，但可以肯定，中国平均十个人也摊不上一头奶牛。以前曾经查过中国的木材资源，印象中，在允许砍伐木材的年代，人均产量也不到 0.5 立方米。

中国的大部分森林，30 年的树龄也只有碗口粗，在奥克兰附近看到的一片红杉木森林，25 年的树龄就完全成材了，直径达一米的一棵参天大树，树龄不过 48 年！这就是新西兰的资源条件！

上帝把万物撒到了地球的各个角落，但唯独把最好的赐给了新西兰。

新西兰的优势与局限

新西兰作为一个国家，她的优势在于丰饶的资源以及按人均衡量的广阔空间。凭借独特的空间和资源条件，新西兰至少装得下 8000 万人口（即便这样，人均资源条件也比中国好得多），而这可能是 500 年以后的事情。

不过，如果把资源就等同于富有，就会过高估计新西兰的竞争力。事实上，新西兰在世界竞争力的排行榜上从未进入前 20 名，大大低于同样是小国的新加坡。新西兰人也不十分富有。新西兰的人均 GDP 也只有美国的三分之二，比韩国稍高一些。在奥克兰街头看到房屋、汽车、商店，也知道新西兰人的生活比真正发达国家居民要简朴一些。

新西兰最具有资源优势的是农业和畜牧业，奶粉（新西兰奶粉现在是中国人的最爱）、牛肉、羊毛的品质是世界上最好的，每年出口很多。可即便如此，新西兰的第一产业对这个国家经济总量的贡献也只有 7%。新西兰的奶粉品质再好，羊毛再软，牛肉再健康（新西兰从来没发生过疯牛病），去和世界上的高科技产品和知识产品相比，还是不够值钱。实际上，新西兰的商品进出口贸易多年为逆差，去年才勉强平衡。新西兰每年要出口许许多多整船的牛羊肉、奶粉、木材，才能换来一架波音飞机、一集装箱的 iPhone4 或 iPad，以及其他更小更轻便的高科技产品。过去 20 年，新西兰的绵羊数量不是在增加，而是在减少。

丰饶的天然资源可以让一个国家过得不错，但不一定让这个国家走在发达经济的最前列。即便在新西兰这个西方发达国家，丰裕的自然资源未必带来国家竞争力的经济学道理仍然成立。同样是小国家，资源贫瘠的以色列，高科技产业非常发达。新西兰缺少出色的高科技产业，与她的丰饶资源可能还是有一定关系。

新西兰的局限在于这个国家的市场太小，难以形成规模经济优势，除了畜牧业，很难培育出世界一流的大产业。人们很少听说，新西兰有世界著名的大公司（不知道世界 500 强中有没有新西兰跨国公司，有兴趣者可以查一查），有

主要借助人的知识创新而闻名的大产品。

其实，新西兰最大的优势是它的未被破坏的环境（“纯净的新西兰”是这个国家的广告语），是一个世界上最宜居的地方，包括读书与教书。新西兰没有世界著名的大产品，却有相当不错的大学。奥克兰大学是这个国家最好的大学，主人介绍在世界上排名第 61 位。大学有一个很不错的商学院，与其院长有一次正式和富有成效的会谈，双方都期待今后的合作。

新西兰不富有，尽管它有丰富的资源；新西兰又很富有，如果你重环境甚于重金钱。

摆脱“资源之咒”的国家

从悉尼登上回中国的飞机。很幸运，飞机很大，旅客不多，占了一个靠窗的座位，还可以自由进出。更幸运，天气晴朗，万里无云，可以从空中俯瞰大地。就这样，我坐在窗边，一边看书，一边看万米之下的大地，几乎贯穿了澳大利亚的南北全境。

飞机起飞拉直后，下面已经不是繁华的都市，而是连绵的山川，从空中可以看到无尽的森林，郁郁葱葱。澳大利亚本不是一个森林资源很丰富的国度，远不及它的邻国新西兰，但由于国家太大（想一想 700 多万平方公里的面积，人口却只有 2000 万出头），哪怕是 2%的土地上长着树木，也是一幅极其壮观的森林景象。

在森林上空飞行了大约半小时后（意味着越过近 500 公里的森林带），大地呈现的是广袤的平原。实在是太开阔了，在飞机上也望不到头。这么广袤的土地，并未全部用来农作。有的整齐划一，上面是庄稼或牧草（是的，有的地就专门用来种草）；有的一片荒芜，上面什么也没有，就是空地，但有整齐的道路贯穿其中。其间还有无数小的山包，那是一片片的山林。

看到一个山包冒出长长的白烟，直升云空，借助自然地理的一些知识，我断定那是山林起火。无人对此大惊小怪。国家太大了，人口太少了，山林周边方圆几十公里没有任何人烟，澳大利亚人懒得为此兴师动众，从上百公里之外赶去消防灭火。况且，山林起火本身就是一种生态平衡现象，老的树木烧掉了，新的树木生长得会更加旺盛，只要烧的不是连绵大森林就行。

在国内从空中往下看，不出十几分钟就能看到下面的城市（如果天气同样好的话），甚至能在半小时内看到两个大的城市。有一次在南京到太原的飞机上，同样在窗边，越过一座不小的城市时，我问空姐，下面是不是郑州，空姐去问了机长后回来告诉我：正是郑州。过了仅半个小时，飞机就在太原降落。现在飞机已经飞了两个小时，除了起飞时的悉尼，没看到下面一座哪怕很小的城市，甚至连个像样的集镇也没见到。

沙漠哪里去了？澳大利亚内陆应该有大片的沙漠啊！又飞行了十多分钟，终于见到更加荒芜、颜色变黄的土地。原来，飞机已经沿着沙漠绿洲的交叉地带飞行了一段距离，之前并未进入纵深地，所以未见沙漠。

看到的沙漠，与想象中的沙漠完全不同，并非黄沙茫茫，而是植被、道路和水源应有尽有。只不过植被少了许多，水源是人工挖的，大地更显苍凉。

这些年一直在研究经济学中的“资源诅咒”问题，即自然资源丰富的国家，往往经济发展缓慢，如非洲以及亚洲的许多国家，资源没有带来福音，却成了诅咒。这次在西澳大学演讲的内容也是此话题。但澳大利亚却是一个例外。澳大利亚的自然资源极其丰富，但经济发展水平一直很高，尤其是近年来借助中国因素，经济表现几乎比所有的西方国家还要好。

澳大利亚摆脱了“资源诅咒”，并不能否定“资源诅咒”的原理。尽管资源极其丰富，澳大利亚经济并不依赖自然资源，这一点不像新西兰。澳大利亚的制造业依然比农牧产业大得多，服务业更是成了第一经济支柱。

飞机终于越过了这个国家的全境，经过一片大海后，来到了印度尼西亚的上空。下面更是一片郁葱的大地，森林连绵无边。但很遗憾，这却是一个典型的“资源诅咒”的国家。

围炉轻谈

WEILU QINGTAN

这栏目的文章中，前半部分是应约写的一些既和专业有关同时又有些趣味的文章，主要登在《经济学家茶座》上，后半部分则纯粹是就一些话题有感而发，喜欢而已。这些文章有长有短，想到就写，谈天说地，不受拘束。有的文章希望在轻松话语中触及一种严肃，有的文章则就是用轻松话说轻松事。人有的时候就是需要轻松。

经济畅销书何以畅销？

小引：机场里的畅销书

出差时经常会到一些从来没去过的城市，无论是国内的还是国外的，一般都会对那里的机场格外留意。一则是因为与其他的公共场所相比，机场环境比较舒适优雅，令人心情放松；二则因机场是一个物质文明的窗口，现代化而漂亮的机场，往往代表了一个城市也是一个国家的发达水平。

国外大一点的机场都有书店，虽然不很大，但环境一般不错，既卖书籍，也卖报刊。最新出的《华尔街日报》、《时代周刊》，以及流行的畅销书，在机场的书店里一般都能买到。在国外机场的书店（当然是发达或比较发达国家的机场），常常也能买到一些较为专业化的书籍。我曾经在韩国仁川国际机场买过一本斯蒂格利茨关于全球化的新书，记得当前正红的萨克斯（J. Sachs）的新著《贫困的终结》也是在国外机场买的，但记不清是哪一个机场了。

国内机场大多有书店，但几乎都不卖报纸，肯定是因为嫌卖报纸赚的钱太少。书店内摆放醒目的都是畅销书，而且以经济畅销书为多，可能和机场来往的商务人士较多有关。用专业的眼光看，这些外表过于花哨的经济畅销书可读的价值并不高，因为内容过于夸张。作者多半是记者，或自由撰稿人，写文章为稻粱谋，不大讲究论证和严格的逻辑推论；同时又为了畅销，往往会用尽夸张之词，甚至哗众取宠，把简单的事情复杂化。然而，大众读者受这些畅销书的影响却很大，他们对一些经济现象的理解，往往是从这些畅销书开始的。

我与一位大学生的信件往来

我在写这篇文章之前，收到一封不认识的大学生的来信，信中的内容引起我的思考，实际上，也是因为这封信，促成我写下本篇文章的标题。现有必要将这封信和我的回信记录如下，算作本文的部分内容。

那位大学生的来信：

徐老师：

您好，冒昧打扰，十分抱歉。

一直关注您的文章，十分感谢，作为一名国贸专业的学生，您的文章让我受益匪浅。不知道您最近有没有留意到，中国银行全球金融市场部高级分析师——谭雅玲对美国“放任美元贬值和国际油价高位运行”的论点？我看过后颇有感触，不过还是愿意听听徐老师的意见。如有幸得到徐老师一两句话的点评，感激不尽。

我的 Email：cxj（后面略去）

致礼！

下面是我的回信：

cxj 同学：你好！

虽然你没有留下你的名字，我还是愿意回复一封短信。

你所说的谭的文章，我没看过。但从标题以及最近金融市场的舆论焦点看，我可以大致猜出其中的主要论点。确实，美国在放任美元的贬值，这和以前美国曾积极干预过外汇市场的做法不同，因为这样做符合美国利益。美国要防止或控制美元贬值，最有效的办法是紧缩通货，而紧缩通货的条件之一是经济发展势头较好，但现在美国国内的经济不景气，紧缩通货与刺激经济的目标相左。对美国来讲，国内经济的目标是占首位的，其次才考虑国际经济；况且，美元贬值对美国减轻对美元的义务是有好处的，大量美元在美国国外，根据谁发行货币谁负责的原理，美国对其发行的货币承担信用责任，现在美元大幅贬值了，美国的负担反而轻了。

由于国际石油价格是以美元计价，美元大幅贬值，所以石油价格大幅飙升就不奇怪了，类似的还有黄金价格。不过，考虑到物价变动因素，石油和黄金的价格现在并不算十分离谱。如果把通货膨胀的因素考虑在内，上世纪 80 年代初的石油价格和黄金价格比现在还要高。关于这一点，可以参考我即将发表的一篇文章《资源高价时代与国际经济秩序》。（中国社会科学院世界经济研究所主办《世界经济与政治》2008 年第 5 期）

还有一点需要提及：现在不少人把美元的贬值和石油价格的上涨看做是美

国政府的阴谋，即“美国阴谋论”，以高油价来控制中国的崛起，就像上世纪80年代末石油价格跌势迅猛，导致前苏联国力瓦解最终倒塌一样，不知谭的文章是否有此观点。

我以为，美元的贬值与石油价格的上涨有多重复杂的因素，既有美国政府的不负责任，也有金融投机市场力量的推波助澜。现在的情况是，金融市场上资金的力量和投机的力量越来越强大，政府在金融市场的控制力大不如以前。如果用严格学术研究的标准看的话，虽然现在的结果对美国有利，但没有证据就一定存在着“美国阴谋论”。还是有必要区分市场的驱动和政府的主动计划，美国不去干预不等于主动地精心策划。还有一点，美国在对外政治、经济和外交的策略上，越来越从其国家利益的视角出发，因此要冷静观察。

之所以“阴谋论”的观点比较流行，主要是符合大众的阅读心理，以及一些学者有出语惊人之偏好。

以上意见供参考。

祝

学习进步！

徐康宁

（后来又接到这位同学的来信，得知是一位山东一所大学的大学生。信中说，他和他周围的人都相信“美国阴谋论”的说法。）

一些畅销书要用冷眼看

这封信写得很仓促，个人观点难以全部表露，此处借《茶座》的一些篇幅，继续把我的一些想法表达出来。

为什么说国际石油价格的上涨是美国的一场阴谋很容易让人相信，而用严谨、严肃的学术态度研究国际石油价格波动的复杂因素，却不容易引起广泛的关注？这就是经济畅销书的独特效应。

经济畅销书要达到畅销的目的，一定要引人入胜，能把简单的事实写成复杂的情节是必要的，能让情节曲折的一定要曲折，最好还要有意想不到的结果。如果内容太平实，读者就不耐烦了，没有兴趣继续读下去。

写到这里，不能不提及一本书，虽然一开始我认为这种书不值得一读（从报上那种极为夸张的书评就知道书的内容），但由于不少学生和年轻人受这本书的影响较大，加上要写本文，特意在一次到机场乘机的时候买了一本，这就是眼下发行量很高的《货币战争》。顺便提上一句：《货币战争》确实很畅销，2007 年 6 月才出版，到了 2008 年 2 月，已经是第 14 次印刷了。到读者看到本文的时候，印刷次数可能又会增加几次。短短半年多印刷了这么多次，恐怕没有哪一部经济学教科书可以和它相比。

在《货币战争》这部书中，作者把许多重要经济现象的解释，都归结于政治家尤其是金融家们精心策划的以货币为媒介的战争。作者在书中立论之胆大，确实非同一般，可能也会让其他经济畅销书的作者自愧不如。在《货币战争》这部书中，许多重要的政经事件已经变成金融家的角逐游戏，历史的轨迹已被演绎成一个又一个的银行家的诡秘故事。

稍知美国历史的读者都知道，林肯总统是被忠实于南方政府的一位刺客枪杀的，尽管后来也出过不少关于林肯刺杀事件的揭秘书，但都无定论，也没多少人当真。在《货币战争》这本书中，作者信誓旦旦地说，林肯被刺，是因为他把货币发行权收回到政府手中，得罪了金融家，结果引来杀身之祸。美国有不少历史揭秘书，尽管没有多少人相信，但往往作者还能引据大量的史料，加以逻辑推论，而《货币战争》一书的作者，完全根据自已的理解而大胆立论，最多引用一些并不着边际的一些人物的只言片语，就把许多历史事件归结为金融阴谋。在书中，肯尼迪和里根的被刺，也成了货币战争硝烟下的故事。

全书翻阅一遍后，就知道作者的经济学功底并不深厚，对许多经济问题的理解相当偏执。作者极力主张恢复金本位制，并主张要让人民币成为世界储备货币。书中一条建议既大胆又可笑：要让中国所有的高利润行业，如房地产、银行、烟草、电信、石油等，缴纳的营业税中必须有一定比例的黄金和白银，以进一步刺激黄金和白银的市场需求量。更加石破天惊地是，作者主张将来应发行以黄金和白银全额抵押的“中国金元”和“中国银元”纸币。“中国金元”含纯金若干克，可以向财政部兑换实物黄金。“中国银元”含白银若干克，主要用于小额支付流通所用。

在作者的书中，到处都有货币战争的硝烟，国内国外都有金融家的阴谋，只有金银才是价格动荡的定海神针，中国金融开放的最大风险是缺乏“战争”

意识。为防范风险，作者认为中国应大量买进黄金。书中建议中国每年以 2000 亿美元的规模买进黄金，按 650 美元 1 盎司的价格计算，将可购买 9500 吨，相当于一年买光美国所有的黄金储备（8136 吨）。这样，只需 4000 多亿美元，就可以把世界西方强国的黄金全部揽进，因为“欧美国家一共只有 2.1 万吨的黄金”。作者展望，到那时，美元货币体系会土崩瓦解，长期得不到解决的台湾问题将顺势转化为美国“是要台湾，还是要美元”的问题。

用学术专业的眼光看，《货币战争》这本书谬误多多，许多立论缺乏经济学的常识，如对黄金的过分崇拜。不知作者不懂得黄金非货币化是经济发展之必然这一基本理论常识，还是觉得用黄金来说事可以抓住人们眼球。如果政府部门的官员听信了其中的观点，不免会做出十分荒唐的事情。中国政府若真的动用 4000 亿美元到世界上去买黄金，一定会闹出“黄金大事”，说不定真的会引发“黄金战争”了！黄金的价格也不会是 650 美元 1 盎司了，没准会把价格推高到 6500 美元 1 盎司。这是基本的供求规律之结果，可惜作者没想到。而且，书中硬伤不少，高盛公司的胡祖六曾专门撰文“揭短”。胡祖六先生在投资银行界资历颇深，他的文章应该是有说服力的。然而，2007 年中国内地最畅销的经济书籍，却是这本大讲金融阴谋和战争的“故事书”。是读者太缺乏专业常识和理性辨识，还是作者善于抓住读者的心理会煽情？或还是兼而有之？

国内有很多畅销读物都喜欢兜售“阴谋论”，把一些经济现象，尤其是变化多端、百姓难以理解的经济现象，常常归结于国外政治力量或经济力量的阴谋。最有代表性的一种观点是：当前的石油价格暴涨，既不是供求失衡，也不是投机市场的作用，而是美国政府的一场阴谋。30 年前是石油生产国拿起石油作武器，和美国以及其他西方国家抗衡，今天是美国用石油作武器，抑制中国和其他新兴市场经济国家。这种观点很有市场，其基本推论是，随着中国国力的强大，将来最能抑制中国的办法是截断对中国的石油供应，因为中国是最需要世界石油的国家。即使不能从军事和外交上控制石油对中国的限制，也可以通过石油的迅猛涨价，例如让石油价格涨到 300 美元 1 桶，使中国用不起油，中国的崛起就可以推迟 20 年或 30 年。

这种阴谋论似乎很合乎人们的思维逻辑，但是缺乏可靠的证据。从我看到的一些持此论的书籍和文章里，所用的证据最多是一些分析人士评论观点的隐含判断，沿袭的基本是从评论到评论的意识推论。实际上，石油价格高涨对美国并无好处，因为美国是世界石油第一消费国，即便将来中国的石油消费超过了美国，美国也是第二消费大国。更重要的是，美国的石油产量并不高，如果石油继续疯涨下去，世界局势平衡的砝码将更加朝伊朗、委内瑞拉这样的石油大国倾斜，这是美国万万不愿看到的。事实上，美国已经动用国家外交机制，用请求和施压的方式，促使与美关系不错的石油生产国增加石油产量。今年 5 月，布什再访中东，总算有点成效，沙特阿拉伯答应每天增产 30 万桶。

从外交谋略的角度看，防人之心不可无，我们也不能排除世界上的各种可能，但在没有做出严格证明之前，随意用阴谋论来解释复杂的世界经济现象，是极其不严肃的，至少是不可靠的。

当然，我们不能用学术的标准去要求经济畅销书的可靠性、严谨性，但有必要提醒读者大众，一些畅销书是怎样畅销起来的。作者迎合读者猎奇的阅读心理，以及不少写书者有追求“拍案惊奇”的效果，加上出版社对市场利益的考虑，一本又一本只注重眼球不讲究品质的畅销书就这样进了书店。看看书店里那些醒目的图书，紧靠着《货币战争》的边上，摆放着的是《资本战争》、《黄金战争》、《金融战争》以及其他一些“战争”的书，就知道中国的经济畅销书怎样畅销起来的了，以及是如何炮制的了。

依本人的性格，本来对这类书和这类事是一笑了之，听听而已或一阅而笑，就像我曾在一篇文章里说过，《品三国》之类的书，只能消遣一读，不能当真。但是，想想这类书对青年学生产生不小的影响，倒也有所触动。于是，写下这篇小文，以表达我的看法。也盼望真正的专家能写一些适合大众阅读并能真正讲道理的畅销书，同样盼望有分量的经济学随笔和时评文章能更多一些。

（发表于《经济学家茶座》2008 年第 3 辑）

经济学家为什么爱写随笔？

不少很畅销的报刊都有经济学随笔的栏目，吸引了经济学家的关注，并愿为此而投入写作的精力。写得好的经济学随笔，受到读者的热捧，刊登经济学随笔的报刊也更加兴旺。

经济学家为什么爱写随笔？有人把它归结于媒体经济学的盛行，甚至和中国经济学界特殊的生态环境挂起钩来：许多经济学家之所以著名，不是因为在某个领域的研究有公认的突破，而是因为他们的名字成天见诸各种报刊，包括发表的谈话和大众化的文章。这样看似乎只有中国的经济学家爱写随笔，可是，国外也有不少经济学家，包括一些名家，十分爱写随笔。大名鼎鼎的萨缪尔森、克鲁格曼等都曾有过《纽约时报》、《新闻周刊》上的随笔专栏。经济学家爱写随笔是一个常见的现象，不分中国和外国。

经济学家写随笔，首先是为了让更多的人读到自己的文章，更大范围地传播自己的思想。经济学家平时写的学术论文读者面是很有限的，甚至有的领域写文章的有几十人，看文章的也就几十人，谁不愿意有更多的人了解自己的思想呢？有的经济学家经常写随笔，是因有感而发的思想冲动。对一个经济现象作出符合经济学原理的分析，对一个经济政策作出及时的评述，写作者不吐不快。若等到有模型、有变量的长篇大论写出后，一些经济学家反而没有痛快感了。当然，不少经济学家同时在写那些大文章。还有的经济学家善于驾驭文字，以文笔优美见长，不仅学问高深，而且写出来的随笔散文也让人惊叹。克鲁格曼就是其中一位，他的几本随笔一直是国外书店的畅销书。这时，经济学家写随笔散文如同享用美味的点心，心情好极了。有没有经济学家冲着随笔的较高稿酬而作的（有的专栏润笔费颇高）？相信即使有也很少。因为和经济学家的其他行为相比，写稿子还是属于边际收益很低的。

既然是随笔，内容和写法上就无定式。可以严肃，可以轻松，也可以诙谐。不过，作为经济学随笔，还是应该要有思想的火花、理论的联想，能够启迪读者尤其是非专业读者的心智。轻松不代表放松，有趣不意味着浅薄。文学中有“小女人文章”的说法（并非对妇女不敬），写经济学随笔也要讲究“口味”。那种看到白菜想到“白菜经济学”，见到豆腐写出“豆腐经济学”，写多了，也会把读者的胃口倒掉的。

（发表于《经济学家茶座》2008 年第 2 期）

经济学随笔的生命力

近十多年来，一种反映新的经济观点并贴近生活的经济学文体在国内逐渐流行起来，这就是经济学随笔。尤其是《经济学家茶座》广揽热爱写随笔的经济学人，每年编发大量的随笔文章，推动了国内经济学随笔的繁荣，《茶座》自身也成了国内经济学随笔的重镇。笔者写下本篇文章，绝不是要谈所谓的经验，也不是因为对经济学随笔有深厚的研究，而是一来愿意借《茶座》一角和同行交流，二来属于命题作文，意在为茶社的主人凑“一壶茶”。

经济学随笔为什么会流行？

随笔又称散文，在文体上似乎很难找出其中严格的界限，两者都是题材广泛、表达自由、不拘形式。有人硬要把随笔区分于散文，称随笔是散文的一种类型，散文则要更为广泛一些，这也是一家之言。不过，由于人们对散文会联想到游记、风物描绘之类的抒情之作，我还是愿意把本文讨论的主题称为随笔。随笔在英文中也有对应，就是 essay，按照一些词典的解释，就是题材广泛的短文章，形式自由活泼，但一般都要表达作者的鲜明观点。

经济学随笔为什么会流行起来？首先是有一批经济学家或经济学人喜欢写分析经济问题的随笔，其次是社会有需求。

关于经济学家为什么喜欢写随笔，我曾在以前的一篇很短的文章中谈过这个问题，现在再概括几句。经济学家有的时候需要用另外一种书面形式来表达自己的观点，就是用大家都能看得懂的语言来反映一种学术见解，目的是让更多的人懂得一种道理。这一点很重要。好的经济学随笔，不仅对于经济学思想的普及，尤其是划清正确与谬误、批评政策得失，有着学术文章起不到的功效，而且可以进一步确立经济学家的名望。美国出过无数位诺贝尔经济学奖获得者，但引起大众注意尤其是让政府在意的并不多，这和经济学家写不写大家都能阅读的文章有很大关系。经济学家爱写随笔，还因为随笔是一种很好的书写载体，自由不拘，甚至淋漓畅快，作者可以相对自由地表达自己的思想和见解。有的经济学家本身就是文字高手，平时的学术论文限制了他们对语言表达的灵感和冲动，随笔的形式之自由以及文字之优美给他们带来一种难以替代的快感。

至于社会对经济学随笔的需求，自然也随着舆论的宽松和媒体的多样化与日俱增。人们不仅希望从严谨的学术文章感悟思想的新知，也要在指点江山、辩论真理的激扬文字中得到启发，还可以在说东道西的娓娓之谈中会心一笑。思想越活跃，媒体越丰富，谈论经济的随笔文章就越有社会需求。

现在市面上讨论经济问题的书籍和文章很多，但观点不一定正确。最新一期的《读者》杂志上有这么一篇文章：中国物价为何比美国还高（一个很吸引人的题目）。文章在列举许多产品在中国的价格大大高于美国后，用三个原因解释了这种现象：第一是中国的宏观管理成本高（主要是政府成本）；第二是权力腐败，造成交易费用过高；第三是中国向美国出口太多，中国老百姓生产的商品被美国人用美元买走了，美元被中国政府拿走了，政府为持有美元外汇而增发大量人民币，老百姓手中剩下的就是贬值后的人民币。应该说，这篇文章有一定的道理，在阅读市场上很叫好（所以被《读者》转载），但观点并不正确。如果一位训练有素的经济学家用随笔的形式写同样主题的话，首先会对物价的比较做出正确的评价（那篇文章的作者是用商品的中国零售价格和他在美国购物网站上查询的价格去比），更重要的是，中国向美国的大量出口是国际分工的结果，也不是中国物价高于美国（如果成立的话）的主要原因。中国生产的产品如果国内价格高于美国，那是因为在国内销售享受不到出口退税；如果中国产品在中国的价格高于美国产品在美国的价格，那主要原因就是中国产品的劳动生产率低于美国，小麦和大豆就是典型的例证。

经济学随笔的生命力来自何处？

国内的经济学随笔，从十多年前的一些报刊专栏（印象中是《21 世纪经济报道》首先为一些国内名家开辟专栏的，逐渐扩展到多家报刊），到现在有专门的定期出版的随笔集子（如《经济学家茶座》），逐渐显示繁荣景象。可是，一时的出版繁荣，未必能代表真正的生命力。这让我想起多年前国内杂文的一时荣枯。

改革开放之初，思想开始活跃，舆论直面社会，加上鲁迅风格在中国的深厚影响，一时涌现许多针砭时弊、传播新潮的好文章，杂文是当时人们最爱读的一类文体，许多大报都有专门的杂文栏目，其中一些文章的影响并不小于大块头的理论文章。但渐渐地，杂文最后淡出了人们的阅读范围，现在很少听人说喜欢看杂文了，报刊上也不大见到过去那些很醒目的杂文栏目，真不知当初写杂文的高手今何在。

经济学随笔的生命力首先来自于作品本身，只有作品有了丰富的内涵，才会有相对稳定的地位，并逐渐发展成一种长期固定的文体。

思想是经济学随笔的核心，也是维持其长久生命力的基础。经济学随笔之所以有别于一般的随笔短文，关键还是在于一种思想的表达。文学作品中的随笔，可以是赏花观月，可以是抒发情感，甚至可以自我排遣，读者读这些文章是体味一种感受。经济学的随笔，是以随笔的形式表达经济学的思考，读者读这些文章是体味一种思想，因为经济学是关于思想的学问。如果经济学随笔离开了思想的火花，没有了思索经济之问题的味道，就不能称其为经济学随笔，那就是生活随笔或文学随笔。《经济学家茶座》以茶会友，让茶客亮相，让读者轻松如喝茶般品味文章，这是一种阅读状态，应当保持和发扬下去。不过，是茶就有茶的味道，无论是红茶、绿茶还是花茶，都要有茶香和茶味，没有味道就成了白开水了。文章的思想性就是一种“茶味”，一定程度上也是读者愿意喝“茶”的前提。本人虽然不反对只是会心一笑的经济学随笔，因为这也是它的一种功能，但唱主角的应当是能给人以启发和思考的文章。

话题的取舍非常重要，有价值的话题是决定经济学随笔生命力的另一个保证。什么样的经济学随笔的话题具有价值？这当然没有定论。有思想的好文章，小处也可以着眼，从小见大，平凡中看真理。一情一景，一事一物，都有规律可循，只要言之有理，表达自然，不落俗套，都可以成为一篇有思想的经济学随笔。倘若仅仅是题目宏大，空洞无物，老生常谈，即便说了很多大话、套话，也毫无思想可言。既然是随笔，题材就无一定限制，既可以写国家大事，也可以写身边小事。不过，能够给人以联想、思索和回味的经济学随笔，还是少不了看似轻松淡定但主题不失深刻的内容，在闲适之外有一种淡淡的厚重感。

经济学随笔也可以“风花雪月”、“山水田园”，还可以细微至生活日常、家长里短，但本人一直认为，这些只能是经济学随笔的“调色剂”，而不能成为经济学随笔的主流。如果经济学随笔最后演变成全是围绕白菜豆腐所写的经济学知识介绍（这类文章容易犯在一个并不精彩的故事中硬塞进一个经济学理论的错误），那就变成了生活经济学。市面上有生活经济学的书籍，有专门的读者，主要是未成年的孩子和家庭妇女，而喜欢读经济学随笔的读者应该是不同的群体。读者刚开始看那些生活经济学文章时，觉得新鲜可读，一个个差不多的故事看多了以后，就觉得浅显无聊了。

毫无疑问，经济学随笔生命力的第三个来源就是这种文体的形式之美，这往往也是这类文章的引人入胜之处。经济学随笔写出来要有人看，而且让人爱看，必须讲究行文，追求语言之美。既然形式自由不拘，文章就要克服学术论文八股式的机械文风，讲究起承转合，力求自然清新、流畅大方，该含蓄时点到为止，该宣泄时淋漓尽致。好的经济学随笔是用思想启迪人，但表达思想的载体是语言，真正打动人处是纸上的文字。没有精彩的语言，没有用心的文字，也很难称得上是一篇经济学随笔之作了。缺乏必要的形式之美，普通的经济学文章就能够替代经济学随笔，长此下去，经济学随笔的繁荣也难以为继。一些名家文章写得多了，或无论怎样写也会有人给登出来，就难免漫不经心，文章粗糙，写文章像随意讲话一样，毫无雕琢，最后变得没人看了。《21 世纪经济报道》初办时，每期都有足够的版面提供给一些经济学名家做专栏，刚开始这些文章写得也不错，看得出来是用心写的。渐渐地，文章开始变得漫不经心，文字粗糙，大家的阅读兴趣顿时消失。大概是报社注重读者调查吧，发现这类文章并不叫好，渐渐地把一些经济学专栏砍去了。

实际上，有心的作者写经济学随笔是很注重语言功夫的，他们把自己的思想倾注于文字之中，用心遣词造句，反复推敲。我曾听到一位作者在《茶座》召开的座谈会上讲，他每为《茶座》写一篇文章都要费时几天，用心构思，推敲文字，而且他本人也陶醉于自己精心所写的文句之中，换来一种写别的文章所没有的快感。笔者当时听了只能用两个字来概括心情：感动。本人生性不勤，为《茶座》写文章不会如此讲究，虽不是草草而漫不经心，但基本也是“一挥而就”，没有“陶醉”的快感，但却有几分“调剂心情”的乐趣。平时写严肃而枯燥的学术文章，难免无趣，每隔一段时间换一种心情，写一篇轻松的经济学随笔，自由表达自己的想法，不失为一种思想的调剂和写作的调剂，可以增添快乐。这也是我为什么愿意写一些随笔的另一个原因。

社会阅读氛围有待改善

经济学随笔要在中国长期繁荣下去，还有一个社会环境问题，如果没有一个很好的社会阅读氛围和出版氛围，这种新文体的生命力也会受到挑战。作为一个喜欢读随笔的读者，也作为一个愿意写讨论经济问题随笔的作者，说老实话，本人对此还是有点担心。

笔者曾在一篇文章中提到，经济学的纯学术文章（尤其是计量化的学术文章）是职业化的结果，当经济学家已经进化到一种标准的职业以后，阅读和写作经济学的学术文章是体现职业门槛的一种业内行为，也是职业化经济学家交流与竞争的职业规则。经济学随笔不同于学术论文，除了表达思想之外，还需要表达一种情怀，其实这也是许多经济学家爱写随笔的一个重要原因。情怀不是职业内的元素，无论哪一位经济学人写多少篇随笔，随笔写得有多好，对他的职业利益（晋升或学术地位）是没有关系的（至少在东南大学是如此）。这种情怀若能长期延续下去，除了经济学家始终要保持一份热情，还需要社会有共鸣，有这种情怀赖以生存的阅读氛围。

走进书店，浏览报刊和网络上的热门文章，不无遗憾地发现，有情怀的书籍和文章基本被冷落，而功利性的书籍、质量粗糙不堪的畅销书以及缺乏品位的热门文章却大行其道，国民的阅读习惯还没有形成一个让有思想、有情怀的经济学随笔真正繁荣的局面。这些年，少数经济学家成了公众人物，像吴敬琏、厉以宁这样的学术名家，几乎家喻户晓，连我们学校门口报摊上的老太太都能随口报出几位经济学家的名字，但这些经济学家的思想观点是什么，绝大多数的人却说不上来，因为他们从来不看那些经济学家的文章，哪怕是登在报纸上谁都能看得懂的文章。相反，如果我们换一种阅读环境，发现那些具有世界盛名的经济学家，在他们的国家里并不是像我们这里家喻户晓，但熟悉他们的大众却多少了解一些这些经济学家的观点，因为看过这些人的文章。克鲁格曼是一个最有争议的经济学家，不仅在学术界有争议，而且在大众层面也有争议。他经常在《纽约时报》上发表专栏文章，《纽约时报》网站上也经常有对他的文章评论，有赞成的，更有反对的，绝大部分出自普通读者之手。

当然，我们没有必要责怪国民的阅读习惯，在对当下阅读氛围发出遗憾之声的同时，更加希望出版界能够发挥自己的作用，营造有利于经济学随笔发展与繁荣的气氛。

经常在国内外出差，经常光顾国内外机场的书店，也几乎在登机前都要买上一两份报刊，以便在飞机上阅读消遣。在感叹国内出版物日益丰富，尤其是花花绿绿、夺人眼球的出版物赛过国外的同时，也有点惆怅于严肃的思想读物乏人问津的状况。十多年下来，各种畅销书不知道印了多少册，新创刊的花俏杂志不知道增加了多少，但正式以随笔形式出版的刊物还是《读书》、《随笔》、《万象》等少数几种，而这些刊物中，文学性的随笔占了很大的一个比重。《经济学家茶座》至今还是以书号出版，未能成为正式刊物，虽很有影响，但由于在国内没有同行呼应，显得有点孤单。如果在《经济学家茶座》之外，国内还有一两份专登经济学随笔的刊物，对于经济学随笔的真正繁荣，也对于《经济学家茶座》再上一个台阶，是大有好处的。期待《经济学家茶座》办得更好，期待新的有品位的经济学随笔刊物问世。

（发表于《经济学家茶座》2010 年第 4 期）

润笔与经济学家的酬劳

这两年承蒙“店主”小洪先生的热情和鼓励，陆续在《茶座》上写了一些文章，虽不是每期都写，倒也是常看常写。对这些文章，有读者来信（Email）称好的，也有同行认为我的文章写得有些沉重（我院的周勤教授就是这种评价——一笑）。虽然我一直认为《茶座》的文章可以轻松活泼，但不能流于鸡毛蒜皮，是茶就应该有茶的味道，这个“味道”就是用一种新的形式表达某种经济学的思考，所以我喜欢在文章中讨论一些不那么轻巧的话题，下笔时则尽可能随意自然，不过，本篇文章的话题倒是十分很轻松：谈谈经济学家的润笔与收入。

润笔就是稿费。中国古代文人羞于开口要自己作品的酬劳，明明想着那一部分钱，却不直接说，就说“笔干了”，要有东西润润笔（有典故），润笔就成了稿费的代称。

古人润笔没有固定章法，润笔几何没有体制可循。司马相如千金作一赋可能是有记载的最高的润笔了。西汉时期“千金”是多少钱？没法准确说得清，但反正是一大笔钱。听说上个世纪50年代有作家写一部书的稿费就可以买三大间房的，但也记得看过一位比较有名的散文作家在文章中提到，他买的一套房子是靠爬了十几本书的格子换来的，那是几年前的事情。现在的稿费不如50年前是肯定的。

本人有稿费的历史已有20多年，况且是写专业方面的稿子，有润笔今不如前的亲身体验。

我的第一笔稿费来自一篇学术论文。那时我刚大学毕业不到一年，写了一篇关于“恩格尔定律”的论文（每人都会对自己发表的第一篇文章记忆犹新），投给《南京大学学报》，很快就接到该学报主编的一份热情洋溢的来信。信中除了告诉我文章已经决定录用，不要再投他刊外，还有不少鼓励的话。（这位令人尊敬的主编早已作古，且属英年早逝。主编在世，我与他同城居住，并未谋面，也无缘致谢请教，也算是一份遗憾。）

几乎是在收到样刊的同时，也收到了稿费通知单：人民币70元。1983年的70元是一个什么样的概念？当时我的工资是每月45元，属于大学毕业未满一年的见习期工资标准，满一年后的工资是54元。这篇文章的稿费在当时可以买300斤大米或70斤猪肉，支付两个人一个月的生活费绰绰有余（我有一本《南京价格志》，可以补充我的记忆）。不用多说，这笔稿费对我写文章发表也是一个不小的激励，从此就开始了写稿投稿的20多年的历程。上个世纪80年代，几乎每年都有好几篇论文发表，稿费还是每篇几十块钱。但是，1989年的70元已经不好和1983年的70元相提并论了。

上世纪80年代拿到的最大一笔稿费是3200元，那是我1985年翻译一本书的酬劳。当时我正在南开大学经济系念研究生，有机会接触到图书馆的一些外文原版书（直到今天都对南开大学图书馆的感觉非常好，可以接触到大学生看不到的外文原版书和港台书籍），产生翻译一本书出版的冲动。挑了一本不厚不薄自认为选题不错的外文书，翻译了其中的两章就联系好了出版社。记得当时为了让出版社相信我翻译的水平，没敢告诉编辑我的年龄和研究生的身份，与编辑通信用的是南开大学有号码的信箱。这位编辑也从未见过我，后来她遇到我的一位熟人，才知道我的年龄与身份，而在此前一直以为我是南开大学的老师，年龄有50岁以上（一笑）。3200元是我当时3年的工资（拿到稿费时我已毕业工作），可以算一小笔巨款了。这笔钱不是从邮局寄的，因为对邮局而言这笔钱过大，而是从银行汇的。记得我是在南京最大的银行拿到这笔钱（实际到手略少一些，因为扣除了个人所得税），这也是平生第一次到银行领取稿费。

小平“南巡”讲话后，国内媒体开始活跃，时评性的文章见多，我的稿费收入进入了一个小高峰。那时我在《经济日报》上经常写一些经济时评文章，稿费不低，一篇2000字左右的文章可以收到100元的稿酬。除此之外，我还经常给一些刊物写文章，都有稿费。那时兴趣广泛，年轻热血，看到一种现象就想写稿表达自己，给《新民晚报》《光明日报》等报刊写过不少篇随笔杂文，对稿费还比较满意。在《新民晚报》发表一篇千字文可以有60元到80元的稿费，这在当时还是能换一些东西的。记得一年年终盘算，全年拿到的稿费超过了我的职业收入。

真正对稿费动心的是有那么几年，我给香港两家财经杂志写稿子得到的酬劳。1995 年，我在香港的书店里看到几份财经杂志，翻了翻里面的内容，觉得我也能写。当时并没想到稿费，而是为刊物印刷之精美所吸引，能够在如此精美的杂志上登文章也是一件乐事（当时大陆的刊物几乎全部土头土脸）。文章投给香港最有名的一家财经杂志后，很快收到主编的一份便签，希望今后能经常给他们写稿，并问我在香港银行有没有户头，以便往户头上汇稿费。我当然没有，回信就说你们寄给我好了（有稿费当然高兴，虽然不知道多少）。后来稿费来了，是一张公司支票：3000 港币。那时候的港币币值高于人民币，我一个月的工资加奖金不过 500 多元。更高兴的是，这篇 6000 字左右的文章，是我用了 3 天时间写出的，"投入产出比"是相当高的。这个激励效应是显著的，后来每隔三个月左右就给这家刊物投稿，同时又给香港另外一家财经半月刊投稿。投出的稿子几乎都用了。月刊的稿子比较长，一般都是五六千字或更长一些，半月刊的稿子较短，一般在三千字以内。月刊的稿费在 3000 港币左右，半月刊的稿费在 1200 港币左右。

每次收到的都是公司支票，照例要到中国银行办"托收"。经常去银行办这种业务，银行的柜台人员见我也脸熟了。时常办这种业务也有一个好处：对国际金融有了感性的认识，对在大学里教"国际经济学"这样的课还是有帮助的。这些稿费积少成多，一直存在中国银行，而且是现汇收入，随时可以汇出境外或携带出境。我已经很多年没有这种收入了，但经常在出国时还用这笔钱，不久前因私事去新加坡，还在这笔钱上提取若干用于花费。

虽然润笔不错，但我后来还是停写了。不是因为其他原因，而是由于后来工作比以前忙了，写文章也更加关注真正学术性的论文，在财经杂志上写稿子毕竟不是纯学术的，当然还有一个原因：随自已收入的增加，稿酬的激励作用在下降。那厚厚一摞印刷精美的杂志躺在我的书橱里，虽然已经很少看它，但成全了我一份轻松愉快的记忆。

时过境迁，现在的稿费状况是所有经济学人都知道的。绝大多数学术期刊已经取消了稿费，包括《经济研究》在内。还有一些刊物给作者发放稿费，但也是一种象征和姿态而已了。一篇论文两三百块钱稿费，恐怕没有哪个作者会对这笔钱在意的。《中国社会科学》的稿费高一些，写一篇一万多字的稿子，可以得到大约 1000 块钱的稿费，但对于万余言长文而言，这点酬劳实在算不上什么。

现在也有润笔较丰的一些报刊，但都不属纯学术之物。本《茶座》的稿酬不算很高，但足以“润笔”有余了。人民日报社主办的《环球时报》稿酬不错，在评论版上写一篇稍长一些的文章（3000 字左右），也能收到近千元的稿酬。如果下笔顺利，3000 字的时评文章一晚就能写好，能有近千元的酬劳，也不算太辛苦自己。原来以为南方报刊的稿酬很高，但实际未必如此。南方日报报系的一家蛮有名的刊物曾约我写过一篇几千字的稿子，印象中收到的稿费也只有五百元。

在当代人的眼中，现在的经济学家是高收入的人群，这也是事实。不过，经济学家的工资收入并不高，大学里的经济学教授拿的工资和历史学教授是一样的，高收入主要来自他们的高酬劳。

经济学家的酬劳不外乎来自于以下几种渠道。

第一种渠道是写文章而得稿酬。我在上文中已经说到，现在的稿酬不会引起经济学家的兴趣，至少在大陆是如此。据说北京有一位经济学家专门给香港的报刊写稿，而且写得很勤，每年有百万收入，不知真假。我想即便是真的，也算另类。根据我多年前的经验，那差不多要一年写几百篇文章才能凑到这个数字。若真的是这样，那就成了写稿匠了，已经不是经济学家的思想性之作了。

第二种渠道是科研经费提成。不少经济学家每年有多个科研项目，一年的经费达数十万甚至百万元以上，大多数学术机构有经费提成政策，10 万元的经费可以提成 2 万元或更多，那些项目多的经济学家一年从经费提成中得到的酬劳可以达十几万元。不过，比较正规的机构只允许在横向项目中提成。若是为了获得经费提成，一年做很多的横向项目，经济学家也就成了咨询公司的经理，不再受人尊敬了。

第三种渠道是给人讲课拿讲课费。有的经济学家热衷于到处讲课或作报告，一场讲课费拿个三四千元。坊间最近有个说法：金融危机把大家都害惨了，但却“肥”了经济学家，因为到处有人请经济学家讲金融危机是怎么回事。当年“知识经济”火爆时，我校一位教授各地有人请作报告，一口气讲了 100 场，报纸还作了报道。这种酬劳虽是经济学家的“专利”（别的什么“家”气得痒痒的），但都是机械性的重复工作，讲得多了，自己也觉得没趣的，除非真的是把它当作“生财之道”了。其实，除了那些已经经过“包装”的“大师”，靠讲课费是发不了财的。

第三种渠道是参加各种评审会、论证会、咨询会，获取劳务报酬。对于经济学家来说，这种酬劳来得最轻松惬意。坐在会议桌上，好茶喝着，好烟抽着，天南海北地侃上一阵，又有听众，临走时又有一笔不错的酬劳。有的经济学家赶场子，迟来早走，抢着发言，讲完就走，为的是赶下一个会议，但这种“品相”不好。

第四种渠道是参加论坛而得的演讲费或出场费。这种酬劳是最高的，也是一些经济学家最不愿放弃的。有些名气的经济学家，在论坛上讲个 20 分钟或半小时，可以得到三五千元的演讲费。那些国内大红大紫的经济学家，演讲费常常在 2 万元以上。国际上的大师的演讲费就更高了。读者一定看到有那么一两位诺贝尔经济学奖大师老是待在中国，到处讲演，在中国的时间超过了在本国的时间。时常有人建议我请某位诺奖得主来我院演讲，明码标价演讲费是多少，我一概回绝。因为这些人的思想和学术我早在他们的著作中看到了，也曾听过他们在一些论坛上的演讲，水平比他们的文章差多了，花这个钱绝对是冤枉。

相比而下，我觉得“润笔”这种激励机制产生的经济学意义上的正外部性最大，经济学家拿到这种酬劳也最心安理得，甚至有一份荣耀。第一，公开登出来的文章受益面最大，可以让成千上万的读者看到，超过任何一场大规模的演讲会。第二，经济学家写文章时应该是用心的，即便不是深思熟虑，也是精心准备的，其质量应该超过会议上的随意发言。第三，文章可以启发新知，可以对新的思想观点出现起到帮助作用。第四，写文章一般不会出现学界圈子里的那种“潜规则”，即不会有人要对某人送钱而约他写稿子的，请人评审、讲课或演讲就不同了，有的时候是换种方式给具有投票权的专家送钱。

为什么稿酬机制的直接效应和间接效应都好于其他酬劳制度，却远远达不到其他酬劳制度的标准？换句话讲，为什么稿酬这么低？主要原因在于稿酬制度缺乏一个固定的市场。经济学家的其他酬劳机制产生于一个市场：有人需求，就有人供给；是什么样的供给，供给多少，取决于咨询费、讲演费等酬劳的标准。在一定的标准下，供给与需求达到均衡。而稿酬背后没有固定的市场，文章的供给是无弹性的，即使没有稿酬甚至倒过来收版面费，也有大量文章的供给，稿酬标准根本起不到调节文章供求关系的均衡作用。当然还有一点，报纸杂志是不好排他的，文章登出来谁都可以看到，而举办论坛是具有排他性的，请到一个大师，就可以卖门票，举办者还有钱可赚。所以，一些报刊给的稿费不高，却经常举办论坛，给经济学家开出的出场费比稿费高了很多。

其实，好的稿酬机制还是有市场的，同样的情况下，高稿酬一定会引来大作。谁都愿意给稿酬高的刊物写稿，这是人的本性。当年鲁迅先生写了那么多的文章，也是视刊物的稿酬而决定往哪里投稿。正如他在一篇文章中所说："投稿的地方，先定为《幸福月报》社，因为润笔似乎比较的丰。"

前些日子中央电视台播放一个专题，记录莫理循（曾经担任过民国时期总统顾问的一位澳大利亚人）的一生。莫先生早年在中国穷困潦倒，后来给《泰晤士报》写稿子，被该报看中，聘他为驻中国记者，一月薪水 50 英镑（在当时是一大笔钱）。这位卖文换钱的落魄鬼佬立刻成了上等人，不仅在王府井附近置起一大房产，而且雇了五六个佣人。《泰晤士报》走精英的路线，用文章和付稿费也是如此，所以延续了 200 年。中国目前的稿费制度，真的是只能"润润笔"而已，难出世界级的大报大刊，似乎也在情理之中。

写这篇小文是周末，内人出差在外，小女在家等饭，只得自己去菜市场买一天的食物。一圈转下来，荤菜蔬菜买了一些，差不多正好花去了 70 元。20 多年前的第一笔稿费，可以应付两个人一个月的生活费，今天一天就花光了。

（发表于《经济学家茶座》2009 年第 2 期）

热血无价

我院的邱斌教授在《经济学家茶座》上写了一篇文章，记叙美国哥伦比亚大学与中国经济学的渊源，读来很有意思。没想到历史上有多位优秀的中国经济学家是从哥伦比亚大学的校园中走出来的，文中提到的 Chao－Ting Chi 就是其中一位。

Chao-Ting Chi 就是冀朝鼎，中国老一辈的政治家和外交家，并有做隐蔽战线工作的传奇经历，现在知道他是哥伦比亚大学的经济学博士。他的弟弟冀朝铸称得上“御用”翻译，先后为毛泽东、周恩来、邓小平做过翻译，后来也成了大外交家。中国现代史上有不少兄弟作家、翻译家。鲁迅（周树人）、周作人兄弟世人皆知。还有一对兄弟在写作和翻译方面留下大量优秀作品，但现在知道的人可能却不多，他们是董鼎山、董乐山兄弟。

兄弟二人先后毕业于上海圣约翰大学英文系，哥哥在新中国成立前夕去了美国，后来成为美国最好的华人散文作家之一。20 世纪 80 年代的《读书》杂志上曾经有他的专栏，相信那时经常看《读书》的人对他一定有印象。弟弟当时也可以去美国，但他要留下来建设新中国，坚决不走哥哥的道路，后来却成了右派，吃尽苦头。20 世纪 70 年代和 80 年代，分别有两本书在国内具有广泛影响，一本是《第三帝国的兴亡》，还有一本是《光荣与梦想》，都是弟弟翻译的。

20 世纪 40 年代末、50 年代初，有无数的青年知识分子为一种理想所陶醉，为了投入到火热的生活，本来要起航越洋，接受更好的教育，却挽起衣袖，迈进工厂或走进乡村；本来要在美国安家立业，出人头地，却一张船票，简单行装，回国看到五星红旗而热泪盈眶。这些青年知识分子没有想过，如果他们留在国外发展会如何成就自己，更没想过回到中国自己是否真的能实现价值。

现在的“浦山奖”，是为了纪念中国世界经济学界的前辈、中国社科院世界经济研究所第二任所长——浦山。浦山是哈佛大学的经济学博士，在美国加入共产党，1949 年回到中国，后来担任过周恩来的英文秘书。在美国读博士期间，他已经是大学副教授了。我 20 年前开始参加全国世界经济学会的学术活动时，他是会长。但身为会长，他却很少讲话，从未作过学术报告。印象中，浦山始终穿中山装（那时穿西服已经比较普及），烟瘾很大，说话很少，实在是很难联想到他曾是哈佛大学的经济学博士。后来知道，克莱因是他的同学，这位诺奖获得者曾说过，如果浦山留在美国，说不定也会得诺贝尔奖。我曾经收到一本世界经济学会为纪念已故会长而编辑的《浦山文集》。我翻了一下，印象中，这本文集多数是政治性的论述文，距离高深的经济学术远了点，若翻译出来，不知他的老同学会作何感想！

也有成就大业的。朱光亚在美国刚拿到物理学博士学位就启程回国，后来成了中国的“两弹一星”功勋之一。不过，朱光亚在启程回国之前，并不知道他将来有机会在中国研制原子弹，更不知道中国的原子弹能够搞成，同样不知道他将几乎隐姓埋名，几乎到老年后才被人所知。

朱光亚是1950年回国，年仅26岁；钱学森1955年回国，届时44岁。朱光亚回国时，身份仅是一名青年博士；钱学森回国前已是著名教授，并正值美国反共浪潮，受到美国安全部门的监视。朱光亚回国几乎无声息；而钱学森回国已成为中国与美国斗争的重大成果。所以有理由相信，用经济学的方法分析，钱的“预期”要比朱好，也更懂得世故，所以在“大跃进”时期也写过亩产完全可以达到万斤的“科学”文章（科学家也会犯非科学的错误，尽管他的一生仍然伟大）。与钱学森相比，朱光亚似乎更是被一腔热血推回到新中国，投入到火红的生活。

朱光亚、浦山、董乐山，以及还有更多的优秀青年知识分子，如果没有出自内心的热血，似乎很难理解当初他们所做的选择。也正是有了这样一种热血，年轻的共和国创造了一个又一个的奇迹。知识是可贵的，但热血却是无价的。

现在要讨论的问题是，朱光亚之后，还有这样的热血吗？今天的科学家、学者身上流着的血还是那样滚烫吗？在功利盛行的世界，待遇好了很多，居家、办公皆有温暖的环境，但恐怕血温降了几度。我们不禁做个大胆的假设：假如没有朱光亚当初回来，我们能搞出原子弹吗？我们今天会有原子弹吗？有再好的条件，失去了热血，恐怕也很难再现可以和“两弹一星”相提并论的重大成果，尽管我们今天有这么多的科学家和工程师。

有没有热血，一是出自理想，二是受政策引导。今天的政策强调实用，忽视了维护理想的尊严。实用主义的政策往往一时奏效，但不会激起澎湃的热血。尤其是教育青年人，让他们保持热血的温度永远比传输多少知识重要得多。

“南杨北梁”几人知

我刚上大学进入南京工学院的时候，就知道“南杨北梁”的说法。南方有杨廷宝，北方有梁思成。

两人都是学贯中西的大建筑学家，两人都毕业于美国宾大建筑系，世界上最好的建筑系。杨廷宝还是梁思成的学长，曾为学弟介绍过工作。

三十多年后，知道“南杨北梁”说法的人，可能仅限于建筑学界和东大的人，还有部分的南京居民。而梁思成，则无人不知，身后比在世时的名气更大。

“南杨北梁”为何变成了一梁独秀，南北通吃？个人揣摩，可能有以下几个原因：

第一，杨廷宝回国并未进入学术界，而是开了建筑师事务所（这是当时的风气），留下了不少重要的建筑作品，可能也挣了不少钱（东大门口成贤街上民国公馆式的杨廷宝故居可以作物证），但错过了理论建树的最好时机。梁思成回国后不久则组建了中国营造社，相当于现在的国家级学术团体，很早就处在学术的中心。

第二，杨廷宝一生作品很多，中式西式都有，而梁思成专攻中国古代建筑，并建立了研究中国建筑史的理论体系。应了那句话，越是中国的，越是世界的。中国人做学问，若要出大名，就要研究自己的东西，经济学也是如此。

第三，杨廷宝后来虽也在大学著书立说，但远离政治中心，而梁思成则一直在北京，紧靠政权机构，才有幸主持北京修建计划。中国的文人学者在不在北京大有不同，京城出来的声音总要大一些，因为可以借助政府的力量。今天仍然如此。

最后一点，但并非最不重要：梁思成身旁有一个林徽因，增添了梁的戏剧人生色彩。这也为什么近年来出版界、媒体对梁思成尤其感兴趣的重要一点。

在梁思成的老故事被反复提起的今天，人们把“南杨北梁”的说法逐渐遗忘了。

如果林徽因当年嫁给徐志摩

暑假中，中央电视台重播了《梁思成与林徽因》电视纪录片，我看了其中的两集。

特殊的家境、特殊的历史、特殊的人物，是这对伉俪学人的一生写照。

印象中，写林徽因的书似乎比写梁思成的书还要多，大概是因为这位美丽的才女颇具人生戏剧色彩。

林徽因随父（民国政要）赴英考察访学时，徐志摩正在英国。这位放着哥伦比亚大学博士不拿的浪漫诗人，写诗写到了剑桥，并对林徽因一见钟情，写了不少情诗给才女。

从照片上看，徐志摩比梁思成英俊许多，当时写诗已有名声，且出身富家。林徽因十六七岁，正值容易被情诗和诗人打动的时候。按理说选择徐志摩也是顺理成章的事。但林徽因没有，而是小小年纪却十分理性，选择了比较木讷的梁思成。

林徽因没有嫁给徐志摩，但多少受到天才诗人的影响。林一生喜欢文学并擅长写作，其中有徐的影子。

梁思成与林徽因，一个建筑学家，一个艺术家。先生与物质打交道，夫人与艺术为伴，相得益彰，红袖添香，一段佳话。林徽因若是嫁给了徐志摩，一对诗人与作家，刚开始浪漫无比，时间长了便互相别扭。谁都知道写诗作文就是这么回事，又不能当饭吃，不会太当真的。

更重要的是，徐志摩如果活到新中国成立后肯定落魄潦倒——那种无病呻吟的诗，是要把工农大众读得无精打采，涣散革命斗志，说不定会作为坏分子给管教起来。梁思成新中国成立后虽有不得志之时，但仍然被社会礼遇有加，当过北京市的政协副主席。即便现在徐志摩重新被人认识，但今天的人已经不读诗了，中央电视台也不会拍一部《徐志摩与林徽因》的电视纪录片。从长远看，林徽因的眼光还是准的。

看这段历史，不要学这段历史。今天即便有才子佳人，也学不了梁思成和林徽因，因为没有了相同的历史背景，也没有特殊的家境：梁思成的父亲是梁启超。

大师、建筑与效用

经常乘飞机去北京。如果有选择的话，我尽量选择国航，因为国航在首都机场第三航站楼（T3）起降。T3是目前世界上最大的机场候机楼，也是世界上最大的单体建筑，于2008年北京奥运会前夕启用。

周末在家看“国家地理”频道上的一个节目，知道T3是英国建筑大师诺曼·福斯特设计的，节目还介绍了大师的一些其他著名作品。巧得很，这位大师的一些代表作，我都有幸参访过或亲临过。

香港有两件大师的作品：汇丰银行总部和新机场，我都去过。在香港新机场乘机已经记不清多少次了，对那里的巨大空间和购物环境留下深刻印象。德国柏林的国会新大楼也是大师设计的。记得那里有一个螺旋式的巨大楼梯，上楼人与下楼人不相重，并可在楼上那个巨大的开放空间俯瞰国会的会场，体现“权力应受人民监督”的理念，创意十足。伦敦金融区的“小黄瓜”是伦敦新地标建筑（瑞士再保险公司的总部，外形很像一个立起来的黄瓜），也是当代全球著名建筑之一，很有震撼力。如果留意过我的博客相册，应该可以找到那张上面有“小黄瓜”的照片，没想到也是大师的作品。此外还有大英博物馆的新楼，超现代与传统反衬，此处不再细表。

大师的每一件作品都与众不同，让人叫绝，所以有用自己名字命名的建筑事务所，所以成了世界十大建筑大师之一。不过，在我的眼里，在为大师的创造力深感敬佩的同时，又想到了经济学家常常念叨的“效用”二字。

大师的作品还有两个特点。一是空间特大。看了香港新机场，已经让你惊叹不已了，再看T3，香港新机场只能是小巫见大巫。二是费钱。要造得很别致，花费就少不了。T3的大厅通透感很强，似乎可以让旅客看到外面的天空(但不知道有几个旅客会认真地看大厅屋顶)。

大师把T3设计成双Y字形，呈长条状，而不是一般机场的长方形。其设计理念是暗喻东方巨龙，机场屋顶凸起的三角形天窗，就是巨龙身上的“鳞片”。大师就是凭这种极富想象力的创意投标成功的，并获得“无出其右”、“神来之笔”之类的赞誉。不过，由于机场太大，如果不是在天上看，谁又能看出这是一条“东方巨龙”？即便是在天空，除了飞行员，由于角度的限制，旅客能够透过飞机舷窗完整看到“巨龙”的概率极小。经常飞首都机场的旅客很多，但知道这是一个“龙”的建筑恐怕是少之又少。我如果不是喜欢对机场观察，也不会知道这是一条“龙”。（之所以喜欢观察机场，主要出于职业习惯，曾在《经济学家茶座》中的一篇文章中说过。）

为了刻意造出“一条龙”，花的钱一定不少（公开的造价是240亿元人民币），来往旅客却根本看不到，甚至没有多少人知道。倒是由于机场太大，旅客在里面要走很长的路。从经济学的角度讲，这样的“效用”一定不高。

世界上的存在，有很多是由少数人的意志决定的。一座建筑，取决于建筑师和建筑评论家的口味（当然还有业主的口味，中国的业主很愿意花钱，尤其是在建造公共建筑方面，所以非常适合外国建筑师到中国来展现他们的独特创意）。经济建设也是如此。重点发展什么产业，货币发行多少，是否要调控价格，其实也由少数人的感受和判断决定。所以，经济学中不仅有“市场失灵”的术语，也有“政府失灵”的说法。

“伦敦塔”代表着英格兰的历史。后面的“小黄瓜”是标准的现代建筑，我曾为看这座建筑，在暮色中步行到楼前。但已是华灯初上，大门紧闭。看到了近景也不失落。当时既为建筑师的灵感而震动，又为瑞士人的有钱而感慨，因为这是瑞士的一家金融公司总部。

国粹也要与时俱进

我院的 EMBA 经常组织一些有助于修身的文化活动，平时因为忙很少参加。日前应邀参加了一次半日活动，欣赏了一场昆曲折子戏，十分难得，也使我对昆剧了解一二。

昆曲可谓是经典的国粹，浸透了深厚的传统文化。尤其是唱文和道白，简直是慢词和小赋，十分优雅，体现了江南才子的聪明和情趣（昆曲是典型的江南戏）。

昆曲不同于京剧，没有复杂的化妆扮相，舞台道具也极其简单，完全靠演员的唱功、形态和表演。其中有一出折子“鲁智深醉打山门”，扮鲁智深的演员，为表现鲁智深醉后模仿十八罗汉的形态，硬是单腿直立做出各种极难动作，从“打坐罗汉”一直演到“擎天罗汉”，那条悬空并不断变化动作的腿始终没有放下。我看了下表，足足有 12 分钟之久！演员赢得满场掌声，依旧不动神色。另两折文戏也是表演高超，可圈可点难以尽表。

不过，昆剧再好，要想把很多人吸引前来恐怕很难。一是节奏太慢，现代人忍受不了那些过于缓慢的说唱和动作。二是表现手法太单一，不够丰富精彩，无法给人以“立体”的感受。三是语言听不懂，这也是最要命的。演员在台上放着大家都听懂的语言不讲，说唱要么拿腔拿调，要么说着吴语方言。听众看戏还得先培训方言，今天谁还有闲工夫先培训语言再听戏？我也是看了字幕才明白台上在说什么，唱什么。

再好的艺术形式，如果观赏的人越来越少，这种艺术也就成了自娱自乐，或极少数人的情趣，即便作为“国粹”继承发扬，那也只是一个符号而已。一百多年前，昆剧的市场比现在大，那是因为时代不同。那时有很多的遗老遗少和闲人，那时没有卡拉 OK、NBA 和好莱坞，更没有网络媒体和网络游戏，天下人的节奏和台上差不多，共鸣很多。

国粹似乎也在努力走向世界。据介绍，给我们演出的昆剧团与美国哥伦比亚大学合作，把所演剧目的台词都翻译成了英文，并用中英文双语打成字幕。

尴 尬

看了英文字幕，水平是很高的，英文是地道的。连“笔削”这一十分冷僻的中文表达（常见是用“斧正”），英文都翻译得很好（to be improved）。可是，昆剧毕竟是中华文化，其中有很多传统文化骨子里的东西，反映的是习俗、认同或价值观，再好的英文翻译也难表现出那层特中国的含义。例如，一出戏中，尼僧妙常私下爱慕一书生，作诗表露凡心。在传统作品中，当说尼姑有凡心时，必定是指青年男女之爱那种情感，绝不是字典上所讲的笼统的“人世间欲望”。英文将“凡心”翻译成 sentiment of human world，意思没错，但外国人看了，是另外一种理解。国粹走向国际，其实很不容易。

保留精髓，与时俱进，可能是国粹的一种出路。我曾在一篇文章中提到在英国看“Love Never Dies”（《歌剧魅影》的续集），并非像传统歌剧中那种唱得死去活来，表现形式很丰富，观众爆满。

最后一折戏中，昆剧院院长亲演《西厢记》中的巧言势利的和尚（丑角），在台上对张生说：

“张姓可是大姓，文有张良，武有张飞。现在又出了二张。”

“哪二张?”

“一是张艺谋，电影赚了大钱；二是张近东，把苏宁开到了国际上。”

台下一片笑声和掌声。

中国人为什么特别喜欢照相？

20年前出国，在外面很少看到中国人，那时看到的东方面孔几乎都是日本人，还有少量的韩国人。现在出国，景点之处成了中国游客的天下。最热闹的地方，第一多的是中国人，第二多的才是当地人。

中国游客在国外有一个特别喜好，就是喜欢照相。名胜之前，端起相机不停拍照的多数是中国人。在塞纳河的游船上，其他的游客都是听着广播介绍，欣赏两岸的风景情物；中国人则喜欢涌到甲板上，对着两岸一番狂拍。还有一点不同：外国人也有喜欢照相的，但以照风景为主；中国人则喜欢给自己留影，偶尔也会发生为争抢好的位置而与同胞口出不逊的。

“上车睡觉、下车拍照，回到国内什么都不知道。”这句话，形容近年兴起的中国人海外旅游热潮，虽有些夸张，倒也十分形象。

中国人为什么特别喜欢照相？首先还是因为世面见得少，到海外看到了新风景自然不愿错过留影的机会。虽然这些年海外旅游形成热潮，但毕竟时间不长，许多游客是第一次出国，难免会有几分特别的兴奋。

此外，中国游客对外部世界的兴奋主要停留于表面，缺乏文化背景方面的知晓，加上外语听不懂，最能与表面沟通的当然是照相了。中国人骨子里还有喜欢炫耀的性格（如热衷于购LV包和名牌服装），给自己留影是“到此一游”的最好证明。

在人多的地方照相也有一个自我与外部环境如何“平衡”的问题，有的时候是需要“勇气”的。在一个秩序井然、安静放松的环境，欣赏周围是最好的参与，不一定要用“留影”来体现自己的参与。看到国人竞相照相留影的片刻，既为国家强盛、民众富裕而感到高兴，有时也隐约看到国人之行为与周围环境的几分不尽协调。

也有很少看到中国人的地方。今年1月在英国，东道主招待我们欣赏歌剧，楼上楼下转了一遍，看不到一个国人。这次在纽约，我们有几位EMBA的学员，自己去欣赏了百老汇的经典剧目《歌剧魅影》，我给予再三肯定。

在外面见不到日本人、韩国人还有我们的台湾同胞，并非他们不旅游，而是去了不大热闹的地方，去对当地文化做深度体验了。中国内地的旅行者还没有到这一步，不仅经济实力不够，更在于文化精神方面。

为什么银行业是高薪行业？

两个多月前，我写过一篇题为“投行的人为何能拿高薪”的短文，不少人看过，还有不少人留言或给出评论。曾有人当面问我还有什么行业可以写，我说一定是银行业。正好今天报上登了16家上市银行的薪金情况，便一边看一边写下本文。

银行的人员收入虽没有投行高，但比社会一般的行业还是高得多。16家上市银行中，收入前三甲中最低的是光大银行，平均年薪也在23万元以上。南京银行是地方性小银行，平均年薪也有14万元。收入最低的反而是最大的工商银行，只有5.11万元。但是要知道工商银行一定包括大兴安岭深山中的小储蓄所，以及遥远的西双版纳小支行，作为全国的平均数，也是不算低的，至少大大高于全国教师的平均年薪。

银行薪酬高，还是因为经济效益好。北京银行的人均创利超过100万元，人均创利最差的中国银行，也有39万元。全国到哪里去找这么好经济效益的行业？所以，民营企业家最想办的是银行。不止一位全国赫赫有名的民营企业家曾对我说过，最想做的事情就是办一家银行，可惜不让办。

并不是只要是银行就能赚大钱，世界上亏损甚至倒闭的银行多的是。只有中国的银行才这样赚钱。中国的银行赚钱，也并不全是因为垄断，而是金融需求太大。准确地说，是货币供给与货币需求都为海量规模。一方面，民间储蓄巨大，为银行源源不断地“输血”。另一方面，企业和地方政府贷款旺盛，再加上央行前些年货币投放数量惊人，银行可谓是正逢其时。相信全中国没有不赚钱的银行，假如真的有的话，那行长也太弱智了（政策性银行除外）。

以人均业务而言，银行做的都是大生意。同样是100亿资金的业务，制造业可能要上万人忙上一年甚至几年。对于银行而言，只要几个人忙上几个星期甚至几天就行，然后就等着资金回报吧。所以银行的人均创利特别高。

银行收入高，是因为效益好（所以，学校的毕业生现在就业时首选银行）。经济效益好，是因为社会对资金的需求量大，归根结底是因为中国经济高速增长。即便现在不断收紧银根，银行经济效益的前景依然好于其他行业。如果我们的经济和日本一样，那银行立马遭遇严冬。即便和德国一样，银行的日子也会很不好过。

只要中国经济继续保持高速增长态势，银行业就是以玫瑰为主色调，员工自然就能享受高薪，虽然银行间的竞争现在也越来越残酷。

"儒商"的错觉

中国有一个特别的词，叫儒商。在英语中很难找到对应的词，虽然也有类似的翻译，但意思完全不准。

儒商主要有两种含义：一是用儒家思想指导企业经营的商人，二是文化素养高并有点书卷气的商人。可以肯定，无论是商人还是普通大众，都是从后者去理解的，因为既然有用儒家思想指导企业经营的商人，也会有尊崇道家、法家思想的，但从来没有"道商"、"法商"的说法。

商人是一种职业，是一个社会阶层。文人或学者也是一种职业，为什么社会喜欢对一些商人称作儒商，并在称呼中赋予了赞扬的成分？似乎文人或学者的地位比商人更高，更值得社会尊敬。这是典型的中国式文化，不了解中国文化的外国人很难理解这一点。

儒商的叫法反映了历史上人们观念中商人地位不高的一面。一方面，社会阶层的排列是士农工商，商人处于末端；另一方面，"万般皆下品，唯有读书高"，文人学士受到社会的顶尊崇拜。其实，即便在古代，读书人的地位高也只是一个说法而已，不能当真，否则就不会有吃得辛苦考功名的仕途之路了。真正地位高的还是仕（不是"士"），是官，而官恰恰没有在"士农工商"中出现。无论是"斗酒诗百篇"的李白，还是具有"大江东去"豪情的苏东坡，做官的情结都高于赋诗填词。官人打心眼里也未见看高文人墨客，倒是读书人与官家商贾相比，不谙世情，简单得有几分可爱。

今天的现代市场经济，商人靠添几分"儒"气便可以增加地位，更是不大靠谱：现代社会更加强调社会分工，文人商人各干一行，不用谁沾谁的光芒。在美国，企业家的地位一点都不比大学教授的地位低，大企业的董事长、总裁倒经常是大学校长的座上宾，因为他们是大学筹款的对象。大学生心目中的英雄很少是满腹学问的教授学者，而是叱咤商场的公司精英。由于企业能给人们创造就业机会，带来许多新的发明和创新，企业家对社会的贡献应该大于只会读书写文章的"儒士"。所以在美国，如果你把一位企业家称为具有学者特质的企业家（scholar businessman），他绝不会认为你在称赞他，反倒怪你说他有点优柔寡断或纸上谈兵。

今天中国商人的地位也比读书人高。且不说今天社会上钱已成了“选票”，有钱者可以得到更多资源，包括住大房子、看好医院、子女上好学校，可以生多个孩子尽享天伦，就是在市长、县长的心目中，企业家的分量也会高于一般的知识分子。一个有经济实力的企业家，走到哪里都会有政府官员的笑脸迎送，希望他们能留下来投资。许多地方就有“亲商”、“爱商”的口号。读书人哪有如此待遇？一些企业家喜欢别人称他为“儒商”，除了社会的传统观念外，主要还是自身有点不自信，或是文化程度偏低，或是担心别人说自已身上有“铜臭”味，似乎叫了“儒商”，就是很有品位、很存情趣地赚钱了。其实，这是社会的价值误区，也是企业家自身的观念误区。企业家对社会的贡献是创造物质财富，并非著书立说，即便文化程度低，也丝毫不影响企业家的应有价值。那些懂得一些国学，或者琴棋书画都知一二的商人，如果企业经营得不好，作为职业身份来讲，也未见得比那些全不懂这些的企业家更为高尚。会做诗赏画，擅长舞弄文墨，只是一种个人修养和情趣，与企业家的特质无关。

一次，应邀和一著名企业家对话交流。这位企业家也带我参观了他的公司总部，包括他的巨大无比的办公室。办公室陈列高档、豪华，这丝毫不奇怪，因为企业家的身价和公司的实力在那里。引起我注意的是满屋（其实这个屋已经大到该用“厅”来描绘了）的古董和文物，有书画、瓷器、玉石，算得上一个收藏品展厅了。会见结束，企业家送我出门时，我指着门口的一对粉彩大瓶问：出自哪个年代？企业家略作迟疑：汉代的。

当时一句话到了嘴边还是忍住了。回来一查得知：粉彩瓷器最早出自清朝康熙年间，距汉代至少1500年！我们这个社会由于文化厚重，不自觉地背上了太多太沉重的包袱。世界本来可以简单一些的，却被我们弄得太复杂。

（本文发表于《董事会》2011年第5期）

两本很好看的地理杂志

天下有很多巧事。我在大英博物馆看到元青花，便想到证明元代就有青花瓷的那对大维德梅花大瓶，没想到一小时后在另一展厅就亲眼看到了这对大花瓶。今年春节，我在浙西建德参观新安江水电站，若有所思，回到南京后就写了篇短文（《新安江水电站随想》），没想到一份杂志今年二月刊就有一篇文章专门谈到它。如果不是我院的邱斌教授既看到我的文章，又看到这份杂志，并告诉我，我真不敢相信有这么巧的事，因为这是我经常买、经常看的一份杂志。后来买回一看，果然如此。

这份杂志叫《中国国家地理》，原来称《地理知识》，每月一刊，图文并茂，是一份具有专业水准的可读性杂志。二月刊中那篇与新安江有关的文章题目为“千岛湖：水下古城解密”。为了筹划这篇文章，杂志社专门派遣水下摄影师和文字记者多次去千岛湖考察，并在英国定制了专用潜水服，专业精神不容置疑。

我在《新安江水电站随想》一文中，写到来自浙西上游以及安徽、江西的木材、茶叶和山货，经新安江水运再到钱塘江之杭州、宁波经济发达一带，建造大坝切断了上下游的运输和贸易往来。那是我依据环境和历史做出的推测，却在这篇具有科学考察背景的文章中得到了证实，山货具体化为药材和桐油，木材和茶叶则完全一致。所不同的是，我推测是大半个县被淹掉了，实际上是淹掉了两个县城。淳安之外，原来还有一个遂安县，其县城已经在水下躺了50多年，今天的淳安县城也是后来迁城而得，原来的县城也在水下了。我的短文中提到的移民数字是30万人，《中国国家地理》杂志讲的是29万移民，应该以它为准。

还有一份地理杂志我已订阅了好几年：《华夏地理》，实际上是美国《国家地理杂志》（National Geographic）的中文版，那黄色的边框实际上是NG的Logo，非常醒目，不仅用在杂志上，而且也用在电视频道上。喜欢看国际英语频道的观众，一定留意过National Geographic这个频道。

今年《华夏地理》第二期上有一篇文章，题目叫“鸦片战争”。不读这篇文章，人们不知道今天世界上哪里种植鸦片最多，可能还以为是东南亚的“金三角”。文章用多幅珍贵照片和直接报道的文字表明，阿富汗是世界上种植鸦片最多的国家，产量占了全球的 90%。当地的农民是这样处理鸦片的：收获季节，割开罂粟果，让紫色的浆液流出，待浆液风干后，用金属片将之刮下，就成了生鸦片粉。

经常阅读《华夏地理》，尤其是外刊授权刊登的文章，等于是打开了一扇了解人类环境的新的窗户。我曾经在《经济学家茶座》的一篇文章中，专门提到这份杂志。

作为一份科普杂志，美国《国家地理》一期的发行量超过 1000 万份，超过任何一种时尚娱乐杂志，不得不承认美国人的阅读素养和品位。中国有品位的杂志，很少有发行量超过 100 万份的，有的能有几万份就很不错了。《中国国家地理》自称一期能销 90 万份，若属实已经是奇迹了，但与美国出版的同类杂志比还有差距。

我经常与学生讲，研究经济学，除了数理分析工具外，最好有一些历史、地理的知觉，这样看问题会多出一份视角。经济现象是历史的结果，也是特定地理环境下的产物。

品质、品位与品行

学校门口的成贤街上，有一家专卖进口食品的商店，店名叫常青藤。几年前开张的时候，曾经路过到里面看了看。以我的经验，价格比国外贵了不少，当时为这个店是否能办下去心存一丝疑虑。没想到几年下来，这个店还在，生意还不错，而且在全市开了十多家连锁店。

改革开放三十多年，国人眼界大开，以前觉得什么东西都是国外的好，甚至不少“洋货”国内根本没有。早期出国的人，都喜欢带上几个“大件”（彩电、冰箱之类的）“小件”（微波炉之类）回国。现在经常出国的人却感觉没什么东西可买，因为各种东西国内都有。不过，常青藤的命运说明国内还是有不少人喜欢“洋货”，宁愿花多出两三倍的钱买那些花花绿绿的瓶子、盒子（里面还是饼干、糖果这些食品）。存在的就是合理的。进口食品的热销，除了文化因素外（有人心仪洋货出于文化因素），主要还是品质缘故。

国内市场经济繁荣，商品应有尽有，但就是品质不高。中国是一个财富国家，但却不是一个品质国家。现在的情况是，中国几乎什么东西都能生产，但什么东西的品质都不高，尤其是食品。

中国本来是知书达理之邦，但有一份资料却让人有些担心：20 年前，中国人平均每年读 5.2 本书，20 年后，中国人平均每年读 5.6 本书，20 年只增加了 0.4 本。现在生活多样化了，少看几本书也没关系。但看到书店里抢眼的全是各种考证书或没有多少含金量的畅销书，多出来的 0.4 本肯定是这类书，还是为现在的读书品位有点担心。

我曾经在一篇文章中提到地处南京大行宫的那家外文书店。书店刚开张时很有“份”，环境舒适，在那里还可以买到《华尔街日报》。但时间不到一年，这家外文书店已经辟了一半给婚纱店，思想还是不如美丽有市场。现在的书店，一楼更是被各种儿童用书、文具塞得满满的，已经完全不是原来的感觉了。中国人很有意思，大人自己不爱买书，却很用心给孩子买书。《华尔街日报》还能买到，但已被挤到了一个不起眼的角落。

品质与品位，一个说的是物质，还有一个说的是精神。二者本来不搭界，但似乎又有某种关联。如果喜欢看《巴菲特传》的人远远多过喜欢看《亚当·斯密传》的人，市场上的商品丰富而不精致也是顺理成章。

还有一样东西与品质有关联，那就是品行。市场经济也是要讲品行的，不讲品行，就会假冒伪劣到处盛行，不仅品质难以保证，而且影响人的健康安全。所以，中国的食品安全问题始终是一个顽症，人们喜欢买进口食品，除了有文化上的偏好外，可能还有寻求安全的追求。那家专卖进口食品的商店不仅在经营定位上有独到之处，而且也成了社会变迁的一面镜子。

富

天妒英才

今天网络上登出乔布斯辞去苹果公司CEO职务的消息，看来他的身体状况已无法履行职务了。

十多年前，苹果公司命悬一线，乔布斯临危受命，收拾残局，很快就开发出iPod，风靡一时，扭转局面。之后，更有惊天动地之作：iPhone、iPad以及人见人爱的苹果电脑。苹果公司不再是垃圾企业，而是成了商界翘楚，今年又超越老牌的埃克森－美孚，成为全球最有价值的公司。最传奇的商业故事也不过如此了。苹果已经成了继夏娃之苹果、牛顿之苹果之后，人类历史上第三个“苹果”了。

天妒英才。这么有远见（把IT与文化娱乐紧密结合）、有才能（把技术和管理无缝对接）的企业家，苍天竟然让他患上了绝症，几次复出，几次离开。曾经有媒体预测乔布斯不能活过今年上半年，苹果公司曾经做过辟谣，但现在终于辞去最关键职务，其身体已不允许他掌舵苹果了。

没有了乔布斯，苹果还会那样诱人鲜亮吗？还会那样充满想象色彩吗？股票的大幅下跌部分地给出了答案。

乔布斯的离去，让苹果公司的竞争对手有了新的机会。没有乔布斯的苹果，也可能不再是一部印钱的机器，消费者的口袋也会少掏一些钱出来。对手也好，掏钱的消费者也好，可以把苹果看作一个贪婪的商业大鳄（例如所有的iPhone都是在中国生产的，但利润大部分流向了苹果公司），但不能不尊敬这位给人们消费生活和商业历史带来太多惊奇的企业家。

一个国家的好坏，在于选择什么样的制度；一个企业的好坏，在于选择什么样的企业家。

世界因他而无比美好

一个月前曾写过一篇《天妒英才》短文，算是对乔布斯的纪念。乔布斯真的离去，本不想再写什么。但看到这两天的相关报道，仍有巨大触动，不写下几句难以释怀。

“世界因他而无比美好。”这是苹果公司董事会的悼词中的一句，也是写得最好的一句。乔布斯是创业者，是技术精英，是商人，但在构筑自己帝国的同时，的确给世界带来了美好。在他之前，手机仅是通讯工具，最多加上游戏功能，但乔布斯却把它变成了时尚与高技术的结合。

我不是“果迷”，用苹果产品也是很晚的事情，但关注乔布斯及其苹果商业传奇已经很久了。苹果公司变革了商业模式，改写了经济历史，重新塑造了人类行为模式，乔布斯就是这一切的塑造者。美的东西，好的东西，给人带来愉悦，也给世界以美好。

若比财富，乔布斯并未创造历史。但为什么他的离去引起世界的悲伤？还是那句关键的话：有的财富与美好有缘，有的财富与美好无关，甚至是美好的反面。华尔街每天都在创造财富，但那是一场游戏、一场赛局，虽是市场经济不可或缺，但确实离“美好”有些遥远。乔布斯的苹果虽然也带走了消费者不少的钱，但留下的是美好的技术，还有美丽的传奇故事。

一个是真实财富，一个是金钱游戏。人们对可感触的真实容易体验到美好，对贪婪的游戏则很难产生美感，即便是游戏中的赢家。就像这几天在华尔街游行示威人打出的标语所言：Money talks too much!

乔布斯的离去，国内众多媒体都在头版或以显著方式予以报道，让人看出中国媒体的逐渐开放以及对新闻的尊重。那些刻板的“大报”还是有点过于拘谨，体制所然吧。

我们要不要学英语？

中国人学英语是花了极大的代价的。孩童从 6 岁开始，一直学到大学毕业，差不多有三分之一的时间和精力全用在英语上，算起来大概有五年的时间什么都不做，专门在学英语。

即便这样，中国人的英语还是学得不好。由于语系和历史文化的关系，中国人的英语还是没有印度人好，没有德国人好。所以有人就问：我们为什么要这般学英语？大部分人的今后工作和生活与英语无关，如果把学英语的时间省下来，可以做很多很多事情。还有人用 2008 年诺贝尔物理学奖获得者（一位日本人）为例，说明英语不好照样可以取得大成就，这位诺奖得主是在颁奖晚会上唯一用本国语言致谢的。

也正是啊，与其让大部分人英语学得半吊子水平，不如让少数人精通，多数人专攻自己的业务，不要在英语上浪费那么多的时间。那些平时不看英语读物也从不用英语的专家，肯定支持这种观点。在我们的周围，甚至有不少对英语讨厌的学者。

那些在英语使用中得到利益的人，显然不同意这种观点。因为只要社会普遍支持学英语，英语好的人地位就高，也会有相应的利益所至。试想一下，如果当初高盛、大摩进入中国，那些中国区总经理都能说得一口流利的汉语，招股说明书也不需要用英文版，英语好的人也就没有了优势。谁还会在乎到底是听说读写俱佳，还是一个哑巴英语？

上述两种观点都是从个人感受还有利益出发。经济学的思考角度不是这样，而是应该从国家成功的概率上去判断该不该学英语。正如我在以前的一篇博文所言，英语目前还是国家的竞争力所在。从大概率上看，英语好的国家，经济发展也相对较好，当然并不排除相反的小样本情况。那些从自身感受和利益去评价该不该学英语，似乎不能作为依据。讨厌英语的专家，很可能会花钱让他的孩子去补习英语，争取跑在别人孩子的前面。不说英语的日本诺奖得主也不能说明问题，因为一定是小概率。

世界上不只是中国在花代价学英语，日本、韩国均如此，而且花的代价比我们还大。关键的问题不在于该不该学英语，而在于我们学英语的办法太笨，这里面既有财力原因，又有体制原因。如果我们能创造以“用”为主而不是以“考”为主的学习环境，国人学英语就不会如此痛苦，效果也会好很多。

Fool's errand是什么意思？

国际关系中会创造出许多新词，如BRICS（金砖国家）、soft power（软实力）等。两国的交往与双边关系处理上，由于语言的差异，一旦对方抛出一个关键的词，另一方可能一时还不知道如何准确理解这个词的意思。

几年前，美国副国务卿佐利克（现在是世界银行行长，就是他把林毅夫要了去）针对中国，抛出了一个新词：stakeholder，要中国在世界上做一个responsible stakeholder。stakeholder是什么意思？一时间国内莫衷一是，最后还是采用了美国人的官方译法：利益相关者。但关键的问题是，这个词的隐含意思是什么，是褒义词、贬义词，还是中性词？记得当时我参加一次与中美经济关系有关的全国性学术会议，好几位资深并对美国语言文化认知颇深的学者谈了他们的看法。有的认为是重在褒义，因为美国开始把中国看做自己的伙伴关系（stakeholder的字面意思是保管筹码的人），表明美国正视一个已经强大的中国；有的认为是褒义中见贬义，因为前面还有一个修饰词responsible（负责任的），似乎有点教训中国要承担世界责任的味道；还有的人认为，这就是一个中性词，没有太多含义。

过了几年，美国遇到金融危机，需要中国伸出援助之手，从美国高官口中说出的话，开始让中国舒心很多。希拉里就说过中美要"同舟共济"，后来在中国还说过中美是"休戚与共"的关系，不仅说了中国的很多好话，而且大秀中国成语。

不过，几天前希拉里针对中国的一番讲话，却让中国外交部的人高兴不起来。在接受美国《大西洋月刊》采访时，希拉里批评中国人权，认为中国的做法不仅是"stop history"，而且还是"fool's errand"。相信只要有初中英语水平的人，都会明白stop history（阻挡历史）的意思，但fool's errand是什么意思？这个词的字面意思就是傻子做蠢事，美国人可能不那么认为，认为只是表达做无用之功的事，没有那么难听（其实还是傻事）。

相信中国外交部翻译室的人最近正在为"fool's errand"的准确翻译而用足脑筋。在我看来，fool's errand在美国语境文化中也许不像中文表达那么难听，但肯定不是好听的话。而我更加看重的是，两国关系总是此一时、彼一时，实用主义是各国的准则。两年前，美国高官口中的话好听，是因为有金融危机，应对危机是头等大事，即使心中有想法也不说出来。现在危机过去了，想说的话到嘴边就留不住了，甚至是刻意说出来的。

fool's errand再次证明，中美之间的关系也许坏不到哪里去，但也好不到哪里去。

Bund 18

看我博客的学生，有没有一眼就认识 bund 这个英文词的？

Bund 的中文意思是河边的道路。但在中国，只有一个意思，就是上海的外滩。

到过上海无数次，但只去过外滩三次。

第一次到上海是在 1980 年，自然去了外滩，因为外滩是上海的城市符号。当时的外滩简陋，但临江，有风景，成了上海青年男女晚上约会的集中之地。每对情侣比肩而立，一对挤着一对，把江边空间全部占满，其他人根本无法靠前。所以，第一次去外滩没有看到黄浦江。那也是特殊年代的独特风景。30 年前，上海人均住房不足 4 平方米，青年男女只有到江边窃窃私语，花前月下——其实根本没有花。

第二次去外滩是大约十年前，主要是陪母亲去看看大上海，我们一家三口全去了。那时老人家身体已不很好，不能劳累。好在有我长期担任顾问的一家企业上海分公司在沪接待，一路算是轻松，老人玩得很开心。那时的外滩已经没有了偶偶私语的青年男女，浦东的东方明珠已是华灯异彩，黄浦江边初现繁荣夜景。

这次在上海财大开会，晚饭后不要东道主陪同，一人到福州路的上海书城，买了几本书后，便步行走至外滩。现在的外滩是上海为迎接世博会重新规划修建的。一个总的印象：美轮美奂，无比壮观。

世界上很少有城市具备上海外滩这样的震撼力。

放眼前望，江对岸一片璀璨，火树银花，幢幢高楼放射出耀眼的光芒，构成一幅灯彩的图画。回眸一瞥，十几座万国风情的建筑，错落有致，尽收眼底，一个中西交汇的城市历史镜像活生生地立在人们的面前。国际上拥有西洋古典式大型建筑的城市很多，但一座连着一座，每座都有一段历史的传说（洋行与大班），静静地矗立在一条同样有传说的江边，似乎还未见到。

每座洋行都有一个地址，就叫 Bund 12 号、Bund 14 号或 Bund 20 号，在这里上班的“新买办”（这里的大楼主人基本都是外资银行）已经不说中山东一路这个正式街道名了。Bund已经成了标志和品牌。

Bund 18号并不是一个洋行，而是奢侈品的小型mall，名字就叫Bund 18。里面有明显的西式情调，中庭实际上是一个咖啡馆，坐着一些喜欢这种文化的上海白领。门童（实际上年龄很大了）身着制服，表情刻板，似乎在表现英伦风情。

Bund 18，如此刻意地彰显西式文化的精致一面！有意再现流逝的十里洋场，也只有上海了。

上海在外观上的确是一个国际大都市，有那么多的外国游客在外滩拍照留影算是一个证明。但在内容上，上海似乎离国际大都市又很远。几乎没有国际组织驻在上海，上海自己也没有在世界上有名的机构（公司、大学和媒体），便是一个证明。

我为什么要开博客？

——日志开篇

开博客已经不是新鲜的事情了，现在开博客反倒是一个迟到者。新鲜也好，迟到也好，都有缘故，有说说的必要。

第一次听说博客大约是在七八年前。当时是听一位很有国际眼光的高级领导讲到，现在流行的网络交流方式已不是建个人网页，而是开博客。这位领导本人也写博客。当时很有感触。一是为网络虚拟社会的深度影响，二是为这位高级领导干部紧跟国际先进潮流，率先开博客写文章。

博客流行起来后，名人们纷纷开了博客，其中包括不少经济学家，有的博客影响还很大。后来看到周围的人也开始写博客了，感觉博客的确是表达个人思想的一种不可替代的形式。知道博客是个好东西后，曾经有所心动，但仅仅心动而已。

社会上有一个群体，明明知道某样东西是好的，但由于这种东西比较时尚，结果就有了顾虑，只有心动，没有行动。我就是属于这样一个群体。此外，看到不少人开了博客，开席是蛮热闹的，但很快就冷了场，开了几年，博客上还是那几篇文章。我不想自己是这种结局。

促成我现在开博客有三点原因。

第一，把心动变成行动最好有一个便于区分的时间节点，选择新年伊始比较合适。此外，2011 年我要应约写两个专栏，每月至少要写三篇文章，给自己的博客供稿应该全年无虞。

第二，我即将到英国去半个月，而且基本上是在伦敦，应该有时间和情趣写写博客之类的东西。以前，曾两度访英，都有写一些东西的念头，但都没写成，这次不想再留遗憾。(此时此刻，我就坐在浦东机场的候机楼，等候去欧洲的飞机。登机时间尚早，便利用这个时间来写博客开篇)。

第三，自然希望利用博客，经常地把我的一些所见所思写出来，与更多的人分享，包括我的学生和可能会成为我的学生的年轻人，还有我的女儿。教育我的学生，应该包括怎样去思考问题，怎样去观察世界；给可能会成为我学生的年轻人看，除了思想的沟通外，还有我的身份让我必须去考虑一些有助于教育的市场推广的事情，尤其是面向在职的学生；给我的女儿看，当然是多了一种父与女交流的渠道，让她能看到我观察到的世界和领悟。

写作本身既是一种表达，是一种倾诉，更是一份责任。

希望更多的人能看到我的博客，喜欢看我的博客文章。

草婴与红歌

读报，看到草婴病重住院的消息。

草婴是谁？今天的大学生和年轻人未必知道。20 世纪 50 年代和 60 年代初出生的人，想必很多人都读过他的译作：《战争与和平》、《安娜·卡列尼娜》、《复活》等等。比我大几岁的人，应该读得更多。

草婴是一个大翻译家，尤其是俄国文学的杰出译作者。三十多年前，国内的青少年对外国的知晓和理解，不是看欧美，也无从了解欧美，而是看苏俄，其中主要途径是通过俄国文学的译作来了解的。中国没有人本主义的历史，苏联也几乎没有（但比中国稍多一些），俄国却有人本主义的色彩。人性、温情、自尊、爱情等属于人之本性，在俄国的文学作品中有较多反映。当时中国青年之时尚，是谈论俄苏文学，唱《喀秋莎》和《莫斯科郊外的晚上》。

那是一个特殊的年代。并非俄苏文化领先世界，而是其他文化被人为隔绝。草婴在那个年代，自然以俄苏文学为理想目标，时代也造化了他的成就。

草婴是职业翻译家，没有工资，没有医疗保险，曾因病重只能在街道医院就医而惊动当时的上海市委书记（市委书记也一定读过他的许多译作）。后有机会做官，但他宁愿一辈子只做职业翻译。做官的无数，没有多少人知道，一生有好的作品留世，哪怕是译作，人们也会记住的。草婴的选择无疑是对的。不过，时过境迁。50 年前，草婴可以凭翻译的稿费收入生活得不错，今人谁要是走这条道路，哪怕是第二个草婴，也会无比窘困的。

由草婴联想到眼下的唱红歌。有人极为热衷，有人看不惯。其实，红歌的内容属于特定的一代人。今天的年轻人，无论用什么形式唱红歌，无论红歌唱得有多熟，其共鸣和特定一代人是不一样的。

不过，唱红歌有一个好处，即对理想的重拾，减少一些机会主义和功利主义的泛滥。如果有一种理想，有一种激情，哪怕有偏颇在其中，人的幸福指数只会增加不会减少。

草婴与红歌本无关系，只是同属一个年代，就用了这个标题。

春节的意义

窗外的鞭炮开始响起来，兔年春节已经来临。

这篇小文实际上是想讨论春节的“外部性”，用这个标题是为了更通俗些。

春节是家人团聚的时刻，是每个中国人尽享天伦的日子，已经成了团结、安定、吉祥并加上富庶（尽管部分中国人还没有富庶）的象征。欢度春节，增进亲情，企盼民族繁荣、国家安定，来年各自更加努力，共同创造更大的社会福祉。从这个意义上讲，春节无疑是有正的“外部性”的。

春节也是扩大消费的难得机会，各家商场的春节销售年年再创新高，尤其是在内需不足的特定阶段，春节消费有助于扩大内需，也是属于正的“外部性”。

与全球化有点“分岔”的是，中国的“春节”越过越长，“年味”越来越浓。不仅鞭炮越放越响（包括南京在内的许多城市的鞭炮“禁放”以失败而告终)，而且成了政界、商界和娱乐界的一个“大秀场”。春节假期从五天放到七天，再放到现在许多单位的十天半月甚至更长！制衣厂的总经理知道，春节的前后的各一个月，生产效率是很低的，实际上许多行业的一季度营运曲线都是一个“震荡型”。这种因营运计划不平稳导致的负的“外部性”，不知道是否能被春节消费正的“外部性”所弥补。(这倒是一个好的实证研究题目!)

春节最大的负的“外部性”，是短期内的全国大流动。虽然这可以增加铁路、公路、民航的营运收入，但对正常的稳定秩序是一个巨大冲击。数以亿计的民工和旅客在长途奔波中经受的体力消耗和精神痛苦，绝非GDP的增加可以“熨平”的。再加上交通部门、治安管理部门、相关服务部门人员的巨大付出(他们也有家人团聚和享受天伦的需求)，应该不是一个帕累托最优!

春节是中国的一个传统节日，带有很浓的农耕社会的印记，也是不富足社会留给我们的一个遗产，因为我们的先民也只有在春节的时候才能过上几天舒心的日子。今天时代巨变，世界趋向大同，福祉大为改善，我们自然还是要过春节，但似乎应该不追求“年味”，而在意家人团聚、增进亲情。

春 运

春节放假也有必要改革。从科学角度讲，是现在连放七天、十天好，还是放三天、平时再多放几天假好？家人常聚总比一年聚首一次好，香港的华人就是三天的春节。

作为个人的感性，我当然也喜欢过春节，因为这期间可以十分放松，就像我此时此刻非常轻松地写这篇小文一样。从理性出发，春节似乎也该改革。“年味”只是形式，关键的是精神。

窗外的鞭炮已经越来越响，提醒我不能“免俗”，要关注眼前的“年味”。

沈阳终于“乐极生悲”

两天前，也就是年三十的傍晚，我写过《春节的意义》这篇小文，表达了对现在春节“年味”过浓的担忧。几个小时以后，沈阳就因燃放鞭炮引发严重火灾，把一座耗资 27 亿元建的五星级高级酒店烧个面目全非！另一则消息是，除夕之夜，北京有两人因鞭炮燃放而丧生，伤者上百人。

在沈阳街上燃放鞭炮的人，自然没有烧楼的动机。但大面积燃放鞭炮有可能引发火灾的意识一定是有的，只不过在除夕之夜，燃放鞭炮的喜悦冲动完全把那个安全意识覆盖了，最终酿成大祸。

我们这个民族太注重形式的东西了，以至于在形式面前常常失去理性：小至在朋友酒桌上的“壶饮”，伤身、伤财、伤粮食，大至官员出访重面子，耗费钱财不说，也让外人知道我们的“短处”。二百多年前（1793 年），英国使节马嘎尔尼访问中国，中国的大臣为是否要英使节向乾隆皇帝行叩头礼与洋人谈判多日，而对如何与英吉利国展开外交则不加关注，最终让英国人看到了中国的弊端和软弱之处。于是，50 年后的那场战争（1840 年中英鸦片战争），中国的败局就不可避免。

几年前，许多城市已经开始禁放鞭炮，但最后都失败了。中国的政府始终以强势而著称，但却无法约束和规范小民的“年味”小俗，除了中国的百姓普遍有“法不责众”的心理外，还有民间的传统与形式确实强大。不过，形式是人们行为的结果，就像以前各家的“年夜饭”都是自己在家烧制，而现在越来越多的人家在酒店吃年夜饭一样，只要有理念的更新，有对科学过春节的认识，形式也是可以变的。

又到田径大赛时

两年一度的世界田径锦标赛拉开序幕，又有为时一周的电视精彩处。这次大赛在韩国大邱举行，时差仅一个小时，不用像以往那样半夜起来看比赛了。

极少夜里挑灯看足球直播，但每年都有几次半夜看田径比赛的经历。虽然喜欢的比赛有多种，但最喜欢的还是田径。

喜欢看田径大赛直播，决不是因为有田径运动天赋，而完全是生长的环境所决定的。

在我开始喜欢体育的时代，没有 NBA，不知道有网球，甚至连正式的足球比赛也没有，但有一项运动却比较普及，那就是田径。学校每年要开春季运动会和秋季运动会，其实就是田径比赛。那可是学校和学生的大事，没有什么能比在比赛中得名次更出风头的了。

每年学工一个月，学农一个月，没有物理课（以工业技术基础替代）、化学课（以农业技术基础替代），外语课也基本不上。没有人羡慕学习成绩好的，引人注目的一定是身体棒的、跑步快的。与我同一年级，隔壁班的，就有位 100 米短跑总是拿冠军的同学。冠军虽然学习成绩不好，但田径成绩很好，是我心目中的英雄。

冠军每次参加比赛，我和他同样投入，他赢了比赛，我的兴奋程度不亚于他。初中只上了两年，就是高一了，高中时有了区运动会，他是运动员，我是观众。就是在区运动会上，他以 11.3 秒的成绩打破江苏省少年记录，至今记忆犹新。不知道我的这位同学，自己是否记得近 40 年前的百米成绩。

喜欢田径比赛的习惯就这样保留了下来，可以不看世界杯足球决赛，但黄金联赛尤其是世界田径锦标赛却是一定要看的。

中央电视台刚开始转播国际田径大赛时，由老资格的宋世雄解说，但他对田径规则的理解可能不及我的一半，经常在解说中出错。这些年都是专业化的年轻解说员，对情况的掌握，尤其是对运动员的了解，比我全面多了，但偶尔也会在细节上出错。

经常看国际田径电视直播也有一个好处，就是对国家名称英文缩写的掌握，可以多认识不少。这里可以“秀”几个。先说两个简单的：GBR、ESP（都是欧洲国家），再说两个难一点的：TRI、BLR，更难一点的：GRN。权当做游戏，有时做做游戏也是有意思的。

马其顿的国名

世界大学生运动会在深圳举行，照例有运动员入场式。

国际上的运动会（如奥运会），各国运动员入场是按照国家的英文首字母顺序排列，所以，总是阿富汗、阿尔及利亚这样的国家首先入场。半小时前，在深圳大运会的运动员入场式上，马其顿的运动员没有跟在马里（Mali）这些以M打头的国家后面入场，而是跟在泰国（Thailand）后面进了场。先是一愣，以为组委会在细节上出了差错，但立刻就会心一笑：问题出在马其顿的有争议的国名上。

历史上有一个马其顿，那是亚历山大大帝统治的马其顿帝国；当代有一个马其顿，是1991年从南斯拉夫中分出来新独立的国家。当代马其顿的国名遭到希腊的坚决反对，并诉诸联合国、奥委会等国际机构。由于希腊的态度十分坚决，至今在联合国和奥委会，马其顿的注册国名是前南斯拉夫马其顿共和国。可是，马其顿又偏偏要用这个国名，而且世界上已有部分国家承认这个国名，中国是其中之一。所以，大家在《人民日报》和中央电视台上看到的是马其顿。

希腊反对的理由是，除了希腊的北部有一个马其顿地区，马其顿的国名有暗示对这一地区拥有主权之外，还因为现在的马其顿国属于斯拉夫民族，与历史上和希腊民族相近的马其顿民族靠不上边，斯拉夫民族也是在亚历山大死后1000年才来到这块土地（最近马其顿要给亚历山大大帝竖像又遭到希腊反对）。中国虽然承认马其顿的国名，但因是国际赛事，还是采用前南斯拉夫马其顿的国名，有一个“前”字（The Former）。

历史真的很有意思，多少是非、多少变故，都在啼笑中。

今天的土耳其，拥有悠久而灿烂的历史，但那是希腊文化的灿烂，土耳其人那时还在大漠中亚一带金戈铁马。顺便说一句，中国的新疆维吾尔族人与土耳其人同宗同源，所以语言相通。我曾经在《经济学家茶座》上写过一篇关于土耳其的文章，此处不再多说。

后记

这本集子里收录的百余篇长短文章，是我平时用一种相对比较轻松的心态而写的，基本上是随想的记录，属于有感而发，所以可以称作随笔集。

写的是随笔，心态比较轻松，但未必可以不认真。随笔的意义在于自由表达，不拘泥于古板的形式，但仍要言而有理、说理讲据，否则就是乱讲一气。其实，有些说理性的随笔文章，也要讲究论证论据，也要有相应的证明，只不过形式不同罢了。我写这些随笔的时候，尽可能不引经据典，为的是节约时间，也刻意想把文章写得松散些，但有的时候重要的事实是不可以错的，所以有时还是会去查询资料，尤其是文中需要事实或资料说明的时候。文学家写随笔，完全从意境和感情出发；经济学家写随笔，不能完全从感情出发，似乎还是要更多地考虑事实，要借一个故事说一个道理。

以前写这些文章时没想过要汇集成册，所以许多文章并没有刻意保留，有的连电子文档都一时难找了。现在能够形成一本 20 多万字的书，要感谢几个人。

首先是山东人民出版社的董新兴先生。董先生是山东人民出版社的编辑，也是《经济学家茶座》的责任编辑，我经常在该刊上写文章，他对我的文章关注已久，正式约我在他所在的出版社出一本随笔集，免去我联系其他出版社的许多麻烦。与此同时，还要借这个机会感谢他为《经济学家茶座》多年来的出版所作的贡献。

其次是我的学生潘永涛博士。他是我的随笔和博客文章的热心读者，并时常就文章的内容发表自己的独特理解。这本集子里的多数文章都是他从报刊和网络上找来的，并做了初步的整理和汇集工作。没有他的贡献，这本书几乎是出不了的。

还有一位是校友韩会朝，他十多年前是我的学生，毕业后长期在华为公司海外部工作。职业经理人的繁忙工作，海外生活的匆促不定，并没有让他丢舍对文墨的喜爱，和我一直保持文字上的联系。那篇《一座城市的千年沉浮》是三年前写的，这次想收进集子却找不到电子文档，就在博客上留言，请我的学生或看我文章的读者帮忙。没想到第二天给我传来文章的就是韩会朝。后来回忆起，该文写好后曾给他一看，没想到他一直保留，并告诉我三年中读过多遍，令我感动。现在，会朝又回到学校再度深造，拥十年海外工作的阅历经验，一定学术有成，写出许多精彩的好文章，值得期待。

这本书是我已出的许多本书中的一本。从功利的角度说，这本书不会带来什么，因为我不会拿这本书去参加评奖，也不会有引用率之类的指标，但我还是会珍惜的，因为是用心去写的，是因喜欢而写的。

徐康宁

2012年2月于南京兰园